7e DE 12. (JANVIER 2009)

" LE MOMENT DONNÉ PAR LE HASARD VAUT
MIEUX QUE LE MOMENT CHOISI "

PROVERBE CHINOIS

BONNE LECTURE

JEFF ET LULU

Marc Dugain

La malédiction d'Edgar

Gallimard

Marc Dugain est né au Sénégal en 1957. Après des études de sciences politiques et en finance, il a exercé différentes fonctions dans la finance et le transport aérien avant de se consacrer à l'écriture.

La chambre des officiers, son premier roman paru en 1998, a reçu dix-huit prix littéraires, dont le prix des Libraires, le prix Nimier, et le prix des Deux-Magots. Il a été traduit en Allemagne, en Grande-Bretagne, aux États-Unis. Adapté au cinéma par François Dupeyron, ce film a représenté la France au festival de Cannes et a reçu deux Césars. Après *Campagne anglaise* et *Heureux comme Dieu en France*, prix du meilleur roman français 2002 en Chine, *La malédiction d'Edgar* est son quatrième roman.

Pour H. F. K.

« Si on commençait par supprimer tous ceux qui ne peuvent respirer que sur une estrade ! »

CIORAN

« Quand je mourrai, puissé-je être détruit en pleine action. »

OVIDE

« Je suis resté au seuil de moi-même, car à l'intérieur il fait trop sombre. »

ANTOINE BLONDIN

PROLOGUE

Ce matin-là, New York avait revêtu son uniforme des mauvais jours. Gris. Une nappe sombre
effleurait la cime des gratte-ciel. Un vent espiègle
et glacé tourbillonnait, s'engouffrant, fantasque,
dans les avenues et les rues tirées au cordeau. Le
bulletin d'information, filtré par la vitre qui me
séparait du chauffeur haïtien de mon taxi, tournait
en boucle. Nous étions pris au milieu de la foule
impressionnante qui, comme chaque jour, se dirigeait vers les lieux où se crée la richesse. On
annonçait des pluies givrantes en début d'après-
midi et le présentateur de la radio, excité par la
situation, s'étendait sur les risques de paralysie de
la ville et de ses alentours. Une particularité de
New York à certains moments de l'hiver : la pluie
balayée par le vent se répand sur la chaussée en une
fine pellicule de glace transparente et traître, et en
quelques minutes, fige piétons et automobilistes.

Il était conseillé de quitter la ville et de rentrer chez soi avant le début de l'après-midi. La perspective de cette journée écourtée rendait les gens nerveux. La cité trépidante entassait encore, dans ses hauts immeubles, tous ceux qu'elle libérerait sur les routes du New Jersey et du Connecticut quelques heures plus tard.

J'étais d'humeur maussade. En me donnant rendez-vous à une heure aussi matinale, la femme que je devais rencontrer m'avait obligé à venir de La Nouvelle-Orléans la veille, et à dépenser une fortune pour une nuit dans un hôtel à peine correct, pas trop éloigné de sa maison d'édition. En bas de l'immeuble qui datait des années quarante, quelques irréductibles tiraient désespérément sur leur dernière cigarette avant que le froid ne leur gèle les doigts. Après m'avoir laissé patienter le temps nécessaire pour me rappeler que c'était moi qui avais sollicité cet entretien, elle me reçut dans un bureau étriqué où le désordre provoqué par l'abondance de livres et de publications contrastait avec la rigueur de sa mise. Elle arborait les couleurs de sa ville. Un tailleurs gris de femme à responsabilités, comme si des tons plus vifs avaient pu faire douter de son professionnalisme. Un teint sans doute fatigué par des migrations quotidiennes entre Manhattan et sa maison familiale au vert

— luxe, source de lourdes tensions. Une chevelure abondante, couleur de cendre. Elle n'était ni désagréable ni avenante. Un épais dossier qui nous concernait était posé devant elle, et je sentais qu'elle faisait un effort pour ne pas laisser paraître son étonnement.

— Vous êtes toujours intéressé ? me demanda-t-elle sans me regarder.

— Si je ne l'étais pas, je ne serais pas venu de La Nouvelle-Orléans m'échouer ici, le jour où New York se transforme en une gigantesque patinoire, lui répondis-je maladroitement, intimidé par sa froideur étudiée.

Ma phrase laissait entendre que j'avais quitté un paradis, alors que rien n'en est plus éloigné que La Nouvelle-Orléans. Elle me regarda par-dessus ses lunettes et esquissa un rictus :

— Beaucoup de gens du Sud n'aiment pas cette ville faute de l'avoir pratiquée. Si vous aviez le temps d'y vivre un peu, vous verriez à quel point elle est animée et combien il existe d'endroits où l'on se sent bien. C'est encore une ville qui crée, il n'en existe pas tant que ça aux États-Unis.

— Je ne suis pas le meilleur juge, ai-je poursuivi, je n'ai rien contre New York en particulier, sauf que je ne suis pas très urbain, qu'il faut avoir de l'argent pour que la vie soit acceptable dans une grande métropole, ce qui n'est pas vraiment mon cas. Vous-même, vous y passez beaucoup de temps ?

— Très peu, nous habitons dans le Connecticut à une heure cinquante d'ici.

Je m'en étais douté. J'ajoutai :

— C'est toujours la même chose, les plus grands défenseurs d'une métropole, ceux qui colportent sa légende, en rêvent éveillés mais pour rien au monde ne viendraient y élever une famille.

— Vous avez certainement raison, lâcha-t-elle pour clore cette conversation.

Elle se mit à examiner chaque pièce de son dossier, un peu comme un juge d'instruction qui mettrait de l'ordre dans ses papiers avant de s'adresser au prévenu.

— Nous sommes d'accord que c'est probablement un faux, reprit-elle en levant la tête.

— Ma position n'a pas changé, mais qu'est-ce qui vous le fait penser ?

En réponse, elle commença par m'offrir un sourire merveilleusement crispé mais d'une admirable blancheur.

— Nous n'avons pas été le premier éditeur approché au début de l'année 1976, d'autres, avant nous, avaient refusé le texte. À cause d'imprécisions, pour ne pas dire d'incohérences historiques. Nous avons été les derniers contactés par le vendeur du manuscrit, le parent d'un médecin qui l'a soigné les derniers mois de sa vie. Nous l'avons acquis pour une bouchée de pain.

— Vous ne pensez pas que ces incohérences tiennent à son âge et à son état de santé au moment de l'écriture ?

— C'est ce qui nous a finalement convaincus de l'acheter. Mais on peut s'étonner de l'incroyable précision de certains de ses souvenirs car ceux qui l'ont connu à la date où il est supposé avoir écrit ses mémoires disent qu'il n'était plus qu'un légume, vautré dans un sofa à longueur de journée, mangeant des sucreries devant la télévision comme s'il cherchait à se suicider par le diabète. Personne ne l'a jamais vu écrire. Les témoins de sa déchéance le décrivent comme un être totalement sénile, trop diminué pour s'atteler à une tâche pareille. Par ailleurs, les personnes qui le fréquentaient au quotidien quand il était en fonction le tenaient pour une brute épaisse, incapable d'exprimer la moindre nuance sauf peut-être au crépuscule de sa carrière.

— Alors pourquoi avoir acheté ce manuscrit ?

— C'est un de nos éditeurs, Jason Green, qui en a pris l'initiative à l'époque. Je crois qu'il aimait ce texte un peu hybride, entre la biographie historique, la confession apparemment sincère et parfois un peu scandaleuse, et ce qu'on appellerait aujourd'hui un documentaire fiction. Mais la décision de le publier appartenait au comité de lecture et lui mis à part, tous les membres s'y étaient opposés.

— Pour quelles raisons?

— L'authenticité, comme je vous l'ai dit, on se demande si ce n'est pas un homme du FBI, un peu moins élevé dans la hiérarchie, qui l'a écrit. Et puis tous les risques liés à certaines révélations qui concernent les deux affaires Kennedy. Vous savez, il n'y a pas si longtemps, on mourait encore de bavardages sur ce sujet, et personne n'a envie de prendre ce risque ici. Pour publier des thèses osées, il faut être certain de récolter plus d'argent que d'ennuis. Et puis la profusion de théories a fini par éroder la curiosité des gens pour la question. Puisqu'il vous intéresse, il est à vous, pour quatre mille dollars, ce qu'il nous a coûté à l'époque. Avez-vous un avocat?

— Un avocat? répondis-je interloqué. Quatre mille dollars c'est une somme pour quelqu'un comme moi. Mais si je prends un avocat pour une transaction de cette taille, j'ai bien peur qu'elle ne me coûte le double.

— Ce n'est pas une question d'argent. Le sujet est toujours sensible comme vous le savez, et nous avons prévu d'assez longues décharges de responsabilité, mais vous pouvez les signer directement si vous le souhaitez.

Pendant que je jetais un œil au contrat, elle posa ses lunettes sur son dossier :

— Rien ne vous oblige à me répondre, mais pourquoi êtes-vous disposé à payer quatre mille dollars pour ce manuscrit ?

Tout en parcourant les clauses du document, je répondis un peu évasivement :

— Je suis chargé par une production indépendante de collecter des matériaux pour faire un film sur cette période.

— Pas très original, dites-moi, répondit-elle. Oliver Stone en a déjà fait un, n'est-ce pas ?

— Oui, un film très intéressant, mais qui n'éclaire qu'une face du prisme. Ce travail, réalisé par une équipe entièrement acquise à JFK, est fondé sur l'enquête d'un homme honnête, toutefois un peu tenu par le milieu de La Nouvelle-Orléans, je veux parler de Jim Garrison. Les inconditionnels de John ont toujours voulu occulter certains aspects de sa personnalité pour en faire une icône et rendre sa mort encore plus bouleversante. Pourtant, même s'il s'était révélé aussi obscur qu'une nuit sans étoiles, rien ne justifiait qu'on l'assassine. De toute façon, nous ne ferons pas un nouveau film sur les Kennedy. Nous voulons simplement explorer une période de notre histoire où se côtoyaient la paranoïa, la schizophrénie, la misogynie, le racisme et l'antisémitisme à l'ombre de notre pudibonderie fondatrice. C'était le temps comme l'écrivait William Styron de « la passerelle chancelante entre le puritanisme de nos ancêtres et l'avènement de la pornographie de masse ». On y parlera aussi du pouvoir, même si c'est un sujet un peu démodé. Au fait, savez-vous ce qui fait le propre de l'homme ?

Elle sembla étonnée par cette question. Je m'empressai de préciser que, parlant de l'homme, j'entendais l'espèce humaine. Mal interprétée ma question aurait pu passer pour une forme de harcèlement. Elle réfléchit quelques instants avant de répondre solennellement :

— La morale, me semble-t-il.

— C'est la théorie de Thomas Huxley. Pour les marxistes c'est l'outil, pour Platon c'est la bipédie. Mais parmi toutes les réponses, celle d'Aristote est particulièrement intéressante. Il voit dans l'homme le seul animal politique. Ce que j'interpréterais comme le seul animal doté d'un double langage. Enfin, désolé de vous importuner avec mes théories un peu...

— Vous pensez que vous allez faire preuve d'assez d'originalité ?

— L'originalité est un luxe dont l'histoire peut aisément se passer. C'est comme les deux guerres de ce siècle, un sujet aussi vaste que les plaines du Midwest qui laisseront toujours de la place au dernier émigrant.

Mes digressions commençaient à l'ennuyer. Elle me ramena un peu sèchement au sujet :

— C'est un projet avec ou sans Hollywood ?

— Pour le moment, c'est un projet indépendant, sans les grands studios. Un regard critique sur une tranche de notre histoire ne fait pas partie de leurs préoccupations immédiates. Nous allons essayer de nous débrouiller, tenter de trouver un angle artistique qui attire les spectateurs. Le public ne s'intéresse plus à la recherche de la vérité, au mieux il s'en divertit, au pire elle l'ennuie, car il se persuade qu'elle ne lui est pas accessible. Sauf si des imposteurs lancent des thèses extravagantes qui flattent sa tendance au manichéisme, sa paresse, et le conforte dans l'idée qu'il est la victime d'une minorité machiavélique qui mène le monde. Comme si cette engeance-là n'était pas l'émanation de ses propres contradictions... À vouloir se contenter d'une seule vérité, ce qui demande effort et abnégation, on n'accède à aucune.

Elle donna le sentiment un court moment de se laisser porter par notre discussion, puis ses contraintes domestiques la rattrapèrent.

— Je suis désolée, j'aurais adoré vous garder à déjeuner mais ils annoncent une pluie verglaçante, et je dois récupérer mes enfants avant que la région ne soit complètement paralysée. Mon mari est supposé rentrer de Philadelphie ce soir, je ne sais même pas s'il va pouvoir atterrir. Une autre fois peut-être.

Nous avons rapidement réglé les modalités pratiques de notre affaire, avant de nous séparer.

Dans le taxi qui me ramenait à l'aéroport, toujours conduit par un Haïtien, je pensai à cette dernière phrase, « une autre fois peut-être ». Pourquoi l'avoir prononcée alors qu'elle savait qu'il n'y en aurait pas d'autre ?

J'avais acheté ce manuscrit sans en avoir lu une ligne. Faux, il m'intéressait autant que vrai. S'il était apocryphe, la simple volonté d'un homme ou d'une organisation d'élaborer ce document suffisait à m'enthousiasmer. La prétendue objectivité d'un mémorialiste est aussi nuisible à la vérité que l'intention de falsifier des faits. Dans tous les cas, ce document était essentiel pour mes recherches.

Je suis né quinze ans après la fin de la Seconde Guerre mondiale. Trop jeune pour faire celle du Vietnam, je suis d'une génération qui n'a aucune raison de se plaindre. À force de nous en convaincre, nous sommes restés les bras ballants devant la montée du cynisme pragmatique. Maintenant que nous commençons à en payer chèrement le prix, je comprends que c'était aussi une vraie responsabilité d'avoir vingt ans dans les années quatre-vingt. En s'abstenant de demander des comptes sur son histoire récente, notre génération s'est préparée de douloureux lendemains. Je suis peut-être pessimiste. C'est ce qu'on nous reproche souvent à nous les Cajuns, de nous enfermer dans le confort de notre indolence sceptique, de douter quand d'autres sont certains d'être habités par le bien.

Les photographes aiment prendre leurs clichés au soleil levant ou pendant ce moment magique qui précède la tombée de la nuit. L'imminence de la pénombre donne aux couleurs des teintes particulières. C'est ce que j'ai ressenti devant ce manuscrit. Je l'ai goûté comme la photo d'un homme pressé par la nuit qui s'en vient.

Souvenirs attribués à Clyde Tolson

(1932-1972)

1

L'homme qui s'approcha de notre table ce soir-là, essayant de nous cacher derrière sa grande silhouette une très jeune fille, avait l'air décidé d'un sanglier mâle et solitaire lorsqu'il quitte sa bauge à la nuit tombante. Une vraie tête d'Irlandais, des cheveux roux sable, des yeux bleus cerclés de petites lunettes rondes à monture de corne et l'allure d'un individu perpétuellement en mouvement. Un type résolu, à l'image des ambitieux qui se sont assigné un but dans l'existence dès leur plus jeune âge, et qui piochent sans repos pour l'atteindre, sans égard pour ceux, faibles ou forts, qui auraient la maladresse de les retarder. À cinquante ans, il avait gardé cette assurance qu'affichaient les premiers Irlandais débarqués à Boston au siècle dernier. L'homme se courba pour lâcher une plaisanterie à l'oreille d'Edgar, qui lui répondit sur le même ton car je les vis tous deux sourire, avant qu'il ne s'éloigne, dissimulant toujours la petite blonde pimpante qui l'accompagnait. Une fois l'énergumène disparu dans le nuage de fumée bleue qui filtrait la lumière, Edgar qui n'était pas dupe me dit :

— Tu l'as reconnu, n'est-ce pas ?

— Il a fait trop d'efforts pour l'être dans la bourgade la plus reculée des États-Unis pour qu'on le confonde avec quelqu'un d'autre ici, à New York, ai-je répondu.

— Il doit être sur le départ, ou alors il est déjà revenu d'Angleterre.

— Sais-tu comment s'est passée sa nomination ?

— Il a demandé à Roosevelt, par l'intermédiaire de son fils Jimmy avec lequel il est en affaires à l'occasion, de le nommer ambassadeur en Grande-Bretagne. Quand « l'Empereur » a reçu la demande, il s'est mis à rire tellement fort, qu'il a failli tomber de son fauteuil roulant. Il a fini par accepter de le voir pour en parler. Arrivé dans le bureau ovale, Roosevelt lui a demandé de faire quelques pas, pour voir s'il avait l'allure d'un ambassadeur. À ce moment-là, le Président lui a fait une requête incroyable : « Joe, pourriez-vous baisser votre pantalon ? » L'autre, médusé, s'est exécuté. Alors le Président a repris : « Joe, regardez vos jambes, vous avez les jambes les plus cagneuses de la terre. Ne savez-vous pas que tout nouvel ambassadeur en Grande-Bretagne doit présenter ses lettres de créance en habit de cour, avec culotte à la française et bas de soie ? Pouvez-vous imaginer de quoi vous auriez l'air ? Quand les photos de notre nouvel ambassadeur seront publiées dans la presse, nous serons la risée de la terre entière. Vous n'avez pas les qualités requises, Joe, tout bonnement. » Mais l'autre sans s'attarder sur le ridicule de la situation la retourna comme seul un arriviste d'Irlandais peut le faire : « Monsieur le Président, si je pouvais obtenir du gouvernement de Sa Majesté de me présenter à la cérémonie en jaquette et pantalon rayé, accepteriez-vous de me nommer ? J'ai besoin de deux semaines. » Roosevelt a pris le pari. Et évidemment, Joe a obtenu sa dérogation.

Edgar s'interrompit un peu. Alors que son regard amusé scrutait chacune des tables installées dans son champ de vision, il reprit :

— Roosevelt avait une assez grosse dette à son égard depuis sa première élection en 1932. L'autre ne s'est pas ménagé non plus en 1936. Il était convaincu d'avoir un poste ministériel en remerciement, mais il ne s'est jamais profilé. Il est trop agité.

— Alors pourquoi avoir pris cet éléphant comme ambassadeur et surtout en Grande-Bretagne ? ai-je rétorqué.

— Roosevelt a plaidé son cas auprès du

ministre des Affaires étrangères, en arguant que dans cette période de troubles et de désinformation, c'était une bonne chose de ne pas prendre un de ces diplomates professionnels qui tombent sous le charme des bonnes manières britanniques, au point de devenir éperdument anglophile. Aucun risque avec un de ces catholiques irlandais qui portent la haine de l'Anglais dans leurs gènes.

Puis il éclata de rire et poursuivit :

— Je ne sais pas si tu me croiras, si je te dis que cet homme a vu plus de fesses dans sa vie que les toilettes pour femmes de la gare centrale de New York. J'en sais plus sur lui qu'il ne pourra jamais l'imaginer. Le Président le ménage car il est riche, sans complexe, qu'il tient Boston et une bonne partie de la Nouvelle-Angleterre, et qu'il a compris qu'il avait une faculté unique de s'attirer les bonnes grâces de la presse. Son beau-père, Fitzgerald, le maire de Boston, est l'inventeur de la poignée de main irlandaise, une façon de serrer la main à un électeur en s'adressant à un autre. Sans lui, Roosevelt n'aurait pas réussi à faire passer le New Deal. C'est un catholique fervent, il a fait neuf enfants à sa femme qui est en charge de la colonie pendant qu'il folâtre. Tous de bons petits catholiques irlandais prêts pour Harvard où ils ne sont pas les bienvenus.

Puis comme s'il était subitement piqué par le souvenir de ses responsabilités il ajouta :

— La grande différence qui existe entre mon jugement sur lui et celui des autres, c'est que la plupart des observateurs le considèrent comme un génie des affaires mais un abruti en politique. Surtout, ils pensent que seuls l'argent et les femmes l'intéressent. Je suis persuadé du contraire. Ce type a amassé une fortune considérable, tu verras comment dans son dossier. Il a compris depuis la grande dépression que le pouvoir était en train de changer de mains, et que la politique, qui n'était jusqu'ici qu'à la solde d'une bande d'affairistes incompétents, allait adopter un nouveau style. Alors qu'il n'y a pas homme plus conservateur que lui, il est persuadé que les affaires ne pourront se développer que si l'État fait une politique sociale. Avec la guerre qui menace, ce Kennedy pourrait avoir un rôle important à jouer. Par opportunisme plus que par talent, mais si le Président le maintient à Londres, il aura peut-être un rôle pivot. C'est le genre de phénomène qu'il faut surveiller comme le lait sur le feu. Pour aujourd'hui, demain et même après-demain. J'ai déjà constitué un épais dossier sur lui, Clyde. Je pense que ce serait une bonne chose que tu le reprennes et que tu continues à l'alimenter. C'est un de mes dossiers classés « confidentiel ». Une de mes fiertés aussi. J'ai commencé à le constituer à une époque où Joe Kennedy n'était rien d'autre qu'un petit ambitieux, un boulimique d'argent et de femmes. Je suis assez content d'avoir su l'identifier comme un sujet à surveiller. L'Amérique est ainsi faite, Clyde, qu'on peut se retrouver du jour au lendemain avec un type de cette engeance à la tête du pays. Alors, comprends-tu, si l'on ne s'y est pas préparé, une fois élu, il est un peu tard pour prendre l'entière mesure du personnage. Parfois, je me sens un peu comme ces recruteurs d'université pour le sport, qui observent discrètement l'éclosion de talents depuis la touche. Et puis, on ne peut pas se désintéresser de l'homme qui a baisé pendant des années le plus grand symbole sexuel que l'Amérique ait produit, Gloria Swanson. Rien que pour cela, il mérite une surveillance rapprochée. Je suis heureux de te la confier, Clyde, à un moment où l'effervescence internationale m'oblige à me battre sur tous les fronts.

Quiconque aurait eu l'idée funeste de poser une bombe en plein milieu du Stork Club, un samedi soir à cette époque, aurait détruit une bonne partie du système nerveux de l'Amérique. En tout cas le Who's who aurait connu une sérieuse cure d'amaigrissement. Ces années ont laissé chez tous ceux qui les ont vécues le souvenir d'une incroyable frénésie. Mais j'approchais de la quarantaine et la conscience que le temps qui me restait à vivre serait certainement plus court que celui que j'avais déjà vécu me rendait un peu mélancolique. Edgar me reprocha comme souvent d'être trop nostalgique, de commencer mes phrases par « Au bon vieux temps », de tuer le présent avant qu'il n'ait passé. Je m'en justifiai :

— On ne gagne jamais la bataille contre le temps, Edgar.

— Tu te trompes, me répondit-il avec une voix douce et posée. Nous sommes quelques-uns à l'avoir compris. L'éternité est à la portée de ceux qui s'en donnent la peine.

J'ai souri. De ce sourire dissymétrique qui a fait ma réputation au Bureau :

— Tu ne vas tout de même pas me raconter que tu comptes sur tes bonnes actions pour y accéder. Je sais que tu racontes dans les journaux que tu as souvent hésité entre Dieu et la loi mais...

— Dieu et la loi sont de la même essence, Clyde, tu le sais très bien. Mais le service du bien n'ouvre pas les portes de l'éternité. La bataille du temps, on la gagne par la postérité. En se mettant au service des idées qui ont le plus de chances de triompher. Si par bonheur elles sont en harmonie avec tes propres convictions, alors tant mieux. Tous ceux qui ont de grandes ambitions le savent. Les petites gens se contentent du sursis procuré par le souvenir qu'ils laissent dans leur famille.

Combien de temps ça dure? Une, deux, trois générations peut-être. Pour nous le problème ne se pose pas. Nous n'avons aucune descendance. Nous n'avons pas d'autre choix que la postérité, si nous ne voulons pas tomber dans la fosse commune de l'oubli. Nous avons surgi des ténèbres de l'Amérique profonde et silencieuse, et personne ne pourra jamais nous contraindre à y retourner. Nous tournons résolument le dos à la résignation des gens ordinaires.

— Tu parles pour toi, Edgar. C'est de toi qu'on se souviendra, pas de moi.

— Les gens se rappelleront que tu m'as servi aussi loyalement que peut le faire un être humain. Tu auras ta part de mémoire collective, tu verras, nous ne sommes qu'au début de notre œuvre.

Edgar posa le dossier sur mon bureau. Il l'avait sorti lui-même de l'armoire qui se trouvait derrière Miss Gandy, sa secrétaire depuis le début des années vingt, une femme sèche et sévère qui était avec moi aussi chaleureuse qu'un sphinx en marbre avec les visiteurs d'un musée. Elle s'arrangeait pour ne jamais croiser mon regard et prenait un air excédé chaque fois que je m'attardais devant son bureau.

Edgar n'ajouta pas un mot comme si tout avait été déjà dit. J'attendis qu'il fût sorti pour le prendre entre mes mains, le tourner dans tous les sens avant de l'ouvrir. Pour la première fois, il me confiait un de ces dossiers qu'il avait consciencieusement montés pièce par pièce. Un travail patient d'une écriture posée qui contrastait avec l'éloquence véhémente de ses colères. Des lettres bien formées, un style choisi, une extrême lisibilité, le sérieux d'un dossier médical, une véritable biographie clandestine. Il suffisait de voir un tel document pour comprendre le travail colossal qu'Edgar avait entrepris au cours de toutes ces années.

Lors de mon embauche au FBI en 28, ma première affectation avait été le bureau de Boston, où je n'étais certes pas resté longtemps, mais assez tout de même pour comprendre ce que les Kennedy et leurs alliés Fitzgerald représentaient pour cette ville cossue de la Nouvelle-Angleterre. Joe Kennedy appartenait à ces Américains qui se comportent comme une légende vivante, avant d'avoir fait quoi que ce soit qui puisse les rendre remarquables. En ce sens, il avait un point commun avec Edgar qui s'était conduit depuis le premier jour de sa vie professionnelle comme si son nom était destiné à être connu de l'Amérique tout entière.

Le dossier était au nom de Joseph Patrick Kennedy. Comme dans un dictionnaire, sa qualité figurait à côté de son nom. Edgar avait inscrit sans majuscule : « affairiste, né en 1888 ». On pouvait ensuite lire une succession de notes éparses, somme de renseignements privés ou publics sur des événements qui avaient suscité suffisamment d'intérêt pour être consignés dans l'épais document. Elles mélangeaient des faits objectifs et des commentaires très personnels. Edgar, à la fois rédacteur et unique lecteur de ses fiches, laissait libre cours à l'arbitraire de ses appréciations avec une quasi-volupté. En dessous de son état civil, la biographie commençait en fanfare :

Ce manipulateur effronté essaye de rendre sa réussite d'autant plus méritoire qu'il aurait été élevé dans une famille pauvre. Tente désespérément de se fondre dans la légende de l'immigrant catholique et irlandais qui n'aurait connu que les docks et les trottoirs de Boston avant d'entreprendre une époustouflante carrière à la force de ses poings. Affabulation totale. Fils de Patrick Joseph Kennedy, importateur distributeur de spiritueux et homme politique local élu à plusieurs reprises au Sénat. Également actionnaire d'une compagnie locale de charbon et de la Columbia Trust, unique banque irlandaise de Boston. La famille a toujours vécu grand train (importante maison, domesticité, yacht de vingt mètres en bois précieux, hivers à Palm Beach). A monté sa première affaire pendant ses études à Harvard qui n'ont pas laissé le souvenir d'un étudiant brillant (particulièrement dans le cours de banque et finance qu'il a été contraint d'abandonner). Débute dans les affaires alors qu'il est encore étudiant avec une petite entreprise d'excursion touristique, 300 dollars investis, 5 000 dollars en retour. A exécuté quantité d'autres petits boulots comme par exemple « Shabbath goy » (employé du samedi chez des juifs pieux).

Premier emploi sérieux : inspecteur dans une banque d'État. Un an. Bluffe la First National qui convoitait la Columbia Trust et l'empêche de l'absorber. Nommé à vingt-cinq ans directeur exécutif de la banque par ses actionnaires irlandais, en remerciement de sa ténacité à chasser l'Anglais. Épouse en 1914, Rose Fitzgerald, fille de John Fitzgerald, maire de Boston, spécialiste avisé de la fraude électorale. Pondeuse catholique irlandaise traditionnelle, lui donne neuf enfants. Se consacre à leur éducation et, satisfaite de son statut de femme d'entrepreneur, ne réagit jamais aux incessantes trahisons amoureuses de son mari, trop contente de se débarrasser de son assiduité sexuelle qui n'a pas d'équivalent dans le règne animal. Joe prend dès cette époque l'habitude de se répandre dans les journaux. Quitte la banque en 1917 pour entrer comme directeur général aux grands chantiers navals de Fore River, filiale de la Bethlehem Steel. Ajoute à une meilleure rémunération l'avantage d'être considéré comme participant à l'effort de guerre, ce qui lui évite la conscription (classe 12). Premier fait d'armes politique : violent affrontement avec Roosevelt, alors secrétaire adjoint à la Marine, à propos de deux navires de guerre que Kennedy ne veut pas lâcher sous prétexte qu'ils n'ont pas été payés.

Cédera sous la force, envoi de la troupe et de remorqueurs par Roosevelt.

Lassé de l'industrie, se reconvertit à la finance en 1922 chez Hayden-Stone. En marge de ce nouvel emploi de salarié, s'attelle à bâtir sa fortune par la spéculation et les délits d'initiés. Pour preuve : sur une indiscrétion de Stone qui l'informe que la Pond Creek Coal est sur le point d'être rachetée par Henry Ford, s'endette jusqu'au cou pour acheter quinze mille actions à 16 dollars, revendues 45 au moment de l'offensive. Devient un expert en manipulations de marché et d'arnaque aux petits porteurs, en faisant gonfler artificiellement les cours pour se délester de portefeuilles aux meilleures conditions. Fait le coup de sa vie en 1924 en faisant échouer une spéculation à la baisse sur le cours de la compagnie de taxis new-yorkaise Yellow Cab.

À cet endroit, comme s'il avait voulu faire une pause dans la biographie, Edgar se fendait d'une analyse psychologique succincte :

Énergique, électrique, turbulent, sans la moindre finesse, flatteur, brutal, grossier, capable de poursuivre une femme de ses assiduités jusque dans les toilettes (priapique).

Puis il reprenait l'ordre chronologique de la biographie.

Déménage à New York en 1926. S'installe avec sa famille à Riverdale dans le haut de Manhattan (manoir loué avec vue sur l'Hudson) puis à Bronx-ville Wetschester.

Selon des indicateurs du East Side de New York (voir note de notre bureau local en annexe) aurait été associé à Frank Costello dans une affaire de trafic d'alcool illicite. Une escarmouche à propos d'une cargaison de whisky irlandais entre des gars de Meyer Lansky et des hommes de Kennedy a fait onze morts. Sous des dehors de financier respectable, Kennedy n'a jamais pu se défaire de son attrait génétique pour le commerce des spiritueux. Kennedy prétend dans des entretiens avec des journalistes qu'il a quitté Boston (une ville où l'on ne peut pas élever des enfants catholiques) pour New York, car c'est une métropole qui tolère le mélange des races et des cultures. Spéculateur, trafiquant d'alcool et donneur de leçon libéral (libéral souligné d'un double trait).

Professe que la hausse boursière des années vingt ne pourra pas se poursuivre éternellement. Déclare vouloir se diversifier dans le cinéma qui constitue, selon lui, une mine d'or comme le fut le téléphone. Prétend que Hollywood est mené par une bande de « pantalonniers » qui ramassent des millions et ne s'attendent pas à ce que lui, Kennedy, leur ôte ça des mains. Est persuadé que les travailleurs informés par la radio et le cinéma en sauront bientôt plus sur le monde que les bourgeois qui refusent de se montrer dans ces lieux populaires. Rachète la FBO à des banquiers anglais. La FBO produit *Sabots ardents, Un cow-boy amateur, La Chasse au gorille*.

1927. Ne parvient pas à se faire distribuer à New York mais fait un tabac dans le Midwest chez les ploucs de son genre. Lance un séminaire sur le cinéma à Harvard, le premier, pour susciter le respect de ses congénères : sont présents Marcus Loew, Adolph Zukor, Harry Warner et beaucoup d'autres. Milite en faveur d'une intégration verticale de la production, de la distribution, de la projection et pour la concentration du secteur.

Loue une grande maison sur Rodeo Drive à Beverly Hills où il réside sans sa famille. Organise, en s'octroyant des avantages financiers considérables, la fusion de la FBO, de la chaîne de salles de cinéma Keith-Albee-Orpheum qu'il a achetée en blanc en vue de l'opération globale et de la RCA. Donne naissance à la RKO.

Rencontre de Kennedy et de Gloria Swanson. Déjà dans les affaires, qu'elle a un peu embrouillées, elle compte sur lui pour faire d'elle plus que l'immense actrice qu'elle est déjà.

Lui n'est intéressé que par le symbole sexuel.

Pour célébrer leur liaison, commande un scénario à Erich von Stroheim chargé de le réaliser. Le projet doit submerger les grandes productions de De Mille et Griffith. Projet intitulé « Le marécage », un nom prédestiné. Von Stroheim dérape complètement (la fille est censée perdre son slip pendant une scène de séduction puis le passer sous le nez du prince, romantisme à l'irlandaise).

Kennedy très assidu. Sa note de téléphone pour 1929 est la plus forte de tous les États-Unis. Ils se voient essentiellement à Beverly Hills. La fait chercher tous les soirs et ramener chez elle tous les matins. Prétend lui être fidèle en arguant qu'il n'a pas fait de nouvel enfant à sa femme depuis qu'ils se fréquentent.

Kennedy achète une résidence d'été à Hyannis Port.

Gloria Swanson y est invitée au cours de l'été. Kennedy la présente à sa femme comme son associée. L'arrivée de l'actrice à Hyannis est un véritable événement couvert par la presse. Elle amerrit dans un hydravion Sikorski devant une foule médusée. Joe, pantalon blanc, blazer bleu marine, vient l'accueillir dans un magnifique canot en bois verni.

Kennedy présente confidentiellement une requête aux autorités ecclésiastiques (monseigneur O'Connell, évêque de Boston) pour être autorisé à vivre avec Gloria Swanson, à l'écart de sa famille mais en dehors du péché. Refusée.

Von Stroheim a tourné trente heures de film pour à peine un quart du scénario d'un monument qui doit s'appeler désormais « La reine Kelly ». Kennedy le congédie et arrête la production après avoir tenté vainement de la sauver.

Nouvelle tentative de film à la gloire de Gloria. *The Merry Widow*. Gros budget, échec commercial.

Gloria Swanson réalise qu'elle est effectivement associée à Joe Kennedy sur leurs différents projets : le contrat stipule le partage à parité des bénéfices et les pertes intégralement à la charge de l'actrice.

Kennedy quitte l'actrice amaigri (on parle de quinze kilos) mais aussi plus riche (on parle de cinq millions de dollars). Elle a perdu un million de dollars sur le seul dernier film.

Admis à l'hôpital Lahey de Boston pour plusieurs

ulcères de l'estomac en phase de perforation. Prouve s'il en était besoin qu'il manque de nerfs.

Reprend ses conquêtes féminines, selon l'idée propre aux hommes irlandais que l'amour et la sexualité peuvent être parfaitement dissociés. Rumeur insistante comme quoi Kennedy aurait une fille illégitime (mettre un agent spécial sur le coup si notre homme se découvrait des ambitions qui dépassent sa vraie valeur). En dehors de cela, il gère sa famille comme un conseil d'administration.

Décès de Patrick Joseph, son père, d'une crise cardiaque. Joe qui se trouvait à Hollywood n'a pu se déplacer à temps pour l'enterrement.

Se lasse un peu du cinéma, revient à New York pour reprendre ses activités boursières. Kennedy est un des plus importants protagonistes de l'effondrement de la bourse le « jeudi noir » par de massives spéculations à la baisse.

L'écroulement de 1929 lui a rapporté 15 millions de dollars, en particulier par la vente à découvert de blocs d'actions d'Anaconda et de la Paramount.

1930. Sa fortune est estimée à 150 millions de dollars.

Ce faux-jeton s'inquiète du naufrage de l'économie américaine et déclare « qu'il sacrifierait bien la moitié de sa fortune pour sauver le capitalisme américain et maintenir l'ordre dans le pays ».

Pousse son fils Joe Jr à quitter Harvard pendant un an pour suivre à Londres les cours du fameux théoricien socialiste Harold Laski. (Ce Kennedy est un fou, incontrôlable, dangereux, ne pas le lâcher d'une semelle.)

Rencontre avec le gouverneur de l'État de New York à Albany organisée par Henry Morgenthau Jr. Roosevelt et Kennedy se souviennent de l'incident des navires de guerre et l'évoquent sur le ton de la plaisanterie. Propos rapportés : « J'aimerais vous voir à la Maison-Blanche, monsieur Roosevelt, pour ma sécurité et celle de mes enfants. Le monde change, il faut apporter une attention particulière à la politique, aux grandes ambitions publiques, même si le monde des affaires doit patienter un peu en retrait. Je suis prêt à vous suivre, je ne suis pas du genre à me retenir d'intervenir dans une campagne présidentielle et d'y contribuer financièrement. Vous pouvez compter sur moi. Je sais que Al Smith a la faveur des catholiques irlandais pour la course à l'investiture démocrate, et je m'arrangerai pour les retourner. Je sais que le magnat de la presse Hearst a John Nance Gardner comme protégé. Je l'ai rencontré du temps où il était prêt à payer de sa poche pour la carrière à Hollywood de sa maîtresse, Marion Davies. Je le retournerai aussi. »

Tout ce qui fut dit fut fait. Se considère comme le principal artisan de la victoire de Roosevelt à l'élection de 1932. La nuit des élections donne une fastueuse réception et prend un bain de foule avec la mine comblée d'un candidat victorieux.

Réclame sa part du butin. Sans résultat. Woodfin obtient le poste de secrétaire du Trésor qu'il convoitait ardemment.

Formation définitive du cabinet. Aucun poste pour l'arriviste. Multiplie les propos grossiers contre le Président. Menace de demander publiquement le remboursement des prêts consentis aux démocrates pour la campagne. Continue à œuvrer en procurant des appuis à James Roosevelt, le fils du Président, pour favoriser le développement d'une société qu'il possède à Boston dans le domaine des spiritueux. Dépité, revient à ses premières amours (spéculation et alcool). Se met en bande pour acheter à 26 dollars des titres de la Libbey-Owens-Ford. Répand la rumeur que la société pourrait décrocher un énorme contrat de fabrication de bouteilles pour des distillateurs qui préparent la sortie de la prohibition. Les revend à 37 dollars, puis laisse le cours s'effondrer. Se rend en Angleterre avec James Roosevelt. En donnant l'impression à ses interlocuteurs d'avoir la bénédiction de la Maison-Blanche, obtient de devenir l'agent officiel aux États-Unis de Haig and Haig, John Dewars Scotch et Gordon's gin. Sous couvert d'une licence d'importation de médicaments, commence à stocker d'importantes quantités d'alcool en attendant le jour J de l'abolition de la prohibition. Après l'avoir utilisé comme faire-valoir, refuse de prendre James Roosevelt comme associé. L'affaire lui rapporte un million de dollars par an. Roosevelt prend conscience que Kennedy représente un danger pour le New Deal par ses propos de plus en plus infamants à l'endroit du Président, tenus devant des chefs d'entreprise. Roosevelt lui propose l'ambassade d'Irlande. Selon une source de la Maison-Blanche, Kennedy lui rétorque qu'il n'a pas de goût pour les postes « ethniques ». À la surprise générale, Roosevelt lui propose la présidence de la commission des opérations de bourse nouvellement créée. *Newsweek* s'en offusque, le *New Republic* crie au « scandale de la nomination du pire des parasites de Wall Street ». Roosevelt hésite. Contre-attaque du *Boston Post* : « Il souhaite laisser un nom auquel serait attachée la réputation d'avoir bien servi l'État, et pas seulement celle d'avoir réussi dans les affaires. C'est pourquoi il a accepté un emploi auquel il ne postulait pas. »

Kennedy nommé le 2 juillet 1934. Tollé. Roosevelt charge son ami Bernard Baruch de pousser Arthur Krock, directeur du bureau du *New York Times* de Washington à faire un article qui fasse l'apologie du nouveau patron de la « SEC ».

Je me souviens d'ailleurs qu'Edgar avait eu vent de la réunion qui se préparait entre Kennedy et Krock. Edgar considérait que les conversations les plus intéressantes sont celles qui ont lieu entre deux hommes qu'il déteste avec la même force, ce qui était leur cas. Par ailleurs, il était curieux de ce qui pourrait sortir d'une discussion entre le bouillant et éminemment gaffeur catholique irlandais, qui ne faisait pas mystère d'un antisémitisme viscéral, et le juif sinistre autant que discret. Il les mit sur écoutes et piégea leur conversation :

— C'est un honneur pour moi de rencontrer une des plus belles si ce n'est la plus belle plume des États-Unis.

— Ravi de vous rencontrer, monsieur Kennedy.

— Je vais être direct, monsieur Krock, j'en ai la réputation et vous ne serez pas déçu. Vous et moi appartenons à des minorités dans ce pays. Les juifs et les catholiques sont encore contingentés à Harvard. Pas vrai ?

— C'est ce qu'on dit.

— Les grandes familles protestantes de ce pays ont ma réussite en travers du gosier. C'est l'explication de cette cabale dont je suis la victime. Je suis le petit-fils d'un immigrant irlandais mort du choléra à Boston, et je n'ai jamais eu le choix qu'entre une réussite éclair et croupir sous le joug de la bonne société protestante. Connaissez-vous l'écrivain Horatio Alger, Arthur, je peux vous appeler Arthur ?

— Certainement.

— Je disais qu'Horatio Alger a inspiré toute mon existence. Je crois que je pourrais être un personnage de ses romans. Je me suis battu pour que le rêve américain soit une réalité pour moi, ce fut un combat de poids lourds, j'ai pris des coups autant que j'en ai donné, mais à aucun moment, contrairement à ce que prétendent mes détracteurs, je n'ai eu à rougir de mes agissements devant Dieu. Comprenez-vous ?

— Certainement.

— J'ai copieusement réussi dans les affaires. C'est un fait. J'ai amassé honnêtement assez d'argent pour rendre heureux ma famille et mes amis. J'insiste là-dessus car j'ai bien des défauts, mais mes amis ne manquent jamais de rien. Aujourd'hui, je suis à un tournant de ma vie. Je crois que les affaires publiques, l'intérêt général, doivent prendre le pas sur les affaires privées. J'ai, voyez-vous, neuf enfants, et je les encourage tous dans ce sens. J'aspire comme beaucoup à entrer dans la postérité et je sais que personne ne se souviendra de l'entrepreneur, si courageux et honnête fût-il. C'est pour cela que je dois me consacrer à mon pays. Plus rien ne se fera sans un État fort et vigilant, ce qui n'a pas été le cas jusqu'aujourd'hui. Nous ne sauverons pas l'Amérique sans faciliter l'émergence d'une classe moyenne dont le confort matériel entraînera l'économie, et ces orientations, nous ne pouvons pas les attendre des seuls entrepreneurs les yeux rivés sur leurs comptes. Le fait d'en être un me donne une sacrée crédibilité pour en parler. Enfin, je ne voudrais pas vous importuner avec des considérations générales. Le Président m'a assuré que vous êtes le genre de personne à appréhender les autres avec beaucoup d'objectivité. Allons droit au but, Arthur, j'ai des ambitions, vous avez des ambitions, comment pouvons-nous travailler de conserve pour y parvenir ?

— À vous de me le dire, Joe.

— Je crois qu'il n'est pas déraisonnable de penser qu'un jour, je pourrais être le président des États-Unis. Je ne vous connais pas bien, Arthur, mais c'est dire l'estime que je vous porte, de vous avouer une ambition que je n'ai jamais confessée à quiconque, vous m'entendez, pas même à ma propre femme Rose, avec laquelle j'entretiens une complicité comme seuls les liens du mariage peuvent en créer. J'ai l'expérience, le dynamisme, les moyens et je pense la vision pour faire un bon président des États-Unis. Si je regarde ceux qui ont occupé le poste jusqu'ici, je ne vois pas où j'aurais à souffrir de la comparaison, même si le Président Roosevelt est incontestablement le meilleur que l'on ait jamais eu. Mais il n'est pas éternel à cette fonction, la constitution l'a prévu, et je ne vois pas pourquoi je ne pourrais pas lui succéder. Quant à vous, nous sommes nombreux à penser que le bureau de Washington n'est qu'une marche dans l'escalier menant au poste de rédacteur en chef du *New York Times*, qui est un peu à la presse ce que la présidence du pays est à la politique. Je peux vous aider pour ça, vous pouvez m'aider à me débarrasser de cette réputation sulfureuse qu'entretiennent les Wasp pour me discréditer. L'opinion publique, cette masse informe que personne ne parvient jamais à maîtriser totalement, c'est elle qui a toujours le dernier mot. C'est vous qui êtes en relation directe avec elle. Votre aide me sera précieuse. En dehors de ce partage d'intérêt qui scellera notre amitié, mes maisons vous seront ouvertes, vous n'aurez plus à souffrir d'un hiver à Washington sans un peu de repos en Floride dans un décor de rêve, et je vous fais le serment que vous ne boirez plus jamais de cet infâme whisky qui circule aujourd'hui dans ce pays. Sommes-nous d'accord sur le fond ?

— Je crois, Joe.

— Alors je suis prêt à vous raconter ma vie telle qu'elle s'est réellement passée. Vous verrez, beaucoup moins ennuyeuse que celle de n'importe quel homme politique que vous avez rencontré avant moi.

Le reste de la conversation, qui se résume à une litanie par Kennedy de ses propres mérites, n'a pas été retranscrite dans le dossier. Il s'ensuivit un article élogieux sur le président de la commission de bourse, qui suffit à calmer les critiques formulées lors de sa nomination. L'amitié entre les deux hommes ne s'est jamais démentie par la suite. À la lecture du dossier il était évident qu'Edgar, une fois de plus, avait eu du flair. Il avait commencé à le constituer sur une simple prémonition de ce que Kennedy, personnage remuant, pouvait un jour vouloir devenir. Et il ne s'était pas trompé. Il avait carrément encadré ce passage de son entretien avec

Krock, où il révélait sa suprême ambition qui suffisait à justifier ce long travail d'investigation mené depuis quelques années. Mais Edgar s'inquiéta d'autant plus que, connaissant son histoire, Kennedy aurait dû sombrer dans ses travers et faire de la commission de bourse un paradis de la prévarication pour lui et ses alliés. Au lieu de cela, il fit un travail étonnant de mise en place d'une régulation qui surprit les spéculateurs et tous ceux qui pensaient que l'âge d'or de la spéculation sans risque allait se poursuivre indéfiniment, preuve que l'Irlandais était plus subtil qu'il n'en avait l'air. Mais pour Edgar, ce renoncement à d'importants gains à court terme confirmait les ambitions d'un homme qui s'imposait un long jeûne dans sa faim de profits contestables. Il n'en était que plus dangereux, car au fond de lui-même, Edgar y voyait la preuve que Kennedy était prêt à tout, y compris à l'honnêteté pour accéder à la magistrature suprême. En se parant d'idées libérales comme ces Blancs se parent de colifichets pour mieux amadouer les Indiens. Il était convaincu que Kennedy était prêt à frayer avec le socialisme si les circonstances le lui imposaient. Et toute la panoplie qui allait avec : le droit des femmes, des minorités comme les catholiques et les juifs, et les droits civiques pour les Noirs.

La suite des informations, et le niveau de détail

et de précision auquel il les haussa, montre qu'Edgar avait mis le dossier Kennedy en alerte rouge.

Prend part activement à la vie mondaine de la capitale. Loue une maison de vingt-cinq pièces appelée « Marwood ». Sa femme et ses enfants n'y viennent qu'irrégulièrement. Il y héberge une bande de vieux copains irlandais dont Eddie Moore. Se lève tous les matins vers 5 heures 30. Monte à cheval dans son domaine. Nage ensuite dans sa piscine, le plus souvent nu. Se rend ensuite à son bureau avant tout le monde. Le soir, il écoute du Beethoven, à fond. Devient la coqueluche des journalistes. Cet hypocrite-né se fait passer pour le type le plus franc de Washington. Deux articles de couverture pour le *Time*. Un article glamour pour *Fortune*. Son credo : « Un homme aussi riche que moi n'a plus rien d'autre à attendre que d'être reconnu comme un idéal serviteur de son pays. »

Visites fréquentes de Roosevelt à Marwood. Kennedy fait installer un ascenseur pour élever l'« Empereur » dans son fauteuil roulant. On y mange du homard importé par avion de Boston et on y boit du scotch fourni par la maison. Krock est souvent invité pour témoigner de l'amitié entre Roosevelt et l'usurpateur. Kennedy est invité à plusieurs reprises à la Maison-Blanche avec toute sa portée (femme et enfants). On y joue avec la Ford bleue du Président dont l'équipement pour cul-de-jatte (commandes manuelles) fait merveille auprès des petits Kennedy. Anna Roosevelt, fille du Président, échappe de peu à la fougue de Kennedy lors d'une course poursuite après un déjeuner au Ritz-Carlton. Voyage sans compter à travers les États-Unis, 60 000 miles par an en avion. Démissionne de la présidence de la commission des opérations de bourse à l'été 1935, comme s'il voulait prendre le recul nécessaire à l'accomplissement de son destin. Fait ensuite des visites à l'étranger où il se permet des réflexions qui engagent la diplomatie américaine. À la proposition de Churchill sur l'idée d'un blocus de l'Allemagne nazie par la Grande-Bretagne et les États-Unis, il rétorque : « Ça ne marchera jamais, en Amérique il y a trop d'Irlandais qui détestent les Anglais. » Se met à l'écriture du livre. *Je suis pour Roosevelt.* Krock lui sert de nègre pour 1 000 dollars par semaine. Une apologie de Roosevelt et de sa politique, où il confesse être dénué de toute ambition pour lui comme pour sa famille. Considérable dépense d'énergie et d'argent pour la campagne de 1936. Roosevelt l'écarte du ministère des Finances qu'il briguait une nouvelle fois. Le nomme à la présidence de la commission maritime au printemps 1937. Abandonne ce poste après des négociations difficiles avec des syndicats et un patronat qu'il ne comprend pas. Début 1938. Est nommé ambassadeur des États-Unis en Grande-Bretagne.

Le dossier de Kennedy s'arrêtait là. Le départ récent de l'Irlandais n'avait pas permis à Edgar de récolter de nouveaux éléments, mais il faisait confiance au bouillonnant arriviste pour que de consistantes indiscrétions débordent de son activité en Grande-Bretagne, où les Anglais n'allaient pas tarder à se rendre compte que Roosevelt leur avait envoyé le plus imprévisible et le plus gaffeur de ses émissaires.

2

Sachant que j'avais scrupuleusement pris connaissance du dossier Kennedy, Edgar l'évoqua au cours de notre dîner en tête à tête, chez Harvey :

— Alors, Junior, n'ai-je pas eu raison de m'intéresser à ce faiseur ?

— J'en suis persuadé.

— Je le crois décidé à se présenter aux élections de 1940.

— Tout dans son comportement porte à le croire.

— Ce type n'a ni foi ni loi, l'expression même de l'opportunisme. Il joue les libéraux parce que c'est la mode. Si la mode change, il changera aussi. Mais si elle ne change pas, il est capable de défendre une politique sociale subversive et se faire le chantre de tous ceux qui empoisonnent ce pays. Des moyens aussi considérables que les siens mis au service du mal, cette éventualité ne me laisse pas indifférent.

— J'entrevois une excellente solution, Edgar, lançai-je.

— Laquelle?

— Que tu te présentes aux prochaines présidentielles.

Un sourire d'enfant illumina son visage un court instant, satisfait que la pertinence de son raisonnement m'ait conduit à une telle évidence, puis il s'assombrit, pensif.

— Je ne crois pas que ce soit le moment. Pour être sincère avec toi, Clyde, et tu sais que tu es le seul à qui je m'ouvre, je n'y ai pas pensé. Je sais qu'un jour peut-être, il pourrait s'agir d'une hypothèse réaliste mais nous en sommes encore loin. Je n'ai pas encore l'assise, ni l'influence et encore moins les moyens financiers pour devenir président. Mais il y a un pouvoir que j'accepte qu'on me prête, c'est éventuellement celui de défaire un président ou de nuire à sa réélection, de barrer la route à un candidat qui me paraîtrait inadéquat pour le pays. Tous ces hommes politiques à la petite semaine sous-estiment mon pouvoir de nuisance. Vois-tu, dans la vie, il y a ceux qui avancent et ceux qui obstruent. C'est de ce dernier côté qu'on juge les choses avec le plus de sérénité, pour ne pas dire d'objectivité. Le pouvoir d'obstruer n'oblige jamais à rendre des comptes, alors que celui de faire nécessite de se justifier en permanence. Je ne serai pas candidat en 40, mon bon Clyde, mais une chose est certaine, j'empêcherai Kennedy de succéder à Roosevelt. Roosevelt est un éléphant assis, mais au moins il a de la classe, une certaine finesse aristocratique. Il existe un avantage incontestable à ne pas avoir de jambes, on a le centre de gravité plus bas, plus d'équilibre. C'est quelque chose que Kennedy devrait méditer. L'autre n'est qu'un parvenu dans lequel bout du jus de carotte bénit par le pape. Nous n'avons jamais eu de président catholique et je suis prêt à parier, si l'avenir veut bien me garder où je suis, que nous n'en aurons jamais. C'est aussi exclu qu'une femme, un juif, un Indien ou un nègre. Mais le peuple est capable de telles toquades qu'il faut une autorité morale comme la nôtre pour veiller à ce que ses enfantillages ne se transforment pas en drame. En plus, je suis persuadé d'une chose. Sa première décision, comme président, serait de nous virer. Et ça, mon cher Clyde, la seule évocation de cette éventualité m'insupporte. Je ne sais pas si je me trompe, mais je crois que son orgueil démesuré vient de lui faire commettre une grave erreur. Je me demandais encore hier comment Roosevelt avait pu envoyer ce grossier Irlandais le représenter à la cour d'Angleterre. Il me semble évident, maintenant, que non seulement il se soustrait à l'agitation que Kennedy créait autour de lui, mais de surcroît, l'autre sera bien loin quand les intrigues pour la présidentielle commenceront. Il n'aurait pas dû partir. Il s'est fait déporter avec toute l'élégance du monde.

Edgar s'interrompit un moment dans le cheminement de sa pensée puis comme s'il revenait de très loin :

— Et puis j'ai un sérieux handicap pour me présenter à la présidentielle. Kennedy a cette insupportable Rose avec sa voix haut perchée comme femme. Roosevelt a cette gauchiste un peu lesbienne pour épouse. Et moi, qui prendrais-je comme première dame ? Toi, Clyde ?

Puis il se mit à rire avec l'exubérance d'un homme qui se découvre de l'humour.

De retour chez lui, il s'enferma dans un long silence. Nous nous faisions face dans le salon de sa maison dans des canapés profonds qui n'ont guère servi qu'à nous seuls, et encore à de rares occasions. En dehors des courses de chevaux, Edgar passait la plus grande partie de ses loisirs à chiner. Il aimait les antiquités, les statues, les lithographies d'hommes ou de femmes exaltant leur masculinité ou leur féminité sans jamais franchir la frontière de la crudité. Il avait le syndrome du collectionneur dont j'ai trouvé l'explication dans le livre d'un auteur français, un certain Montaigu, me semble-t-il, qui faisait remarquer « que l'âme décharge ses passions sur des objets faux, quand les vrais lui font défaut ». Sans partager absolument ce goût pour les antiquités, qui transformaient à la longue sa maison en musée, j'aimais l'accompagner dans cette quête de l'objet rare qui faisait passer sur son visage une expression de joie profonde quoique fugitive. Je me rendais souvent chez lui, même si nous ne vivions pas ensemble. Année après année, les choses y prenaient le pas sur la vie, l'immobilité sur le mouvement. Le salon, en particulier, offert au regard de très rares visiteurs, se rétrécissait sous l'afflux de nouvelles pièces, chaque jour plus nombreuses. Une longue bibliothèque vitrée en acajou aux soubassements pleins recueillait des collections comprimées de livres imprimés sur du papier bible, des éditions numérotées en cuir fauve incrustées de filaments dorés. Edgar en sortait parfois un au hasard afin de trouver une phrase ou un bon mot dont il pourrait user pour feindre d'être cultivé, faute de s'ouvrir sereinement au message des autres. La trépidation permanente qui l'animait l'en empêchait.

De mon côté, j'avais la passion de l'invention. J'aimais faire progresser les petites mécaniques qu'on croise dans la vie quotidienne. Je crois pouvoir dire que ma qualité d'inventeur fut reconnue par plusieurs brevets, dont un qui automatisait l'ouverture et la fermeture des fenêtres, un procédé adopté sur tout l'immeuble du FBI. Si je n'avais pas le même goût qu'Edgar pour l'art, je consacrais plus de temps que lui à lire et à m'intéresser à l'évolution du monde. Sans exagérer toutefois : on est bien plus heureux à ne pas trop penser. Au-delà d'un certain stade, la connaissance devient une punition, il faut savoir se résoudre à certaines évidences définitives et universelles et s'y conformer. Je n'écris pas cela pour me faire passer pour un intellectuel. Je voudrais simplement qu'on ne se souvienne pas uniquement de cet homme brutal et expéditif dont j'ai pu parfois donner l'impression pour le bien de ma mission.

En dehors de moi, Edgar ne recevait chez lui que des relations utiles. Il profitait de l'effet de malaise que son décor créait chez ses interlocuteurs pour prendre l'ascendant sur eux. Il n'occupait cette maison que depuis la mort de sa mère mais ce déménagement n'avait rien changé : elle semblait encore régner sur cette nouvelle demeure. Comme s'il avait lu dans mes pensées il me dit d'une voix d'enfant :

— Elle me manque, Clyde.

Il avait les larmes aux yeux.

— Je crois qu'elle aurait été fière de moi. De toi aussi. Elle t'aimait beaucoup. Elle appréciait que toi aussi, tu sois un bon fils pour ta mère. Sans elle, je ne serais pas où j'en suis aujourd'hui.

Je servis une bonne dose de whisky à chacun et pendant que je rajoutai de l'eau de Seltz dans son verre je lui lançai pour égayer l'atmosphère :

— C'est à ton tour d'être nostalgique.

— À nous deux, nous couvrons l'échelle du temps, répondit-il en se ressaisissant. Pendant que tu te laisses aller à t'attendrir sur sa fuite, j'ai toujours préparé l'avenir qui est une notion qui t'est aussi étrangère que l'argent pour un gosse de riche. Que serais-tu devenu sans moi ? T'es-tu jamais posé la question ? Tu serais certainement encore secrétaire particulier du ministre de la Guerre comme quand je t'ai recruté en 28. Au lieu de ça, tu es aujourd'hui le second, le double du directeur du FBI. Je ne sais pas si tu le réalises ?

— T'ai-je jamais dit le contraire ? Mais tu oublies que tu ne peux pas te passer de moi. À côté d'un homme vitupérant, qui parle avec le débit d'une lance à incendie, il faut un personnage plus calme, qui donne l'espoir que la tempérance l'emportera.

— Tu parles, on dit de toi que tu es le plus vicieux de nous deux avec cette façon que tu as de laisser s'écouler de longues minutes entre la question que l'on te pose et la réponse que tu donnes, en agrémentant l'attente d'un sourire sadique.

— Qui a dit ça ?

— Personne en particulier, c'est ce qu'on murmure. Quant à mon débit... comment dis-tu ? de mitraillette à bande...

— De lance à incendie.

— Si tu veux, eh bien sache que si je parle à cette vitesse, c'est une habitude que j'ai prise pour éviter que les journalistes n'intercalent leurs questions entre deux respirations. À ce rythme, aucune sténographe ne peut plus noter mes interventions publiques. Mon système les oblige à me demander copie de mon discours. Plus personne ne peut truquer mes déclarations. Ne jamais s'interrompre reste une excellente façon de déstabiliser ses adversaires.

En public, le langage d'Edgar ne connaissait pas de vitesse de croisière. Soit il se ruait dans une course effrénée de mots, sans ponctuation ni respiration, dans une apnée digne d'un as des profondeurs, soit il se taisait. Son mutisme n'était pas reposant pour son entourage. Il n'était jamais l'expression de la sérénité. Au mieux, il différait l'expression de sa rage et d'une profonde rancœur pour l'imperfection du monde.

Comme souvent au retour de chez Harvey, le restaurant où nous dînions ensemble presque chaque soir depuis une dizaine d'années quand nous étions à Washington, côte à côte, le dos au mur pour donner le sentiment que nous étions menacés, Edgar s'assombrit. Il avait parfois de brusques moments de joie qu'il célébrait par un rire de gorge assez semblable à celui qui succède à l'effroi chez un enfant qui s'est alarmé pour rien. Mais de vrai sentiment de bonheur, je ne crois pas qu'il en ait jamais eu. Il avançait dans la vie, comme pieds nus sur une lame de couteau, les pieds lacérés, ne sachant jamais de quel côté tomber pour soulager ses souffrances. Chaque soir, il restait ainsi, un bon moment les yeux dans le vague, sans rien dire. Il donnait le sentiment de se passer un film, toujours le même, noir et blanc, muet. Celui des années d'agonie de son père, atteint de ce qu'on appelait alors de la mélancolie. Une longue dépression, entrecoupée de mois d'internement, pour s'achever dans une anorexie fatale où l'esprit punit le corps jusqu'à sa disparition. Edgar n'en parlait jamais. Je le savais de sa mère, Annie Hoover. De même que la mort de sa sœur aînée, emportée par la maladie dans son enfance. Alors, Edgar avait pris la place de la défunte dans le cœur d'Annie qui, de son côté, s'était substituée à son mari dans le rôle du père.

Edgar aimait l'ordre jusqu'à l'obsession pour chasser de son esprit l'altération des facultés mentales de son père. Il avait sublimé le désordre de ses aspirations sensibles en un formidable sens de la méthode. Du temps où sa mère vivait encore, il lui faisait payer son assiduité filiale par des colères qui survenaient à propos de détails domestiques sur lesquels il se montrait intransigeant. Le matin, au petit déjeuner, Edgar se nourrissait d'un œuf sur le plat dont il exigeait que le jaune fût entier. S'il s'étalait crevé dans son assiette, il le renvoyait en cuisine, le visage congestionné de contrariété contenue. De la nouvelle assiette il ne prenait qu'une bouchée, il donnait le reste aux chiens, signe qu'il n'avait pas pardonné. Edgar se montrait avec eux d'une tendresse impressionnante. Il aimait en particulier les cairns, de petits terriers écossais de la taille d'un yorkshire. Un nom qui désigne là-bas un tumulus de pierre et de terre qui abrite renards et blaireaux. Des oreilles pointues coiffent une petite tête expressive. Leur poil est abondant et soyeux. Lorsque la vieillesse emportait l'un de ses chiens, Edgar le vivait comme une tragédie. Après une véritable cérémonie d'enterrement, il le remplaçait par un chiot auquel il donnait le même nom. La mine réjouie de ces petits animaux, dont il s'occupait comme un père, contrastait avec le teint blafard des occupants de la maison, la gouvernante en particulier dont Edgar évitait le contact, exigeant de n'être servi que par sa mère.

Edgar ouvrit les yeux et esquissa un sourire comme pour se faire pardonner cette absence. Je sentis qu'il avait quelque chose à me dire mais qu'il ne trouvait pas les mots. Il se décida enfin :

— Tu crois que je devrais voir quelqu'un ?

— Quelqu'un ? Mais pour quoi faire ?

Il s'engageait sur un chemin sans savoir s'il voulait vraiment poursuivre :

— Je veux dire... je devrais peut-être voir un thérapeute pour ces crises d'angoisse.

— Tu veux dire un psychanalyste ?

— Quelque chose comme ça.

— Je ne crois pas.

Fort de ma désapprobation, il se leva, prit une petite sculpture en marbre qui ne lui semblait pas à sa place puis la reposa :

— Le problème est que ces types sont tous communistes. Ce sont des juifs communistes. Marx était juif, Freud l'est. La psychanalyse est une manifestation de l'arrogance supérieure des juifs. Tellement imbus d'eux-mêmes qu'ils sont les seuls à ne jamais avoir fait de prosélytisme religieux. Comme s'ils étaient seuls dignes de cette foi. Ils sont comme une goutte de pluie qui retiendrait sa chute pour ne pas se perdre dans un océan d'eau salée. Eux seuls savent ce qui se cache derrière l'apparence des choses. Ils lisent à travers la matière. La théorie de Freud repose sur l'idée qu'on est victime de soi-même, je trouve ça terriblement subversif. Tout devient excusable. Non, je ne consulterai personne. Je ne veux pas tomber entre les mains de ces gens-là, tout Washington serait au courant.

J'ai acquiescé en opinant de la tête, avant de lui exposer mon point de vue :

— Tu as raison, Edgar, tous ces types portent la subversion en eux. Et puis, je n'en ai jamais vu un seul soulager la douleur. Ils ne soignent rien, ce sont des charlatans qui profitent d'une science inexacte pour s'enrichir. Tu sais, à mon sens, tes angoisses viennent de la rogne que tu as contre tous ces fils de pute qui essayent de démolir le pays. Tu prends trop sur toi. Un psychologue ne te servira à rien. Si tu commences à faire confiance à ce genre d'illusionnistes, tu te trouveras dans la situation de l'homme qui se fait ouvrir le ventre pour une appendicite auquel le chirurgien annonce qu'il va falloir en couper des mètres parce que d'après lui, ça sent la pourriture et la mort là-dedans. La psychologie est pour les faibles, pour des minables qui ont la trouille de vivre.

Les mains dans les poches, il se dirigea devant une glace biseautée dorée à la feuille. Il se regarda longuement puis s'en détourna brutalement :

— Je ne sais vraiment pas ce qu'il faut faire, je ne peux pas maigrir plus. Malgré cela, j'ai toujours une tête de gros et un cou de vieux taureau.

Il prit ensuite la direction de l'escalier pour aller

se coucher en me faisant un petit signe de la main. Je restai encore un moment à feuilleter des revues de décoration d'intérieur. Je les reposai ensuite soigneusement à leur place et je retournai chez moi en fermant la porte avec mon double des clés.

La disparition d'Annie avait été une vraie tragédie, mais une fois le deuil passé, sa mort avait marqué le début de la période la plus faste que nous ayons connue ensemble. Edgar, qui n'avait jamais réussi à convaincre sa mère de déménager des environs de Seward Square, prit une maison à Rock Creek Park. J'ai pris sur moi qu'il aborde cette nouvelle vie comme une libération, même si le terme est un peu brutal et que je ne me serais jamais permis de le prononcer devant lui. En dehors de sa peine que j'ai déjà évoquée, il était profondément déboussolé par le vide que sa mère laissait dans son emploi du temps. Avant son décès, il ne passait pas un jour sans l'appeler deux ou trois fois, des conversations dont la durée n'était limitée à la fin que par la force déclinante de la pauvre femme. Dès que nous voyagions pour le Bureau, je veux dire à l'intérieur des États-Unis car nous ne quittions jamais le territoire, Edgar prenait toujours un peu de temps pour lui faire un cadeau, une antiquité ou un bijou. Le soir, nous dînions dehors, mais il s'arrangeait pour que nous ne rentrions pas trop tard pour pouvoir l'embrasser avant qu'elle ne s'endorme.

Après la mort de la mère d'Edgar, nous n'avons plus jamais passé Noël à Washington. Noël est une fête pour les enfants. Rien ne nous était plus étranger que les enfants. Voilà pourquoi à cette époque de l'année, loin du scintillement des conifères enneigés du Nord, nous fuyions vers la Floride.

Je dois à la profonde détresse dans laquelle se trouvait Edgar d'avoir pu apporter du changement dans notre vie. Le bureau de New York était devenu le premier par la taille, ce qui nous donnait une bonne raison d'y aller toutes les fins de semaine. La vie y était moins austère qu'à Washington, et s'il n'était pas pensable de s'y rendre incognito, au moins les gens que nous risquions d'y croiser n'appartenaient pas uniquement à l'étouffante sphère politico-administrative qui nous encerclait dans la capitale. Nous arrivions par le train du vendredi soir, comme deux cadres exécutifs d'une grande firme en déplacement, heureux de retrouver leur famille après une semaine de travail acharné. Nous passions la nuit au Waldorf où d'une semaine sur l'autre deux suites contiguës nous étaient réservées. Le matin nous prenions le petit déjeuner ensemble. Edgar était en règle générale d'humeur joyeuse. Nous parcourions la presse rapidement, puis venait l'heure de nous rendre aux courses, seuls ou accompagnés de relations new-yorkaises. Nous avions en commun, Edgar et moi, la passion des courses. Nous partagions une fascination esthétique pour les chevaux, ces animaux d'une extrême élégance qui attiraient toute la bonne société de New York. Les hippodromes livraient alors un spectacle unique. Des femmes d'une rare beauté déambulaient dans les quartiers réservés aux personnalités, au milieu d'hommes tirés à quatre épingles qui d'un œil les admiraient, de l'autre surveillaient les courses, tout en essayant de repérer des accointances, des relations d'affaires. Tout ce petit monde agissait conformément à cet adage auquel nous avons toujours souscrit l'un et l'autre : « Les femmes aiment l'argent et les hommes aiment les femmes, c'est assez pour comprendre le monde. » Edgar et moi ne passions pas inaperçus. Depuis le début des années Roosevelt, la photo du directeur du FBI s'était suffisamment répandue à la une des journaux et des magazines pour qu'il devienne une de ces personnalités en vue, qui ont le privilège d'être reconnues par beaucoup plus de gens qu'ils n'en connaissent eux-mêmes. Ma présence systématique à ses côtés donnait à notre venue un caractère un peu formel et pour certains inquiétant. Le directeur du FBI venait-il sur les champs de courses à titre privé ou pour d'obscures raisons professionnelles ? Les mois passant, il devint évident pour tout le monde que nous n'étions là que pour satisfaire un véritable hobby. Nous avions l'habitude de jouer de l'argent bien entendu, des sommes très raisonnables car ni l'un ni l'autre n'étions des joueurs capables de nous ruiner sur une toquade. De plus, nous nous devions de montrer l'exemple par notre tempérance. J'avais pour le hasard une aversion qui peut paraître contradictoire pour un joueur. J'évitais les courses d'obstacles plus aléatoires que le plat et je dois avouer que j'avais acquis avec les années une certaine expertise des épreuves de trot.

Nous avions l'habitude de déjeuner sur place à une table qui offrait une vue en grand angle sur l'hippodrome. Le soir nous allions dîner chez Gallagher, Maxims ou Soulé, de bonnes maisons qui n'étaient pas sujettes à l'infidélité d'une clientèle réputée versatile. Nous étions tellement réguliers dans nos fréquentations, qu'on avait fini, dans certains endroits comme Gallagher's, par accrocher au mur un portrait d'Edgar, ce qui rendait encore plus impressionnantes nos entrées devant des clients médusés de voir apparaître l'« original ». Ensuite, nous finissions la soirée au Winchell's Table, après parfois une brève incursion au « 21 » ou au Toots Shor's. Nous y retrouvions des personnalités connues de la politique bien sûr, mais aussi de la chanson venant tout droit de Broadway, des figures du cinéma, qui vivaient sur la côte Ouest mais ne rataient jamais une occasion de faire une virée à New York pour changer des habitudes de Los Angeles. Passé une heure du matin, l'ambiance devenait particulièrement cordiale. C'est un des privilèges de l'alcool que de savoir briser en quelques heures la glace qui enserre les personnalités les plus imbues de leur rang dans la société. J'ai toujours assisté à ce spectacle avec plaisir. Edgar, qui pouvait boire d'étonnantes quantités à l'occasion, ne dépassait jamais le stade d'une gaieté qui le rendait cordial et même avenant. Au fil des semaines, je lui découvrais une véritable aptitude à profiter de la vie, et depuis qu'il avait fait le deuil de sa mère, je le trouvais plus ouvert sur les autres, parfois étonnamment festif, même s'il n'oubliait jamais que l'homme le plus enjoué ne peut desservir la fonction qu'il incarne. Un nombre impressionnant de personnes se joignaient spontanément à notre table. Mais plus spectaculaire encore était le nombre de gens que nous croisions pour la première fois, et sur lesquels il savait tout.

3

Depuis l'avènement de Roosevelt, Edgar s'était comporté en chef de la police scrupuleux. Il avait consacré tous ses moyens et toute son attention à combattre le crime, et son succès tenait moins dans le démantèlement de bandes organisées qui défiaient l'ordre public que dans le renversement de sympathies qu'il avait provoqué dans l'opinion. Dans l'estime de celle-ci, les G men (« hommes du gouvernement ») avaient supplanté les braqueurs de banque. Ces derniers avaient usurpé leur popularité en profitant de leurs exactions pour détruire des fichiers d'hypothèques et libérer des petits paysans du Middle West d'une insolvabilité qui les conduisait souvent au suicide. Désormais, les hommes du FBI avec leur costume impeccable et leur chapeau posé légèrement sur le côté étaient sollicités pour se pavaner dans les magazines, ils inspiraient des films et des bandes dessinées. Les

faits ne sont souvent rien à côté de la représentation qu'on en donne. Edgar l'avait compris et si
les attaques de banque continuaient, elles
n'avaient plus la sympathie des enfants de la classe
moyenne qui se battaient désormais pour jouer les
fédéraux dans la rue, laissant aux immigrés de la
dernière génération le rôle des bandits qui doivent
toujours finir par mourir. Cette réussite explique
certainement que, de tous les présidents qu'Edgar
a côtoyés durant sa longue carrière, Roosevelt fut
celui avec lequel il tissa les liens les plus étroits. Pas
sur le plan personnel, ils en auraient été l'un et
l'autre incapables, mais dans une relation de travail
qui dépassa toutes les espérances d'Edgar. Tout
démocrate qu'il était, le Président s'inquiétait des
risques d'infiltration de la société américaine par
des personnes acquises au pacte germano-soviétique ou à l'un des deux protagonistes. Que le Président décide d'établir une relation directe avec
le patron du FBI, en court-circuitant le ministre
de la Justice, était déjà une première. Qu'il lui
demande de muer son bureau en organisation de
contre-espionnage fut une véritable innovation,
même s'il savait qu'Edgar avait déjà montré des
dispositions à la surveillance du peuple américain
en période de guerre, lors du précédent conflit.
Roosevelt mesura-t-il que la limite avec l'espionnage politique était tellement ténue qu'Edgar ne

manquerait pas de la franchir ? C'est évident, mais le Président était avant tout préoccupé par la menace d'infiltration étrangère. Il le convoqua à la Maison-Blanche :

— Je vous ai fait venir parce que je voudrais que vous fassiez pour moi un travail confidentiel.

— J'en serai ravi, monsieur le Président.

— Je voudrais obtenir des informations fiables sur les activités fascistes et communistes dans notre pays. La signature du pacte germano-soviétique conjugue ces deux maux et nous impose une extrême vigilance. Est-ce quelque chose qui est dans vos cordes ?

— J'en suis persuadé. Nous en avons les moyens techniques et humains mais...

— Mais ?

— Je veux dire que de telles attributions ne relèvent habituellement pas de la police. Légalement, pour qu'elles soient du ressort du Bureau, il faudrait que la demande émane du département d'État.

— Je dirai à Cordell Hull que les États-Unis sont menacés par les services secrets soviétiques et allemands, et je serais étonné qu'il fasse le moindre problème. Je ne crois pas qu'il soit nécessaire d'en informer le Congrès. Quant au ministre de la Justice, il faudra bien lui en toucher deux mots plus tard, mais rien ne presse.

— Entendez-vous cette surveillance au sens le plus large du terme ?

— Que voulez-vous dire ?

— Je crois que nous ne pourrons pas faire l'économie de veiller sur les syndicats, les associations culturelles, les associations de défense des droits civiques. Il est également patent que ce travail doit être poursuivi dans le plus grand secret, afin d'éviter critiques et objections de la part de gens mal informés ou malintentionnés.

— Avons-nous le choix ?

— J'ai bien peur que non. Cela implique aussi, à terme, d'établir méticuleusement une liste des personnes à incarcérer en cas de guerre ?

— Je vous laisse libre de vos méthodes.

— À propos de méthodes, monsieur le Président, il y a un détail technique que je souhaiterais soumettre à votre réflexion, je dis bien votre réflexion car il ne s'agit absolument pas à ce stade d'approbation. Je veux parler des écoutes téléphoniques. La législation de 1934 les a écartées du périmètre de la loi. Vous remarquerez que dès 1928, j'avais pris les devants dans le premier manuel à l'intention de nos agents qui stipule que le branchement clandestin sur une ligne téléphonique est « malhonnête, illégal et immoral ». J'en suis toujours persuadé mais vous me permettrez de soulever tout de même la question, dès lors que les intérêts supérieurs de la nation sont mis en danger par des forces inspirées de l'extérieur.

— Une décision du ministre de la Justice n'autorise-t-elle pas les écoutes téléphoniques lorsque la vie d'une personne est menacée comme dans le cas d'un enlèvement ?

— Vous avez tout à fait raison, mais il ne s'agit là que d'une utilisation très restrictive.

— Si je vous obtiens une autorisation sous une forme ou une autre, en ferez-vous bon usage ?

— Qu'entendez-vous par bon usage, monsieur le Président ?

— J'entends par là que vous me communiquerez toutes les informations recueillies à cette occasion y compris celles qui ne concerneraient pas directement le sujet de vos investigations.

— Vous voulez dire, ce que j'appellerais des informations collatérales qui, éventuellement, permettraient d'en savoir un peu plus sur certains acteurs de la vie politique américaine sans bien entendu qu'ils soient la cible d'enquêtes volontaires ?

— Par exemple.

— C'est tout à fait possible. Il suffit d'en convenir.

— C'est ce que nous sommes en train de faire, me semble-t-il. Y compris ce que vous avez récolté avant d'y être autorisé.

— Je ne pense pas qu'il y ait grand-chose qui puisse aiguiser votre curiosité mais je peux regarder, bien entendu.

— Disons, monsieur Hoover, que je vais m'employer d'une façon ou d'une autre à faire autoriser les écoutes des conversations des personnes subversives. Je laisse à votre conscience de déterminer à partir de quel moment un individu peut être considéré comme subversif. Mais vous devrez m'en rendre compte. Vous restez bien entendu soumis à la tutelle du ministre de la Justice mais, pour les aspects plus délicats de votre travail, je vous laisse maître, avec l'obligation toutefois de me communiquer vos informations, si elles présentent un intérêt pour la nation ou pour moi-même.

— Je crois que nous nous comprenons parfaitement, monsieur le Président.

« Ce type-là a un complexe d'empereur. » C'est ainsi qu'Edgar décrivait Roosevelt. Probablement parce qu'il recevait toujours ses visiteurs assis dans un large fauteuil, sans jamais se lever, à cause d'une poliomyélite qui lui avait foudroyé les jambes faisant de lui une majesté assise. Roosevelt faisait confiance à Edgar. En retour, Edgar ne l'aimait pas. L'estime, la considération et dans le pire des cas l'affection étaient des sentiments qui le mettaient dans un état de dépendance à l'égard d'autrui qu'il jugeait intolérable, a fortiori quand il s'agissait de ses supérieurs directs. Mais il aimait encore moins Eleanor, la femme du Président, qui entretenait autour d'elle une cour d'esprits libéraux, et il faisait en sorte que le Président soit indirectement informé des idées contraires à l'intérêt de l'État soutenues par la première dame d'Amérique, une façon de lui signifier que lui-même n'était pas innocent de la propagation dans son entourage d'idées pour le moins déplacées. Roosevelt prenait alors ses mouvements d'humeur avec un certain humour comme en témoigne la réponse qu'il fit à un puissant responsable syndical qui vint se plaindre auprès de lui que le bureau fédéral enquêtait sur sa personne : « Ce n'est rien à côté de ce que Hoover répand sur ma femme », lui avait-il répondu. Roosevelt, le libéral, savait qu'Edgar avec ses idées radicales était un bien meilleur chien de garde que n'importe quel libéral qui aurait épousé ses propres idées. Il était en permanence la cible des démocrates et dut à plusieurs reprises s'expliquer devant des commissions sénatoriales qui lui reprochaient sa volubilité médiatique, son manque de rigueur budgétaire, mais au fond, ils cherchaient tous les moyens pour inquiéter un homme qui, sous couvert d'une présidence insoupçonnable de cautionner de telles méthodes, s'appliquait à bâtir un système implacable de surveillance de la classe politique américaine. Devant de telles attaques, Roosevelt ne lâcha jamais Edgar, lui prodiguant à l'occasion en public d'amicaux signes d'encouragement. Roosevelt était persuadé que sa politique était la meilleure pour relever le peuple américain mis à terre par la grande dépression, et il n'hésitait pas à recourir au FBI pour faire pression sur la presse qui lui était défavorable. En autorisant les écoutes téléphoniques des personnes suspectées d'activités subversives contre les États-Unis au printemps 1940, le Président ne pouvait pas ignorer qu'Edgar allait en faire un usage extensif. Edgar considérait que, derrière tout individu qui lui était hostile, se cachait un être subversif. Tout individu affichant des idées libérales l'était aussi. Enfin, critère qui prit une considérable importance avec les années, toute personne qui montrait des signes de faiblesse dans sa vie privée, en pratiquant l'adultère ou l'homosexualité, était une personne dépravée. Elle pouvait dans des moments de perte de contrôle révéler des secrets d'État, ou se trouver plus facilement victime d'un chantage. Mais comment savoir qu'un membre du Congrès ou tout autre syndicaliste était dans ce cas de figure si l'on n'enquêtait pas préalablement sur lui, dans un vaste mouvement d'investigations préventives sur tous ces hommes mais aussi toutes ces femmes qui cachaient leur duplicité au peuple américain? La découverte de la mise sur écoutes de Harry Bridges, le secrétaire du syndicat des dockers, qui repéra fils et micros installés pour le piéger, fit grand bruit au Sénat, qui auditionna le ministre de la Justice. Devant la tournure que prirent les événements, le ministre décida de se rendre chez le Président accompagné d'Edgar. Le Président reçut ce dernier avec une grande claque sur l'épaule en lui lançant : « Bon Dieu, Edgar, c'est la première fois que vous êtes pris la main dans le sac! » À aucun moment Roosevelt ne le désavoua et au cours de l'élection de 1944, le Bureau lui fournit les fiches d'écoutes de politiciens du parti républicain.

Edgar était devenu l'homme qui regarde dans le jeu de l'adversaire. Une vieille tradition des saloons américains. Ce qui le rendait indéboulonnable. Le seul qui, pour ne rien lui devoir et l'écarter, voulut se confectionner son propre système fut cet imbécile de Nixon. On connaît le résultat, il se fit prendre la main dans le sac et virer comme un employé de banque qui aurait soustrait de l'encaisse deux billets pour ses bières du samedi soir.

Au poker, regarder le jeu de son adversaire dans le reflet de la vitre contre laquelle il s'est adossé, on dit que c'est tricher. En politique, c'est anticiper.

Écouter est une science. Pour y exceller, il faut aimer se tenir debout, discrètement, derrière la glace sans tain et savoir se délecter de cet éclairage sur les facettes les plus obscures et les mieux dissimulées de l'être observé. Edgar et moi nous contentions rarement des fiches de compte rendu d'écoutes. Notre plaisir était de nous glisser dans cette intimité violée pour de nobles raisons et d'assister l'un contre l'autre à la défloration du quant-à-soi. Nous passions souvent plusieurs heures le soir à écouter des bandes dans un local technique du FBI, comme deux amateurs de films d'auteurs dans un cinéma de quartier. L'écoute agissait comme un rayon X qui dévoile la moindre tache suspecte. Nous avions un étrange sentiment de puissance en faisant céder cette barrière du mensonge, que chacun se plaît à installer pour circonscrire son territoire. Nous ressentions comme un pouvoir absolu le fait d'en savoir plus sur un individu qu'il n'est prêt à vous en dire, de l'entendre de sa propre voix s'abandonner à la vérité de ce qu'il est, happé par ses sens et leur inestimable dictature. Pris dans le filet de nos écoutes, personne ne pouvait plus prétendre s'appartenir. Le chemin de l'asservissement des individus au service du bien de la nation nous était grand ouvert.

Dans un puzzle, il y a toujours ce moment béni où l'on voit se dégager, encore fragmentée, l'image qui en constitue le thème central. C'est ce qui s'est passé pour Edgar au début des années quarante. Il prit la véritable dimension de son pouvoir. Edgar aimait le pouvoir mais il en détestait les aléas. Il aurait trouvé humiliant de devoir le remettre en jeu à intervalles réguliers devant des électeurs qui n'avaient pas le millième de sa capacité à raisonner. Et il n'admettait pas non plus que les hommes élus par ce troupeau sans éducation ni classe puissent menacer sa position qui devait être stable dans l'intérêt même du pays. Il était devenu à sa façon consul à vie. Il avait su créer le lien direct avec le Président qui le rendait incontournable. Aucun ministre de la Justice ne pourrait désormais se comporter à son endroit en supérieur hiérarchique direct. Il devenait l'unique mesure de la pertinence morale et politique.

4

En dehors de Kennedy, dont il venait de me confier le dossier avec mission de le surveiller en Angleterre depuis Washington, Edgar se focalisait sur une femme qui lui paraissait aussi dangereuse à sa façon.

Edgar parlait assez ouvertement de son célibat et des femmes qui en étaient la cause. Non par réticence à leur égard, mais parce qu'il considérait la plupart d'entre elles comme des êtres complexes, imprévisibles et d'une redoutable perversité. Edgar n'avait aimé qu'une seule femme, Annie Hoover, sa mère. Je me souviens de quelques phrases restées dans ma mémoire, vestiges de conversations impromptues sur le sujet, autour duquel nous tournions plutôt que de l'aborder franchement. « Je t'assure, Junior. Aucune femme ne pourra jamais se hisser à mon niveau. J'ai croisé trop peu de femmes qui méritaient ce que je pouvais leur donner. Je me félicite de ne pas avoir été plus loin avec celles-là. Je peux ainsi conserver dans un petit coin de mon esprit l'image de la femme idéale. Pour la grande majorité d'entre elles, je ne vois que calcul et dévoiement. Ce vice leur interdit un amour absolu et désincarné. Elles sont si peu à s'investir de cette soif de perfection qui m'anime que j'ai depuis longtemps renoncé à les fréquenter. » Cette antipathie initiale s'est transformée avec les années en haine pour le lot commun des femmes. « Si un crime demande de l'intelligence, vous pouvez d'entrée exclure qu'il s'agisse d'un nègre. S'il demande de la perversité, du vice et une violence froide, alors vous saurez que le coupable ne peut pas être un homme. » C'était sa théorie, qu'il diffusait largement aux enquêteurs fédéraux.

Sa vie amoureuse avait pris fin le 11 novembre 1918, jour de liesse pour tous ceux qui avaient combattu contre les Allemands pendant la Grande Guerre. Ce jour-là, au restaurant Harvey's, à Washington, Edgar était invité avec Alice aux fiançailles d'un ami commun. Edgar avait décidé d'y annoncer son propre engagement avec cette jeune femme, fille d'un important avocat de Washington, dont le cabinet aurait pu s'avérer une porte de sortie très honorable si le ministère de la Justice avait décidé de mettre fin à ses fonctions. La soirée se termina sans que la jeune femme y parût. Elle avait choisi, le laissant seul à son humiliation, d'épouser un officier qui revenait d'une guerre lointaine à laquelle Edgar avait échappé. La perte de confiance pour ce sexe d'une implacable volatilité fut définitive. Souvent questionné sur son célibat, Edgar fit cette mise au point en 1939 : « J'ai toujours mis les jeunes filles et les femmes sur un piédestal. Voilà quelque chose que les hommes devraient toujours faire : honorer et respecter leur compagne. S'ils le faisaient, la vie des couples n'en serait que meilleure. C'est la conception des femmes que j'ai eue toute ma vie. » Puis il ajouta : « Je vais vous avouer quelque chose. Si j'épouse une femme et qu'elle me trompe, qu'elle cesse de m'aimer et que nous divorçons, ce sera ma perte », avant de murmurer cette phrase supprimée lors de la publication : « Mon état mental ne le supporterait pas, et je ne serais plus responsable de mes actes. » Eût-il souhaité se marier plus tard, sa mère s'y serait opposée, convaincue qu'aucune femme ne le méritait au point de faire une bonne épouse pour son fils.

Une de ses boutades favorites était : « Vous ne devinerez jamais pourquoi je suis resté célibataire. Tout simplement parce que Dieu a fait une femme comme Eleanor Roosevelt. » Je dois reconnaître qu'elle représentait pour nous tout ce que nous

exécrions. Celle qu'Edgar appelait publiquement
« la vieille chouette hululante », à cause d'un
timbre de voix strident, était l'archétype de la
grande bourgeoise qui trahissait le monde auquel
elle appartenait en s'entourant d'une cour de libres
penseurs irresponsables. Ce genre de duperie mettait Edgar hors de lui. Outre l'influence qu'elle
exerçait sur son mari, elle s'enivrait de relations
passionnelles avec des parasites libéraux. « Cette
toquée de négros », comme il l'avait surnommée,
se permettait de mener une campagne permanente
en faveur d'un traitement décent des Noirs pour
améliorer leur logement, leur permettre de s'exprimer librement et d'accéder en pleine liberté aux
lieux publics réservés aux Blancs. Elle avait la légèreté criminelle des privilégiés qui, pour se donner
bonne conscience, sont capables de brader des
pans entiers de notre organisation sociale. Il faut
vraiment ne pas souffrir soi-même pour s'affliger
de la prétendue souffrance des autres. La compassion, c'est le modeste prix à payer pour se débarrasser du malheur d'autrui. J'ai toujours haï cette
forme d'affliction calculée, et cette bonimenteuse
d'Eleanor Roosevelt en était pétrie.

Que la femme d'un président qui n'était pas
elle-même élue puisse intervenir dans le débat
public mettait Edgar en rage. Il la fit surveiller

comme s'il s'était agi d'une femme à la solde de l'étranger. Le dossier constitué sur elle fut un des plus volumineux, plus de quatre cents pages, mais aussi un des plus complets. Elle dénonça nos méthodes au Président en les comparant à celles de la Gestapo, mais la présence autour d'elle de personnes liées à la défense nationale les justifiait amplement. Nous la suspections d'avoir des amants, hommes et femmes. Nous en eûmes la preuve lorsque Eleanor se prit de passion pour un homme de trente ans, elle en avait cinquante-huit. Sans être communiste, le jeune homme était ouvertement libéral, des visites en Union soviétique et en Espagne en témoignaient. Lash était un des meneurs de la « Jeunesse américaine ». Une perquisition sans mandat fut diligentée au siège de l'organisation, où nos agents tombèrent sur une abondante correspondance entre ses membres dirigeants et la femme du Président. Incorporé dans l'armée de terre, Lash poursuivit son écœurante relation avec Eleanor. Edgar ne se sentait pas à l'aise d'en aviser le Président lui-même, connaissant le sort ancestral réservé aux porteurs de mauvaises nouvelles. Il informa le contre-espionnage de l'armée de la présence en son sein d'un agitateur dangereux, par ailleurs souvent l'hôte de la Maison-Blanche en dépit de son grade inférieur. Le contre-espionnage enquêta au point de placer un micro dans la chambre d'hôtel où la femme du Président recevait son amant. Les enregistrements de la chambre 330 de l'hôtel Lincoln à Urbana furent délivrés pour audition au Président qui entra dans une colère noire. Le lendemain, Lash ainsi que toutes les personnes qui avaient approché de près ou de loin l'enquête furent envoyés sur ordre de l'état-major dans une zone de combat intense contre les Japonais dont, disait-on, ils avaient peu de chances de revenir. Lash survécut et nia toujours avoir été l'amant de la harpie. Le Président, on peut le comprendre, fut terriblement affecté par cette affaire. Des indiscrétions nous parvinrent, faisant état d'un profond ressentiment de Roosevelt à notre égard, amplifié par les résultats d'une enquête sur l'homosexualité du secrétaire d'État Sumner Welles, son ami personnel, qui l'obligea à s'en séparer. Roosevelt, malgré l'immense travail réalisé par le Bureau pour sa présidence, ne faisait plus mystère que la fin de la guerre allait sonner le glas des fonctions d'Edgar. Pareille injustice nous fut évitée, la santé du Président ne lui permit pas de vivre jusque-là.

5

L'arrivée de la famille Kennedy à Londres fit autant de bruit que celle d'une altesse royale. La presse anglaise s'éprit aussitôt de ce milliardaire remuant, caricature de l'Américain volontaire et maladroit. Bon enfant, sans façons, grossier et parfois drôle dans sa manière de bousculer une société fière de posséder un impressionnant écheveau de traditions. L'entichement des journaux pour Kennedy fut une source d'information précieuse, car le moindre de ses faits et gestes était relaté sans délai. Notre bureau de Londres contribuait également à nous renseigner. Je l'utilisais toutefois avec prudence. Si Kennedy avait été en possession d'une preuve formelle de notre surveillance, il aurait crié au scandale avant d'en faire un excellent argument électoral contre Roosevelt.

J'appris ainsi sans effort que Rose et cinq de ses enfants l'avaient suivi dans sa résidence londonienne. Les deux aînés étaient restés aux États-Unis pour poursuivre leurs études supérieures à Harvard. Joe Kennedy junior, le plus âgé, était la copie conforme de son père. Le deuxième, John, avait pris la forme de visage un peu large des Fitzgerald, des mâchoires épaisses qui contrastaient avec une maigreur d'intouchable hindou. Restait encore sur notre territoire Eunice, qui veillait sur Rosemary, une fille atteinte d'un profond handicap mental. En Angleterre, les Kennedy vivaient grand train. L'orgueilleux Irlandais ne voulait pas s'accommoder des moyens limités d'une ambassade et n'hésitait pas à mettre la main à la poche pour améliorer l'ordinaire. Une façon de se démarquer une fois de plus des diplomates qu'il considérait « comme une bande de confiseurs ».

Avec le recul, il n'est pas inexact de dire que quand Kennedy marchait, le monde n'était plus qu'un immense plat. Il se montra d'emblée favorable à la politique de conciliation que le Premier ministre anglais Chamberlain menait à l'égard de l'Allemagne. Alors que les nazis avaient envahi l'Autriche la semaine de sa prise de poste, il rencontra l'ambassadeur d'Allemagne à Londres. Il lui fit part de sa sympathie pour le régime de Hitler, « bénéfique pour le peuple allemand » et déplora que son image fût ternie aux États-Unis par un lobby juif qui influençait le gouvernement et la presse. L'ambassadeur allemand se déclara satisfait de cet entretien et mit la clairvoyance de Joe sur le compte de son origine bostonienne, une ville où les clubs les plus importants étaient fermés aux juifs depuis cinquante ans. À l'été, il était de retour au pays, soudain conscient de la difficulté de défendre ses intérêts électoraux depuis l'autre côté de l'Atlantique. Il y mesura sa popularité grandissante, ce dont Roosevelt prit ombrage, le Président ayant la certitude que Kennedy se servait de son poste comme tremplin pour s'opposer à lui aux élections de 1940. De retour à Londres, Joe avait laissé son fils aîné de permanence à New York. Ce dernier avait pris de son père un goût mécanique pour les femmes, ce qui faisait de lui un pilier du Stork Club, d'El Marocco et d'autres lieux à la mode. Fraîchement sorti de Harvard il ne cachait pas son ambition de devenir un jour le premier président catholique du pays si son père ne l'était pas avant lui, ce qu'il jugeait alors plus que probable. À la différence de son géniteur il avait professé ouvertement des idées socialistes et une sorte de reconnaissance froide de ce que les communistes faisaient pour le bien de leur peuple. Même si cette ardeur désordonnée avait disparu, Edgar me demanda de le surveiller, moins pour ses propres idées que pour l'aide qu'il allait apporter à son père. Il n'était pas rare de rencontrer son frère puîné dans les mêmes lieux pour les mêmes raisons. John était loin de dégager la même force physique que Joe, mais l'être frêle était doué d'une étonnante énergie qui se mêlait à une indolence sarcastique, prétexte à affirmer sa distance par rapport aux ambitions familiales dont Joe était le seul héritier. À l'époque, il est certain que les frères se disputaient des femmes mais pas l'avenir. Quand je demandai à Edgar s'il jugeait utile d'avoir un œil sur John il me répondit : « On en a assez avec le jeune Joe, on ne va tout de même pas ouvrir un jardin d'enfants. »

L'accord de Munich troubla Roosevelt qui hésitait entre l'isolationnisme et la tentation de réagir au mouvement tentaculaire du Reich. Il faut reconnaître que le repli sur soi avait les faveurs du pays tout entier. Les Américains se préoccupaient davantage des résultats de leurs équipes de football ou de base-ball que de la politique internationale qui n'était en rien leur affaire. Donner des vies sans être menacé était une expérience que de nombreuses familles avaient connue en 1917, et il n'était pas question de recommencer une aussi funeste aventure. Roosevelt se méfiait de Chamberlain qu'il trouvait aussi insaisissable qu'une boule de billard trempée dans l'huile. Mais il appréciait Churchill. Kennedy, que son tempérament prétendument direct aurait dû porter vers lui, le considérait comme un ivrogne autoritaire. Il vanta les accords de Munich comme un modèle d'arrangement avec une dictature expansionniste. Quand on lui faisait part des critiques de plus en plus nombreuses à l'égard de sa vision des affaires européennes, Kennedy balayait les reproches d'un revers de la main : « En dehors des juifs et d'anti-fascistes primaires, je ne vois pas qui, au pays du bon sens, pourrait me reprocher quoi que ce soit. » Je crois que Roosevelt comprit alors que le terrain de la politique internationale était le seul où il pouvait se démarquer de son concurrent à l'investiture démocrate. Mais il le fit surtout par conviction dans une allocution où il désavoua l'Irlandais. « Il ne peut y avoir de paix, si le règne de la loi est remplacé par une sanctification réitérée de la force, il ne peut y avoir de paix si les menaces de guerre sont délibérément mises au service d'une politique nationale. »

À cette époque-là, Edgar avait fait de Roosevelt son favori. Les frictions dues à la surveillance de sa femme n'avaient pas encore endommagé leurs relations, et même si Edgar le considérait comme un empereur gauchisant, il était certain que Roosevelt le conserverait à son poste après les élections. Pour ma part, sans abuser du recul qui m'est donné aujourd'hui, je n'ai jamais cru que Kennedy pouvait l'emporter en 1940. En attendant, j'observais amusé l'évolution de la politique internationale des États-Unis assujettie à la rivalité entre les deux hommes. Le paroxysme du loufoque fut atteint après la nuit de Cristal. Dans un élan de charité catholique, Kennedy prit l'initiative d'un plan anglo-américain de sauvetage des populations juives en accord avec Chamberlain qui consistait à acheminer les Juifs allemands, du moins ceux qui restaient, par bateau vers l'Afrique ou vers des pays occidentaux hors de portée des nazis. L'idée fut enterrée par le département d'État. Les Juifs américains eux-mêmes, outre le peu de confiance qu'ils accordaient à l'antisémite notoire, n'y virent qu'un plan bâtard qui s'écartait de leur idée de faire converger ces populations vers la Palestine. Roosevelt pressentit une manœuvre de l'ambassadeur et laissa son initiative s'enliser dans les sables de l'indifférence. Kennedy se déchaîna contre le Président dans ses déclarations à la presse britannique. Edgar fit parvenir à Roosevelt des copies de l'hebdomadaire de gauche *Week* dans lequel il accusait Roosevelt d'être le pion du lobby juif et où il assurait ses interlocuteurs de sa prochaine défaite aux élections. L'invasion de la Pologne et la déclaration de guerre de la Grande-Bretagne et de la France à l'Allemagne le mirent dans un état de panique indescriptible. La nomination de Churchill à la tête du gouvernement britannique porta un coup fatal à son ambassade. Churchill voulait ne rien avoir à faire avec lui et communiquait directement avec Roosevelt. L'isolationniste fut lui-même isolé par le Foreign Office. Lord Halifax en parla dans une note comme « d'un spécimen fétide de truqueur et de défaitiste ». Kennedy, qui avait prôné la négociation avec l'Allemagne pour un partage du monde en zones d'influences, connut les premiers bombardements allemands à Londres dans une terreur absolue alors que Roosevelt amusé de le voir au feu tardait à le rappeler. Quand il rentra fin septembre 1940, à quelques semaines des élections, Kennedy, tremblant de trouille rétrospective, n'avait qu'une phrase sur les lèvres : « Roosevelt et les youpins nous mènent tout droit à la guerre. »

Kennedy s'était montré tel qu'il était vraiment, un guerrier des temps de paix. La guerre lui faisait une peur viscérale et il était prêt à tout pour lui tourner le dos. Il fut à deux doigts de soutenir le candidat républicain contre Roosevelt. L'idée que ses enfants, en particulier ses deux aînés, puissent mourir dans un conflit qui ne concernait pas l'Amérique le révoltait. Il savait Roosevelt isolationniste de façade. Il avait aussi compris que ses sourires n'étaient que le masque du mépris. Il se rallia finalement à lui dans un discours solennel, croyant figer une carrière politique qui venait de s'achever. Je me suis souvent demandé, alors que nous nous y préparions, pourquoi il ne s'était finalement pas présenté. Il me semble qu'il a eu une sorte de prémonition qu'il allait avoir tort contre l'histoire. Notre surveillance n'avait pas été inutile. Nous avons eu juste cette légère amertume de gagner un match par forfait.

Joe Kennedy Jr, copie conforme de son père, s'était mis dans l'idée de lui emboîter le pas dans l'art d'exprimer avec vigueur des idées irréfléchies. Ils affichaient tous deux, avec une véhémence tout irlandaise, un isolationnisme qui faisait, en dehors des juifs, une quasi-unanimité dans le pays. Les quelques va-t-en-guerre jugeaient qu'il était trop tôt pour se dévoiler. On ne manœuvre pas l'immobilisme américain comme un bateau de régate. Roosevelt tout en collaborant étroitement avec Churchill ne cessait de répéter « qu'il n'enverrait pas les enfants américains se faire tuer dans une guerre étrangère ». Comme à chaque fois que sa lourdeur le rendait indésirable en politique, Kennedy reprenait du service dans les affaires. Il se rendit en Californie pour négocier son entrée dans le capital du groupe Hearst. Rapporté par notre bureau de Los Angeles qui glanait facilement des informations sur lui tant il était bavard, il y fit la tournée des producteurs, leur demandant « de cesser d'offenser Hitler dans leurs films. Cette cabale pourrait le convaincre que le lobby juif cherche à influencer la politique américaine par le biais du cinéma ».

« Il serait plus raisonnable de faire du commerce avec les nazis que de faire s'acheminer vers l'Angleterre des avions pilotés par des aviateurs américains, ou de faire convoyer par la Marine américaine du matériel destiné aux Anglais. »

« Les États-Unis feraient mieux d'accepter la domination nazie sur le continent européen plutôt que de se lancer dans une guerre qui épuiserait l'économie américaine au-delà de ses possibilités et ferait le lit des extrémistes de gauche. »

« Un Kennedy peut toujours en cacher en autre », me lança Edgar après avoir parcouru le compte rendu de l'intervention de Joe Kennedy Jr au Ford Hall de Boston. Sans juger du fond comme chaque fois qu'il ne se sentait pas directement menacé dans ses convictions ou sa carrière, il se contenta d'ajouter : « Ils peuvent dire n'importe quoi, vrai ou faux ils donnent toujours l'impression de parler avant de réfléchir. Avec un fils pareil, je comprends maintenant pourquoi le père lève le pied. »

Comme souvent les joueurs qui ont beaucoup donné dans une carrière courte autant qu'éprouvante même s'ils ne sont jamais parvenus au plus haut niveau, Joe Kennedy s'apprêtait à rejoindre le banc de touche pour se consacrer au rôle d'entraîneur, celui qui se mord les lèvres en regardant défiler les aiguilles de l'horloge du stade. Mais il avait le temps, l'aîné de son équipe n'avait que vingt-cinq ans et le second vingt-trois. Il allait mettre tous ses espoirs sur Joe Kennedy Jr qui cumulait l'avantage d'être le plus vieux, le plus bagarreur et celui qui lui ressemblait le plus. John n'en faisait pas mystère, son tempérament et sa constitution fragile lui interdisaient le terrain. Il se permettait même d'avoir ses propres idées sur la crise internationale, nuancées par rapport à la position familiale dominante en écrivant un livre : *Pourquoi l'Angleterre s'est-elle endormie*, qui devint un best-seller en quelques semaines. « Un énorme travail qui ne prouve rien. » C'est l'analyse qu'en fit Joe Kennedy Jr à son père. Kennedy ne prit pas ombrage des thèses de John qui faisaient de Churchill un véritable héros. L'important était qu'on parle de son fils. Krock, le vieil ami, offrit de préfacer le livre. Joe lui préféra Henry Luce, beaucoup plus célèbre, et l'imposa à John. À la fin de l'année 40, en accord avec Edgar, je mis la surveillance de Kennedy en veilleuse. Il était descendu assez bas dans le tableau de nos préoccupations. Le dossier reprit sa place dans l'armoire située derrière Miss Gandy.

6

Depuis la réélection de Roosevelt pour la troisième fois, ce que nous avions souhaité, les péripéties de Joe Kennedy n'étaient qu'un bruit de fond qui ne parvenait plus à couvrir une rumeur qui nous préoccupait largement plus. Après quelques mois où j'avais pu me réjouir d'apercevoir sur le visage d'Edgar des signes d'une relative détente, son expression était redevenue soucieuse. Comme à chaque fois qu'un problème d'importance survenait, il fallait à Edgar plusieurs jours de repli sur lui-même dans une maturation acide avant de s'en ouvrir à moi. Je n'essayais jamais de forcer la porte de cette partie de son esprit où ses inquiétudes se concentraient. Je le savais contrarié par l'imminence de cette guerre que chacun s'évertuait à nier. Non par la guerre elle-même, mais par le risque que j'encourais d'être incorporé. Cette préoccupation ne le quitta que lorsqu'il eut l'assurance de la

Marine, dont j'étais réserviste, que je ne serais pas appelé. La raison avancée par Edgar pour me faire exempter était le rôle stratégique que je jouais dans le dispositif de défense du territoire. Edgar avait mené cette affaire sans m'en parler, sans me consulter. Il ne pouvait concevoir que j'envisage de le laisser pour faire mon devoir d'Américain. Quand je le lui fis observer en plaisantant, il me regarda avec des yeux écarquillés :

— Mais Clyde, tu n'imaginais tout de même pas que j'allais te laisser partir et prendre le risque de perdre le seul membre de ma famille. À ma place tu aurais certainement fait la même chose, n'est-ce pas ?

Restait un vrai sujet de préoccupation. Roosevelt en préparation de l'éventualité d'une guerre envisageait de coordonner les différents services de renseignement civils et militaires, et n'évoquait pas le nom de Hoover comme son candidat pour le faire. On parlait du colonel William Donovan pour prendre la tête de tous les services de renseignement. Une façon de nous renvoyer à la traque des droits-communs. William Donovan était pressenti pour devenir le chef hégémonique du renseignement. Il s'était comporté comme un héros pendant la Première Guerre. C'était un juriste reconnu et une personnalité politique d'une envergure telle, que Roosevelt lui-même, bien que

Donovan fût républicain, le voyait présidentiable. Donovan, adjoint au ministre de la Justice en 1924, avait favorisé la nomination d'Edgar à la tête du Bureau, mais il avait publiquement déclaré qu'il le regrettait et qu'il allait tout faire pour le virer si les républicains revenaient au pouvoir.

Edgar me disait souvent :

— Vois-tu, Clyde, le moment où nous devons être le plus sur nos gardes est celui du dernier mandat d'un Président. Pendant le précédent ils ne pensent qu'à se faire réélire et il n'est pas difficile de s'entendre avec eux. Mais quand la fin est programmée, ils se mettent à vouloir entrer dans l'histoire, leurs convictions profondes remontent à la surface et les voilà capables de faire n'importe quelle connerie, de prendre la défense d'une cause d'intérêt général dont ils ne soupçonnaient pas l'existence jusqu'ici.

Nous étions dans ce cas de figure. Et à part glisser des peaux de banane sous les souliers vernis des types de l'espionnage militaire comme dans l'affaire de cette grosse chouette d'Eleanor Roosevelt, nous n'avions pas grand-chose d'autre à faire qu'attendre. C'est pour cette raison que lorsque Roosevelt et Churchill, qui n'était pas encore Premier ministre, mirent en route un réseau destiné à communiquer entre eux dans le dos de Chamberlain, en toute illégalité, Edgar n'hésita pas à intervenir selon une méthode éprouvée : occuper le terrain et couvrir des informations compromettantes. Edgar se prêta à cette collaboration avec les services britanniques parce que c'était son intérêt. Mais viscéralement, il n'aimait pas les étrangers. Fussent-ils anglais, il ne les comprenait pas.

Au tout début de l'année 1940, Edgar fut surpris de recevoir une lettre d'un boxeur à la retraite, Gene Tunney, qu'Edgar était venu admirer détruire son adversaire pour le titre de champion du monde des lourds dans les années vingt. Edgar avait toujours un a priori favorable pour les gens qui réussissent dans leur domaine sans lui faire d'ombre. Cette lettre lui recommandait de recevoir un agent des services secrets britanniques, un dénommé Stephenson que Churchill avait désigné pour le représenter personnellement aux États-Unis. Edgar l'accueillit chez lui, ce qui était un honneur dont l'homme ne prit pas la mesure, car au lieu de lui en être reconnaissant, il commenta plus tard sa visite en décrivant Edgar comme quelqu'un de froid et apparemment compliqué. Il rapporta également sa surprise devant la décoration particulièrement raffinée de son intérieur et devant le nombre saisissant de photos d'Edgar mais aussi d'hommes nus. Ce qui l'amena à conclure qu'Edgar était certainement homosexuel. On ne m'a relaté son rapport que bien des années plus tard et je ne crois pas qu'Edgar en ait jamais eu connaissance. Le sens de l'histoire en aurait été certainement changé dans ses heures les plus dramatiques si Edgar avait su à ce moment-là comment Stephenson le considérait. J'ajoute qu'après m'avoir rencontré il alla encore plus loin en affirmant que nous étions en couple. Prudent, Edgar répondit à sa demande de collaboration qu'il s'agissait là d'une affaire qui pouvait amener le Président à une mise en accusation devant le Congrès, avec un risque évident de destitution, et qu'il lui fallait en conséquence s'en entretenir avec lui. Le Président voulut rencontrer Stephenson et donna son accord pour une coopération entre le Bureau et l'Intelligence Service. Nous devions à Churchill de nous avoir choisis. Bien informé sur Edgar et son sens discret de l'intrigue, il nous avait préférés aux services de renseignement militaires avant que Roosevelt en décide autrement. Cette analyse mit Edgar dans de bonnes dispositions à l'égard du ministre de la Marine britannique qui n'allait pas tarder à devenir Premier ministre. Il devint pour les Anglais un impressionnant combattant de l'ombre comme ils les aiment au point d'en faire une part non négligeable de leur mythologie. Notre coopération fut d'une réelle efficacité en particulier dans l'ouverture du courrier, une pratique explicitement interdite en temps de paix. Roosevelt qui sentait la guerre approcher mit Donovan dans la confidence. Il s'empressa de se lier avec Stephenson qui ne dissimulait pas qu'il le préférait à Edgar pour lequel il avait une répulsion presque physique. Donovan appréciait la longue expérience du renseignement qu'avaient les Britanniques. Edgar de son côté considérait que nous n'avions rien à apprendre d'eux. Mais il y avait alors, chez l'Anglais, une dose de confiance en soi que seuls les Allemands parvenaient à égaler. Ils diligentèrent carrément le chef du renseignement de la Marine britannique accompagné d'un capitaine de frégate pour nous convaincre que Donovan et Hoover devaient diriger conjointement toutes les activités d'espionnage. Le capitaine de frégate fut semble-t-il très impressionné par l'accueil glacial d'Edgar qui claqua dans ses mains pour leur montrer la sortie à la fin de l'entretien. Il s'appelait Fleming. Il a acquis un peu de notoriété par la suite en écrivant des romans d'espionnage un peu légers. Son héros s'appelait James Bond. Donovan fut promu coordinateur des services de renseignement en 1941, ce qui déclencha une incroyable colère d'Edgar et une animosité contre les Anglais qui, je dois le confesser, est sans doute pour beaucoup à l'origine de Pearl Harbor, même si je maintiens qu'Edgar n'en fut pas le responsable.

7

— Monsieur le Directeur, je me permets de vous contacter car j'ai été approché par un homme qui se dit envoyé par le MI-6 avec votre accord préalable et qui souhaiterait vous rencontrer. Je sais que vous allez vous rendre à New York cette fin de semaine mais j'ai pensé qu'il était bon de vous en informer dès à présent.

— Bonne initiative, Foxworth. Je m'étonne que les Anglais ne m'aient pas contacté directement, par Robertson par exemple. À quoi ressemble l'intéressé ?

— C'est un Yougoslave fraîchement débarqué à New York, un dénommé Dusan Popov.

— Popov, dites-vous ? Un vrai nom de bande dessinée. Et que nous veut cet homme ?

— Il se dit agent double, travaillant à la fois pour les Anglais et les Allemands.

— Et sait-on pour qui il travaille vraiment ?

— Il prétend en réalité être un agent allié infiltré dans l'Abwehr.

— Et que veut-il ?

— Il prétend que les Allemands l'ont envoyé ici pour nous espionner, qu'il a prévenu les services secrets anglais de cette mission et qu'ils lui ont recommandé de s'adresser à nous dès son arrivée.

— Et pourquoi pas à Donovan ?

— Je n'en sais rien, patron. Ils l'ont aiguillé sur le bureau du FBI de New York.

— De quoi les Allemands l'ont-ils chargé sur notre sol ?

— Sa mission comprend une liste de quatre-vingt-dix-sept lignes dont un bon tiers concerne Hawaii ainsi que des demandes très précises sur Pearl Harbor.

— Sur Pearl Harbor. Quelle drôle d'idée ! Et quoi en particulier ?

— La position exacte des dépôts de munitions et de pétrole, des hangars, bases sous-marines, mouillage des navires avec ordre de s'y rendre le plus vite possible.

— Ces Allemands ne doutent de rien, envoyer un Yougoslave, avec un accent à couper au couteau j'imagine, espionner nos positions, c'est à mourir de rire, vous ne pensez pas ?

— Bien sûr, patron.

— Et comment explique-t-il cette demande ?

— Il dit que les Japonais ont insisté auprès des Allemands pour connaître en détail la façon dont les Anglais ont procédé pour bombarder la base aérienne italienne de Tarente à partir de porte-avions. Selon ce Popov, un attaché allemand lui aurait rapporté qu'il s'attendait à une attaque de ce type vers la fin de l'année. Il prétend qu'un autre agent double lui aurait confié que les Japonais se prépareraient à attaquer les États-Unis.

— Tout cela me semble un peu gros, Foxworth, et comment dire, un peu trop spontané, ne trouvez-vous pas ?

— Je suis d'accord avec vous, monsieur. Toutefois...

— Toutefois ?

— Toutefois, il n'est pas venu les mains vides.

— C'est-à-dire ?

— Il nous a montré la technique allemande de transmission des messages.

— Qui ressemble à quoi ?

— C'est une technique qui permet de réduire des photos à des micropoints qui passent totalement inaperçus sur une lettre ordinaire. Il nous a d'ailleurs montré le questionnaire sur micro-points.

— Passionnant, mais il semble que nous avons là tous les ingrédients d'un piège. Et que sommes-nous supposés faire ?

— Le dénommé Popov voudrait vous rencontrer au plus vite.

— Je comprends sa demande, mais j'avais prévu de prendre des vacances. Dites-lui que je le verrai dans une quinzaine de jours. En dehors du fait que je n'ai nullement l'intention de différer ce repos, je crois que nous ne perdons rien à le laisser mijoter un peu, histoire de voir comment la mouche se débat dans son bocal. A-t-il d'autres objectifs de visite que Hawaii ?

— Les Allemands souhaitent qu'il s'informe sur nos installations militaires en Floride.

— Qu'il s'y rende sous notre surveillance, qu'on lui donne le minimum de matière pour se rendre crédible auprès des Allemands et je le verrai dans quinze jours.

Edgar me relata avec délectation sa conversation téléphonique avec le chef du Bureau de New York pendant que nous faisions nos préparatifs de départ. Il riait à s'imaginer la mine de Foxworth quand il lui avait dit qu'il n'était pas informé de l'arrivée de ce Popov. Une technique assez courante chez Edgar qui consistait à prendre un air ahuri devant des nouvelles peu ordinaires qui pourraient s'avérer compromettantes avec le temps. Puis un nuage sembla passer sur son front. Il me dit tout en s'affairant à ne rien oublier :

— C'est curieux, les Anglais m'ont récemment fait part d'une lettre interceptée qui émanait d'un espion allemand. Un rapport sur la défense de l'île, avec cartes et photos, assez concentré sur Pearl Harbor. Le rapport concluait : « Voilà qui va grandement intéresser nos alliés jaunes. » On pourrait y voir une confirmation, Clyde. En même temps, je ne vois pas le besoin qu'ils auraient d'envoyer un deuxième observateur si ce n'était pas pour nous bourrer le mou. Je ne veux pas t'importuner avec ça, nous verrons bien à notre retour de vacances.

Les informations qui nous parvinrent du Bureau pendant ces quinze jours confirmèrent que Popov était bien descendu en Floride. En revanche, l'agent spécial chargé de sa surveillance nous fit part de certaines observations qui choquèrent considérablement Edgar. Le dénommé Popov vivait sur un train surprenant pour un espion dont Edgar se faisait l'image d'un homme par définition discret. Mais il y avait plus grave. Ce type violait délibérément la loi, en se faisant accompagner par une femme probablement prostituée qu'il conduisait d'État en État. Cette infraction au Mann Act relevait d'ailleurs du FBI puisqu'il s'agissait d'un délit fédéral.

J'assistai à la rencontre entre Edgar et Popov, à notre retour de vacances. L'homme était un peu aux abois, car depuis son arrivée, nous ne lui avions fourni aucune information susceptible d'alimenter la confiance que lui faisaient les Allemands, la règle pour un agent double étant de maintenir en permanence sa crédibilité vis-à-vis de la partie qu'il trahit. Mais Edgar n'en avait cure, Popov était un agent double supposé dans le meilleur des cas travailler pour la Grande-Bretagne. D'ailleurs nous n'étions pas en guerre. Edgar aborda la rencontre dans des dispositions d'esprit un peu particulières. Il lui lança une main molle, maugréa un bonjour inaudible et vint s'asseoir derrière le bureau de son chef d'agence. Il ne lui laissa pas le temps de parler :

— Sachez que mes hommes m'ont fait part de votre comportement grossier en Floride, en violation de la loi fédérale. À l'évidence, vous avez le goût des belles voitures et des putes, une attitude très contradictoire avec la mission discrète que vous vous prévalez de mener. Vous n'êtes pas un espion, monsieur Popov, vous êtes un porc.

Popov était sidéré :

— Mais, monsieur Hoover, les Allemands me payent très généreusement et j'ai toujours vécu dans le luxe. Si mon attitude n'était pas celle que j'observe habituellement, je craindrais d'éveiller leurs soupçons.

— Monsieur Popov, je n'irai pas par quatre chemins. Pour moi, vous êtes un espion bidon et je suis bien décidé à ne jamais vous revoir.

Edgar se leva et lui tourna les talons sans le saluer pendant que le chef d'agence le raccompagnait vers la sortie. Lorsqu'il revint, Edgar n'eut que deux mots :

— Bon débarras !

Ce n'est que bien après qu'il me fut confirmé que ce mystérieux Popov avait bien été un des plus importants agents doubles au service de l'Angleterre. C'est en tout cas comme ça que le considéraient Ian Fleming qui s'en inspira pour son personnage de James Bond et l'écrivain Graham Greene qui opérait alors pour le MI-6.

Le 20 octobre 1941, par acquit de conscience, nous avons transmis une version synthétique du questionnaire remis par les Allemands à Popov aux services de renseignement de la Marine. Il me semble qu'ils n'y ont pas prêté plus d'attention que nous.

Edgar et moi sommes restés très en retrait des polémiques qu'a suscitées l'attaque de Pearl Harbor le 7 décembre à 13 h 25, heure de New York. Il fallait des responsables. C'était la première et certainement la dernière fois que l'Amérique était meurtrie sur son sol. Si Stephenson avait été lui-même convaincu des informations véhiculées par Popov, pourquoi, alors que Donovan et lui avaient tant en commun, ne l'a-t-il pas informé des plans japonais sur Pearl Harbor ?

En tout cas, cette histoire ne desservit pas Donovan qui fut promu au grade de général pour prendre les fonctions de chef du renseignement en temps de guerre à l'Office des services stratégiques qui allait devenir plus tard la CIA. Roosevelt nous cantonnait dans les problèmes de sécurité intérieure et nous avait confié, comme s'il s'agissait d'une promotion, l'espionnage en Amérique latine. Sans doute considérait-il que les Américains étaient là-bas chez eux.

8

Même si j'ai toujours eu les faveurs de la presse, plus pour ma proximité avec Edgar que pour moi-même, je n'ai jamais eu la moindre illusion sur ce sujet, mais je dois confesser que j'étais très excité à l'idée d'avoir un entretien avec une journaliste du *Washington Times Herald*. Je ne me serais pas permis de l'accepter sans un accord exprès d'Edgar, qui me l'accorda pour me faire plaisir plus que pour autre chose. Edgar pensait qu'il était mieux pour le Bureau qu'il fût le seul à le représenter aux yeux du monde. Mais comme il avait le goût de la récompense, il lui arrivait de permettre à un agent de s'exprimer dans la presse, autorisation qu'il octroyait comme une confiserie à un enfant. D'autant que la journaliste était une des plus belles femmes en vue à Washington cet automne 1941. Edgar en avait entendu parler et, sans se montrer jaloux, il me fit comprendre que cela l'irritait un peu. Une beauté nordique d'une rare perfection avec une peau ferme et douce qu'elle devait à ses origines danoises. Le rendez-vous eut lieu fin octobre pour une parution le 30 et je dois reconnaître que cette femme m'intimida assez, tant sa beauté était conforme à sa réputation. Sans la surveiller particulièrement, nous savions qu'elle était arrivée aux États-Unis en 40 pour suivre les cours de l'école de journalisme de Columbia. Elle fut ensuite envoyée à Arthur Krock, le vieil ami juif de Joe Kennedy. Le *New York Times* ne devait pas avoir de poste à pourvoir à Washington DC car Krock, malgré son appétit pour les femmes, avait dû l'éloigner de lui et la diriger vers Waldrop, le directeur exécutif du *Times Herald*. Ma modestie souffrirait horriblement si je rapportais l'interview dans son intégralité mais je dois dire que ses propos furent délicieux. Elle me décrivait comme « un homme particulièrement avenant avec des yeux d'une intelligence rare » et « un physique splendide ». On ne pouvait rêver mieux. Edgar m'en félicita du bout des lèvres. Ce devait être un de mes tout derniers entretiens accordés à la presse.

Je fus d'autant plus sidéré quand Waldrop, son employeur, qui avait demandé à me rencontrer me révéla qu'une de ses collaboratrices, en qui il avait toute confiance, l'avait assuré que l'éblouissante journaliste, Inga Arvad, était un agent des services

113

de renseignement allemands — ce qui expliquait pourquoi elle était venue travailler à Washington, plus près du centre de commande que New York. Ma première réaction fut de balayer l'allégation d'un revers de la main, mettant ces affirmations sur le compte d'une jalousie bien compréhensible entre deux femmes d'un même journal, imaginant sans difficulté que l'accusatrice avait dû perdre sa place au soleil. Je transmis toutefois l'information de Waldrop à Edgar, en y ajoutant les plus grandes réserves. Je ne sais pas ce qui de la conscience professionnelle ou d'une petite vengeance personnelle l'emporta ce jour-là chez Edgar, mais il décida d'ouvrir une enquête. Il apparut rapidement que cette femme de vingt-huit ans avait déjà une vie bien remplie. Élue Miss Danemark puis Miss Europe, couronne qu'elle avait reçue des mains mêmes du « fantaisiste » français Maurice Chevalier, elle avait été mariée — puis divorcée — à une sorte de prince égyptien, ce qui ne veut pas dire grand-chose dans ces pays, où l'on finirait par croire qu'il y a autant de princes que de pauvres. Elle fut employée comme correspondante d'un journal danois à Berlin où elle réalisa plusieurs interviews de Göring. Elle compta parmi les rares invités à son mariage où elle fut présentée à un Hitler subjugué par ce modèle parfait de la beauté aryenne. Il lui accorda trois interviews avant de l'inviter à assister à ses côtés aux jeux Olympiques de 1936 qui devaient consacrer la supériorité physique de cette race dont elle faisait un remarquable ambassadeur. De retour au Danemark, cette femme pressée prit en même temps un mari et un amant.

Son amitié avec Göring et Hitler a bien entendu immédiatement retenu l'attention de l'Agence. Cette suspicion fut renforcée par sa relation avec Wenner-Gren à propos duquel une double investigation était menée par le FBI et l'ONI, le service de renseignement de la Marine, car il semblait presque certain que cet homme se servait de son yacht de 320 pieds pour ravitailler en fuel les sous-marins allemands.

Je ne me suis pas occupé de l'enquête au début. D'abord parce qu'en qualité de numéro deux du FBI, ce n'était pas mon rôle. Je n'ai pas souhaité non plus superviser cette investigation, j'éprouvais un peu d'amertume à voir déflorer l'image de cette femme que je trouvais si belle. Edgar, qui gardait un œil en permanence sur le déroulement de sa surveillance, ne m'en parlait pas non plus. Cette femme était un peu entre nous deux.

9

L'agent spécial Frederick Ayer Jr avait été recruté récemment lorsqu'il fut affecté à une opération d'écoutes dans un hôtel préalablement sécurisé à notre façon. Il y assistait un agent un peu plus expérimenté qui, sans lui dire qui était surveillé, lui mit les écouteurs sur les oreilles et lui demanda de retranscrire sur papier ce qu'il entendait.

Une première écoute est toujours un moment excitant dans une carrière d'agent fédéral. Cette incursion dans la vie des autres sans y être invité a, il faut le reconnaître, une saveur très particulière. Ayer fut assez surpris d'entendre une conversation banale entre une femme et un homme. La femme, qui avait un accent étranger, lui avait été présentée comme une espionne nazie. Rien dans ses propos ne laissait présager un échange d'informations confidentielles. L'homme ne disait pas grand-chose. La femme murmurait. Puis silence. Un silence qui se transforma rapidement en gémissements puis en cris ponctués par un hurlement final qui céda la place à des essoufflements. Le tout avait duré une minute et trente-cinq secondes. Puis silence à nouveau. La conversation reprit au bout d'une vingtaine de secondes. La femme lâcha d'une voix un peu lasse :

— Dieu que tu es rapide. J'ai l'impression que tu veux en finir avant d'avoir commencé. Tu as de la chance que j'aime les étreintes furtives. Je ne sais pas si toutes les femmes se contenteraient d'un aller et retour éclair sur quelqu'un qui ne connaît que la position du voilier, sur le dos le mât en l'air.

— Désolé, répondit l'homme, j'espère qu'avec les années les choses s'amélioreront.

— Méfie-toi, si tu fais la même chose avec tes autres conquêtes tu finiras avec une réputation « d'éjaculateur précoce ».

— Toujours mieux que « dur à jouir ». Je suis vraiment désolé, Inga, mais ce foutu dos m'interdit tout effort prolongé. Il faut que Dieu soit bien cruel pour m'imposer un tel calvaire dans un moment pareil.

— Tu es puni par là où tu pèches.

— Je voudrais bien croire à ce genre de conneries mais je n'en ai même pas la force.

D'après son collègue qui me le rapporta, Ayer écarta le casque de ses oreilles. Il avait des yeux exorbités comme s'il venait de voir un fantôme :

— Nom de Dieu, chef, je n'arrive pas y croire !

— À quoi ? demanda l'ancien que rien n'impressionnait, tu as entendu Abraham Lincoln ?

— Non, chef, mais c'est incroyable, pour ma première écoute clandestine je tombe sur un camarade de classe de Harvard. Je n'en crois pas mes oreilles. J'ai reconnu sa voix et son accent de Boston, sûr que c'est lui, chef.

— C'est qui alors ?

— John Fitzgerald Kennedy.

Son chef lui fit une moue amusée.

— Écoute, mon gars, c'est bien que tu l'aies reconnu, mais nous on le sait depuis plusieurs semaines. C'est le fils du magnat de Boston. Il est dans la Marine, il a accès à des documents secrets et il baise cette nazie. C'est pour ça qu'on est là mon vieux.

Edgar provoqua une réunion avec le chef des services de renseignement de la Marine, Wilkinson, son adjoint Kingman et Hunter le supérieur immédiat de John Kennedy. Il exposa les faits, présenta une transcription écrite de la bande et dévoila toute une partie de l'épais dossier constitué sur Inga Arvad sous forme de synthèse.

— On va le foutre dehors de la Marine, tout simplement, qu'en pensez-vous, Kingman, commença Wilkinson.

— Je partage votre avis.

— Et vous, Hunter?

— Je pense que c'est un peu délicat politiquement. Son père est une personnalité influente et très en vue. On ne peut pas le radier purement et simplement de la Marine. Nous devrions plutôt le muter dans une base opérationnelle où il ne soit pas en contact avec des dossiers confidentiels. Qu'en pensez-vous, monsieur Hoover?

— Je n'ai pas pour habitude de penser à des choses qui ne me regardent pas. Nous avons mené l'investigation, avec une célérité que vous ne démentirez pas, je l'espère, à vous d'en tirer les conclusions.

— Mais, reprit Hunter, vous ne pensez pas qu'une décision un peu trop radicale pourrait nous entraîner dans des complications politiques qui pourraient nous dépasser?

— Et surtout nous revenir dans la tête comme un boomerang, ajouta Wilkinson devenu plus prudent.

— Je dois dire que je connais assez bien M. Kennedy père, reprit Edgar. J'ai l'intention d'organiser une rencontre avec lui pour lui parler de son fils et lui communiquer le résultat de nos investigations. Je ne voudrais pas le prendre par traîtrise, ce n'est pas dans nos manières.

— Mais à ce jour vous n'avez que des suspicions sur cette femme, n'est-ce pas?

— Certes, capitaine Wilkinson, nous n'avons que des suspicions, mais je les crois bien étayées. Mais là n'est pas toute l'affaire. Ce jeune homme entretient une relation avec une femme mariée de cinq ans son aînée.

— Je comprends, répondit Wilkinson en baissant les yeux.

La rencontre avec Joe Kennedy eut aussi lieu en ma présence. Edgar lui avait toujours témoigné une certaine amitié en public parce qu'il était difficile de faire autrement avec un homme qui savait se comporter si chaleureusement à notre égard. À Noël, il avait envoyé une caisse de Jack Daniel's Black Label à Edgar, et ce qui montrait qu'il n'était pas ennemi de la subtilité quand il le voulait, il m'avait fait parvenir une caisse de scotch Haig and Haig.

Edgar avait organisé cette entrevue, qu'il avait motivée par des raisons purement amicales, dans un grand hôtel de la ville à l'heure de l'apéritif. Le grand Joe arriva avec un petit quart d'heure de retard. Il aurait été certainement capable de nous faire beaucoup plus attendre s'il n'avait pas eu le pressentiment de l'importance de ce rendez-vous.

— Tellement content de vous revoir, messieurs.

Il avait presque l'air sincère lorsqu'il lançait de ce genre de phrases à la cantonade. Joe ne savait certainement pas que la préparation des élections de l'année précédente nous avait obligés, en accord avec le Président, à constituer presque deux cents dossiers de personnes susceptibles de contrarier ses projets. Je veux dire que, même s'il s'en doutait, il n'aurait jamais imaginé qu'il y avait un tel nombre de suspects et il était trop arrogant pour ne pas croire que son dossier était sur le dessus de la pile.

— Ravi de vous voir, Joe, lui répondit Edgar avec un large sourire.

Nous passâmes commande auprès du garçon, des boissons sans alcool, Edgar avait décidé depuis un an de ne plus boire en public. Joe était aux prises avec ses ulcères et quant à moi, je suivais le mouvement.

— J'ai fait tout ce que j'ai pu pour éviter cette guerre, vous savez, et je me rends compte que cela n'a servi à rien. Je la prends comme une tragédie personnelle. Je crois que ça va être épouvantable. J'ai neuf enfants, Edgar, et par définition plus de chances d'en perdre un dans cette foutue catastrophe que la plupart des gens. Et un enfant pèse toujours plus que sa proportion dans une grande famille. Je n'ai vraiment aucun regret d'avoir défendu bec et ongles de rester en retrait de ce cataclysme. Lindbergh avait raison, nous sommes par nature plus près des forces de l'axe que de ces démocraties décrépies qui ne se sont même pas donné la peine de se doter d'une défense estimable. Et vous, Edgar, qu'en pensez-vous?

— Je ne partage pas cette position. Nous n'avons pas d'enfant. Euh... je veux dire que ni Clyde Tolson ni moi-même n'avons d'enfant mais je partage vos craintes, cette guerre risque d'entraîner de lourdes pertes. Mais, Joe, en dehors du plaisir de vous voir, qui reste intact quelles que soient les circonstances, j'ai souhaité partager ce moment d'amitié pour vous entretenir de quelques soucis que nous donne votre fils.

— Quel fils? Joe Kennedy Jr?

— Non, Joe, son frère le plus proche, John.

— John, grands dieux, qu'a-t-il fait?

— Votre fils a une liaison avec une femme, une dénommée Inga Arvad, une journaliste au *Times Herald*. Il se trouve que cette femme est fortement soupçonnée d'être une espionne à la solde des Allemands. Or l'intelligence de John, ses capacités, et la très honorable famille à laquelle il appartient lui valent une grande confiance de ses supérieurs et lui donnent donc accès à des informations « classifiées ». Dans ce contexte, la position qu'occupe votre fils John à la Marine nous pose un gros problème, comprenez-vous ?

Joe marqua le coup avant de reprendre :

— Je comprends très bien. John court après tout ce qui porte une jupe, je ne sais vraiment pas de qui il tient ça. Bordel de Dieu, j'aurais dû le faire châtrer quand il était petit !

— Je ne porte pas de jugement sur ses frasques, Joe, même si je trouve assez inconvenant cette relation avec une femme de cinq ans son aînée et mariée qui plus est. Mon inquiétude porte sur cette proximité inopportune avec une personne soupçonnée d'être une espionne nazie alors que sa position en fait quelqu'un de sensible. J'ajouterai que si cela venait à s'ébruiter et que des esprits mal tournés viennent à faire le lien entre cette relation et les idées assez pro-allemandes que vous avez professées à une époque, ce que je comprends très bien dans le contexte, on pourrait l'accuser non plus de se faire piéger dans une relation amoureuse avec une espionne malgré lui, mais de collaboration directe avec l'ennemi. Le préjudice en serait considérable.

— Le Président est-il informé ?

— Joe, malgré toute l'amitié que je vous porte, il m'est difficile étant donné les responsabilités qui sont les miennes de ne pas tenir le Président informé. Votre chance, dans ce cas d'espèce, est que ni le Président ni moi-même ne souhaitons que cette affaire s'ébruite. Le Président parce qu'il n'apprécierait pas que le scandale rejaillisse sur lui par ricochet, et moi, vous le savez bien, parce que j'ai beaucoup trop d'estime pour votre famille.

— Mais, Edgar, comment avez-vous la certitude que...

— Joe, je vous arrête tout de suite. Nous avons des enregistrements de conversations. Si nous ne l'avions pas fait, la Marine s'en serait chargée. Je suis bien mal à l'aise pour ajouter que ces écoutes ne laissent aucun doute sur le caractère amoureux et éminemment charnel de la relation de votre fils avec cette femme. La Marine voulait tout simplement le virer. Je suis intervenu avec beaucoup d'insistance pour qu'au lieu de cela, on le mute dans une base où il n'aura aucune connexion avec des dossiers qui engagent la sécurité de l'État. Je pense, Joe, si toutefois je puis me permettre, que vous devriez parler à votre fils, qu'il se montre plus prudent dans ses relations avec le beau sexe et un peu plus respectueux de la morale, il y va de la réputation de votre famille.

Le grand (par la taille) Kennedy est reparti passablement dépité. Après son départ, Edgar me dit avec satisfaction :

— Je crois que j'ai été assez juste avec lui.

124

Nous sommes sortis dans la rue où soufflait une brise fraîche et même un peu cinglante. Edgar a renvoyé d'un geste de la main le chauffeur qui nous attendait moteur allumé, comme à chaque fois que nous étions à l'extérieur du bureau, et nous avons pris la direction de sa maison à pied. Sur le chemin qui menait à cette demeure où il avait emménagé depuis le décès de sa mère, Washington avait curieusement une allure de fête. Sur ses larges avenues aérées, de magnifiques limousines croisaient. Edgar avait le sourire aux lèvres :

— Nous vivons dans un pays magnifique, n'est-ce pas, Clyde ? Dommage que nous devions en permanence nous prémunir contre ces fils de pute qui veulent le foutre en l'air par leur absence de morale.

Je répondis d'un signe de tête. Un peu plus tard, il reprit :

— La guerre est une opportunité, elle permet d'éloigner les indésirables et de leur donner une chance de mourir dignement. Ce fils Kennedy, je pense que nous devons faire le maximum pour qu'il parte en opérations.

Joe rappela quelques jours plus tard pour informer Edgar qu'il avait parlé à son fils. John lui avait fait part de sa volonté d'épouser Inga Arvad. Il s'y était évidemment violemment opposé, à cause, disait-il, des suspicions qui pesaient sur elle et qu'il ne pouvait s'agir d'un mariage convenable pour un catholique. Il ajouta qu'il avait pris la peine de rencontrer la jeune femme en tête à tête pour lui dire la même chose. Ce qu'il ne dit pas mais qu'on sut beaucoup plus tard, c'est qu'au cours de cet entretien, alors que son fils attendait dans une pièce voisine, il lui avait proposé une relation sexuelle éclair qu'elle avait refusée.

John Fitzgerald Kennedy fut envoyé sur la base navale de Charleston en Caroline du Sud. Mais ne désarma pas. À deux reprises au cours du mois de février 1942, Inga Arvad vint le rejoindre sous le faux nom de Barbara White à l'hôtel Fort Summer où le couple ne parvint pas à se soustraire à la vigilance du Bureau qui mit leur chambre sur écoutes. En dehors des habituels bruits liés à leurs ébats, aucune discussion ne retint notre attention. Le jeune Kennedy n'entretint sa maîtresse d'aucune affaire militaire et elle ne fit que colporter des ragots éculés provenant des allées du pouvoir à Washington. Le temps moyen de ses rapports sexuels resta constant. Mais il compensait cette brièveté par une ferveur à remettre le couvert assez remarquable. L'enquête sur Inga Arvad nous amena à la conclusion que rien ne permettait de l'accuser d'espionnage, mais son volumineux dossier, près de cinq cents pages, ne fut pas clos pour autant. Elle s'offusqua du traitement que lui avait infligé le Bureau, Joe lui ayant indiqué qu'elle et John étaient sur écoutes. Edgar n'en eut cure.

Cet événement fut l'occasion d'une première rencontre entre Edgar et John Kennedy. C'est ce dernier qui sollicita un entretien par l'entremise de son père. Edgar le décrivit comme un garçon qui affichait la conscience qu'il avait de ses origines sans toutefois avoir la brusquerie de son géniteur. Son assurance se traduisait par des mines sarcastiques qu'il utilisait pour mettre de la distance entre lui et les événements, comme s'il refusait de se laisser atteindre au premier degré. Sinon, il avait l'épaisseur d'un épouvantail à moineaux comme on en voit sur les champs fraîchement semés. Le genre de fils de riche sur lequel on trouve plus d'étoffe que de viande. Selon Edgar, il lui avait fallu tout le support de son père pour être incorporé à la Marine tant il paraissait spontanément inapte à toute forme de service dans l'armée. John en vint directement aux faits, en s'étonnant qu'on ait pu l'espionner dans sa vie privée. Edgar voulut lui tenir un discours sur les risques qu'il avait encourus pour sa carrière, mais John coupa court, il voulait savoir si oui ou non cette femme était une espionne.

— En l'état actuel des recherches cette femme semble hors de cause, se contenta-t-il de répondre.

Alors John ne se démonta pas et lui demanda de l'écrire. Edgar lui répondit qu'il aurait été ravi de l'obliger mais que tant que la guerre n'était pas finie, il lui était impossible de certifier qu'elle n'était pas à la solde des Allemands, car elle avait tout le temps devant elle pour le devenir.

10

S'éteindre dans ses fonctions sans que la violence soit la cause de la mort est une façon assez rare de se retirer en plein mandat de la présidence des États-Unis d'Amérique. Ce fut pourtant ce qui arriva à Franklin D. Roosevelt. Le 12 avril 1945, alors que la nature renaissait à la vie, à quelques semaines de la fin de la Seconde Guerre mondiale, comme s'il avait voulu échapper à l'écrasante responsabilité d'Hiroshima qui se dessinait, le Président fut emporté par une hémorragie cérébrale. Son cerveau fut la victime de douze années d'un travail intense au sommet de l'État dans des circonstances historiques mouvementées. La mort de Roosevelt n'affecta pas Edgar. Le chagrin qu'il avait éprouvé lors de la disparition de sa mère semblait l'immuniser définitivement contre la peine du trépas des autres. Il considérait cette imperméabilité comme une force. L'affectif n'était plus depuis longtemps autorisé à troubler sa rigueur intellectuelle. Le décès de l'« Empereur » l'inquiéta. Il restait trois longues années avant de nouvelles élections pendant lesquelles le vice-président allait lui succéder. Edgar se hâta de faire allégeance à Truman qui semblait presque contrarié et de mauvaise humeur de devoir assumer ces nouvelles fonctions. Il lui fit savoir par un émissaire que le Bureau et lui-même étaient à sa totale disposition pour toute forme de sollicitation. La réponse que lui fit Truman donna le ton des sept ans où il nous fallut composer avec cet homme qui, reprenant pour son compte les vues de « la grande chouette », femme du défunt Président, nous considérait comme la « gestapo américaine ». Il répondit que « s'il avait besoin du FBI, il s'adresserait directement au ministre de la Justice ». Une façon de nous renvoyer à notre échelon administratif où il pensait que nous aurions dû rester. Roosevelt, frappé d'une mort subite, n'avait certainement pas eu l'idée de nettoyer ses dossiers pour son successeur qui découvrit que feu le Président s'était servi du FBI pour des écoutes politiques. Il réagit avec le tempérament qui était le sien : concis, sec et volontiers vitupérant. « Qu'est-ce que c'est que cette connerie, je ne veux plus entendre parler de ça, dites au FBI que je n'ai pas de temps à perdre avec une merde pareille ! »

Mais l'accession à la présidence de Truman ne prit nullement Edgar au dépourvu. Il avait enquêté sur l'ancien vice-président. Assez pour savoir qu'il devait sa carrière au Sénat à un dénommé Pendergast, un leader politique de Kansas City, Missouri, connu pour ses liens avec le milieu, et lourdement condamné pour fraude fiscale à défaut du reste. Il savait que Truman était la pousse d'un terreau fétide, celui du parti démocrate de cette ville où il était venu discrètement enquêter quelques années plus tôt. Avec d'autres hommes politiques, ces informations n'auraient pas suffi. Truman, nous le savions, n'était pas corrompu lui-même, il avait indirectement profité des largesses d'un système politique local incontournable. Mais il avait la faiblesse des hommes honnêtes qui ne l'ont pas été assez pour simplement renoncer. Cet épisode de sa carrière lui rongeait le sang. Il vivait dans la peur que ses liens passés ne sortent de l'ombre à la faveur de cette présidence inattendue. Edgar se montra d'une féroce habileté dans sa manière de faire savoir au Président que lui seul connaissait le détail de son passé et qu'en dehors de lui, personne ne pouvait l'en protéger. La méthode consista à transmettre au Président une information selon laquelle, à la suite d'écoutes téléphoniques (dont nous savions qu'il rejetait le principe à des fins politiques), nous étions en mesure de l'avertir que des journaux préparaient un scandale sous formes d'articles « assez bien renseignés de notre point de vue » sur certains épisodes passés de sa carrière politique. Je pense que Truman n'a jamais eu le moindre doute sur le fait que nous étions les seuls à détenir ces informations, et que nous étions tout à fait capables de les transmettre aux journaux si nécessaire. Finalement, Truman se montra plus conciliant sur la pratique des écoutes à des fins politiques, et se contenta de vagues exigences sur le fait que de telles écoutes ne devaient pas constituer une atteinte aux droits civiques. Mais surtout, il ne parvint jamais à nos oreilles attentives que Truman ait exprimé l'idée de se débarrasser d'Edgar.

Edgar s'était juré de ne jamais revivre les moments de terreur qui avaient suivi l'élection de Roosevelt quand celui-ci avait pressenti Tom Walsh comme ministre de la Justice. Le sénateur du Montana était à l'origine de la commission d'enquête sur Palmer et Burns, des anciens patrons d'Edgar au début des années vingt, qui, sans être condamnés, n'avaient pas pour autant été blanchis de divers actes de prévarication. Walsh ne pouvait pas avoir oublié les incessantes attentions du Bureau de l'époque, qui avait envoyé des agents dans le lointain Montana pour fouiller sa vie privée, tenter de le discréditer en remuant ses poubelles, pour finalement ne rien trouver de compromettant.

À cette rumeur, Edgar s'était cloîtré. Il s'était muré dans un silence profond qui ressemblait à s'y méprendre à la méditation d'un condamné à mort qui se repasse le film d'une vie trop courte. La rumeur avait laissé place le 22 février 1933 à une annonce officielle par Roosevelt de la nomination de Walsh. Walsh, qui se trouvait à Daytona Beach en Floride, s'empressa de confirmer au *New York Times* qu'il acceptait le poste, et qu'il allait de ce pas réorganiser l'administration qu'on lui faisait l'honneur de lui confier, « avec un probable renouvellement de tous les directeurs de bureau ». La messe était dite et Edgar l'avait trop bien entendue. Neuf ans après sa nomination à la tête du FBI, il allait en être viré. L'attachement que j'avais pour lui à l'époque, qui allait déjà bien au-delà de l'admiration pour le grand professionnel qu'il était, me fit craindre une attaque cérébrale ou cardiaque. Comme d'autres s'habillent en noir dans les grands deuils, Edgar s'était paré du rouge qui lui empourprait le visage. Son sang s'y était réfugié comme s'il y cherchait une porte pour fuir l'humiliation de sa prochaine déchéance.

Le 3 mars de la même année, à peine dix jours plus tard, Edgar se leva au petit matin avec la contrariété d'un enfant qui se souvient que la veille, on a cassé son jouet préféré. Pas le plus coûteux ni le plus compliqué, mais un jouet unique souvent emprunté à l'univers des parents. Je me souviens que dans mon enfance dans le Missouri, un seul objet suffisait à animer tous mes rêves et à m'occuper des journées entières alors que nul autour de moi n'en comprenait la signification. L'objet était un fusil à aiguiser les couteaux et tous les outils coupants dont mon père se servait dans son travail de saisonnier agricole comme la serpe et la faux. Ce fusil, le mal nommé, ressemblait à une dague, à une petite épée comme on en trouvait en Europe dans les temps anciens. Il était très lourd pour un enfant de mon âge, mais sa ligne lui donnait une noblesse que je n'avais vue à aucun objet qui meublait notre entourage. On me l'enleva un jour, mon père dut le vendre pour son poids de métal qui valait bien plus que la vulgaire pierre à aiguiser qui lui succéda. Nul ne sut jamais à quel point cet objet avait rendu ma vie acceptable. Je lisais dans le regard d'Edgar la même détresse, celle d'un homme seul à comprendre ce qu'il est en train de perdre. Il attendait sa révocation.

Edgar m'avait demandé de passer le prendre ce jour-là. À cette heure matinale, je le trouvai en costume, une serviette blanche autour du cou, les

134

manches retroussées pour ne pas les salir. Je saluai sa mère qui ne fit qu'une brève apparition dans la salle à manger. Un drôle de rite institué entre eux faisait qu'ils s'asseyaient très rarement à la même table lors des repas. Au début parce que Edgar ne respectait aucun horaire. Ensuite parce que l'habitude fut prise que Mme Hoover surveillât le bon déroulement du repas de son fils plutôt que d'y participer. Annie me recevait toujours chaleureusement. Pendant les quelques conversations que nous avions en aparté, elle m'avouait que ma présence aux côtés de son fils la rassurait. Elle me demandait régulièrement des nouvelles de ma mère dont elle savait que je prenais un soin particulier. Elle profitait parfois de ma présence pour oser faire à Edgar des reproches qu'elle aurait été incapable de formuler en tête à tête. Ses critiques n'étaient jamais appuyées, Annie n'aurait jamais pu blâmer celui qu'elle considérait comme « son œuvre ». Elle libérait plutôt ses inquiétudes, sur son alimentation qui passait sans transition de la gloutonnerie au jeûne, ses excès de travail qui le conduisaient à veiller tard dans la nuit devant une encombrante pile de dossiers, ses emportements compulsifs. Parfois elle me murmurait à l'oreille : « Je suis bien aise qu'il ait un grand gaillard aussi calme que vous comme ami ! »

Edgar me fit asseoir sans un mot. Le regard fixe

dans son assiette, il continua à manger son œuf sur le plat, ne lâchant son couteau que pour caresser la tête de son chien qui faisait d'incessants allers-retours entre nous deux avant de comprendre que je ne mangeais pas. Devant le silence somme toute un peu pesant qui s'était installé dans la pièce, à peine perturbé par le bruit humide des babines de l'animal, sans défaire la chemise qui lui enserrait le cou, Edgar se leva pour allumer un gros transistor acajou.

Il n'avait pas plus de considération pour les journalistes que pour les hommes politiques. Pour lui, ils étaient des « chiens galeux », « des pisselignes ignares » toujours prêts à abuser du pouvoir qu'ils exerçaient sans sérieux ni discernement. Je n'ai jamais vu Edgar se plonger durablement dans un journal. Aucun ne trouvait grâce à ses yeux depuis que, dès le début de sa carrière, il s'était violemment accroché avec le *New York Times* et le *Washington Post*. Il se contentait de survoler dédaigneusement les titres et de piocher quelques informations intéressantes avec la rapidité d'un pic-vert chassant des insectes sur un tronc. Il était persuadé d'ailleurs que la présentation qu'avait faite le *New York Times* de l'acceptation par Walsh de ses fonctions à la tête du ministère de la Justice lui était destinée. Les caractères gras, la mise en page étaient ceux d'un avis de décès. On lisait entre les lignes toute leur jubilation de voir déchoir leur ennemi.

À l'heure où nous aurions dû être au bureau depuis un bon tour de cadran, il n'y avait à la radio que des annonces publicitaires entrecoupées de ce qu'Edgar appelait de la musique de nègre. Les Noirs n'étaient pas un problème pour lui, s'ils se contentaient de servir les Blancs. Aux reproches de ne pas recruter de Noirs au FBI, il répondait que son chauffeur, un des agents avec lesquels il passait le plus de temps, était noir.

Les informations débutèrent à l'heure précise. Je me souviens de la voix du speaker comme si c'était hier. Une belle voix grave à une époque où l'on choisissait plutôt des timbres aigus. L'intonation d'un type sérieux qui ne cherche pas à forcer sur le spectaculaire. La dépêche nous concernant vint en premier et nous cueillit à froid :

Ce matin à sept heures, heure de la côte est, le sénateur Tom Walsh, pressenti il y a un peu moins de dix jours pour devenir le ministre de la Justice du président Roosevelt, a été retrouvé mort par son épouse, visage contre terre, dans le train qui le conduisait à Washington où il s'apprêtait à entrer en fonctions. La découverte a eu lieu très exactement à Rocky Mount, Caroline du Nord. Selon des informations exclusives dont nous disposons deux heures exactement après le drame, le sénateur Walsh, âgé de soixante-douze ans, avait consulté hier un médecin pour des troubles digestifs. Le certificat de décès établi par un éminent médecin de Rocky Mount fait état d'une mort dont la cause est incertaine, mais probablement due à une thrombose coronarienne.

Après avoir dressé un portrait élogieux de Walsh, le journaliste dut se rendre à l'évidence qu'il n'y avait plus rien à délayer sur l'affaire et passa à un autre sujet. Edgar se leva pour éteindre le poste et sans un frémissement, il se remit à table pour avaler la dernière bouchée du blanc de son œuf après avoir hésité un bref moment à l'offrir au chien. Mais la bonne nouvelle lui avait ouvert l'appétit.

En dérogation à la règle établie, je fus le premier à engager la conversation.

— Je crois que ce ne serait pas bien que l'agent spécial du Bureau qui a embarqué dans le train en même temps que Walsh soit identifié. Ce serait de nature à créer une certaine confusion, ne penses-tu pas, Eddie ?

Edgar, tout à la dissimulation de sa joie, ne répondit pas tout de suite.

— Tu sais de quoi il est mort ce vieux Walsh ? reprit-il après un moment de délectation.

— Ils parlent de thrombose coronarienne, non ?

— Tu n'y es pas du tout, Junior, ça c'est la

conséquence. Le vieux Walsh, aussi vrai que je m'appelle John Edgar Hoover, est mort d'une overdose de baise.

Je le regardai, surpris. Il poursuivit lentement :

— Walsh était veuf depuis 1917, ce qui explique que la première fois que j'ai envoyé des types dans le Montana pour le piéger, on n'a rien trouvé sur lui. Walsh vient de se remarier avec une jeune Cubaine de la meilleure société. Imagine un peu. Le système rouillé depuis seize ans alors qu'il en a déjà soixante-douze, une jeune femme hispanique, tempérament de feu. Paf! le sénateur a explosé. Je vais demander à l'agent spécial Conray d'accompagner la veuve et la dépouille de feu notre ennemi jusqu'à Washington, où j'irai personnellement adresser mes condoléances à la jeune femme.

— Tu ne crains pas qu'on jase sur la présence d'un de nos agents dans le train ?

— Je ne l'aurais pas fait, on m'aurait reproché de laisser mon futur ministre sans surveillance. Que la rumeur vienne à soupçonner le Bureau d'avoir abrégé son existence ? Tant mieux ! Ce seraient tous les avantages d'un meurtre sans les inconvénients. Qu'on pense que je l'ai fait effacer, que le doute s'installe et il ne se trouvera plus jamais un fils de pute pour accepter d'être nommé ministre de la Justice avec comme arrière-pensée de m'écarter du Bureau.

Il s'interrompit un moment avant de reprendre réjoui :

— C'est le miracle de la vie. La journée s'ouvre sur un ciel bas et menaçant pour se poursuivre sous des cieux enchanteurs. Une bonne étoile veille sur nous, Junior !

Nous avons ensuite quitté sa maison pour nous rendre au bureau à pied. Non que le temps fût particulièrement propice à la marche, mais il ne pleuvait pas et Edgar voulait savourer son accommodement avec le sort. Il me prit par le bras comme le font deux vieux confidents, avant de me lâcher au coin de la rue, où le chauffeur nous rejoignit avec la limousine, pour nous suivre le long de l'avenue qui nous menait aux responsabilités. Roosevelt nomma finalement à la Justice un homme qui confirma Edgar à son poste.

Mais Truman était meilleur joueur d'échecs que nous le pensions. Il s'imaginait qu'une fois la pérennité de sa fonction assurée, Edgar baisserait la garde, ne menaçant jamais un Président qui venait de lui renouveler sa confiance. Truman, nous aurions dû nous en douter, avait la rancune tenace. Elle se révéla par son opposition à voir Edgar fédérer l'ensemble des services d'espionnage. Roosevelt avait demandé à Donovan, le patron de l'OSS, de réfléchir à la mise en place d'une structure destinée à centraliser l'espionnage en temps de paix. Edgar était farouchement opposé à cette idée qui reléguait le FBI dans son rôle de simple police fédérale. Dès novembre 1944, il avait milité pour un retour à l'organisation qui avait prévalu avant la guerre. Mais le concept faisait son chemin. Edgar me fit part de son irréductible volonté de le saboter. D'abord en alertant l'opinion publique, à travers des journaux amis, que la menace d'un système domestique d'espionnage planait sur l'Amérique. Et si ça ne suffisait pas, de décréter que cette centrale d'intelligence était sous influence communiste, en démontrant que l'OSS était déjà un ramassis de bolcheviques. Le Président montrait de sérieuses réticences à recevoir Edgar en tête à tête. Une façon de lui signifier que, malgré son pouvoir, son échelon dans l'administration ne lui offrait pas d'accès direct au sommet de l'État. Edgar, à force d'insistance, finit par obtenir un entretien avec le Président qui se montra glacial.

— Il faisait semblant de ne pas me voir, son regard passait de la fenêtre à ses dossiers soigneusement rangés et il s'efforçait de me faire ressentir à quel point cette entrevue était dérogatoire à ses principes et à l'idée qu'il se faisait du fonctionnement vertical de son gouvernement. Il ne faisait pas mystère que j'usurpais ma place dans ce bureau ovale, assis en face de lui. Truman se refusa à argumenter avec moi. Le FBI devait tout au plus être ramené aux pouvoirs qui étaient les siens avant la guerre. Finie l'Amérique latine, finie la surveillance à l'étranger.

Je ne sus pas ce qui s'était dit ensuite. La seule évocation de ce dialogue mettait Edgar dans une rage qui lui faisait friser l'embolie. Je n'en connus que la conclusion. Truman lui avait lancé :

— Vous dépassez les bornes, Hoover !

La CIA fut ensuite créée. Elle dépendait directement du Président par l'entremise du conseil national de la sécurité. Je dois reconnaître que ce fut pour nous le début d'une longue période de résistance qui succédait à une défaite éclair. Cette création fut motivée par la nécessité de juguler la menace de subversion communiste, un concept que nous avions créé de toutes pièces. Ces gens-là prenaient nos idées pour nous écarter.

Personne ne résistait à Edgar quand il déballait ses statistiques à une époque où cette approche méthodique n'était pas encore à la mode. Il avait une façon unique de méduser son auditoire par la présentation de chiffres qui traduisaient le travail du Bureau dans tous les compartiments de son activité. Il ne pouvait donc pas ignorer qu'au plus fort des relations entre les États-Unis et l'Union soviétique, alors que nous étions alliés pour en finir avec le nazisme, nos statistiques faisaient état de 80 000 membres du parti communiste sur une population de 150 millions d'individus. C'était apparemment faible et nos détracteurs s'en servirent pour nous accuser de délire paranoïaque. C'est oublier le travail de terreur accompli par le Bureau depuis la Première Guerre, qui en avait dissuadé plus d'un de prendre sa carte du parti. C'est omettre également que cette idéologie était proportionnellement mieux représentée dans des milieux puissants que dans les couches pauvres de la nation. Contrairement à ce qui fut affirmé par nos ennemis nous savions que le communisme en tant que tel ne menaçait pas directement nos institutions. Mais nous entrions dans la période de la guerre froide, de la première bombe atomique soviétique, et dans une longue course entre deux modes de vie dominants, l'un collectif, l'autre individuel. Et nous savions Edgar et moi de quel côté nous nous trouvions. Entre sympathie et collaboration se trouve un espace indéfini que certains franchissent sans même s'en rendre compte. Nous étions les seuls à savoir veiller sur cette zone et on voulait nous ôter cette prérogative qui tenait à notre compétence unique. Personne d'autre que nous ne savait lire à travers les individus, ne savait traquer ces détails qui se révèlent parfois d'une importance cruciale. Ce que nous étions capables de faire sur le territoire, pourquoi nous l'enlever à l'étranger ?

La dévotion de Truman pour sa famille était rare pour un homme politique, ce qui ne le rendait pas suspect lorsqu'il disait : « Je ne veux pas savoir ce qu'un homme fait après son travail, c'est de l'ordre de la vie privée et la vie privée des gens ne m'intéresse pas. » Pourtant il fut assez choqué de savoir par notre entremise que Donovan, le patron de l'OSS, avait une vie turbulente en marge de son mariage. Truman ne s'en débarrassa pas pour cette raison, même si nous n'avons pas manqué d'insister, en particulier auprès de son attaché militaire, sur le fait qu'une vie privée non conforme à la morale était la meilleure façon de s'exposer à un chantage, situation dramatique pour un chef des services de renseignement. Cet événement apparemment assez anodin prit une importance insoupçonnée. À la même époque, Truman reçut un dossier sans origine spécifiée qui faisait état d'une prétendue homosexualité du directeur du FBI. Le Président laissa s'écouler la rumeur jusqu'à lui, sans jamais y attacher la moindre importance. Truman avait cette qualité, il n'était pas homme de ragots. C'était la seconde fois qu'on attaquait Edgar par ce biais abject.

La première offensive calomnieuse datait du début des années trente. Elle vint du magazine *Collier's*. Difficile de dire ce qui affecta le plus Edgar. Le contenu de l'article lui-même ou le fait que pour écrire un papier pareil, ces gens-là n'avaient pas la moindre crainte du directeur de la police fédérale.

Il tournait autour de moi, le magazine dans les mains, l'enroulait, le lançait sur son bureau, le reprenait sans parvenir à me dire ce qu'il contenait pour à ce point lui brûler les doigts. Il ne parvenait ni à s'asseoir ni à rester debout, comme si le souvenir de ce qu'il avait lu le propulsait ailleurs. Les attaques qui pleuvaient sur nous à cette époque devenaient presque quotidiennes, signe que notre notoriété ne faisait que croître.

— Est-ce que tu peux imaginer ce qu'ils ont écrit sur moi ?

— La même chose que d'habitude, je suppose. Je pensais que tout avait été dit jusqu'ici et je ne vois pas ce qu'ils pourraient trouver de nouveau. Les fondements de la critique sont comme les matières premières, ils ne sont pas inépuisables.

— Ah oui, tu crois ça. Miss Gandy n'a pas osé le joindre au dossier de presse. Elle a mis deux jours pour me le donner. Tu veux que je te le lise ?

Il déplia le journal qu'il avait chiffonné à force de se crisper dessus. Il le relut pour lui-même avant de reprendre, secoué de spasmes qui balançaient entre fureur et détresse :

— Je passe sur « l'appétit du directeur pour la publicité qui entretient toutes les conversations à Washington, bien étrange pour un Bureau, qui par la nature de son travail est supposé opérer dans le secret. Bien que M. Hoover ait édicté des règles très strictes pour ses agents, il ne s'y est pas soumis lui-même... »

— Je ne vois pas...

— Attends, c'est maintenant. « En apparence M. Hoover est totalement contraire à l'image qu'on se fait d'un fin limier. Il s'habille avec faste, d'un bleu Eleanor, sa couleur favorite pour s'accorder avec celle de ses cravates, de ses pochettes et de ses chaussettes. Il est petit, gras, habillé comme un homme d'affaires, et sa démarche est maniérée. »

Puis il me regarda fixement s'en remettant à moi.

— Je ne vois vraiment rien de bien..., dis-je pour sous-estimer l'affaire.

— Comment, rien de bien...

Son visage se déforma comme s'il allait exploser :

— Une démarche maniérée. Je veux qu'on mette ce Tucker sur écoutes.

Le mois suivant, un autre grand magazine national publia un article sur Edgar qui le décrivait « avec un corps compact, les épaules d'un boxeur poids lourd, pas un gramme de trop, juste cent soixante-dix livres de masculinité virile ».

11

Je parle d'un événement important parce qu'il marque le début d'une nouvelle époque. Il m'apparut très vite qu'Edgar ne me disait pas tout, que les confidences qu'il me faisait volontiers dans nos tête-à-tête chaque jour renouvelés dévoilaient une très large partie de la vérité dont il avait connaissance, mais qu'il gardait pour lui une part d'ombre qui, dès ce moment, ne cessa de m'intriguer. Une sourde inquiétude s'était rivée en lui, qu'il n'évoquait jamais. Il tournait en rond, dormait de plus en plus mal, était de plus en plus impitoyable avec les agents subalternes. Il affectait une sorte de sadisme que je ne l'avais jamais vu exprimer avec autant de vigueur. Je me souviens d'un jour où je lui faisais part de mon manque d'entrain :

— Je ne sais pas ce qui se passe, Edgar, je me sens déprimé.

Il me répondit avec une lueur un peu effrayante dans les yeux :

— Tu devrais choisir un de tes employés et le foutre à la porte. Prends-en un qui ne le mérite pas forcément, tu en tireras d'autant plus de plaisir.

La complicité qui s'était instaurée entre nous au fil des années est une chose absolument unique entre deux êtres. Encore plus rare quand ces deux personnes travaillent au même endroit. Et rarissime si ce lieu est une police fédérale et que les deux personnes en question en sont les deux dirigeants. J'étais plus que son ami, son principal collaborateur, j'étais son double. L'unique exemple de son attachement durable à quelqu'un. Il ne se privait pas de me le dire dans les moments de détente que nous passions ensemble dans des hôtels raffinés en Floride ou en Californie. Nous étions le plus souvent installés sur la terrasse de notre chambre, car de là, personne ne nous voyait. Edgar, qui nourrissait une aversion pour l'eau comme seuls les chats peuvent en avoir, ne supportait pas la proximité de la piscine de l'hôtel. Nous prenions généralement une chambre en étage ou, si nous étions au rez-de-chaussée, il fallait que la chambre donne sur un vaste jardin clos et soustrait au regard des curieux. Au fil des années nous sortions de moins en moins le soir dans des lieux publics, au profit de soirées privées dans un cercle d'amis aux convictions solides. Curieusement, alors que je sentais qu'il me cachait quelque chose, il nous lia avec de nouvelles personnes. Des Texans pour la plupart, interdits de jouer aux courses dans leur État, qui se joignaient à nous pour de longs séjours en Californie. D'étranges faisceaux d'événements sont venus se croiser.

Tout avait commencé avec Donovan. Avec cette lutte pour la suprématie du renseignement. Une bataille que nous avions perdue, lui comme nous. Nous, parce que Truman avait décidé de créer, en dehors de nos compétences, une centrale d'espionnage même si on ne parlait alors que de surveillance. Donovan, pourtant à l'origine de la réflexion préliminaire, n'avait pas été nommé par Truman à la tête de cette nouvelle structure et le Président l'avait tout simplement évincé. Le combat que nous nous étions livré à coups de ragots, sans penser que l'austère et vindicatif Truman en serait le seul gagnant, avait laissé des traces. L'échange de dossiers diffamatoires sur le bureau du Président avait modifié quelque chose dans l'assurance d'Edgar. Quelqu'un, pour la première fois, s'était permis de recourir à nos propres méthodes. Et puis, Edgar se découvrait de soudaines affinités avec des hommes venus du milieu des affaires dont il s'était toujours tenu à distance pour ne pas leur être redevable. Ce qu'il n'avait jamais fait jusque-là devenait monnaie courante : on se faisait inviter, pour ne pas dire rincer, par la clique texane qui nous régalait à Del Mare. Edgar comme moi n'avons jamais été ennemis du luxe, à condition qu'on ne puisse jamais nous le reprocher. Nous vivions aux frais du Bureau dans des limites raisonnables. Personne n'aurait pu nous en tenir rigueur au regard de l'immense dévotion qui était la nôtre pour cette institution qui nous habitait. Mais profiter des largesses de pétroliers texans c'était une autre histoire. Je n'y étais pas opposé par principe. Les cimetières regorgent de gens à principes, morts comme les autres sans que jamais personne leur en soit reconnaissant. Mais je voulais comprendre ce brusque revirement, cette soudaine exposition à la critique d'un train de vie exubérant, ce brutal changement de stratégie. Je dois reconnaître cependant que leur fréquentation me ravissait. Il faut avoir connu les Texans de près pour comprendre qu'ils sont l'expression même de la virilité. J'aimais leur machisme, cette façon binaire de voir le monde, d'écarter d'un revers de la main toutes ces foutaises d'ambitions collectives qui ne sont que l'émanation de dépressifs pleurnichards. J'étais fasciné par leur brutalité, gage de leur efficacité. Les Texans ne connaissaient pas les problèmes en suspens. Ils les réglaient. Ils ont au fond de leur mémoire le souvenir des jours sans joie, de la misère aride qui a précédé la découverte du pétrole, et ils ne sont pas près de l'oublier. Les gens qui savent ce qui leur en a coûté pour parvenir là où ils sont ne prêtent jamais l'oreille aux balivernes vomitoires des libéraux bien-pensants. J'avais cela en commun avec eux. Je suis né, avec le siècle, d'une famille où la prospérité fut toujours interdite. Mon père avait été saisonnier agricole avant de décrocher un poste aux chemins de fer. Du Missouri où j'ai vu le jour nous sommes partis dans l'Iowa, mais j'ai toujours gardé l'esprit du Sud que je partageais avec Edgar, qui en avait lui aussi toutes les manières.

Il y eut un autre indice d'une transformation en profondeur. Dans toutes ses déclarations à la presse, Edgar s'escrimait à nier avec une virulence surprenante l'existence du crime organisé sur le territoire des États-Unis. Je trouvais cette dénégation déroutante et l'inflexibilité d'Edgar sur le sujet troublante. Nous savions l'un comme l'autre que le crime organisé était une constante de l'histoire de notre pays. Edgar prétendait que les exactions de la Mafia étaient rarement de notre compétence car les enfreintes aux lois fédérales n'étaient pas flagrantes. Des années vingt à quarante, Edgar avait considéré que le crime organisé était trop complexe dans son fonctionnement pour que le Bureau s'en préoccupe. Reconnaître l'existence de cette criminalité sans pouvoir en venir à bout, c'était prendre le risque de faire diminuer dramatiquement nos statistiques de succès. Edgar disait aussi que trop d'hommes politiques avaient partie liée avec la Mafia pour qu'on s'y intéresse. Nous avions assez à faire selon lui avec le gauchisme et les déviances sexuelles de certains membres du Congrès, pour ne pas s'attacher à des liens qui ressemblaient aux fils d'une énorme pelote qu'on emmêle à vouloir la dérouler. Edgar préférait laisser au Bureau des narcotiques et aux services fiscaux le soin de coincer ceux qui agissaient en vastes bandes organisées. Si je comprenais ses réticences sur le sujet, je trouvais que cette façon cassante qu'il avait de nier l'existence de la Mafia nous rendait suspects de collusion avec le milieu et qu'elle ouvrait un large front d'offensive contre nous. Je n'aurais bien entendu jamais démenti Edgar sur le sujet. Je voulais seulement comprendre. Mon souci nous valut une explication, un soir que je le raccompagnais chez lui à Washington. C'était après le dîner. Je le prévenais qu'un journaliste m'avait approché sur la question, en me confiant son étonnement devant l'obstination du Directeur à nier l'existence d'une organisation active depuis toujours et particulièrement depuis la prohibition.

Comme à chaque fois que j'émettais une réserve sur sa façon d'être, j'engageai la conversation avec la prudence d'un jeune loup fraîchement invité à rejoindre la meute par le mâle dominant.

— Je ne partage pas tout à fait ta stratégie, Edgar. On ne pourra pas indéfiniment se soustraire à l'évidence. Je m'étonne qu'un être aussi prudent que toi prenne autant de risques pour nier cette réalité. Je crains qu'un jour, un ministre de la Justice malintentionné ne s'en serve pour nous écarter. Cette attitude nous fragilise.

Edgar ne répondit pas tout de suite. Il avait compris que je venais de mettre le doigt sur un point qui méritait une explication un peu élaborée. Il se lança d'une voix feutrée et très détendue :

— Vois-tu, Junior, il faut en permanence faire la balance entre nos forces et nos faiblesses. Nous n'avons pas les moyens de combattre la Mafia. Truman va encore rogner notre budget. Je pourrais tout de même reconnaître l'existence du crime organisé et ne rien faire, penses-tu. Mais s'il me venait l'idée de faire la moindre déclaration, sur les ondes ou dans un journal, qui accrédite la réalité de la Mafia, ses patrons le prendraient comme une déclaration de guerre. Toi et moi deviendrions des animaux chassés, l'objet d'une vaste traque. Nous risquons moins de ceux qui veulent nous lyncher parce que nous ignorons la Mafia que de la Mafia elle-même. Si nous en sommes là, Clyde, c'est que je me suis toujours interdit d'ouvrir deux fronts en même temps. Napoléon et Hitler s'y sont cassé les dents. Les *mobsters* ne nous font aucun tort. Quand ils vont trop loin, les polices d'État se chargent d'eux. Dans la limite de leurs compétences territoriales. Je suis bien d'accord avec toi, nul n'est mieux placé que moi pour connaître leur existence. Mais en quoi nous gênent-ils ? La Mafia est là depuis que cette terre a été peuplée d'Italiens, de juifs et d'Irlandais. Toutes ces minorités qui étouffent sous le prétendu joug de la société protestante ont besoin de se créer leurs propres règles pour respirer. Mais ces organisations ont-elles jamais menacé les fondements de notre société ? Non. Elles nous ont même apporté leur soutien pendant la guerre en Sicile. Je préfère que nous consacrions nos moyens à lutter contre la gauche américaine. Entre des syndicats inféodés à la Mafia et des syndicats noyautés par des communistes, nous n'avons pas besoin de réfléchir longtemps pour savoir où est l'intérêt du pays.

Comme toujours, Edgar avait fini par me convaincre de la justesse de son raisonnement. Il n'en demeurait pas moins que notre position était d'un terrible inconfort.

Je ne pus pourtant m'empêcher de lui dire ce que j'avais sur le cœur :

— Tu me caches quelque chose, Edgar. Tu as probablement de bonnes raisons de le faire, mais reconnais que tu me caches quelque chose.

Il prit pour me répondre un ton d'une extrême douceur :

— S'il m'arrive de te cacher quelque chose, de soustraire à ta connaissance des faits qui sont parvenus à la mienne, je veux que tu saches que je le fais pour ton bien, Clyde, pour te protéger.

C'est ainsi qu'en 1946 nous avons décidé d'un commun accord d'enterrer l'enquête sur la mort de Ragen. Dans les années vingt, Moses « Moe » Annenberg avait développé le plus grand système de transmission des paris et des résultats des courses de chevaux à travers les États-Unis. 223 villes y étaient reliées ainsi que le Canada, Cuba et le Mexique. Un monopole qu'il partageait avec un associé dénommé Ragen qui lui succéda à la tête de la Continentale après qu'un contrôle fiscal l'eut envoyé en prison en 40. Ce business représentait une manne de plusieurs millions de dollars. En 1946, agissant sous l'impulsion de Gusik, un ancien lieutenant d'Al Capone, « Bugsy » Spiegel décida de monter un service concurrent. Avec les moyens qui étaient les siens, Spiegel parvint à convaincre près de 2 300 bookmakers de la côte Ouest de le rejoindre. Gusik fit une offre à Ragen pour reprendre la Continentale à 100 000 dollars. Ce dernier refusa. Mais Ragen ne fut pas long à comprendre que son refus valait arrêt de mort et il s'en ouvrit à Leibowitz, un juif qui militait à Chicago dans une association de droits civiques pour nettoyer la ville du milieu. Ragen était selon lui prêt à nous parler en échange d'une protection du FBI. La proposition arriva en même temps sur le bureau du ministre de la Justice et sur le nôtre. Edgar fit envoyer une équipe pour interroger Ragen deux semaines après sa demande. Il décida ensuite de ne pas le protéger, considérant qu'il n'y avait aucun danger immédiat. Protéger Ragen c'était admettre qu'il était menacé, et nous aurions dû conduire une enquête révélant l'existence de criminels organisés, affairés à reprendre l'activité des courses. La Mafia devait avoir un correspondant au sein du ministère de la Justice, qui l'informa que Ragen était venu pleurer chez les Fédéraux et qu'Edgar n'était pas décidé à le protéger. Un mois plus tard, Ragen fut abattu par trois tireurs à un coin de rue à Chicago. Il survécut miraculeusement aux impacts de balles. La police d'État affecta un agent à sa protection à l'hôpital mais il mourut six semaines plus tard d'horribles convulsions. Quelqu'un avait versé du mercure dans son Coca.

— C'est juste une péripétie, me dit Edgar alors qu'il avait peut-être perçu un soupçon de reproche dans mon regard. La Mafia est en pleine restructuration. Ils sont décidés à mettre un terme à la guerre des familles, en s'octroyant des territoires bien définis. Comme il y a beaucoup de familles, il faut accroître le business en direction de secteurs moins traditionnels que les narcotiques, les jeux, l'alcool et les femmes. La Mafia se civilise. Elle vient de prendre un nouveau marché. Ragen aurait dû le comprendre. Qu'est-ce qu'il croyait cet abruti, qu'il allait continuer à contrôler seul le business des courses ? Ce type-là n'avait pas l'once d'un embryon de vision de l'évolution du monde. Ce qui vient de se passer est bon signe. Bientôt le sang ne coulera plus entre *mobsters*. Chacun aura trouvé sa place, les affaires se poursuivront dans le calme. Et s'il n'y a plus de crimes, plus personne ne parlera d'eux et tu verras, Clyde, il se trouvera des centaines de journalistes pour dire que j'avais raison.

Edgar savait que la critique ne pouvait pas surgir de Truman, tout à sa honte d'avoir bénéficié à un moment de sa carrière de l'appui du syndicat du crime. Il était évident que Clark, le ministre de la Justice, était intervenu pour la libération sur parole de quatre mafieux notoires : Ricca, D'Andrea, Campagna et Gioe, libérés après avoir purgé un tiers de leur peine. Au point que le Congrès avait nommé un comité pour enquêter. Clark s'en était sorti en brandissant la séparation des pouvoirs pour ne pas témoigner. Edgar avait mené sa propre enquête qui laissait peu de doutes sur le fait que Clark avait touché des pots-de-vin pour faciliter la sortie des quatre hommes. Edgar n'en avait évidemment rien dit au Congrès. Pour la bonne raison que les preuves avaient été obtenues par des écoutes illégales provenant d'un micro dissimulé. Mais surtout, on ne pouvait pas s'en prendre à Clark sans éclabousser le Bureau. Edgar savait aussi qu'en 1936 les plus grands studios de cinéma, la Twentieth Century Fox, Metro-Goldwin-Mayer, Loew's, Paramount, RKO, et Warner brothers avaient accepté de payer deux millions de dollars à la pègre qui venait de prendre, à travers George Browne légalement élu, le contrôle de l'Alliance internationale des employés du théâtre et des opérateurs machinistes du cinéma. Schenk, alors président de la Twentieth Century Fox, fit son versement à partir de son propre carnet de chèques, ce qui lui valut d'attirer l'attention du fisc. En l'échange de l'abandon des charges qui pesaient contre lui, il accepta de témoigner en dévoilant toute l'opération de racket. Browne fut arrêté et impliqua les quatre hommes qui allaient être libérés plus tard sur parole, grâce à la bienveillance de notre ministre de tutelle. Comme pour Al Capone en 1931, c'était le fisc qui avait fait tout le travail. Quand ce n'était pas l'administration fiscale, c'était les « Narcotiques » qui s'en mêlaient. Depuis que l'administration fiscale nous avait enlevé la vedette sur la résolution de l'enlèvement du fils Lindbergh, Edgar s'en tenait éloigné. Au fond, nous étions les seuls à ne pas irriter la pègre et à l'évidence, un jour ou l'autre, nous allions en tirer les bénéfices. Edgar avait fini par me convaincre que notre position d'attente et d'observation était la meilleure. Pendant que Anslinger, le patron du Bureau fédéral des narcotiques, se faisait mousser auprès des journaux dans son combat contre la Mafia, nous ne changions rien à nos méthodes. Quand on chasse le chevreuil, on ne s'approche pas de lui en chantant, le vent dans le dos. Nous avons toujours considéré que la meilleure des armes, bien avant de sortir un pistolet de son étui, c'est de faire un dossier solide et nous ne nous sommes jamais interdit d'en constituer un sur quiconque. Nous savions que New York était sous la coupe de Costello, Genovese, Moretti, Adonis, Miranda, Anastasia, Profaci, Bonanno, Lucchese, et Magiocco. Giancana, Accardo, Rocco et Fischetti contrôlaient Chicago. Dalitz Cleveland. Marcello La Nouvelle-Orléans, Trafficante Tampa et Meyer Lansky La Havane et

Miami. Nous connaissions tout du manège de « Lucky » Luciano qui avait regagné La Havane à peine un an après avoir été déporté en Sicile. Nous n'ignorions rien de la colossale syndication de fonds entreprise par Siegel auprès de tous ces grands noms de la pègre pour donner le jour à un projet inouï comme seule l'Amérique sait en porter. Faire d'un coin aride et désespérant du Nevada la capitale mondiale du jeu. Siegel s'était retiré sur ordre du monde des courses après l'assassinat de Ragen et il s'était lancé dans ce projet pharaonique qui avait nécessité plus de six millions de dollars d'investissement. Personne ne se souviendra que l'ouverture de ce sanctuaire planétaire du jeu et de l'amusement fut un désastre. Pas même Siegel qui avait commis l'indélicatesse de détourner une partie des fonds sur la Suisse, ce qui lui valut d'être descendu le soir du 20 juin 1947 dans sa maison de Beverly Hills de quatre balles tirées à travers la fenêtre de son salon. Probablement par les trois types qui avaient liquidé Ragen à sa demande. C'était en tout cas le sentiment de l'ancien chef de la police de Chicago, qui fut lui-même abattu avant de témoigner devant la commission d'enquête sénatoriale sur le lien entre le commerce entre États et le crime organisé.

Cette même année, Edgar prit la décision d'ouvrir un dossier sur Albert Francis Sinatra, une introduction de quatre pages sur son parcours et quelques articles de presse découpés sur ses relations avec certains noms du milieu.

La fréquentation des champs de courses à New York, en Floride ou sur la côte Ouest nous donnait l'occasion de croiser des grands noms de la pègre. Edgar ne s'est jamais interdit de leur parler. Les conversations affectaient toujours le ton de la plaisanterie comme deux boxeurs qui se rencontrent hors du ring, qui ne se sont jamais battus ensemble, mais qui savent qu'un jour peut-être, il leur faudra en passer par là pour prétendre au titre mondial. Lorsque nous sortions dans les lieux à la mode en Floride, en Californie ou à New York, nous savions très bien que ces endroits appartenaient au milieu. Le Stork Club en était la plus belle illustration et parmi les journalistes, membres du Congrès, hauts fonctionnaires de Washington qui fréquentaient l'endroit, tous savaient que la pègre était notre hôte. Elle était présente partout où l'on s'amusait de l'Atlantique au Pacifique, et à moins de vouloir rester cloîtrer chez soi, il était difficile d'éviter des lieux qui leur appartenaient. Lorsque nous croisions Meyer Lansky avec Edgar, les deux hommes se témoignaient une déférence réciproque. La conversation ne durait jamais plus d'une ou deux minutes et ils se mettaient toujours en retrait pour parler.

Lansky n'aurait pas apprécié une conversation à trois mais il me traitait toujours avec une extrême politesse. Je n'ai donc jamais vraiment assisté à cette époque-là à un entretien et Edgar ne m'en rapportait jamais les termes. Il en revenait toujours enjoué comme lorsqu'on quitte un vieil ami bien élevé. Une seule fois je l'ai entendu dire à Lansky alors qu'il s'éloignait : « Dites-leur de ne pas dire de choses pareilles, ce n'est vraiment pas gentil. » Je n'ai pas osé demander à Edgar de quoi il s'agissait, mais j'ai remarqué qu'il avait les mains moites.

Lansky ne prenait jamais Edgar à part sans nous donner un tuyau. Les choses se passaient toujours de la même façon. Lansky s'approchait et nous lançait : « Alors, messieurs, sur quel cheval avez-vous mis vos économies aujourd'hui ? » Quand il avait la réponse il nous regardait en souriant avant de reprendre : « Je ne crois pas que ce soit un bon choix, si j'étais à votre place, je jouerais plutôt le... » Le cheval qui devait gagner était évidemment un bâtard de la cote sur qui personne n'avait parié et qui rendait plus de cinquante fois la mise. Ou si Lansky était occupé, il nous envoyait un jeune homme qui nous rejoignait en courant dans la file des parieurs pour nous dire : « M. Lansky pense que vous devriez jouer le... », et il s'en retournait avec un : « Bonne journée, messieurs. » Nous n'avons jamais pris ces menus services comme une forme de corruption. Lansky agissait avec nous comme un producteur de vin de la Napa Valley qui vous raccompagne après une visite de son exploitation en vous offrant une bouteille de son cru, et en vous évitant son pire millésime. Nous ne rendions jamais aucun service à la pègre. Seule notre neutralité lui était acquise. Je m'étais rallié sans difficultés à la position d'Edgar : tant qu'ils s'entre-tuaient, nous n'avions aucun intérêt à concentrer nos effectifs sur eux, alors que la diète budgétaire que nous imposaient Truman et le Congrès nous permettait à peine de combattre les vrais ennemis de l'intérieur.

12

En 1947, Edgar a pris la tête de la grande croisade contre le communisme. Cette initiative spectaculaire fit de lui un véritable héros national. Truman fut pris de court devant cet engouement
populaire pour celui qui symbolisa longtemps la
lutte contre les activités antiaméricaines. Au point
que le Président fut obligé d'ordonner que tout
nouveau fonctionnaire du gouvernement fédéral
devait subir un examen sur sa loyauté. La lutte
contre le communisme prit des proportions que
nous n'avions jamais osé espérer. Truman fut très
vite contraint d'abonder dans notre sens s'il ne
voulait pas perdre les élections de 1952, alors que
l'opinion publique était de plus en plus favorable
aux républicains et à l'extrême droite. Cette dernière fleurissait depuis l'effondrement de l'Allemagne. On ne pouvait plus la suspecter de sympathie pour une puissance étrangère. Nous avions

réussi le prodige de ne jamais définir précisément ce qu'était le communisme. C'était un terme générique sur lequel nous nous appuyions pour dénoncer tout comportement, toute attitude, toute pensée, toute intention déviants. Il regroupait toutes les formes d'actions politiques ou sociales qui allaient contre l'Amérique et qui d'une façon ou d'une autre engageaient à la subversion. Il définissait toute attitude frelatée où l'individu s'abandonnait à des pulsions nocives pour la société, en essayant de justifier cet abandon de soi par un discours libéral sans autre but que de légitimer ses propres turpitudes. Ne pas définir de limites était pour nous le seul moyen de faire entrer qui nous souhaitions dans ce spectre moralisateur et de marginaliser les récalcitrants. Le communisme, c'était tout ce qui ne respectait pas la croyance en un Dieu unique et blanc veillant sur un État garant de la libre entreprise, offrant la réussite sociale à toute personne qui en valait la peine. Nation récente peuplée d'immigrants de toutes origines, nous ne pouvions, moins encore que tout autre, tolérer qu'on mine une morale fondatrice qui était notre seul ciment.

Truman aurait dû en toute logique confier le travail d'investigation contre les activités subversives au FBI, mais il préféra créer une commission au Congrès en charge des activités antiaméricaines. La réaction la plus élémentaire d'Edgar, quand on lui volait ce qu'il estimait être ses prérogatives, était de boycotter le fauteur de troubles et si possible de saboter son travail. Il était assez constant sur le sujet. Mais en cette circonstance, il montra sa formidable capacité d'adaptation. Edgar symbolisait la lutte contre les déviances gauchistes et personne ne pouvait lui voler la vedette. Au lieu d'éreinter la commission par un travail de guérilla, il s'y fit inviter pour prononcer un discours dont il a longtemps pensé que c'était le plus beau de sa carrière. Il y parla de complot, de machination diabolique, de conjuration, d'intrigues fomentées par d'authentiques ennemis de la nation. L'allocution fit le plus grand effet sur les membres du Congrès qui décidèrent de confier au Bureau l'autorité absolue sur les enquêtes de loyalisme. Si certains membres du Congrès restaient sceptiques sur l'intérêt de cette grande inquisition, d'autres y adhérèrent avec un enthousiasme sans réserve. Ce fut le cas d'un jeune fraîchement élu à la chambre des représentants. Edgar avait déjà entendu parler de lui, parce que quelques années auparavant il avait postulé sans succès pour un poste au FBI. Cette fois on murmurait à raison qu'il avait truqué son élection. Peu importait puisque ce jeune élu, qui s'appelait Richard Nixon, s'engageait résolument à nos côtés.

« Hollywood pue le communisme. » Edgar s'était toujours défié de cette coterie d'intellectuels qui monopolisait le système de pensée du cinéma américain. Nous avions fait préparer de longue date une liste de dossiers prioritaires par notre chef d'agence à Los Angeles. L'enjeu de cette première vague d'investigations n'échappa à personne et selon un manichéisme efficace, leur petit monde se scinda très vite en deux blocs consistants. Ceux qui voyaient avec sympathie se dérouler les travaux de la commission et ceux qui virent en elle une énorme machine de répression. Gary Cooper, Robert Taylor, Elia Kazan abondèrent très vite dans notre sens. Walt Disney confirma que les communistes de ses studios auraient volontiers associé Mickey à leur propagande. De l'autre côté John Huston, Katharine Hepburn, Lauren Bacall et Humphrey Bogart se dressèrent contre les travaux de la commission. Ceux qui refusèrent d'avouer leur appartenance au parti communiste furent emprisonnés pour outrage au Congrès. Les grands propriétaires de studios se rangèrent très vite de notre côté, en ruinant la carrière de tout acteur qui avait montré des sympathies pour les communistes. Nous eûmes même des indicateurs. Comme Sterling Hayden qui témoigna sur son repentir devant la commission. Des représentants syndicaux ne furent pas longs à retourner leur veste. En particulier un des responsables du Comité des citoyens pour les arts, un acteur de seconde zone qui n'obtenait que des rôles de cow-boys hébétés. Il agissait comme informateur confidentiel du FBI sous le numéro de code T-10. Son prénom était Ronald. Son frère, Neil Reagan, espionnait le comité pour notre compte. Nos moyens, si considérables fussent-ils, n'auraient pas suffi à nos ambitions sans un mouvement spontané de délation qui n'épargna aucun État ni aucune ville où siégeaient des comités de proximité, pour qu'aucune fibre de la société américaine ne puisse échapper à ce formidable élan de purification.

Forts de nos résultats encourageants dans le monde du spectacle qui offrait la meilleure vitrine à notre action, aucun domaine d'activité ne fut épargné. Des enquêtes furent ouvertes sur des écrivains comme la romancière Pearl Buck qui, sans être communiste, se déclarait contre le racisme et la ségrégation. Autre prix Nobel, l'écrivain Thomas Mann fit l'objet d'une enquête particulière. Ernest Hemingway fut catalogué comme gauchiste, imposteur et harcelé jusqu'à le rendre paranoïaque. Parmi ceux qui nous insupportaient le plus figurait John Steinbeck et sa littérature de caniveau qui s'efforçait de donner une image sordide de l'Amérique. Aldous Huxley, Arthur Miller,

Tennessee Williams et Truman Capote, homo-sexuel notoire qui se permettait de nous surnommer en privé « Johnny and Clyde », figuraient aussi en bonne place. Parmi les scientifiques Albert Einstein était en tête de liste. Son dossier remontait aux années quarante lorsqu'il avait délibérément pris fait et cause pour les républicains espagnols. Le docteur Jonas Salk qui découvrit le vaccin contre la polio était sous surveillance depuis qu'il s'affichait comme un homme de centre gauche. Je ne peux pas tous les citer, la liste serait trop longue, mais aucun esprit subversif, quels que soient sa notoriété ou ses appuis, ne put échapper au juste châtiment de son égarement.

Mais un de nos plus beaux résultats, toutes catégories confondues, fut celui qui conduisit en 1952 au bannissement des États-Unis de Charlie Chaplin. Les preuves que nous avons réunies sur ses sympathies communistes et ses mœurs dissolues en faisaient l'exemple même de ce que l'Amérique ne pouvait tolérer sur son sol. Au regard de notre population, peu de coupables furent exclus du territoire. Les emprisonnements ne furent pas non plus légion, mais nous avons épuré le service public et dans son sillage, nombre d'entreprises privées qui se sont mises au diapason de l'administration. Des milliers d'intellectuels privés de travail et réduits à des tâches subalternes pour survivre ont pu mesurer la chance qu'ils avaient gâchée par leur incontinence morale. Je me souviens en particulier d'un cardiologue réputé de l'hôpital à Washington qui avait refusé d'avouer son appartenance au parti communiste dans sa jeunesse. Cet homme, qui m'avait examiné pour une alerte bénigne, se retrouva à vendre des pneus pendant plusieurs mois dans une rue commerçante de la capitale. Je suis tombé sur lui par hasard, un jour que mon chauffeur avait immobilisé la voiture pour faire le plein. Je l'ai trouvé beaucoup moins sûr de lui que le jour où il avait refusé de répondre à la commission, qui l'interrogeait pourtant avec beaucoup de courtoisie, s'appuyant sur la liberté de pensée que lui offrait la Constitution. Il était amaigri dans son bleu de travail aux couleurs de son employeur. J'ai baissé la vitre. L'homme m'a dévisagé un moment. Il ne parvenait pas à me remettre. Il avait bien le sentiment d'avoir affaire à un homme important mais mon nom lui échappait :

— Vous ne vous souvenez pas de moi, ai-je lancé sur un ton avenant. Je suis Clyde Tolson du FBI. Vous m'avez examiné il y aura bientôt deux ans.

Le médecin fit un signe de tête pour me montrer que sa mémoire s'était éclaircie puis parut s'assombrir comme si mon nom l'attristait.

— Vous n'auriez pas dû vous obstiner, croyez-moi, ai-je poursuivi, vous exerceriez encore à l'hôpital, je vous l'assure, vos principes étaient déplacés, l'Amérique y perd autant que vous. J'ai conservé le souvenir d'un homme très compétent, un peu arrogant peut-être, mais très compétent. Enfin... je comprends votre tracas, mais voyez-vous, chez nos ennemis, en URSS, on torture, on déporte, on exécute. Ici, nous sommes loin de ces extrémités. Un médecin de votre niveau a, qu'il le veuille ou non, de hautes responsabilités dans ce pays. Il ne peut défaillir sur les principes.

Il s'est avancé avec la raideur d'un automate. À hauteur de la portière il m'a regardé avec des yeux rouges et humides, puis il a lâché d'une petite voix :

— Vous êtes le diable.

— Vous me flattez, ai-je répondu, je crois que vous pensez la même chose que Staline, c'est pour cela que vous en êtes là.

J'ai remonté ma vitre alors qu'il essayait de me dire quelque chose, et nous sommes partis.

Edgar fit la preuve que la pieuvre communiste n'était pas une invention. Ses tentacules s'étaient développés jusque dans la sphère gouvernementale. En juillet 1948, Elizabeth Bentley comparut devant la commission d'enquête pour avouer qu'elle avait servi les Soviétiques. Elle affirmait leur avoir fait parvenir des renseignements qui lui avaient été fournis par trois personnalités du gouvernement. Au même moment le directeur du *Time*, Whittaker Chambers, reconnut qu'il était un ancien communiste et qu'il avait participé à une cellule d'infiltration du gouvernement. Il mit directement en accusation Alger Hiss, un collaborateur important du département d'État. Deux des personnes incriminées par Bentley étaient d'importantes personnalités du gouvernement Truman. Nous avons tranquillement laissé cette affaire se décanter par elle-même en jubilant discrètement de la gêne occasionnée au président Truman. White, ancien ministre adjoint du Trésor, fut victime d'une crise cardiaque après son audition devant la commission. Remington, ministre du Commerce de Truman, fut battu à mort en prison par des codétenus après avoir été condamné pour parjure. Duggan, calomnié par Chambers, tomba du seizième étage d'un immeuble à New York. Alger Hiss fut condamné à trois ans et demi de prison pour parjure. Les critiques n'ont pas manqué pour dire que nous avions monté cette opération de toutes pièces sur un minimum de preuves avec l'aide de représentants au Congrès zélés, dont le fameux Nixon qui s'activait avec l'énergie des jeunes ambitieux. Le président Truman ne crut jamais non plus à toute cette histoire. Pour lui c'était un coup monté des républicains avec l'appui d'un Hoover tout acquis à leur cause. Il était convaincu que les républicains étaient prêts à tout pour revenir au pouvoir après en avoir été écartés pendant plus de quinze ans. En 48, année des élections, nous savions qu'en cas de victoire de Truman il serait difficile de nous maintenir à la tête du FBI. Pas un parieur ne l'aurait donné vainqueur. Nous avons mobilisé le FBI pour faire discrètement campagne pour Dewey, le candidat républicain en lui fournissant tous les dossiers nécessaires à son élection. Malgré toute l'aura qui entourait Edgar, il jugea qu'il était encore un peu prématuré de faire campagne lui-même, mais cette fois il n'excluait pas de monter une marche pour devenir ministre de la Justice dans l'attente des élections de 52. Le matin du 3 novembre 1948, le *Chicago Tribune* sûr de lui sortait sur sa une en gros caractères : « Dewey bat Truman ». Dans la journée, l'annonce officielle des résultats nous fit l'effet d'un uppercut donné par un poids lourd. Truman était réélu.

13

— Une fois au combat, la guerre n'a que faire des riches et des puissants, Edgar, elle les broie avec la même désinvolture. Nul n'est mieux placé que moi pour connaître la force destructrice de l'histoire dans ses périodes de folie collective comme si rien ne pouvait arrêter le sang et la douleur.

— Je vous comprends tellement, Joe.

Edgar ne savait rien de la douleur de perdre un enfant, car il n'en avait jamais eu. Moi non plus. Mais je pense qu'il faut les avoir vus grandir année après année pour comprendre l'attachement viscéral qui se crée avec cette émanation de soi et quelle amputation représente la perte d'un fils. Mais Edgar, bien meilleur acteur que tant d'usurpateurs de Hollywood, savait feindre bien des sentiments qu'il ne ressentait pas. Et parmi ceux-ci la compassion ne lui demandait aucun effort particulier.

Nous étions à la fin de la guerre, et la terrible

nouvelle faisait la une des journaux toujours passionnés par les faits et gestes de cette grande famille si représentative de l'excentricité américaine. La relation d'Edgar avec Joe Kennedy était celle d'un chien qui laisse entrer un étranger, ne le quitte pas d'une semelle, et lui montre les dents s'il lui vient l'idée de vouloir ressortir. À la surprise générale Joe Kennedy avait fait allégeance en 41, juste après l'épisode Inga Arvad, en s'enrôlant au FBI comme « contact pour services spéciaux » auprès du petit bureau de Hyannis Port. Un rôle d'informateur gracieux qu'il sollicita directement sur place comme un modeste provincial. L'agent qui fit le recrutement l'accompagna d'une note charmante qui disait en substance : « En raison de son passé de diplomate et de ses innombrables relations, il a ses entrées dans le milieu et il est disposé à en user au profit du Bureau. Dans l'industrie cinématographique, il compte beaucoup d'amis juifs et pense que ceux-ci lui fourniront sur demande des informations relatives à la pénétration communiste à Hollywood. »

Je le reconnaissais bien là. L'antisémite notoire se vendait au Bureau en s'appuyant sur ses relations parmi les juifs. Quant à ses relations dans la diplomatie, nous savions qu'aucun ambassadeur ne voulait le croiser à moins de dix mètres. Joe était entré au FBI comme on entre au Rotary, en bénévole vertueux. Par ailleurs, il avait une nouvelle fois choisi de tromper son ennui par une frénésie de nouvelles affaires. Il se consolait de n'être plus sollicité pour des responsabilités publiques en gagnant des millions. Il s'orienta sur le marché immobilier en diversifiant ses investissements entre la Floride, l'Amérique latine, quelques terrains pétroliers concédés au Texas, mais surtout des immeubles résidentiels et commerciaux à Manhattan. Il avait transféré son domicile fiscal de New York en Floride où l'on ne payait ni impôts ni droits de succession. Le plus spectaculaire de ses investissements fut le plus grand immeuble de bureaux de l'époque, le « Merchandise Mart » à Chicago. Il fut le premier à utiliser ce qu'on appellera par la suite l'effet de levier. Son système consistait à s'endetter sur chaque immeuble de telle sorte que les remboursements de dettes soient calqués sur les loyers qu'il maintenait à la hausse en pleine guerre. Sa stratégie de bon père de famille lui fit doubler sa fortune pendant ces années-là.

— Mourir alors que la guerre est sur le point de se terminer est une terrible absurdité. Nous sommes de tout cœur avec vous, Joe.

— Vous savez, Edgar, j'ai cru quelques minutes que l'histoire de John dans le Pacifique était en train de se répéter. Porté disparu puis miraculeusement retrouvé, mais au fond de moi-même, je me suis dit qu'une chance pareille ne se renouvelle jamais.

— Il est mort en héros, n'est-ce pas ?

— Je ne comprends pas ce qui l'a poussé à se porter volontaire. C'était une mission sans retour et il le savait très bien. Il a dû se croire invulnérable. Joe Kennedy Jr était joueur. L'avion devait à lui seul démolir les bunkers qui abritaient les V1 allemands. Quatre B-17 avaient déjà été envoyés sur le site et pas un seul n'était parvenu à s'approcher. Ils ont chargé le zingue de dix tonnes de TNT. Il était censé s'éjecter avant que le guidage électronique n'envoie le bazar sur la cible. Et l'avion a explosé en l'air.

Joe voûté sur sa chaise s'interrompit, le regard vague échoué sur le bout de ses chaussures avant de reprendre :

— John prétend que Joe Kennedy Jr souffrait qu'il lui ait ravi la vedette avec ses exploits dans le Pacifique et qu'il voulait absolument faire un éclat avant la fin de la guerre. John en est très malheureux, c'est une véritable tragédie pour nous tous.

— Vos fils se sont comportés en héros, Joe ! Vous les avez élevés dans le pur esprit de compétition qui prévaut dans les grandes familles de l'Est, et ils se sont surpassés.

— Je ne crois pas que ce soit la cause, Edgar. John se serait bien contenté du second rôle. Il n'a jamais prétendu dépasser son frère aîné qui avait un avantage de poids sur lui, une incroyable santé. D'ailleurs, si mon deuxième fils est un héros aujourd'hui, c'est grâce à vous, Edgar. Sans vous, il serait resté confiné toute la guerre à l'ONI et il serait devenu asthmatique en plus du reste, à respirer de vieux dossiers poussiéreux. Son histoire avec Arvad lui a botté le cul et l'a propulsé sur un patrouilleur torpilleur en opérations où il a fait des merveilles.

— En tout cas, son histoire est devenue aussi célèbre que la traversée du Delaware par George Washington. Il faut quand même une sacrée santé pour avoir nagé comme ça pendant une bonne dizaine d'heures en tirant un de ses camarades à qui il a sauvé la vie.

— Surtout qu'il nageait sur le dos. Il dit qu'il ne pensait qu'à une chose, tenir ses couilles aussi éloignées que possible des requins. Il faut dire que dans le Pacifique on reste rarement seul longtemps.

— Et que pense-t-il faire maintenant?

— Il pense à se retaper. Et c'est loin d'être gagné. Il doit être prochainement opéré du dos. Mon fils aîné est mort et son cadet est en sursis, Edgar.

— C'est ce qui lui donne cette apparente insouciance, cette décontraction un peu ironique qu'on lui prête, n'est-ce pas?

— Je ne suis pas le mieux placé pour en parler

mais je crois qu'il a le sentiment d'une certaine précarité.

— La foi l'aide beaucoup sans doute?

— Oh bon Dieu! J'aimerais en être sûr.

— Et il y a encore de la relève derrière?

— Edward n'a que treize ans, il joue encore avec les filles. Robert, qui est entre les deux, piaffe de se rendre intéressant. Je crois qu'il souffre de sa petite taille et il ne sait pas quoi faire pour se rehausser. Il aurait voulu que la guerre dure un peu plus pour y faire des exploits. Dieu nous en a préservés.

— Et les affaires, Joe?

— La guerre m'a permis de faire un nouveau billet de cent millions de dollars, Edgar, mais je l'aurais volontiers échangé pour qu'on me ramène mon fils aîné vivant.

— J'en suis persuadé, Joe. J'ai été ravi de vous voir et vous savez qu'en toute occasion vous pouvez compter sur moi. Vous connaissez ma pudeur, Joe, et elle seule fait écran à l'immense compassion qui est la mienne.

— Je n'en doute pas, Edgar.

Comme les fois précédentes, Joe Kennedy n'avait pas condescendu à m'adresser directement la parole. Pour lui, il n'y avait que deux catégories d'individus sur cette terre, les serviteurs zélés de ses intérêts et de ses ambitions, et les inutiles. J'avais assez nettement le sentiment de faire partie de cette seconde catégorie. Mais l'homme me paraissait suffisamment accablé pour que je ne lui en tienne pas rigueur cette fois. Je ne sais plus qui disait : « Pas d'argent pas de bonheur, trop d'argent grands malheurs. » La seconde partie de la phrase collait assez bien à sa situation. Un fils, Joe, mort à la guerre, un deuxième, John, frappé par une maladie du dos qui ne laissait pas grand espoir, à laquelle s'ajoutait pour le moment des accès de paludisme qui lui donnaient un teint de pot de chambre. Une fille handicapée mentale, lobotomisée à tort au point d'en faire un souriant légume, cette famille dont il avait voulu faire une équipe de football nationale venait de perdre sa vedette pendant que les autres s'installaient sur le banc de touche près de la sortie. À ce moment-là, nous étions loin de penser que sa fille Kathleen qui avait commis l'impensable en épousant un noble et riche Anglais tué d'une balle allemande à la fin de la guerre allait à son tour disparaître en France en 48, dans la vallée du Rhône, lorsque son De Havilland Dove s'écraserait sur une montagne près de Privas. Les superstitieux diraient que la providence veillait sur la balance des comptes de la famille Kennedy de telle sorte que le débit soit toujours égal au crédit. Plus le vieux s'enrichissait, plus le destin le lui faisait payer cher. Une morale qui plaît aux gens simples auxquels j'appartiens par mes origines.

J'avais pris l'initiative de proposer à Edgar que, par sondage, sur des périodes espacées, nous écoutions certains de nos propres agents pour vérifier qu'ils n'étaient pas infiltrés par nos adversaires et nous assurer de leur loyauté. Edgar approuva en me recommandant une extrême prudence. Une petite cellule de surveillance interne fut aussitôt créée pour disparaître bientôt, une fois la première vague de sondage terminée. En dehors d'un échantillon d'agents spéciaux, il me vint l'idée de sonder quelques-uns de nos informateurs gracieux et en particulier Joe Kennedy. Parmi quelques conversations subtilisées, au milieu d'autres sans grand intérêt, il y eut quelques échanges entre Joe Kennedy et son fils John qui me paraissent intéressants avec le recul des années. Je ne me souviens pas de leur teneur exacte, mais ils révélaient en substance que John semblait porter le fardeau des ambitions de son père et ne manifestait pas beaucoup d'appétit pour la vie politique. D'abord parce qu'il pensait à juste titre que c'est « une activité exténuante et qu'elle est réservée à ceux qui sont capables de se défaire de leur parole comme de leurs sous-vêtements ». John paraissait très différent de son père. À l'inverse de lui, il éprouvait un intérêt sincère pour les autres, pourvu bien sûr qu'ils aient un minimum de charme intellectuel. Il préférait aussi débattre d'un sujet plutôt que de s'ancrer dans des opinions sans y avoir réfléchi. La façon dont le père essayait de motiver son fils, en lui vendant une carrière politique comme un vendeur de cravates démodées, était amusante. Joe qui ne doutait de rien lui dit un jour « qu'il était capable, avec tout son pognon, de faire élire son chauffeur président des États-Unis s'il le voulait ». John ne se heurtait jamais de front avec lui. Il avait le sens diplomatique que son père n'avait jamais possédé. Il se contentait de l'éconduire avec un humour qui n'excluait pas les sarcasmes. Un jour que Joe insistait pour que John fît de la politique, le jeune Kennedy lui avait répondu : « Si je comprends bien, en plus de vivre ma vie qui n'est pas très marrante avec mes problèmes de santé, tu me demandes de vivre celle de Joe. Deux vies pour le prix d'une. Et qu'est-ce que je suis supposé leur vendre à tous ces gens-là ? Une maladie de la colonne vertébrale contre laquelle je mène un combat exemplaire, l'exploit d'avoir survécu au naufrage d'un patrouilleur torpilleur coupé en deux par un destroyer japonais qui ne s'en est même pas rendu compte parce qu'il faisait nuit, et une vision du monde étroite qui tient au milieu dans lequel j'ai été élevé. De toute façon, il va falloir sacrément m'engraisser le corps et l'esprit pour que je sois présentable. »

Peu de temps après la conversation amicale que nous avions eue avec Joe, Edgar me demanda s'il était encore bien utile de le surveiller :

— Je crois que le vieux Joe a eu son compte, me fit-il remarquer. Je ne vois plus bien ce qui pourrait sortir d'intéressant d'un type dans son état. Il a l'air pétrifié d'un gros dur de quinze ans qui vient de se faire dérouiller par une fille de dix. Il a quelque chose de pathétique, tu ne trouves pas ? À part faire fructifier honteusement sa fortune, il ne sait rien faire d'autre et pourtant il n'y a que cet autre qui l'intéresse. C'est une véritable malédiction d'avoir l'esprit tourné comme ça. Il ne se rend même pas compte que tout le monde le considère au mieux comme un « encombrement ». C'est ça, voilà des années que je cherchais le terme. Joe Kennedy « encombre » les autres. Et le voilà maintenant qui veut pousser son fils à la chambre des représentants. Qu'il prenne garde à ne pas le pousser trop fort, il va le casser en deux. Tu l'as vu dans son costume ? On ne sait pas qui porte l'autre. C'est assez pitoyable. Et dire qu'à une époque on s'est presque fait du mauvais sang à cause de cet énergumène !

Ce jour-là, pendant qu'il me parlait, Edgar

rayonnait. Nous étions chez lui avant de partir dîner chez Harvey comme tous les jours et il souriait en tournant dans tous les sens une statuette de lui-même qui lui avait été offerte par une association de lutte contre la délinquance juvénile ce qui était, il faut bien le dire, le dernier de nos soucis. Mais la statuette était assez ressemblante pour ne pas altérer sa bonne humeur. Il reprit :

— Tout ça ne devrait pas aller bien loin. Ce John est près de rejoindre la poussière. Laisse tomber la surveillance du vieux et intéresse-toi distraitement au jeune éclopé.

Puis il conclut plein de dérision sur le père :

— Maintenant qu'il est neutralisé, il ne manquerait plus que nous devenions amis avec ce grand priapique !

Je n'ai jamais relâché ma surveillance sur John. Bien qu'Edgar le considérât comme dénué de grandes perspectives, je ne voulais pas me retrouver un jour en position de regretter d'avoir interrompu mon marquage car, je peux bien le dire maintenant, à l'inverse d'Edgar je croyais ce garçon capable de faire une carrière politique convenable. Et puis, son démarrage en fanfare dans les bras, si ce n'est d'une espionne, tout au moins d'une égérie nazie, nous avait conduits à ouvrir un dossier que je trouvais dommage de laisser en friche. C'est le genre de chose que l'on regrette un jour, les carrières connaissent de subites accélérations et il faut se montrer prêt en toute occasion. Il y avait également une conversation enregistrée entre John et son père qui m'encourageait à poursuivre, autant par certains termes qui m'avaient fouetté que par les perspectives entrouvertes :

— En tout cas, si je dois faire une carrière politique, je crois indispensable que nous récupérions les bandes du FBI qu'ils ont enregistrées quand j'étais au lit avec Inga Arvad. Toi qui connais ce fils de pute de Hoover, tu pourrais t'en occuper.

— Ça ne servirait à rien, John.

— Pourquoi ?

— Parce que Hoover peut très bien te rendre les bandes après en avoir gardé une copie.

— Ce type est absolument ignoble. Il se permet de garder les enregistrements de mes ébats avec une femme sur laquelle il n'a jamais rien prouvé.

— Il fonctionne comme ça, John.

— C'est une ordure.

— Tu n'as qu'à te mettre en tête que si tu es un jour président des États-Unis, ton premier geste sera de le foutre à la porte du FBI.

— C'est ce qu'on appelle se payer avec des rêves.

— Ne t'inquiète pas, John, ce type a des dossiers sur tout le monde y compris sur le Président.

Et ça ne l'empêche pas de vivre. Il doit bien apporter certains avantages puisqu'il est là depuis 1924 et qu'aucun Président ne s'est débarrassé de lui.

— À mon avis, ce type est en train de se statufier vivant juste parce qu'il tient une bonne moitié de l'Amérique par les couilles.

— Tu sais ce qu'on dit sur lui ?

— Non.

— Hoover est un type qui a des couilles au cul, dommage que ce soient celles de Clyde Tolson. À force de harceler le monde, il y aura bien un jour quelqu'un pour prouver qu'il n'est pas l'absolu modèle de morale américaine qu'il prétend incarner. Ne t'inquiète pas, John, ce type n'est pas assez irréprochable pour te nuire durablement.

À part des rumeurs très à la mode à cette époque-là, je n'ai rien retenu de très alarmant dans cette conversation mais il y apparaissait très nettement que le jeune John se préparait à faire son entrée dans la politique. J'ai donc conservé une surveillance soutenue et non légère comme Edgar me l'avait suggéré. Et même si le père semblait doucement se résigner à entrer dans l'ombre au seul profit de son fils, j'ai pensé qu'il était bon de persévérer de son côté aussi. Rien de cet enregistrement n'a été rapporté à Edgar, il était inutile de le contrarier.

Depuis son retour de la guerre, John avait passé une bonne partie de son temps à se soigner en attendant sa réforme. Une nouvelle opération de la colonne en 1944 avait été selon ses propres termes un désastre. Il partit en Arizona passer la période de Noël à la chaleur sèche, et à son retour il eut sa première expérience professionnelle comme correspondant du groupe de presse Hearst à la Conférence de San Francisco où furent fondées les Nations unies. De là, il s'en alla faire un tour à Hollywood. Essentiellement pour y faire un parcours de chasse comme il aimait à le dire lui-même pour désigner ces périodes de frénésie sexuelle où il passait d'une femme à l'autre en donnant l'impression à chacune d'être l'unique élue. Il devait ajouter à un certain charme physique et intellectuel celui des vieux messieurs rouillés qui attirent la compassion par leurs contorsions douloureuses. Mais John n'était pas du genre à se livrer au plaisir sans agrémenter son séjour d'une réflexion teintée d'intellectualisme. Sa fascination pour Hollywood allait au-delà des facilités offertes par son cheptel de starlettes évaporées en mal de reconnaissance. Il s'intéressait au développement de l'image qui entrait dans un nombre croissant de foyers américains et aux perspectives qu'il offrait au monde politique s'il voulait bien s'en saisir. Truman en était le contre-exemple. Il était temps d'utiliser le charisme comme vecteur d'adhésion de masses qui selon lui cherchaient à s'identifier à un homme qui les fasse rêver. Le sex-appeal appliqué à la politique était alors le sujet préféré de ses conversations, telles qu'elles étaient rapportées par nos informateurs. À l'été 1945, il se rendit en Angleterre pour passer un peu de temps avec sa sœur Kathleen qu'il vénérait. Il en profita pour s'imprégner du champ de ruine que la guerre avait laissé en Europe, pour se faire remarquer comme le seul correspondant de presse à prédire la défaite de Churchill aux élections, montrant qu'il était capable d'anticiper l'ingratitude d'un électorat. Il rendit visite à Pat Wilson, une veuve australienne qui avait été la dernière femme aimée de son frère. Elle partagea avec lui ses souvenirs et son lit pour une sorte d'hommage au disparu comme seuls les Kennedy savaient en rendre.

14

— James, on me dit que vous pourriez ne pas vous représenter au Congrès cette année pour mieux vous consacrer à la mairie de Boston ? S'agit-il d'une rumeur ou c'est bien votre intention ?

— Ce n'est pas complètement faux, Joe. Je souffre d'un diabète aigu et les deux postes me fatiguent. Mais à vrai dire, je n'ai pris aucune décision.

— Je comprends très bien, James. Mais les choses pressent un peu. Je sais que vous avez pas mal de problèmes et... si je peux vous aider, vous savez que vous pouvez compter sur moi ?

— Je crois que je pourrais avoir besoin de vous, Joe. Mais au téléphone...

— Vous n'imaginez quand même pas que cette vieille fripouille de Hoover mettrait deux honorables et inoffensives personnes comme nous sur écoutes. J'ai des liens privilégiés avec le FBI, je leur rends quelques services à l'occasion, soyez tranquille.

— Mais j'ai quelques soucis avec la justice fédérale à propos d'une histoire d'ouverture illégale de courrier.

— Rien de grave, James. Mais dites-moi, votre traitement pour le diabète doit coûter une fortune ?

— Vous pouvez le dire. Je ne sais sérieusement plus comment faire face à ces dépenses.

— Et puis vous êtes trop intègre pour trouver des financements occultes, n'est-ce pas, James ?

— Il n'y a aucun doute là-dessus.

— Je comprends que vous vous interrogiez sur le fait de courir deux lièvres à la fois. J'ai une proposition amicale à vous faire qui pourrait régler tous vos problèmes et me permettre de réaliser comment dire... une ambition. Voilà, j'ai pensé à faire entrer mon fils John chez le gouverneur comme lieutenant gouverneur, mais au fond je ne pense pas que ce soit une bonne solution. Alors je me suis dit que si vous ne souhaitiez pas poursuivre au Congrès ce serait une formidable opportunité pour lui. La onzième circonscription lui conviendrait à merveille.

— Je sais qu'elle couvre Harvard et le Massachusset Institute of Technology, mais n'oubliez pas que c'est aussi le district le plus pauvre de la Nouvelle-Angleterre. Mike Neville, le maire de Cambridge, a aussi des vues sur le mandat. C'est un type plus conforme à l'esprit du coin. Il s'est fait à la force du poignet. Votre fils a le handicap d'être né dans un couffin de soie à l'arrière d'une Rolls, Joe.

— Mais il a l'avantage d'être un vétéran, alors que Neville n'a jamais fait la guerre.

— Il ne fait pas de doute que la circonscription restera aux mains des démocrates, il n'y a que des pauvres irlandais et italiens là-bas. Mais pour les primaires démocrates, ce n'est pas gagné. Neville est très populaire dans son coin.

— J'en ferai mon affaire, James. J'ai une proposition à vous faire. Vous me connaissez, je vais être direct. Je vous paye intégralement vos dépenses de santé et je finance votre réélection à la mairie de Boston. Ce deal pourrait-il vous satisfaire ?

— Il faut que j'y réfléchisse, Joe. Mais je crois pouvoir dire qu'il y a une ouverture. Il faut simplement que nous soyons d'accord : je ne donnerai pas mon soutien officiel à la candidature de votre fils. Et j'ai bien peur que les militants démocrates voient d'un mauvais œil votre intrusion dans le secteur, avec vos moyens colossaux. Je suis à peu près certain qu'ils ne permettront pas à John de faire campagne chez les pompiers, dans les postes de police et dans les lieux municipaux.

— Pas de problème, James, on se débrouillera sans. Nous aurons les écoles, le support de l'Église et celui du *Boston American* qui appartient à Hearst.

— Je ne veux pas être désagréable, Joe, mais dans l'esprit de beaucoup de gens, il y a encore l'idée que votre fortune vient en grande partie du commerce de l'alcool.

— J'y ai pensé, James, et j'ai déjà revendu tous mes intérêts dans le secteur.

— Et puis John fait très jeune et un peu... freluquet.

— Personne ne l'a trouvé trop jeune pour aller se battre contre les Japonais, alors...

— Je disais cela juste pour faire un petit point des écueils qu'il devra surmonter.

Il me fut rapporté que John se comporta pendant sa campagne comme un vieux briscard de la politique. Traversant la ville en trolley il se mit à serrer les mains de gens de plus en plus intrigués de voir en vrai celui dont tous les journaux avaient rapporté les exploits. « Bonjour, je suis John Kennedy, comment allez-vous ? » Il serrait des mains avec naturel pendant que Broderick, un de ses assistants pour la campagne, hurlait : « C'est John

Kennedy, mesdames et messieurs, cet homme est en course pour le Congrès. »

Accompagné de sa mère, l'impénétrable Rose, il vint s'adresser aux mères médaille d'or de la ville de Charleston. Des femmes qui avaient toutes perdu un fils, parfois deux, dans une partie du monde dont elles avaient jusque-là ignoré l'existence. Il fit un tour dans les maisons du quartier le plus pauvre de la ville, pour y découvrir qu'on pouvait avoir des toilettes dans sa cuisine, puis fit un discours où il fut acclamé pour avoir pris sa mère contre lui en déclarant ému : « Je sais ce que vous ressentez, ma mère est une médaille d'or aussi. » Toutes virent dans ce longiligne garçon la résurrection de leur enfant perdu.

John eut plusieurs malaises durant sa campagne pour les primaires, dont certains sérieux qui échappèrent au public mais pas à nos informateurs.

Pendant le dépouillement du vote, alors que son père s'affairait encore comme un beagle en fin de chasse, John emmena ses grands-parents au cinéma voir *Une nuit à Casablanca*.

Après sa victoire confortable dans les primaires, celle contre le candidat républicain dans ce fief démocrate fut une formalité. John en sortit épuisé, ce mois de novembre 46. Sa seule réaction qui me parvint fut une confidence faite à voix haute à un de ses amis : « Je dois bien avoir quelques qualités que mon père malgré tout son fric n'est pas en mesure d'acheter. »

Le cinquantième Congrès des États-Unis réuni en janvier 1947 consacra le retour d'une majorité des républicains aux deux chambres. Il fit la rencontre d'un autre jeune élu au Club national de la presse.

— Alors, vous êtes le type qui a battu Voorhis, comment on se sent après un pareil exploit ?

— Je suppose transporté de joie, lui répondit Richard Nixon.

Il y avait un sacré contraste entre leurs mines de jeunes premiers — même si John était de quatre ans le cadet de Nixon. Symboles d'une éblouissante propreté, véritables icônes d'emballage de pâte dentifrice, l'histoire de leur élection exhalait cependant l'odeur saumâtre des marais asséchés. Mais Edgar comme moi avons toujours été assez peu scrupuleux sur le sujet. Qu'importe comment un élu a obtenu son mandat. Ce qui importe, c'est ce qu'il en fait. Dans ce Congrès majoritairement défavorable aux démocrates, Kennedy n'inspirait aucune crainte. Il définit assez rapidement les sujets sur lesquels il voulait se concentrer : la législation du travail, le logement et le travail des vétérans, la subversion communiste sur le territoire et l'expansion de l'idéologie du même nom à l'étranger. S'il se révéla un peu déviant en matière de politique sociale, une façon démagogique de s'attirer la confiance des leaders syndicaux, ses positions anticommunistes semblaient aussi bien ancrées que celles de Nixon.

Curley qui s'était désisté au profit de John dans la onzième circonscription avait été finalement condamné à six mois de prison ferme pour des délits fédéraux. Une pétition pour sa grâce présidentielle circula immédiatement. Elle était menée par le plus puissant démocrate du Massachusetts, McCormack, et par une représentante républicaine d'une probité exemplaire. Toutes les figures de l'État la signèrent. Joe Kennedy bien sûr, qui dans une rallonge imprévue avait payé sa défense. Le cardinal Cushing était aussi partisan du pardon. John se fit attendre pour finalement ne pas la signer malgré les incantations de son père. Truman n'accorda pas sa grâce. John était en train de prendre la mesure de son propre personnage politique.

15

— C'est un honneur que vous me faites de me recevoir en tête à tête, monsieur le Président.

— Un honneur ? Certainement pas, monsieur Hoover. Vous savez que je suis attaché à ce que l'administration fonctionne rationnellement. Malgré l'importance que le FBI a acquise dans le pays, j'ai toujours pensé qu'il ne m'appartenait pas d'outrepasser le ministre de la Justice. Ce fut certainement une erreur, les ministres de la Justice passent et vous restez.

— Probablement parce que contrairement à d'autres, je ne fais pas carrière et je n'ai pas à proprement parler d'ambitions politiques.

— Vous êtes surtout un homme habile. Vous vous êtes rendu incontournable. Je ne vous ai jamais caché que je n'apprécie pas particulièrement vos méthodes, je trouve qu'elles relèvent plus souvent des pratiques d'une police politique

que d'une police fédérale, mais visiblement elles ont les faveurs du peuple et des parlementaires. Je tenais à vous dire que je ne suis pas dupe du rôle que vous avez joué pour contrer ma réélection. Je crois que votre anticommunisme, que je partage d'ailleurs, vous a fait penser que les républicains seraient de bien meilleurs serviteurs de votre cause. Je ne partage pas non plus votre éthique. Cette façon de tenir les gens par les aspects les plus privés de leur vie est très éloignée de la mienne. Vous savez que je n'ai jamais accordé la moindre attention aux ragots dont votre Bureau s'est fait le collecteur méticuleux. Ce préambule n'avait d'autre finalité que de vous montrer que je sais que le sénateur McCarthy est une de vos créatures. Comment ce type, qui n'est rien d'autre qu'un alcoolique en mal de notoriété, a-t-il pu se procurer une telle masse d'informations sans l'aide du FBI?

— Je proteste, monsieur le Président...

— Ne vous méprenez pas, monsieur Hoover, je ne suis pas là pour régler des comptes, je veux juste planter le décor d'un certain nombre de vérités qui vont nous être d'une grande utilité pour progresser. Le sénateur du Wisconsin déclame sur le thème de ma tolérance supposée pour le communisme. Nous savons tous que c'est faux. Comme nous savons tous que le communisme menace moins notre pays que le crime organisé. Je crois

198

que l'acharnement montré par certains membres républicains du Congrès, parmi lesquels le jeune Richard Nixon dans l'affaire Alger Hiss, est un peu excessif.

— Si je puis me permettre, monsieur le Président, il me semble qu'un membre de la chambre des représentants encore plus jeune, John Kennedy, qui figure dans les rangs démocrates n'a pas montré moins de vigueur à faire condamner Harold Christoffel, ce syndicaliste de United Auto Workers comme membre secret et agissant du parti communiste.

— Je suis en faveur d'une extrême vigilance sur les risques d'infiltration de l'administration par des éléments au service de l'URSS. Mais je ne crois pas à cette mascarade inquisitoriale qui consiste à harceler le moindre éclairagiste de Hollywood. Cela dit, puisque nous sommes dans une conversation privée, je suis convaincu que notre administration court un danger bien plus grand avec la corruption. Je suis très amer d'avoir nommé à des postes de responsabilité des hommes en qui j'avais toute confiance depuis des années et de les voir, aussitôt installés, se comporter comme des briseurs de vitrine qui n'ont que quelques minutes pour dévaliser une boutique avant l'arrivée de la police. Ceux qui n'ont pas installé de systèmes de pots-de-vin aussi rodés que des péages d'autoroute profitent de leur autorité pour ne pas payer leurs impôts et aider leurs amis à en faire autant.

— Même le Christ fut trahi par un de ses disciples, monsieur le Président.

— Pardonnez-moi de vous corriger, monsieur Hoover, Jésus a été trahi par Judas mais aussi par Thomas et Pierre qui ont nié le connaître et Pierre par trois fois.

— Je suis un peu étonné de cela. Vous savez peut-être, monsieur le Président, que je me destinais au ministère presbytérien avant d'entrer dans la police et je suis à peu près certain que...

— J'ai moi-même une bonne connaissance de la Bible dont je suis assez fier, et je suis formel sur ce point. Si toutefois vous doutiez encore que j'aie raison, vous devriez ouvrir une enquête et mettre quelques agents spéciaux sur le coup. Mais le point que je voulais développer n'est pas là. Je sais qu'en dépit des règles les plus anciennes de l'administration, qui veulent qu'on ne désigne pas son chef, vous seriez assez favorable à ce qu'on vous soumette le nom de votre ministre de la Justice pour approbation. Comme je suis d'humeur dérogatoire, je vais le faire.

— Vous voulez dire que McGrath va quitter son poste?

— Il ne le sait pas encore. Mais il apparaît indubitablement trempé dans certaines affaires d'indulgence fiscale, ce qui est un peu trop pour un ministre de la Justice. Je voulais vous proposer un nom.

— Lequel ?

— Vous-même, monsieur Hoover. Vous semblez étonné. Vous devez vous demander comment je peux nommer à ce poste quelqu'un dont je viens de vous faire la démonstration qu'il m'a toujours été hostile ? Mais au moins, vous ne m'avez pas trahi. Votre inimitié a été constante. Le nettoyage de la haute administration demande de vraies qualités d'investigation. Vous seul les avez. Alors qu'en pensez-vous ?

— Je suis très touché de votre sollicitation, monsieur le Président.

— Je ne crois pas qu'on vous ait jamais fait la proposition ?

— Non, jamais.

— Alors ?

— Je dois réfléchir. Mais a priori je pense qu'il n'est pas bon sur le plan de la déontologie, matière sur laquelle j'ai toujours été intraitable, que je sois amené à enquêter à l'intérieur du ministère qui a été le mien depuis tant d'années et a fortiori sur l'homme qui fut jusqu'à aujourd'hui mon ministre.

— Donc, vous déclinez mon offre.

— J'en ai bien peur, monsieur le Président.

— Très bien, restons-en là pour le moment. Mais n'oubliez pas votre enquête!

— Mon enquête?

— Oui, l'enquête du FBI sur Jésus-Christ!

Je ne donnais pas cher de notre peau lorsque Edgar fut convoqué par Truman. Jamais nous n'avions affirmé un tel parti pris dans une campagne présidentielle et il était un peu légitime que le Président réélu décide à ce moment de son mandat de punir des fonctionnaires qui s'étaient politiquement engagés contre lui. Je pensais, à voir la contrariété qui barrait le visage d'Edgar d'un trait oblique, que le pire était arrivé. Il s'est assis en face de moi sans dire un mot, en état de décantation. J'ai osé :

— Des problèmes?

Il m'a regardé avec un visage fermé, le regard vague et bas :

— Non, des contrariétés.

— Nous sommes virés?

— Non, il me propose d'être ministre de la Justice.

— Et alors?

— J'ai refusé. Qu'est-ce qu'il croit? Il me prend pour un enfant de chœur. Il veut que je fasse le ménage pour me mettre tout le monde à dos, pour ensuite me faire virer à la prochaine élection. Si nous devions accéder au ministère de la Justice, je préférerais que cela se passe dans d'autres conditions. Enfin...

— C'est plutôt positif tout de même, non?

— Non, ce salopard s'est permis de me contester un point d'histoire biblique et c'est ça qui me contrarie.

Il s'est levé, a ouvert la porte de mon bureau et s'est mis à crier :

— Appelez-moi Sullivan, je veux lui confier une enquête sur Jésus-Christ.

16

Ce jour-là, nous marchions avec Edgar au coin
de la 57e et de Lexington. Edgar voulait se pro-
mener seul, mais je ne tenais pas à rester enfermé
à l'hôtel. J'ai insisté et Edgar, pris entre une
curieuse nécessité de s'évader en solitaire et son
inclination à ne pas me contrarier, a fini par céder.
Lorsque j'ai vu arriver sur nous Frank Costello,
le patron des *mobsters* de New York, je me suis
senti comme un guetteur qui fait son quart de
nuit sur un navire dans l'Atlantique Nord, et qui
voit se dessiner en demi-teinte un iceberg qui
va l'envoyer par le fond. Certaines coïncidences
paraissent moins naturelles que d'autres. J'ai tout
de suite remarqué que Costello n'était pas aussi
décontracté que son costume beige clair lui en
donnait l'allure. De sa mâchoire verrouillée et de
son œil noir n'émanait qu'une profonde contrariété. Il enleva tout de même son chapeau pour

nous saluer, un réflexe de politesse qui détonnait dans son état.

— Monsieur Hoover, voilà une rencontre bien improbable et bien providentielle.

— Je n'en crois pas mes yeux, monsieur Costello, cela fait bien longtemps que nous ne nous sommes rencontrés.

— Ça tombe très bien, j'avais besoin de vous parler.

— Vous connaissez Clyde Tolson qui en dehors d'être un autre moi-même est le numéro 2 du FBI. Vous pouvez parler devant lui sans plus de crainte que si nous étions seuls.

Il me salua d'un signe de tête, me scruta longuement avant de me serrer la main. Il m'avait reconnu. Nous nous étions déjà croisés sur des champs de courses.

— Nous avons quelques petits soucis, monsieur Hoover. La commission spéciale du Sénat qui enquête sur le crime organisé et ses relations avec le commerce entre États veut nous entendre. Kefauver et sa bande ont constitué un dossier colossal. Savez-vous d'où viennent ces informations et pourquoi ils en ont après nous comme ça ?

— Kefauver est démocrate et comme les démocrates ont perdu la vedette ces temps-ci, ils ont monté cette commission. Ils prétendent que la menace communiste n'est pas celle dont nous parlons et que le crime organisé est un péril bien plus grand pour le pays. Mais nous avons toujours nié son existence, vous le savez.

— Nous qui?

— Nous, les républicains et le FBI.

— Alors, qui a fait les investigations qui ont mené aux auditions?

— Certainement pas nous, soyez-en assuré. Kefauver m'a sollicité à deux reprises, pour l'enquête et pour la protection de certains témoins. J'ai refusé dans les deux cas.

— Les témoins ne sont pas protégés?

— En tout cas pas par nous. Nos statuts ne prévoient pas la garde rapprochée de quiconque sauf notre ministre et le Président s'il nous le demandait.

— Alors qui les alimente?

— Le Bureau des narcotiques. C'est Anslinger qui fait les descentes et les dossiers.

— Quel fils de pute!

— Cher Frank, sachez que j'ai fait produire un bon nombre de témoins à décharge qui sont de mes amis dont beaucoup de Texans influents.

— Qui par exemple?

— Murchison, Joe Kennedy, Winchell, Billingsley, Rosenstiel et Schine.

— Et ce Kefauver?

— Il essaye de se mettre en avant dans la perspective des présidentielles où il se verrait bien nommé par les démocrates. Mais en gage de ma bonne foi, je peux vous dire, sous le sceau du secret, qu'il ne sera bientôt plus à la tête de la commission.

— Et pourquoi?

— Parce que je suis en mesure de l'en dissuader.

— Vous me confirmez que le FBI n'est pour rien dans toute cette affaire?

— Je vous le confirme, Frank, vous avez ma parole d'honneur.

— Je pense qu'il serait bon que nous restions en contact, monsieur Hoover.

— Je n'y vois pas d'inconvénient, monsieur Costello.

Je n'ai jamais été vraiment convaincu du caractère fortuit de cette rencontre. Edgar n'avait pas résisté à l'attrait de me mettre dans la confidence de cette relation « maîtrisée » qu'il entretenait avec le milieu, signe de l'importance croissante de celle-ci dans les mois à venir.

Ce fut la première fois dans l'histoire de notre pays qu'une enquête du Congrès fut télévisée. Les auditions de la commission Kefauver furent suivies par plus de vingt millions de spectateurs fascinés de voir chez eux les visages animés des plus grandes figures de la Mafia, Luciano, Gambino, Colombo, Lucchese, Trafficante et Marcello. Nous avons suivi, Edgar et moi, une bonne partie de ces auditions sur un téléviseur acheté pour le Bureau. Costello, lors de son passage, refusa qu'on lui filme le visage. On ne vit que ses mains agitées, noueuses, qui exprimèrent le contraire de ce qu'il disait. Deux témoins furent abattus avant de pouvoir témoigner. En mai 51, contre toute attente, le sénateur Kefauver, qui avait donné son nom à cette première grande enquête sur la pègre, démissionna en arguant d'un tas de raisons qui ne convainquirent que la presse et les téléspectateurs. Un geste d'autant plus surprenant que les huit cents témoins provenant de cinquante villes avaient donné à ce sénateur inconnu du Tennessee une telle notoriété qu'il était devenu le favori pour l'investiture démocrate aux élections présidentielles de 52. En réalité, trois semaines plus tôt, Herbert Brody, un de ses amis et contributeur de sa campagne dans le Tennessee, avait été arrêté par la police à Nashville. L'enquête concernait les comptes de campagne de Kefauver en 48 et la concordance entre les sommes disparues et des chèques d'une mystérieuse provenance encaissés sur le compte personnel du candidat. Rien de bien extraordinaire sur les montants, mais l'affaire montrait un peu de relâchement sur les principes.

Pour nous et par chance, Kefauver était un personnage corrompu qui acceptait que l'on rétribue ses interventions en liquide ou en femmes. Sa démission confirma nos dires à Costello, même si les poursuites contre lui ne furent pas abandonnées.

17

Parmi nos préoccupations à la veille des élections où Truman annonça tardivement qu'il ne se représenterait pas, John Kennedy n'occupait pas une place primordiale et, sans les informations qui nous parvenaient presque automatiquement par la qualité de notre maillage, il en aurait probablement complètement disparu. La presse, certes, ne tarissait pas d'éloges sur ce jeune représentant dont les prises de position ne nous heurtaient pas. C'était un anticommuniste fervent, au point de gêner ses collègues démocrates qui craignaient les retombées négatives de ses assauts contre l'infiltration du mal dans les syndicats. Dans ce domaine, il ne cédait en rien à Richard Nixon. John avait pris ses distances avec la vieille garde démocrate de Nouvelle-Angleterre, il refusait une discipline de parti et se forgeait des convictions au cas par cas. Il déployait une énergie impressionnante pour cacher son extrême faiblesse physique qui donnait parfois des allures de vieillard au plus jeune des représentants. Il refusait d'aborder la question de son état de santé, mais lorsqu'il y dérogeait, c'était pour considérer sa maladie comme une sorte de bouffon du roi avec lequel il entretenait des relations cyniques. Personne ne semblait vraiment convaincu que ses problèmes de vertèbres suffisaient à expliquer son extrême faiblesse. Cette précarité physique n'altérait pas ses qualités intellectuelles qui, en dehors de la lutte contre le communisme, étaient consacrées aux problèmes du logement des vétérans. Il continuait à multiplier les conquêtes féminines à un rythme surprenant pour un homme que la nature avait apparemment fragilisé. Certaines ne faisaient pas mystère de la médiocrité de ses prestations, qui tenait selon elles à une précipitation de collégien, aggravée par son manque de mobilité. Mais aucune ne contestait la délicatesse de son comportement. Il savait flatter ses interlocutrices pendant les longues conversations qui précédaient leurs ébats. Ultime égard pour ces femmes dont il faisait un sujet, Kennedy ne rompait pas, il se contentait de laisser s'éteindre sa relation, sans drame. La vulgarité de son tempérament de prédateur ne se révélait qu'après des mois, parfois des années, lorsqu'il abandonnait sa proie à la réalité d'une relation qui depuis l'origine n'avait été initiée que pour son plaisir. Il se comportait en fait comme un homme de passage en donnant l'illusion de la pérennité. Il recevait chez lui, dans une maison mise à sa disposition par son père où régnait un désordre inénarrable. Les jeunes conquêtes y croisaient les vestiges de ses précédentes liaisons — culottes de satin coincées dans la pliure du canapé ou restes de repas inachevés, hamburgers poinçonnés d'un seul coup de mâchoire qui croupissaient, verdis entre deux livres de politique internationale. Dans ses relations avec ses amis, il alternait sans règle un comportement de condamné qui le mettait hors de portée et des moments de présence simple pendant lesquels il les fascinait par son intelligence et son humour.

Je crois qu'une partie de moi-même aurait pu sinon aimer du moins apprécier cet homme. Ce Kennedy-là s'employait sans en avoir tout à fait conscience à créer un style plutôt qu'une pensée politique compacte dont il se serait servi comme d'un cheval de Troie. Mais pour la génération que nous représentions, Edgar et moi, rien de ce qu'il symbolisait n'était vraiment admissible. Trop riche, trop désinvolte, trop intellectuel, trop coureur de femmes, et au fond, trop immoral.

À la fin de la session parlementaire, si mes souvenirs ne me trompent pas, il avait fait route vers l'Angleterre pour s'enquérir de la situation des syndicats européens, dont les États-Unis craignaient de plus en plus ouvertement qu'ils ne soient complètement noyautés par les communistes. Il fit une halte en Irlande pour embrasser sa sœur et prendre le temps de faire un pèlerinage familial. Sans oublier de séduire une amie de celle-ci, qu'il ne quitta que pour s'envoler vers Londres où il s'effondra, victime d'un profond malaise. C'est par son meilleur ami, qui s'en ouvrit à d'autres, que la rumeur sur son état prit corps. « Les médecins ont enfin diagnostiqué ce mal qui me fout par terre, vieux. C'est la maladie d'Addison. De ce que j'ai compris, elle agit comme une sorte de lente leucémie. Elle détruit progressivement les glandes surrénales et, par le dérèglement occasionné, atteint les principaux muscles dont celui du cœur. La marraine du club était Jane Austen. Elle en est morte à quarante et un ans. Le toubib a été assez élégant, il ne m'a pas raconté d'histoires. Il m'a dit, maximum, quarante-cinq ans. Ça me laisse une bonne quinzaine d'années, si le traitement à la cortisone fait son effet. C'est déjà pas mal, tout le monde n'a peut-être pas cette chance. La seule qu'ils ont, c'est de ne pas connaître le terme. Ce qui est marrant, vois-tu, c'est que j'ai toujours été convaincu que j'allais mourir de mort violente. Je n'aurais jamais imaginé que je m'éteindrais progressivement sous l'effet d'un avachissement musculaire. Comme quoi, les prémonitions ne sont ni plus ni moins que des conneries. »

John fut embarqué sur le *Queen Mary* pour retourner aux États-Unis. Sur le bateau son état s'aggrava et un prêtre catholique lui donna l'extrême-onction.

Quand l'information me parvint, j'étais persuadé que je n'aurais plus jamais à ouvrir son dossier.

De l'avis général des éditorialistes, les élections de 1952 furent les plus sales de notre histoire. Je ne vois pas en quoi. Il fut question un temps que le général MacArthur se présente du côté républicain. Ce fut finalement le commandant des troupes alliées en Europe qui le fit à sa place. Dwight Eisenhower gagna les primaires républicaines contre Taft et choisit de faire campagne pour la magistrature suprême avec Richard Nixon. Nixon n'avait pas quarante ans mais se comportait déjà comme un politique aguerri. De plus, sa réputation acquise dans la lutte contre le communisme lui conférait une autorité certaine et il entraînait avec lui une bonne partie du vote conservateur de l'Ouest depuis son fief de Californie. Edgar voyait la candidature d'Eisenhower d'un bon œil, et ne cachait pas sa satisfaction de voir le jeune Nixon l'accompagner. Nixon avait une façon très populaire de caractériser ses adversaires en les affublant de surnoms ridicules. Pendant qu'Eisenhower s'employait à faire une campagne décente, Nixon et ses acolytes, McCarthy et Jenners, alimentaient les calomnies et les insinuations. McCarthy avait décidé d'utiliser la télévision pour lancer une attaque définitive sur le candidat démocrate Adlai Stevenson, un crâne d'œuf qui s'exprimait avec difficulté, même si on pouvait reconnaître que ses propos avaient une certaine consistance. Cette attaque était fondée sur des éléments fournis par le FBI, obtenus des polices locales de l'Illinois et du Maryland. En deux occasions, il avait été arrêté pour des offenses homosexuelles. Dans les deux cas, le gouverneur de l'Illinois avait été relâché sans poursuites. Edgar prétendait que la relaxe tenait exclusivement à sa position de gouverneur. L'ex-femme de Stevenson, bien qu'atteinte de graves troubles paranoïaques, corroborait les faits en affirmant bien haut, dans toutes les réceptions où elle était invitée, que son mari était absolument homosexuel. Elle ajoutait que ses déviances ne lui interdisaient pas d'innombrables aventures avec des maîtresses et prétendait même qu'il aurait tué quelqu'un. Toutes ces informations s'amalgamèrent comme du pain béni

215

pour toute la bande de Nixon qui les fit circuler dans toutes les salles de presse du pays. Aucun journaliste ne s'en empara mais chacun sait que la rumeur vaut toujours mieux qu'un procès en bonne et due forme. McCarthy n'osa finalement pas rendre publiques les allégations d'homosexualité concernant Stevenson. Les démocrates lui firent savoir qu'ils étaient en possession d'une lettre du général Marshall adressée à Eisenhower, lui reprochant d'envisager de divorcer après la guerre pour épouser celle qui avait été son chauffeur, Kay Summersby. Un équilibre de la terreur s'instaura jusqu'à l'élection dans laquelle le général vieillissant fit un triomphe avec 442 voix contre 89 à Stevenson. Même si le général devait accéder naturellement à un pouvoir que les démocrates avaient confisqué depuis vingt ans, il était conscient que notre efficacité à alimenter la rumeur sur son adversaire lui avait été utile.

Sa présidence fut la plus confortable qu'il nous ait été donné de vivre. En plus de quelques discours remarqués qui consacraient notre action, Eisenhower donna une marque d'estime à Edgar qu'aucun Président n'avait envisagée avant lui. Il fit installer une ligne téléphonique entre la Maison-Blanche et sa résidence. Et une fois la ligne installée, il s'en servit, n'hésitant pas à ap-

peler Edgar presque tous les jours. Ce qui n'empêchait pas le vice-président, Richard Nixon, de le
faire aussi, en moyenne deux fois par jour. Eisenhower et Nixon ne s'appréciaient pas particulièrement, Edgar le savait et s'arrangeait pour que
chacun d'entre eux ait le sentiment d'avoir sa pré-
férence. Par conscience professionnelle, il n'accorda sa pleine et entière confiance à aucun des
deux. Son système de surveillance à l'intérieur de
la Maison-Blanche fut facilité par la multiplication
des fonctionnaires qui lui étaient favorables, et il
en profita pour l'infiltrer complètement. Comme
un bonheur vient rarement seul, Eisenhower
nomma son ancien directeur de campagne au
poste de ministre de la Justice. Herbert Brownell
et William Rogers, son adjoint qui le remplaça en
1957, avaient pris le parti d'une collaboration
fluide avec le Bureau. Ils nous rendirent grâce en
décrétant que les enquêtes que nous avions réali-
sées dans le cadre des recherches sur la loyauté des
personnels administratifs, si souvent contestées
par Truman, prenaient force de loi. Sur la base de
ces rapports, Brownell fit invalider la nomination
de trente-trois fonctionnaires de la nouvelle
administration. L'échange de lettres vives entre le
département de la Justice et le FBI fut aboli. Il fut
d'ailleurs décidé de ne plus s'écrire, signe de la
confiance qu'on se faisait désormais. Notre

entente allait bien au-delà des échanges professionnels. Nos relations personnelles avec Rogers étaient très étroites. Presque chaque Noël, nous partions en vacances ensemble à Miami où nous rejoignait le vice-président Richard Nixon. La seule chose que Nixon ne comprenait pas chez Edgar, c'était cette phobie qu'il avait de l'eau, qui nous obligeait à dîner plus loin de la piscine qu'il ne l'aurait souhaité. Ce fut aussi une période d'avancée significative. En 1954, la Cour suprême, dans le cas Irvine contre Californie, avait vivement critiqué l'utilisation d'écoutes dans des lieux privés comme une chambre à coucher. La critique avait été relayée par certains parlementaires dont John Kennedy qui y voyait une violation de la vie privée en opposition avec la Constitution. Brownell, commentant la décision de justice, déclara que celle-ci ne prohibait en rien l'utilisation d'écoutes de lieux intimes, dès lors qu'elle était justifiée par l'intérêt national.

Au-delà de notre rôle de police dont les méthodes furent confortées par la nouvelle administration, nous avons joué, Edgar et moi, un important rôle de médiation entre le pouvoir politique et le pouvoir économique. Nos amis avaient beaucoup fait pour le financement de la campagne d'Eisenhower et il était normal que nous rappelions à l'équipe en place la dette d'honneur qu'elle avait envers eux. Nous étions liés en particulier à deux milliardaires texans, Murchison et Richardson. Alors que les paris sur les courses étaient interdits au Texas, nous les avions convaincus de nous rejoindre à La Jolla en Californie du Sud où tout souriait aux vrais amateurs de chevaux. Murchison, lorsqu'il nous rejoignait, louait l'étage d'un hôtel. En une occasion, aucun hôtel ne put mettre un étage à sa disposition. Alors Murchison se mit à hurler et décida d'acheter son propre hôtel pour y planter la bannière texane au sommet. Le Del Chorro était un petit hôtel, le prix des chambres astronomique. Il nous aurait été impossible avec notre traitement de fonctionnaire de nous en payer une. Murchison le savait, mais il nous voulait près de lui, autant que d'autres célébrités comme John Wayne, Zza Zza Gabor, Elizabeth Taylor et tant d'autres qui raffolaient de l'endroit. Nous avions une suite à disposition mais nous nous sommes toujours fait un devoir de payer les repas et les consommations. Je ne nierai pas que les deux Texans en question nous ont également permis de faire de profitables investissements pétroliers dans leur État, mais rien de comparable avec ce qui aurait pu nous être offert, s'il s'était agi d'une contrepartie.

Un chiffre nous a été opposé à plusieurs reprises comme si nous en étions responsables. Le gouvernement d'Eisenhower accorda soixante concessions pétrolières sur le domaine public pendant ses deux mandats, alors que seulement seize concessions avaient été attribuées au cours des cinquante-cinq années qui ont précédé sa présidence. On a aussi prétendu que de tels chiffres n'auraient pas pu être atteints si notre ami Richardson n'avait pas arrosé le secrétaire d'État au Trésor pour favoriser les Texans au sein du gouvernement. C'est me semble-t-il faire abstraction du formidable effort économique que demandait la reconversion de notre économie après la guerre, que de croire que la part belle faite aux pétroliers se justifiait uniquement par leurs intérêts propres.

Eisenhower n'aimait pas McCarthy. Ni l'homme ni ses méthodes, même s'il reconnaissait qu'il savait s'attirer la sympathie des foules et galvaniser leur aversion pour le communisme. McCarthy était une grande gueule sans méthode de travail. Il n'était pas assez rigoureux et se trompait souvent dans les chiffres. Edgar se comportait avec lui comme un entraîneur qui analyse froidement les forces et les faiblesses de son protégé: McCarthy était quelqu'un qui avait l'avantage, comme beaucoup de jeunes Irlandais, d'inspirer une sympathie instantanée en donnant l'illusion de la droiture. Il fallait le fréquenter un peu plus pour s'apercevoir qu'il avait un caractère impossible. Il avait le même goût que nous pour les faiblesses des autres et se considérait quelque part comme le fils spirituel d'Edgar. C'est comme ça qu'Edgar l'accueillit au début. Célibataire aussi, il se joignait presque systématiquement à nous pour dîner quand il était à Washington. Cette façon si impressionnante qu'il avait d'agresser ses adversaires était aussi caractéristique du poids des faiblesses qu'il portait et que nous connaissions parfaitement. Pour nous, McCarthy était un homme utile. Un vrai tribun de l'anticommunisme, un militant sans faille de notre cause. Une façon tout à son honneur de racheter son alcoolisme qui lui donnait sur la fin une haleine de vomi et une étrange sexualité qui faisait la part belle aux hommes mais aussi aux filles de moins de dix ans. Il nous servait, sans que personne ne puisse voir cette laisse transparente qui le reliait à nous, celle de son intimité. Comme tous les personnages plus excessifs que leur cause, il connut une sorte d'apothéose avant de sombrer en 1954 sous le glaive de ses pairs. Il essaya alors de joindre Edgar désespérément, persuadé qu'il était le seul à pouvoir le sortir de cette tourbe qui le prenait jusqu'aux épaules. Edgar se fit mettre aux abonnés absents, juste le temps qu'il étouffe. Il mourut trois ans plus tard d'une cirrhose. Il faisait partie de ces gens qui ont intérêt à mourir jeune

221

pour ne laisser que l'empreinte du meilleur d'eux-mêmes.

J'ai un souvenir encore très présent lié à McCarthy. Edgar lui avait procuré un conseiller principal, un certain Cohn, qui fit beaucoup pour la perte du tribun, en essayant de faire pression sur les militaires pour empêcher l'incorporation de son petit ami. Sentant sa fin politique proche, cerné de toute part, McCarthy voulait absolument rencontrer Edgar, mais nous étions à La Jolla. Il fit le déplacement en avion avec Cohn. La réceptionniste nous appela pour nous dire qu'un homme important accompagné d'un autre nous demandait dans le lobby de toute urgence. Mais quand Cohn donna son nom pour se faire enregistrer, la jeune femme se décomposa comme si elle était en face du diable en personne :

— Monsieur Cohn, vous êtes bien juif, n'est-ce pas ?

— Certainement, répondit Cohn.

Liquéfiée, la réceptionniste s'adressa presque en pleurant à Edgar avec un roulement d'yeux qui en disait long sur sa détresse :

— Je suis désolée, monsieur Hoover. Les consignes ne peuvent être transgressées. M. Murchison n'autorise aucun noir ni aucun juif à séjourner dans son hôtel.

Cohn voulut prendre l'affaire en main :

— Dites à M. Murchison qui je suis et rappelez-lui en particulier que je suis le fils d'un juge à la Cour suprême de l'État de New York!

La jeune femme implora Edgar :

— Monsieur Hoover, je vous en prie, vous connaissez M. Murchison et...

— Je sais, répondit Edgar très calme et très amusé de la situation. Il fait pourtant des exceptions à l'occasion. Voyez pour mes deux petits chiens.

— Oui, monsieur, mais les conséquences ne sont pas les mêmes.

— Je sais, mademoiselle, répondit-il avec un large sourire. Eh bien! Il ne nous reste plus qu'à raccompagner ces deux messieurs.

McCarthy se dressa tel un dragon et cria :

— Mais enfin, Edgar, tu es le patron du FBI, Murchison ne peut pas te faire une chose pareille?

Edgar répondit très calmement avec le sourire :

— Je sais, Joseph, mais nous sommes ses invités. La politesse exige de nous conformer aux usages de nos hôtes.

— Mais il s'agit d'affaires nationales, Edgar!

— Je sais, Joseph, c'est ce qui donne tant de prix au respect des vœux de notre hôte.

Nous raccompagnâmes McCarthy et Cohn dépités sur le parking de l'hôtel où Edgar demanda à son chauffeur de les conduire à l'aéroport. Au moment où Cohn se baissait pour entrer dans la voiture, Edgar lui glissa à l'oreille assez fort pour que j'en profite :

— Sacré Cohn, votre goût pour les garçons ne suffisait pas, il a fallu qu'en plus vous soyez juif.

Il claqua vigoureusement la porte de la limousine blindée puis fit un petit signe affectueux de la main en guise d'adieu.

18

Les années Eisenhower ont été les plus fastes de la carrière d'Edgar. La relation harmonieuse qui prévalut avec le ministre de la Justice et la présidence était sans précédent et ne se renouvela jamais. Toutefois, cette période bénie n'alla pas sans quelques contrariétés.

Une chaîne d'investigation dans le domaine scientifique nous avait permis de remonter à un espion du nom de Julius Rosenberg qui assurément travaillait dans le domaine nucléaire pour les Soviétiques. L'affaire avait commencé par l'identification par le FBI d'un agent soviétique en Angleterre du nom de Fuchs, par différents recoupements qui comprenaient en particulier des sources du KGB, d'Israël et des dossiers de la Gestapo saisis à la fin de la guerre. Le dénommé Fuchs avoua que son contact aux États-Unis était Harry Gold.

Harry Gold identifia à son tour David Greenglass qui donna le nom de son beau-frère Julius Rosenberg. Il apparut très vite que ce Rosenberg était dans ce dossier le fond de l'impasse. Sa culpabilité ne faisait aucun doute. Cet homme avait transmis des informations nucléaires militaires aux Russes. Mais il ne voulut jamais donner les maillons de la chaîne qui venaient après lui. Edgar suivit l'enquête de très près, car aucune affaire n'avait jusqu'ici donné à l'opinion publique une représentation aussi précise de la menace que faisaient peser les communistes sur notre pays. Ethel, la femme de Julius Rosenberg, fut arrêtée à son tour. La mise en accusation de cette mère de deux jeunes enfants se fit sans évidence de sa culpabilité et sur des témoignages qui frisaient la complaisance. Son incarcération était une commande d'Edgar qui pensait que, sachant sa femme emprisonnée, Julius Rosenberg pourrait être enclin à collaborer. Il n'en fut rien. Rosenberg se montra aussi loquace qu'une pierre tombale. Le dossier fut ensuite orienté de telle sorte que les charges retenues contre Ethel puissent lui valoir la peine de mort. Cette menace ne permit pas non plus de convaincre Julius Rosenberg de coopérer. Alors, toutes les parties qui avaient agi dans l'ombre de l'enquête se rendirent compte qu'elles avaient été trop loin. Les bénéfices de cette affaire pouvaient être gâchés par la condamnation à mort d'une femme qui laissait deux jeunes enfants seuls, une image qui ne manquerait pas de heurter la ménagère américaine. Edgar avait fait le pari que Julius Rosenberg allait céder avant la fin du procès ou à l'énoncé de la condamnation à mort de sa femme. Il n'en fut rien. La peine de mort fut prononcée. Edgar avait suggéré qu'Ethel fût condamnée à trente ans de prison mais le magistrat fut impitoyable.

« En mettant dans les mains des Russes la bombe A, des années avant qu'ils ne parviennent à la réaliser par eux-mêmes, vous avez permis l'agression communiste de la Corée, avec comme conséquence la mort de plus de cinquante mille hommes, et qui sait si demain ce ne sont pas des millions d'innocents qui payeront le prix de votre trahison. » Il n'y avait aucune preuve qui permettait de relier de telles conséquences aux actes commis par les Rosenberg, Ethel encore moins que Julius.

Edgar suggéra qu'Ethel soit exécutée avant son mari pour lui rendre cette perspective insoutenable et qu'il se décide enfin à parler. Ethel ne parvint pas à mourir à la première électrocution. La seconde fut la bonne.

Le lendemain, un journaliste interrogea Edgar sur l'affaire. Il répondit : « Nous ne voulions pas qu'ils meurent. »

Le deuxième événement fut pour Edgar un imprévisible camouflet, d'une ampleur insoupçonnable. Edgar montra en cette occasion ses formidables ressources intérieures pour transformer une lourde vexation en avantage décisif.

Le 14 novembre 1957, un policier de l'État de New York faisait une ronde de routine, pendant que sa femme lui préparait un déjeuner assez consistant pour que sa sieste dure jusqu'au soir de ce samedi où, comme d'habitude, il n'y avait rien d'autre à faire que boire des bières. Sans regarder la télévision parce que Croswell n'en avait pas les moyens. Apalachin n'a jamais été un lieu de grande activité mais ce jour-là encore moins que d'ordinaire. Croswell s'était planté à un carrefour qui menait à la plus belle propriété du coin appartenant à Joseph Barbara, un distributeur de Canada Dry. Croswell s'ennuyait trop dans sa campagne reculée pour ne pas s'engager de temps en temps dans une enquête approfondie qui donne un peu de sens à son action. Partant de l'idée que les riches ont toujours plus à cacher que les autres, il avait fait des recherches sur Barbara, d'autant plus justifiées que l'homme avait un permis de port d'arme. Elles avaient révélé un casier judiciaire assez fourni en Pennsylvanie. Une douzaine d'arrestations dont deux liées à un meurtre, mais seulement quelques condamnations mineures qui dataient déjà. Mais il n'en fallait pas plus pour que Croswell se sente investi d'une mission de surveillance discrète de l'individu. Et ce matin-là, il ouvrit les yeux comme un enfant devant la vitrine d'un magasin de jouets au passage de longues limousines noires, des Cadillac et des Lincoln qui s'étiraient les unes derrière les autres en direction de la propriété de Barbara. Il en compta cinq, dont aucune n'avait de plaque de l'État. Il lui revint en mémoire que le matin même, en saluant le boucher, il l'avait trouvé particulièrement de bonne humeur. Il était en train de préparer la plus grosse commande de steaks de premier choix de son existence. Et le destinataire était Barbara. Il avait été également intrigué par la question d'un représentant de commerce qui s'était adressé à lui un peu dépité, pour lui demander où il pouvait trouver une chambre d'hôtel. « Nous avons un motel à Apalachin », lui avait répondu Croswell. « Je sais, mais il est plein », lui avait rétorqué l'automobiliste. Le motel d'Apalachin n'était jamais plein. Tous ces indices lui parurent assez concordants pour en conclure que Barbara allait recevoir beaucoup de monde chez lui. Il n'y avait rien de délictueux dans le fait d'accueillir du monde qui débarquait en limousine, mais Croswell trouvait que l'événement avait assez d'importance en lui-même pour en connaître la cause. Une sacrée distraction pour un sombre week-end d'automne dans l'Est. La loi l'autorisait à contrôler les papiers des véhicules, il n'allait pas s'en priver quand les convives de Barbara allaient quitter les lieux. Il organisa un petit barrage sur la route qui menait à la propriété, après avoir rameuté trois adjoints et une voiture radio. Il était à peine installé dans sa configuration de contrôle que des dizaines de limousines se précipitèrent hors de la propriété de Barbara. Les convives fuyaient en masse. Le commis boucher qui livrait la viande avait mentionné la mise en place d'un barrage de police. À ces mots, les visiteurs s'étaient imaginé une opération d'envergure. Les plus affolés fuyaient carrément à travers champs. Entre les contrôles de papiers, les registres de l'hôtel et ceux des loueurs de voitures, Croswell parvint à établir une liste de 63 personnes. 62 d'entre eux étaient des hommes d'affaires en exercice ou en retraite. Tous étaient d'origine italienne. Tous justifièrent leur présence chez Barbara par leur inquiétude sur son état de santé.

Croswell transmit ces informations à la presse locale aussitôt relayée par le presse nationale qui fit part au public de la plus grande réunion connue des parrains de la Mafia. Chacun des noms avait une histoire. Mais jamais l'opportunité ne s'était présentée de prouver leurs liens, leur appartenance à un groupe structuré. L'affaire fit du bruit. En particulier au comité McClellan, une cellule montée par le Sénat pour enquêter sur le racket. Le responsable de l'enquête était un petit jeune homme nerveux à la voix haut perchée dont le comportement de roquet ne passait inaperçu chez personne. Il était le troisième fils de Joe Kennedy, le deuxième des survivants. Robert avait démarré sans manières sa relation avec nous en nous accusant de ne rien faire contre le crime organisé. Les circonstances lui donnaient raison. Edgar réagit avec beaucoup d'assurance et de flegme. Il lui était impossible de nier plus longtemps l'existence d'une organisation. Il rassura ses détracteurs en faisant ouvrir par le Bureau un large programme d'enquête sur le crime organisé pour tenter d'en appréhender les contours et la structure opérationnelle.

— Le roquet veut fouiller dans le tas d'ordures. Eh bien! On va l'aider. Jusqu'à ce qu'il se rende compte que c'est avec le jus pressé de ces ordures que sa mère a fait le lait qu'elle lui a donné au sein. On va ouvrir une enquête, Clyde, une vraie. Je veux tout savoir sur les *mobsters*. Mais tous ces gens qui m'y poussent, ils ne savent pas où ils mettent les pieds. Ils ne savent pas que toi et moi sommes les champions du monde du boomerang. Tu vas voir, on ne va pas les décevoir.

Nos chefs d'agences locales mirent un peu de temps à se mobiliser dans cette nouvelle perspective. Nous les avions formés dans l'idée que le crime organisé était une fiction. Certains persistèrent dans leur réticence. D'autres se précipitèrent dans cette ouverture pensant qu'Edgar était bel et bien décidé à faire le ménage. Edgar pressé de toute part demandait que l'agitation fût entretenue. Mais se réservait le traitement des résultats qui allaient en découler. L'immense travail entrepris par le FBI pour cerner l'organisation de la pègre lui interdisait de conduire des enquêtes spécifiques. Nous n'en étions qu'à comprendre le mal et il faudrait de nombreuses années et des moyens considérables pour le combattre. Et pendant ce temps-là, bien d'autres élections pouvaient changer le cours des choses. Le responsable de Chicago agit avec un zèle particulier sous le contrôle d'Edgar. Ce dernier lui fit savoir que tout lui était permis dans ses recherches mais ne lui autorisait aucune divulgation. Deux établissements furent mis sur écoutes avec des systèmes ultraperfectionnés. Le premier, l'Armory Lounge, était le siège des activités de Giancana. Le second, l'étage d'une boutique de tailleur de North-Michigan avenue, était le lieu de réunion quotidien des patrons de Chicago. Les informations collectées dépassèrent toutes les attentes raisonnables d'un professionnel de l'écoute. Non seulement les micros dévoilèrent tout de leurs activités, mais autrement plus intéressant, ils offrirent un véritable catalogue des liens entre le milieu et la classe politique et judiciaire. La richesse des informations recueillies devait nous permettre de nous maintenir indéfiniment à la tête du FBI, si bien sûr il venait la drôle d'idée à quelqu'un de penser à nous en déloger.

L'élection de 1960 se présentait sous les meilleurs auspices. D'un côté Richard Nixon, notre préféré, sur qui nous savions tout. De l'autre, John Kennedy, fils d'un homme devenu notre « ami » et frère d'un chien de salon gueulard en culottes tyroliennes, que le manque d'expérience rendait inoffensif. Les deux candidats s'étaient empressés de faire savoir à la presse que s'ils étaient portés à la magistrature suprême, leur premier acte serait de confirmer J. Edgar Hoover à la tête du FBI.

19

Depuis que John Fitzgerald Kennedy avait été
élu à la chambre des représentants en 1948, mon
dossier le concernant s'était rempli doucement
comme une vieille baignoire bouchée, sous un
robinet mal fermé. Je n'y prêtais que peu d'attention. D'abord parce que la santé de Kennedy en
faisait un homme à l'avenir incertain. Ensuite,
parce que aucune manifestation de sa part ne
rendait son personnage digne d'un intérêt soutenu. Sa surveillance était maintenue par des
informateurs zélés qui s'étaient pris au jeu de
l'image que sa famille voulait donner d'elle, avec
une fascination identique à celle des photographes
de magazines qui pillent la vie privée des célébrités. Les personnels du Congrès s'étaient habitués
à voir circuler sa longue silhouette décharnée
dans les couloirs de l'édifice où ses pas résonnaient
comme ceux d'un vieillard prudent. Parfois,

quand son dos le faisait trop souffrir, il marchait appuyé sur de grandes béquilles qui le maintenaient sous les aisselles. La mort de sa sœur lui avait asséné un coup fatal. Il s'ajoutait à la découverte du caractère irréversible de sa maladie. Kennedy traînait son ennui dans un monde politique qui n'avait qu'une vertu : en faisant travailler son esprit, il lui faisait oublier son infirmité. Il ne ratait pas une occasion de confesser sa mélancolie par quelques phrases amères souvent drôles, et sans les femmes qu'il abattait avec la régularité d'un bûcheron canadien, sa vie aurait été encore plus morose. Le jeune prodige qu'il avait été en entrant à la chambre des représentants à vingt-neuf ans venait de se faire dépasser par Smathers et Nixon, deux hommes de sa génération qui s'étaient fait élire au Sénat. Il lui restait suffisamment d'orgueil pour surmonter ses douleurs. Il se lança à son tour dans la campagne d'élections sénatoriales de 1952 qui coïncidait avec l'élection présidentielle.

Si Cabot Lodge, le sénateur sortant qui venait d'une aussi vieille famille d'Irlandais que lui, se fit défaire par Kennedy, c'est qu'il s'était beaucoup investi dans la campagne présidentielle d'Eisenhower, en particulier pendant les primaires des républicains où il avait soutenu le général contre Taft, en délaissant son fief. Kennedy était un des premiers politiciens de la télévision où il se lança comme une marque qu'il voulait aussi prestigieuse que Coca Cola ou Ford. Il avait aussi su se créer un discours politique sur mesure, progressiste quand il s'agissait des préoccupations quotidiennes de ses électeurs, conservateur pour les grandes thématiques nationales ou internationales où il se fondait habilement dans la pensée républicaine de lutte sans merci contre le communisme. Même McCarthy le reconnaissait parmi les siens. John, lassé d'être la marionnette d'un père ventriloque, prenait ses distances avec le vieux Joe qui intervint très peu dans la campagne sauf pour la financer et pour accorder un prêt au *Boston Post* en crise de liquidité, en contrepartie de son soutien au candidat de la famille.

Edgar et moi magnifions les femmes exceptionnelles, qui, à travers une mystérieuse candeur, laissent perler une droite féminité. Elles étaient certes rares à cette époque, où les mœurs dérivaient comme un esquif sans gouvernail. Prétendre que nous ne les aimions pas était nous méconnaître. Notre aversion pour le plus grand nombre d'entre elles cachait notre disposition discrète à les estimer profondément quand elles le méritaient. Aux antipodes, Kennedy les possédait toutes pour n'en aimer aucune. Sa frénésie charnelle n'était que l'inlassable répétition d'une souillure méprisante.

Il avait une âme de célibataire et son mariage avec Jacqueline Bouvier lui fut commandé par une seule raison : aucun célibataire ne pouvait faire une carrière politique durable au plus haut niveau de l'État. Kennedy craignait les femmes qui avaient « des dollars dans les yeux ». S'il se savait incapable de sentiment amoureux, ce dont il ne faisait pas mystère, il n'entendait pas pour autant n'être aimé que pour sa richesse. D'autant qu'il ne pouvait pas dire comme un de nos amis riche et laid : « J'aime autant que les femmes m'aiment pour mon argent que pour mon physique, mon argent au moins je l'ai mérité. » Ce n'était pas le cas de John. Il n'était pour rien dans sa fortune.

Jacqueline Bouvier était d'une beauté qui n'avait rien à voir avec les canons de l'époque. Les yeux trop loin l'un de l'autre, la poitrine presque enfoncée, des pieds trop grands et des jambes comme des cannes de billard, elle dut beaucoup de sa réputation à son élégance et à sa photogénie. John la croyait désintéressée. Il nous l'aurait demandé, nous lui aurions dit qu'elle ne l'était pas. Son père, qui se targuait d'être issu de la vieille noblesse, descendait d'une famille de colons dépourvus. Il avait été riche avant de tout perdre pendant la dépression. Un homme brisé, libertin et alcoolique au point de ne pouvoir donner le bras à sa fille le jour de son mariage. Sa mère, qui se prétendait franco-irlandaise sous le nom de Lee, s'appelait de son vrai nom Levy. Elle était juive et s'en cachait. Elle était remariée avec un homme riche qui avait donné à sa belle-fille une enfance de princesse. Mais aucun héritage, qui revenait dans sa totalité à ses enfants légitimes. Et comme Bouvier n'avait plus rien, Jacqueline avait bien fait de quitter John Husted, un jeune homme sympathique sans fortune, pour épouser ce que sa mère appelait du « véritable argent ». Comme le mariage faisait la une des journaux, il n'aurait pas été correct de ne pas féliciter Joe pour cette belle réussite. C'est ce que fit Edgar très peu de temps après la cérémonie en lançant à celui qui était devenu son ami : « Quel beau couple. Et quelle grandeur d'âme. Vous que j'ai connu antisémite, vous amender en mariant votre fils à une femme juive pour faire de vos futurs petits-enfants une des grandes fortunes juives d'Amérique, on dira ce qu'on voudra mais ça ne manque pas de panache ! » Joe tourna la tête pour dissimuler sa gêne. Il n'en demeura pas moins très cordial avec cette femme, de peur qu'elle ne quitte John. Il fut le seul de la famille à lui reconnaître l'importance qu'elle avait pour l'image de son fils. La fidélité de Kennedy ne dura pas plus longtemps que son voyage de noces. Il reprit bien vite ses habitudes, inondant les femmes de ce qu'une d'entre elles appelait « de la lumière sans chaleur ». Rose ne montra à la jeune femme que de la condescendance, comme tout le reste de la famille. Jackie Kennedy eut à son tour quelques écarts qui lui valurent l'ouverture d'un dossier confidentiel au Bureau. Il était bien normal que nous enquêtions sur des faits qui auraient pu menacer la réputation d'un jeune couple si brillant. Tout dans son comportement indiquait qu'elle n'était que de passage dans cette famille. Elle vivait dans la crainte de ne plus rien être socialement si John venait à disparaître, une hypothèse réaliste à la vue des crises qui le terrassaient à intervalles réguliers. On m'a rapporté qu'elle avait un rapport difficile avec l'argent. Elle avait commencé par vendre les cadeaux de mariage qui ne lui plaisaient pas. Elle agissait comme une personne submergée par un angoissant sentiment de précarité. À l'image de Cendrillon, elle supposait que, passé minuit, l'heure fatidique de la disparition de John, elle serait condamnée à retrouver ses guenilles.

— Vous croyez que c'est facile de vivre avec quelqu'un adulé par tant de personnes mais qui ne m'aime pas ?

— Je ne veux pas parler de ça au téléphone, Jackie, nous reprendrons cette conversation de vive voix.

— Il n'en est pas question. Je veux savoir. Votre femme, vos enfants et même leurs conjoints me témoignent de l'inimitié depuis que je suis entrée dans votre famille. Votre fils ne m'a épousée que pour se rendre politiquement présentable. S'il disparaît, je ne serai plus rien qu'une veuve sans le sou. Et puis, j'en ai assez de ses humiliations, il ne prend même pas la peine de se cacher. Je veux divorcer, monsieur Kennedy.

— Vous ne pouvez pas faire une chose pareille, Jackie.

— Alors, que me proposez-vous ?

— Que voulez-vous que je vous propose ?

— Je veux que vous me mettiez à l'abri d'un licenciement sans préavis de votre famille s'il arrivait quelque chose à John. J'ai le sentiment de n'être qu'un actif parmi tant d'autres, comme vos voitures et vos propriétés. À combien m'évaluez-vous ?

— Je vais réfléchir, Jackie.

— J'ai peur qu'il ne soit plus temps.

— Vous me prenez un peu au dépourvu même si j'ai déjà réfléchi au problème. J'ai l'intention de monter un fonds pour vos futurs enfants dont vous pourrez disposer. Si vous n'avez pas d'enfant, l'argent vous reviendra sans discussion. Je vous rappelle demain pour le montant. Mais je ne veux plus jamais entendre parler de divorce, est-ce clair ?

— Prévoyez de multiplier ce montant par deux si votre fils me ramène une maladie vénérienne.

Nous avons toujours été amusés, Edgar et moi, par l'image que cette famille renvoyait et la réalité bien différente dans laquelle elle vivait. John s'affichait comme l'homme de la « nouvelle frontière ». Celui qui allait briser le monde d'hier pour lui substituer le sien, celui des années soixante, où une belle coupe de cheveux à la télévision vaut mieux que n'importe quelle conviction solide, où le désir supplante les croyances et suffit à ramasser des voix. En fait, lui, le catholique, n'était qu'un modèle obsolète de ces fils de grandes familles anglaises protestantes de la fin du siècle dernier dont il portait tous les stigmates, en particulier une inconséquence financière et morale d'aristo-crate voyageur. Avec la légèreté désinvolte d'un personnage à la Henry James, il traînait sa lassi-tude amusée d'héritier cynique, aigri de se devoir si peu. Alors qu'il était à la chambre des représen-tants, il s'en était longuement absenté pour pro-mener sa longue silhouette de jeune noble vic-torien de pays en pays en s'arrangeant, fort de son crédit médiatique, pour y interroger les chefs d'État comme un président de commission. Je suis persuadé qu'il a fini par se rendre compte que la seule manière de donner de la consistance à sa personnalité fragile et vaporeuse était d'insuffler à son orgueil naturel la force d'une ambition. Une façon impérieuse de le sortir de cet état dépressif où l'avait mis son enfance dans une famille qui faisait du nombre un cache-misère moral.

Une seule ambition pouvait l'obliger à se lever le matin. Celle de devenir président des États-Unis.

— Non, monsieur Kennedy, je ne vois aucune raison que votre fils s'assagisse.

— Mais, Jackie, vous verrez, avec les années...

— Votre fils s'épuise à multiplier les conquêtes. Cet acharnement à séduire n'est causé que par le dédain pour les femmes que lui inspire la dégoûtante résignation de votre épouse pour vos frasques humiliantes, dont elle se sanctifie.

— Jackie, je ne vous autorise pas.

— Je crois au contraire que l'on peut tout se dire, ne sommes-nous pas associés dans la réussite de John? J'ai eu le tort de me plaindre à votre femme de l'inconstance de votre fils. Elle m'a répondu qu'il tenait de vous. Et m'a recommandé de m'accommoder de cette situation comme elle a su le faire elle-même « avec tant de courage ». Dans ses rares moments de lucidité et de sincérité, John me dit qu'il aurait préféré mourir à la guerre plutôt que de supporter votre héritage qui est fait, selon lui, d'une sexualité tyrannique et d'ambitions démesurées. Par chance pour vous, il se prend au jeu. Enfin, tout ça n'a aucune importance, car comme vous vous plaisez à le répéter : « Qu'importe ce qu'on est, ce qui compte c'est l'image qu'on donne. » Dommage que John considère la psychologie comme une matière soporifique inventée par des juifs d'Europe centrale en mal d'analyse déculpabilisante. Il gagnerait à mieux se connaître.

En 1954, je ne fus pas loin, une fois de plus, de clore le dossier Kennedy. L'état de sa colonne ne lui permettait plus de se présenter au Sénat où ses collaborateurs devaient le porter jusqu'à son bureau. Si la reconnaissance de son intelligence était une constante même parmi les républicains, elle ne suffisait plus à endiguer la rumeur montante qui le décrétait incapable d'assumer ses fonctions de sénateur.

Une bande d'écoutes téléphoniques nous a laissé la trace d'une conversation entre John et son père à propos de l'opportunité d'une nouvelle opération.

— Le médecin me dit que j'ai cinquante chances sur cent.

— De quoi, John ?

— De survivre à l'opération. La maladie d'Addison peut créer une infection fatale.

— Et si tu ne fais rien ?

— C'est la chaise roulante d'ici quelques mois.

— Et tu choisis ?

— L'opération. Je prends le risque.

— Je ne suis pas d'accord, John.

— Pourquoi ?

— Si tu y restes, tu ne seras jamais président. Alors qu'une chaise roulante ne t'empêchera jamais de l'être. Regarde, Roosevelt.

— Je veux être un président debout ou y rester.

— Tu as tort.

— Tu ne sais pas ce que j'endure.

— Je sais, John, mais je ne veux pas prendre le risque de perdre un troisième enfant.

— Tu as de la réserve pour les présidentielles. Ce sera certainement un peu plus long mais il reste Bobby et Teddy.

— Ne dis pas de conneries, John.

Le 10 octobre 54, John fut admis à l'hôpital de New York dans la 42e rue Est. Les chirurgiens décidèrent d'opérer le 21 après dix jours de tests et d'hésitation. Sa dernière phrase avant son opération fut : « J'espère ne pas me réveiller avec une centaine de têtes de journalistes au-dessus de moi qui vont me demander d'une seule voix ce que je pense de la mise à l'écart de McCarthy. » Trois jours plus tard, son état était désespéré. « Mon fils est presque mort », avait lancé Joe à Edgar lors d'une rencontre fortuite à New York. « Il ne faut pas désespérer, Joe, lui avait répondu Edgar, John est le spécialiste des fausses sorties, en plus il a la baraka et il veut absolument être Président. »

Jackie fit envoyer un prêtre à l'hôpital pour les derniers sacrements. Rien ne fut négligé pour le ramener à la vie. Sa belle-sœur fit consteller son plafond de ballons gonflables comme pour un jour de primaires et un de ses amis fit coller au-dessus de sa tête une affiche de Marilyn Monroe, en short, les jambes nues. À la fin novembre John fut à nouveau sur pied.

John avait l'habitude de dire que s'il ne devenait pas Président, il se contenterait d'être reconnu comme un grand écrivain. Ce qui signifiait pour lui recevoir le prix Pulitzer, la plus grande consécration américaine en littérature. Il avait déjà commis un livre pendant la guerre sur l'Angleterre endormie. Un incontestable succès d'estime et de librairie. Il voulait récidiver avec un essai sur les sénateurs qui avaient marqué l'histoire politique des États-Unis par leur courage. Une façon de continuer à faire parler de lui dans la presse, alors que sa faible activité politique ne le lui permettait plus. Kennedy a toujours prétendu avoir écrit ce livre seul. C'était probablement le cas pour la première mouture accueillie on ne peut plus froidement par des éditeurs encourageants mais réticents à le publier en l'état. J'ai la preuve qu'une partie essentielle du travail qui conduisit finalement à sa publication a été fait par Ted Sorensen qui reçut six mille dollars en contrepartie, une somme qui vaut bien quatre mois de salaire. *Profiles in courage*, cette ode à nos hommes politiques les plus remarquables pour leur bravoure, reçut finalement le fameux prix Pulitzer du meilleur essai en 1957.

John se présenta comme candidat à la vice-présidence aux côtés de Stevenson qui s'acharnait à conquérir la magistrature suprême en 1956 après son échec cuisant de 1952. Mais les démocrates jugèrent que s'il avait des qualités indéniables pour ce poste, son catholicisme constituait un énorme handicap. Il perdit contre Kefauver dans la course à l'investiture. Ce qui n'empêcha pas John d'y faire une apparition remarquée. Il n'en était pas encore à faire campagne. Il voulait simplement que le plus grand nombre de personnes se souviennent de son visage dans le pays. Avec l'implantation grandissante des téléviseurs dans les foyers américains, près de quarante millions de personnes suivirent cette convention. John avait alors plus ou moins l'idée de conduire sa carrière comme celle de Nixon dont il suivait curieusement les traces. Sans savoir que son éviction de la vice-présidence allait lui permettre de prendre huit ans d'avance sur celui qu'il n'était alors pas loin de considérer comme un ami.

À la fin de la convention, un mari normal aurait profité d'un repos mérité pour consacrer du temps à sa femme enceinte. Au lieu de cela, il partit pour la Côte d'Azur en France avec son jeune frère Ted et deux autres amis qui partageaient son goût pour le libertinage. Ils louèrent un yacht et embarquèrent avec eux plusieurs jeunes filles peu scrupuleuses. Le 23 août, Jackie fut victime d'une hémorragie et dut accoucher précipitamment d'une petite fille mort-née. Elle devait s'appeler Arabella. John reçut un message de son frère Bob, l'informant que la petite fille était sur le point d'être inhumée. Il répondit qu'à ce point, il ne voyait pas la nécessité de revenir. George Smathers dut intervenir pour que Kennedy se décide à quitter ses conquêtes sur ces mots : « John, tu ferais bien de ramener tes fesses jusqu'au lit de ta femme si tu ne veux pas que toutes les femmes d'Amérique votent contre toi en 60. » C'est un Kennedy contrarié qui reprit l'avion pour la côte Est.

20

— Ce type est dangereux, Edgar.

— Est-ce là ton opinion, Clyde?

— C'est l'opinion de quelqu'un qui suit son dossier depuis plusieurs années. Je crois que je le connais comme personne d'autre. C'est tout ce qui fait le sel de notre métier, Edgar. Ceux qui l'aiment se croient aimés de lui, le côtoient au quotidien et pensent le connaître. Ils ne savent pas la moitié de ce que nous connaissons sur le personnage.

— Et tu n'es pas séduit par ce quadragénaire au charisme d'acteur?

— Non. Je le trouve désinvolte, grossier, para-doxal et dangereux.

— Dangereux?

— Il l'est parce qu'il n'a pas la moindre peur d'assumer ses mauvais côtés. Il sait comment il est, il sait que d'autres le savent aussi bien que lui et il ne semble pas s'en soucier. Il ne craint aucun de ses

ennemis. Ni leurs tentatives pour lui nuire aujour-
d'hui ni celles qui risqueraient de salir sa réputation après sa mort.

— Je ne suis pas aussi pessimiste que toi,
Clyde. Il n'a peur de rien tant que la menace ne lui
est pas collée devant les yeux. Si c'était le cas, je
veux dire que ses indélicatesses et ses trahisons lui
soient listées en face, et que quelqu'un soit sur le
point de les rendre publiques, je suis certain qu'il
réagirait différemment. Mais nous n'en sommes
pas là. Avons-nous un intérêt à interrompre brutalement ce qui est peut-être sa marche sur la Maison-Blanche? Je ne le crois pas. Nixon est certes
plus près de notre conception des choses, mais je
ne suis pas persuadé qu'une fois à Washington, il
nous soit forcément reconnaissant de ce que nous
avons fait pour lui. En plus, je le crois capable
d'autoritarisme à notre égard. Et puis, il faut se
rendre à l'évidence, nous n'avons pas grand-chose
sur Richard, à part quelques opérations douteuses
de financement de campagne et du trucage électoral. Mais rien qui ne puisse tétaniser la ménagère
comme avec Kennedy. Nous sommes un peu les
historiographes de la famille depuis son père, et il
le sait. Nous sommes assis sur tant de bouchons de
liège qui ne demandent qu'à flotter en surface qu'il
ne nous demandera certainement jamais de nous
lever sur son passage. Vois-tu, Clyde, Kennedy est

un anticommuniste convaincu. McCarthy était le parrain des enfants de Bob. Il ne s'est jamais beaucoup manifesté pour les droits civiques, et j'ai l'impression qu'il évite les Noirs pour ne pas s'aliéner les électeurs blancs du Sud. Certes, il s'est fourré dans le comité du Sénat contre le racket mais c'est plus par posture que par véritable conviction. Il veut plaire aux ouvriers, c'est bien naturel, ils représentent un nombre de voix considérable. Mais il va torpiller ce comité s'il est élu. Il a encore moins que d'autres intérêt à remuer la vase. Je suis prêt à parier que Kennedy président ce sera pour nous une villégiature comparable à celle que nous avons connue depuis l'élection d'Eisenhower. Quant au chien de salon à la mâchoire de molosse, Bobby, je ne vois vraiment pas comment Kennedy pourrait lui donner un rôle après les élections sans se faire accuser de népotisme. L'élection de son frère le rendra bien moins dangereux pour nous. Finies, les croisades stériles. Et puis tu sais, nous les connaissons tous bien. Ils ne pensent qu'à se faire réélire. Bien plus qu'à se faire élire tout court. La première fois, ils ne sont pas certains que ce rêve soit accessible. Mais la seconde, ils s'en savent capables alors pourquoi ne pas recommencer? Et ils deviennent d'une prudence encore plus grande parce que leur peur de l'échec est décuplée. Ne pas se faire élire, c'est simplement perdre. Ne pas se faire réélire, c'est quelque chose de beaucoup plus blessant par le désaveu que cela représente. Tout ce que nous avons à faire pour le moment, c'est donner l'impression à chacun des candidats que nous favorisons son élection.

Nous en étions là de notre discussion, dans le grand couloir qui nous amenait du FBI à l'air libre. Edgar se retourna d'un bond. Un de nos agents du nom de Fisk qui travaillait depuis peu à la documentation se trouvait juste derrière lui. Je crus qu'Edgar allait lui sauter à la gorge. L'agent le regardait pétrifié, sûr que son dernier jour au FBI était arrivé. Son nez à dix centimètres de celui de Fisk, Edgar hurla :

— Jeune homme, je vais mettre sur le compte de votre inexpérience un comportement qui chez un autre vaudrait les pires ennuis. Savez-vous de quoi je parle ?

— Non, monsieur, répondit l'agent terrorisé.

— Vous êtes sans manières. Vous vous êtes permis de marcher sur mon ombre.

— Mais me... Monsieur je ne savais pas...

— Parce qu'il faut vous l'écrire ? Vous n'avez pas assez de jugement pour comprendre qu'on ne marche pas sur l'ombre du Directeur ?

— Je suis vraiment désolé.

— Vous avez utilisé votre joker.

— Je suis absolument désolé, monsieur le Directeur.

— Disparaissez de ma vue.

Fisk venait d'être transféré à Washington, un beau jeune homme blond qui faisait, disait-on, du bon travail. Mais visiblement, personne ne l'avait prévenu que marcher sur l'ombre d'Edgar c'était comme marcher sur la traîne du manteau d'hermine d'un roi le jour de son couronnement.

Comme chaque fois qu'il rentrait dans une colère sourde, le visage d'Edgar prenait une couleur vermillon. Il fallait quelques minutes pour qu'il reprenne une couleur normale. Quelques jours après cet incident très anodin, Edgar fit une petite attaque cardiaque. Il en fut très atteint. Moins par l'alerte elle-même que par la conscience soudaine d'être mortel. Il était certes hypocondriaque mais jamais aucun symptôme sérieux n'était venu corroborer ses craintes. Son malaise fut attribué à un excès de poids. Un régime et un peu d'activité physique lui furent prescrits. Il suivit les instructions du médecin à la lettre non sans en avoir consulté un autre auparavant pour être certain de ne pas s'engager dans une mauvaise voie. Si Edgar pouvait très bien tolérer être en bonne santé quand les autres étaient malades, il n'était pas question du contraire. Il décida donc que tous les agents du FBI étaient trop lourds, ce qui nuisait à leur efficacité, et leur imposa de suivre un régime draconien.

Entrevoir qu'il pouvait disparaître un jour — et pas seulement du FBI — ne fit que renforcer certaines de ses obsessions. Edgar était traumatisé par les risques d'agressions microbiennes. Un agent malintentionné prétendit dans son dos qu'Edgar n'avait pas passé trente-six ans à la tête du FBI comme il le prétendait mais seulement dix-huit, car, selon lui, il consacrait la moitié de son temps à se laver les mains aux toilettes. Edgar avait également interdit la climatisation dans son bureau ou chez lui, car il y voyait un vecteur de microbes.

Il me semble que la tolérance qu'il manifestait à l'égard de John Kennedy, en dépit de l'immoralité manifeste de celui-ci, tenait à sa position en matière d'armement. Kennedy fustigeait l'administration Eisenhower d'avoir pris un retard considérable sur les missiles et promettait un programme énergique pour mettre les États-Unis hors de portée de l'Union soviétique. Cette perspective le rassurait. Nixon aurait pu promettre la même chose, Edgar ne lui aurait pas accordé le même crédit. C'est le handicap du sortant qui veut ça. On ne peut pas avoir été huit ans au pouvoir et affirmer que désormais on fera beaucoup mieux.

21

Notre stabilité à la tête du FBI nous apportait un réel bien-être dont Edgar ne profitait pas, en proie à une souffrance indicible, si profondément ancrée en lui qu'il en vint à ma grande surprise à se demander une nouvelle fois s'il ne devait pas consulter un psychanalyste. Edgar détestait cette engeance qui se permettait de jouer impunément avec le curseur de la morale. Il avait longtemps moqué ceux qui recouraient à leur service en les traitant de « nudistes », en référence à ce déshabillage psychologique qui lui paraissait contraire à l'idée qu'il se faisait d'une certaine virilité de comportement. À cette prévention contre l'intrusion d'un étranger dans son intimité mentale, s'ajoutait la mauvaise réputation des psychologues de toutes sortes dans le domaine politique. Beaucoup des professionnels du psychique étaient imprégnés d'idées libérales. Bref,

Edgar considérait leur monde comme un repaire de communistes car leur démarche conduisait, selon lui, à prôner une exonération de responsabilité propre aux pensées subversives.

Après de longs atermoiements, Edgar se décida à consulter un psychanalyste qui exerçait dans une clinique fréquentée par la haute société de Washington. Son choix se porta sur un homme réputé pour sa discrétion et non suspect de sympathie communiste. L'enquête préliminaire sur ce personnage prit quelques semaines et il fallut encore pas loin de deux mois avant qu'Edgar prenne la décision de le rencontrer. Il lui fit part de souffrances personnelles assez vagues en lui demandant de l'adresser à quelqu'un. L'homme se proposa spontanément. Edgar lui indiqua que les consultations auraient lieu à son propre domicile pour éviter toute rumeur conséquente à des visites répétées à son cabinet, non que sa souffrance ait une origine honteuse, mais ses fonctions faisant de lui un homme en vue, il préférait ne pas susciter de commérages. Outre cette préoccupation, Edgar avait choisi sa propre maison pour s'assurer que personne ne puisse enregistrer leurs conversations à son insu. Il encouragea d'ailleurs systématiquement le praticien à se défaire de sa veste à l'entrée, sous le prétexte de créer une atmosphère plus détendue. Edgar ne me fit jamais part de la teneur de leurs propos, comme si la sphère qu'ils abordaient ensemble était encore plus privée que nos relations.

Edgar, lui, n'enlevait jamais sa veste et tout le monde le suspectait d'avoir en permanence un mouchard dans sa poche. Le seul à s'être permis de la lui faire enlever fut Joseph McCarthy un soir que nous dînions chez lui en compagnie de Cohn. Je n'aurais jamais pu imaginer qu'Edgar ait enregistré chacun de ses entretiens avec son thérapeute, pourtant il le fit systématiquement comme si le patient était une autre personne que lui. Je n'ai pas d'explication à cette attitude. Peut-être Edgar pensait-il justement que l'homme qui allait s'entretenir avec le praticien n'était pas tout à fait lui-même. Curieusement je n'ai pas retrouvé ces bandes chez lui. Elles étaient classées comme n'importe quel dossier confidentiel, au nom du médecin, juste derrière Miss Gandy.

— Vous comprendrez que je ne suis pas très à l'aise pour parler de moi. C'est un exercice qui ne m'est pas très naturel.

— Je comprends très bien, monsieur Hoover. C'est une démarche très particulière que de livrer des aspects de soi-même aussi intimes à un tiers quasiment inconnu, mais il faut en passer par là, c'est le prix pour vous sentir mieux car tout l'objet de cette thérapie, c'est de mieux vous connaître vous-même et vous accepter tel que vous êtes.

— M'accepter tel que je suis? Mais... c'est le cas, me semble-t-il.

— Je ne dis pas le contraire, monsieur. Je constate que vous avez décidé de me consulter parce que vous souffrez de certains troubles nerveux, d'états d'anxiété qui dérangent le cours normal de votre existence, d'irritabilité, d'un sentiment diffus et oppressant de mal-être.

— Et nous ne pouvons pas régler ces désagréments par des médicaments?

— Je crains que non. En tout cas, pas pour le moment. Ce serait prématuré tant que je n'ai pas identifié l'origine de vos troubles.

— Et que dois-je faire?

— C'est assez simple. Je vais vous poser un certain nombre de questions qui peuvent vous désorienter et dont vous ne verrez pas la finalité de prime abord ni la logique. Ces questions vont me permettre de vous cerner un peu plus. De pénétrer un champ de votre esprit inconnu de vous-même, dans lequel sont certainement logées les sources de vos problèmes. À ce stade si vous voulez que nous progressions, il vous faudra me répondre avec franchise, me faire une confiance totale. S'il vous vient l'idée de ne pas être sincère, ce travail ne servira à rien. C'est à vous de décider.

— Eh bien! j'ai tout à fait l'intention d'être sincère sauf si vous me posez des questions indiscrètes.

— Dans la relation qui va être la nôtre, il n'y a pas de questions indiscrètes. C'est à vous de savoir si la souffrance que vous endurez est ou non plus forte que votre capacité à vous révéler tel que vous êtes. Nous devons convenir dès le départ de la nature de notre relation. Si vous ne jouez pas le jeu, monsieur, il est préférable de ne pas aller plus loin. On ne peut pas se faire opérer du foie sans se faire ouvrir le ventre. C'est la même chose en psychanalyse. Il faut ouvrir votre esprit et si vous ne m'y autorisez pas, restons-en là.

— D'accord, docteur, mais qu'il soit bien entendu entre nous que je me réserve de tout arrêter à n'importe quel moment.

— C'est à vous de voir. Mais sachez que si nous ne menons pas le travail jusqu'à son terme, vous n'en tirerez aucun bénéfice, aucun. En dehors de ces troubles dont nous avons parlé tout à l'heure, y a-t-il quelque chose qui vous tracasse particulièrement, dont vous voudriez me parler avant que nous ne commencions?

— Je ne vois rien de... enfin si. Je voudrais que nous parlions de ma relation avec les femmes. Les femmes me trouvent très séduisant mais j'ai des problèmes de communication avec elles, de relations.

— Que vous expliquez ou pas du tout ?

— Non, je n'ai pas d'explications élaborées, je constate que j'ai un idéal féminin que je place très haut dans mon cœur, une idée de la femme très vertueuse, une vision très absolue.

— Vous est-il arrivé de rencontrer une femme qui correspondait à ces critères ?

— Oui, en deux occasions.

— Et que s'est-il passé ?

— Sur quel plan ?

— Je veux parler d'une relation entre ces femmes et vous.

— La première, j'étais encore jeune, m'a quitté pour un autre homme.

— Vous a quitté. Vous voulez dire que vous aviez des relations tous les deux ?

— Pas de relations au sens où on l'entend habituellement, il y avait juste une attraction réciproque et des promesses de construire quelque chose.

— Et qu'avez-vous ressenti à son départ ?

— Une énorme humiliation.

— Et rien d'autre ?

— Non, euh, si, pour être tout à fait honnête, un grand soulagement.

— Que vous expliquez comment ?

— Je ne l'explique pas, j'étais soulagé.

— Bien. Et la deuxième femme?

— Une femme tout à fait formidable. Merveilleuse.

— Sans indiscrétion, que faisait-elle?

— Elle est comédienne. Nous sommes toujours en relation.

— Et cette fois qu'est-ce qui n'a pas marché?

— Tout a très bien marché au contraire, l'amour qui existe entre nous est réciproque et très fort.

— Tout se passe donc très bien entre vous, qu'est-ce qui vous préoccupe?

— Je ne sais pas. Je crois que je l'ai un peu déçue.

— Et pourquoi?

— Notre fréquentation a duré plusieurs mois. Un jour, ce qui est bien normal, elle a souhaité que nous allions un peu plus loin.

— Dans quelle direction?

— Elle souhaitait que nous allions un peu plus loin qu'un flirt, vous voyez ce que je veux dire?

— Je vois très bien. Et alors?

— J'ai refusé. J'avais une image tellement absolue de cette femme que je n'imaginais pas de... comment dire, de la souiller.

— Et qu'est-il advenu ensuite?

— Elle s'est mariée de son côté et j'entretiens des relations très amicales avec elle et son mari. Je passe beaucoup de temps avec eux.

— Et son mari n'y voit pas d'inconvénient ?

— Pas à ma connaissance. Il me traite en ami, et je les gâte beaucoup, il ne se passe pas une semaine sans que je lui envoie des fleurs.

— Pendant que vous aviez une relation disons amoureuse avec cette femme, vous est-il arrivé de la désirer ?

— Oh non, je la portais beaucoup trop haut dans mon estime.

— Ce qui veut dire que vous n'avez pas de désir physique pour une femme que vous estimez ?

— Aucun.

— Et pour d'autres femmes ?

— Euh...

— Il faut me répondre sincèrement, monsieur Hoover, avez-vous du désir pour d'autres femmes ?

— Non.

— Pas même dans des représentations que je qualifierais de pornographiques, même s'il ne s'agit pas d'une femme que vous connaissez en particulier ?

— Je ne crois pas.

— Donc vous n'en êtes pas sûr ?

— Non, je ne crois pas. J'aimerais faire une pause maintenant, je me sens un peu las.

— Je pense que nous en avons terminé pour aujourd'hui.

*

— J'ai longuement réfléchi à nos conversations des semaines précédentes. Notre dialogue a été fructueux. Vous ne m'avez pas toujours répondu avec une totale sincérité, vos mensonges ne m'ont pas gêné. Je peux même dire que parfois ils m'ont aidé. Vous attendez de moi que je règle vos problèmes et c'est bien légitime. Ou en tout cas vous attendez de moi que je vous allège d'une charge qui pèse sur le cours normal de votre vie. Je dois vous avouer que j'aborde la conversation d'aujourd'hui avec une grande appréhension qui tient moins à ce que j'ai à vous dire qu'à ma crainte de la façon dont vous allez percevoir mon analyse. Je voudrais d'abord m'expliquer à ce sujet si vous me le permettez. Ce à quoi nous allons assister, monsieur Hoover, c'est à la confrontation la plus exceptionnelle, unique à ce jour, entre la doctrine de Freud et un des plus éminents représentants de la morale victorienne.

— Qu'entendez-vous par là ?

— Je veux dire que par les fonctions que vous exercez en tant que chef de la police fédérale, vous êtes parmi les plus importants gardiens de l'autorité morale dans ce pays. Et que la confrontation de vos pulsions intimes à cette toute-puis-

262

sance morale est à l'origine de vos troubles et d'un certain dédoublement de la personnalité qui produit les souffrances de l'écartèlement.

— Je ne suis pas certain de bien comprendre, docteur.

— Je vais essayer de m'expliquer simplement si vous me le permettez. La morale sexuelle qui prévaut dans notre civilisation, héritée de l'Église, a édicté des règles de conduite que nous connaissons, vous et moi. Chacun est tenu d'accomplir sa sexualité dans un cadre rigide qui est celui du mariage monogame avec, pour objectif final, la reproduction de notre espèce. En ce sens, la morale qui s'inscrit dans une partie de notre cerveau s'érige en gardien des valeurs de notre civilisation et agit comme agent de répression contre toute pulsion qui serait contraire aux règles sociales. Et si cette auto-censure ne suffit pas, vous êtes bien placé pour savoir que la société se charge elle-même de réprimander les écarts. Il y a donc deux niveaux de police. Celle que nous faisons par nous-mêmes et l'autre, celle dont vous êtes chargé. Notre propre police se dresse contre nos pulsions avec la force d'un mur. Il en résulte des troubles gênants aux conséquences plus ou moins dramatiques pour l'individu selon la force de ses pulsions et l'histoire psychologique de chacun. Qu'est-ce que l'âge adulte, monsieur Hoover ? C'est la période de temps que la nature nous a donnée pour comprendre notre enfance ou la subir. En ce qui vous concerne, monsieur Hoover, je dirai que certains événements spécifiques de votre propre histoire sont advenus dans votre enfance. Il en a résulté des pulsions qui, en se heurtant au mur de la morale commune, se sont transformées en une immense souffrance qui tient essentiellement à la répression de vos aspirations profondes. Même si vous n'avez pas voulu me le dire aussi expressément, j'ai compris que votre père était un homme défaillant, atteint d'une maladie mentale invalidante et assez grave pour qu'il en décède prématurément. Votre mère s'est en conséquence substituée à lui. C'est elle qui portait la culotte, si je peux me permettre, dans des proportions qui ont bouleversé votre représentation de vos parents. Vous n'avez jamais pu admettre la nature même du sexe de votre mère. Qu'une femme soit dépourvue de pénis est déjà en soi quelque chose de choquant pour un petit garçon, a fortiori si cette femme se comporte en homme. Le vagin devient alors un organe répugnant, le résultat d'une castration. Ce dégoût s'est transformé en répulsion. Dans votre logique, le sexe opposé et convoité n'est pas celui d'une femme, mais celui de votre mère que vous vous représentez avec un pénis. Ceci explique votre dégoût des femmes en général, et la sacralisation de certaines, devenues intouchables. Et l'existence à côté de cela de fortes pulsions homo-sexuelles que vous tentez de réprimer dans un effort qui vous épuise. Le mur de la morale que vous représentez se dresse contre votre homo-sexualité.

— Homosexualité ? Où ? Comment ? De quelle homosexualité parlez-vous ? Vous me décrivez comme un pervers, docteur !

— Le mot pervers ne s'entend pas pour moi dans le même sens que vous. J'entends par perver-sion que votre désir a été détourné de son objet originel qui est le sexe inverse au sien. Mais il n'y a aucune connotation morale dans cette consta-tation. Pour moi, c'est la civilisation qui est per-verse, monsieur Hoover. C'est elle qui détourne les individus de leurs aspirations profondes. La seule chose qui intéresse un thérapeute comme moi, c'est la souffrance de ses patients. S'il ne résulte aucune douleur d'un comportement déviant ni pour son auteur ni pour les autres, cela ne me regarde pas. Sinon, et sans le moindre jugement de valeur, j'aide mes patients à s'accepter tels qu'ils sont et à s'accommoder de leur différence.

— Je ne pensais pas qu'il existe un homme plus subversif que Marx et Lénine, docteur.

— Il n'existe plus, monsieur Hoover. Il est mort au milieu de la guerre.

— Bien, il est clair que je réfute, même si je n'ai pas tout compris, vos allégations d'homosexualité. Si c'était le cas je n'aurais pas manifesté une telle virulence à combattre ces déviances qui gangrènent notre société. Je suis un peu déçu, docteur, je me suis livré de bonne grâce à ce jeu d'investigation psychologique pour me retrouver accusé sans preuve des délits les plus saugrenus. Je vous ai parlé d'un problème que j'avais avec les femmes que je sacralise avec les meilleures intentions en les installant sur un piédestal et vous transformez cette attitude supérieure en une déviance d'une effrayante vulgarité, en me relayant au niveau zéro de l'humanité. Si ce Freud est bien le maître de votre science, docteur, il est à ranger dans la catégorie des hommes qui menacent l'Amérique. Il ne manquerait plus que nous ayons un parti freudo-marxiste et la panoplie serait complète. Bien, je pense que nous allons en rester là. À l'évidence, je ne partage pas votre analyse et j'entends que vous respectiez scrupuleusement le secret professionnel. Je vais vous raccompagner jusqu'à votre bureau où vous aurez l'obligeance de me remettre toutes vos notes me concernant. S'il vous venait l'idée d'ébruiter nos conversations, sachez seulement que je les ai toutes enregistrées. Que je saurai en effacer ce qui ferait le lien avec moi pour n'en conserver que les passages qui révèlent le caractère éminemment subversif de votre travail. Bien, je crois qu'il est temps d'y aller. Une dernière chose que je ne vous pardonnerai jamais, votre soi-disant psychanalyse ressemble à s'y méprendre à un interrogatoire. Et sachez que personne n'a jamais eu l'audace d'interroger sur ce mode le directeur du FBI.

Edgar n'a jamais pris le temps de faire les coupes sur l'enregistrement. C'est un travail qu'il aurait dû faire avec un technicien, ce qui présentait un risque qu'il ne voulait pas prendre tant que les circonstances ne l'exigeaient pas.

À l'époque, il me parla d'une dizaine de séances passées avec un thérapeute pour vaincre son irritabilité. Il en avait conclu que ces individus étaient incompétents et dangereux pour la société. Il me jura ses grands dieux que plus jamais il ne renouvellerait cette expérience, et qu'il allait faire mettre le psychanalyste sur écoutes.

En réalité, après une période de froid avec son thérapeute, il reprit régulièrement les séances dans une absolue discrétion jusqu'à peu avant sa mort. Elles n'ont à l'évidence jamais atténué sa souffrance, mais le simple fait de se croire sur la voie d'une amélioration suffisait à justifier sa régularité.

S'il n'avait plus rien eu à sublimer, Edgar se serait effondré comme un pantin de bois privé de ses fils. Certains édifices anciens semblent défier les lois de la pesanteur. À leur propos, on n'est sûr que d'une seule chose : pour les comprendre il faudrait les démonter, avec toutefois la certitude de ne jamais pouvoir les remonter.

22

Bob Kennedy n'avait jamais eu l'intention de s'attaquer par lui-même au crime organisé. Son frère John venait de perdre dans la course à la vice-présidence, ce qui montre, s'il en était besoin, qu'il avait de la chance. S'il avait été associé au désastre de Stevenson aux présidentielles de 56, sa carrière aurait été ruinée, atomisée en fines particules disséminées dans le ciel de la Nouvelle-Angleterre. Bob était devenu l'âme damnée de son frère qui n'avait ni son mordant ni sa détermination. En privé John ne se gênait pas pour critiquer le « petit boy-scout » qui se démenait sans compter pour sa carrière et qui l'amusait par son moralisme primaire de dévot irlandais. Après la défaite de 1956, Bob cherchait tous les moyens de faire parler de John. C'est Clark Mollenhoff, le correspondant du *Des Moines Register* à Washington, qui s'usa à le convaincre de diligenter une enquête sénatoriale sur le racket pratiqué par la pègre dans les syndicats. Bob avait balayé l'idée d'un revers de manche : « Personne n'a jamais entendu parler de Dave Beck ni de Jimmy Hoffa dans le pays, je ne vois pas l'avantage qu'on pourrait en tirer. » Mollenhoff insista en arguant de la notoriété acquise par Kefauver lors de sa grande enquête sur les rapports du crime organisé et du commerce entre États. Bob céda et accepta de rencontrer un journaliste d'investigation du *Seattle Times* qui lui ouvrit ses dossiers sur les agissements du syndicat des camionneurs. Bob ne connaissait visiblement de la violence que la brûlure du frottement des draps en soie sur sa peau quand il s'acharnait à faire des enfants à sa femme. Il n'imaginait certainement pas qu'un dirigeant syndicaliste qui n'avait pas voulu se plier à la loi des camionneurs puisse se retrouver à l'hôpital, roué de coups, un concombre dans le rectum avec une étiquette autour du cou sur laquelle on pouvait lire : « La prochaine fois ce sera un melon. » Pour l'avoir beaucoup fréquenté par la suite, Bob entre pour moi dans la catégorie des illuminés. Ces gens qui, ne sachant pas quoi faire de leur vie, découvrent une cause qui leur paraît noble et s'y engouffrent. La pièce principale de la panoplie de l'illuminé, c'est ce regard de chien enragé qui ne consent plus à croiser celui de la horde des mortels sans conviction. Après avoir reçu un descriptif complet de l'état d'infiltration des organisations syndicales par la Mafia, Bob parvint à convaincre le sénateur McClellan de créer une commission sénatoriale d'enquête sur les pratiques malhonnêtes des organisations syndicales et patronales. Composée de deux collèges de quatre membres, John fut admis à siéger dans le collège syndical. McClellan confia logiquement les pouvoirs d'investigation à Bob qui s'entoura de juristes et d'enquêteurs. Cette commission allait devenir le vivier de l'équipe Kennedy.

Nous avons sous-estimé, Edgar et moi, l'importance que cette commission allait prendre par la suite. Ses effectifs allaient culminer à une centaine de personnes dont un ancien du FBI, Sheridan, et des journalistes comme Guthman, Salinger et Seigenthaler. Jamais pareille équipe n'avait été réunie au Capitole. Mais nous avions parié que cette effervescence s'éteindrait une fois Kennedy élu, s'il devait l'être. Et si John ne l'était pas, nous comptions sur Nixon pour étouffer la flamme.

Joe fut mis devant le fait accompli comme en témoigne l'enregistrement d'une conversation qu'il eut avec John sur le sujet :

— John, ne me dis pas que tu es complice de cette opération suicide !

— Je ne suis pas complice, mais Bob aime les

causes généreuses. Il a besoin de trouver sa propre voie qui le sorte un peu de mon ombre.

— C'est de la folie. Il ne sait pas sur qui il va tomber. Ces types-là ne sont pas des enfants de bonnes familles wasp de Boston. Ils sont capables de vous laminer. Il se croit où? Dans un match de base-ball de la ligue cadette? Comment a-t-il pu faire une chose pareille? Il va te mettre tous les syndicats sur le dos. C'est une catastrophe pour les présidentielles. C'est très maladroit. Les républicains, qui sont plus liés aux *mobsters* que les démocrates, vont le prendre pour une attaque directe. Ils ne se laisseront pas faire. Ton frère est en train de bousiller tes ambitions. Comment peux-tu le laisser s'engager dans une chose pareille? Il n'est pas de taille. Il veut s'attaquer à Beck? Très bien. Beck a dû se servir, ça c'est certain. Mais sans plus. Alors que derrière ça va être une autre paire de manches. Quand il va se trouver face à Hoffa, il va sentir un drôle de changement. Hoffa n'est pas seul. Derrière lui il y a la moitié de l'Italie. Giancana ne laissera pas tomber Hoffa. Vous êtes dans de beaux draps, les enfants. Ajouté à tout cela, vous allez importuner Hoover. Surtout s'il imagine que cette commission va gêner ses amis républicains. Il n'a jamais voulu mettre son nez là-dedans et il a raison. Il y a d'autres priorités dans ce pays. Tu n'aurais jamais dû laisser faire ton frère. Mais pourquoi diable l'as-tu encouragé dans cette voie?

— Je te l'ai dit. Bob a besoin de se créer sa propre identité. Et de montrer à sa façon qu'il se coupe, comment dire, d'un certain héritage familial. Par ailleurs depuis Kefauver, on sait ce que ce genre d'initiative rapporte sur le plan électoral.

— C'est un peu trop facile.

— Je ne crois pas que ce soit aussi négatif que tu le penses. C'est une excellente chose pour notre réputation. Je n'ai pas encouragé Bobby à la faire, mais tout bien réfléchi cette initiative présente pas mal d'avantages. Une façon sans équivoque de nous démarquer du milieu. Ce sera très favorable pour mon image auprès des travailleurs, des sans-grade qui étouffent dans le système.

— Pour qui te prends-tu, John, pour un homme de gauche?

— Je ne suis pas de gauche, tu le sais très bien, je suis simplement réaliste. Mais je serai toujours aussi audacieux que j'oserai l'être. Je ne veux pas d'uniforme. On doit gagner ces élections.

— Mais tu n'as pas besoin de ce tapage. Ces types ne t'oublieront pas, John.

— Si l'élection avait lieu aujourd'hui, Nixon ferait 53 % et moi 47 %.

— Tu as ton image pour toi, personne ne fait plus d'entrées que toi quand on annonce ta venue à un gala. Même des types comme James Stewart ou Gary Cooper ne mobilisent pas autant de monde.

— L'image ne fait pas tout. Je sais qu'on me vend comme une marque de lessive, mais ça ne suffit pas. J'ai besoin d'avoir le monde du travail derrière moi. Je ne l'aurai qu'avec un vrai programme. Je ne peux pas me contenter d'être un symbole. Il faut un peu de consistance.

— Je vous le dis, les enfants, vous n'avez pas choisi le meilleur moyen. Ces types-là ne pardonnent jamais, ils sont l'incarnation de la rancune. Je n'aime pas la façon dont Bobby aborde le problème. Il en fait une question morale. Il n'y a jamais eu de moraliste dans notre famille. S'il veut faire le bien, qu'il ramasse ses affaires et parte comme missionnaire en Afrique centrale, bordel de Dieu !

— Au point où nous en sommes, il faut qu'on se dise les choses. Occupe-toi de financer et de mobiliser tes vieux amis comme tu sais si bien le faire et laisse-nous la politique. Nous n'y parviendrons jamais si les quatre hommes de cette famille s'occupent des mêmes choses. On va se télescoper. Quant à Bobby, ne crois pas que ça m'amuse de me faire casser les oreilles pendant toute la campagne avec son débit de bègue dégrippé et son ressort de vedette de dessin animé. Mais je sais qu'il ne me trahira jamais et c'est bien le seul. Je sais aussi qu'il déploie dix fois plus d'énergie que n'importe quel homme bien portant. Ce sera une élection très serrée qui va se jouer au mieux à quelques milliers de voix. Si nous ne prenons pas de risques, nous sommes certains de perdre. Tout ce que Bobby pourra glaner sur les relations entre les *mobsters* et les républicains, c'est autant de munitions pour contrer une campagne calomnieuse sur mon état de santé et d'autres sujets désagréables. Quant à Hoover, on fera tout pour l'associer, et s'il continue à résister, il sera bien temps de trouver les raisons de ses réticences à combattre le crime organisé.

— Tu peux me dire ce que tu veux, John, vous vous êtes mis dans le pétrin.

— Ne t'inquiète pas, tout est sous contrôle.

— Je te le dis, John, ces types n'hésiteront pas à vous poser deux cents kilos d'explosif à côté de votre journal et de votre litre de lait, sur votre paillasson, un beau matin. Vous ne savez pas où vous mettez les pieds.

— Ne t'inquiète pas, j'empêcherai Bobby d'aller trop loin.

Alors commença pour John un vrai travail de fourmi. On a souvent dit que John a gagné grâce à la télévision. Il est certain que quelques années plus tôt, du temps où la radio régnait sur le pays, il aurait sans aucun doute perdu les élections. Il pouvait parler de la voix de Bobby. La sienne n'avait pas grand-chose à lui envier même si elle était plus posée. Mais rien à voir avec la chaude tonalité du timbre de Roosevelt qui distillait la douce mélodie du New Deal jusque dans les enclaves les plus oubliées du pays. Même comparée à celle de Nixon, plus grave et plus vigoureuse, il aurait perdu la partie. Mais à la télévision, Nixon avait l'attitude un peu désespérée d'un renard qui vient de laisser filer sa troisième poule de la journée. Alors que John donnait le sentiment d'incarner l'avenir du pays, le début d'une ère nouvelle. Laquelle, il était difficile de le dire. Physiquement, John avait un avantage décisif. Le jeune homme efflanqué avait repris du volume avec les années, grâce à la cortisone qu'il prenait pour soigner la maladie d'Addison. Une nouvelle fois, il avait transformé une faiblesse en avantage.

La pression communiste s'intensifiait dans le monde et près de nous à Cuba. Rien ne changeait dans les priorités, mais le beau gosse leur donnait un peu d'air. Il aurait pu se contenter d'une performance d'acteur puisque c'est ainsi qu'il était entré en politique. Mais il eut le flair de ne pas négliger l'Amérique de l'intérieur, celle qui participe d'un mythe dont elle ne profite jamais. Il fit plus que cela. Il leur fit toucher en vrai ce personnage noir et blanc strié de parasites dont la télévision faisait une étoile. Il venait par exemple rendre visite à des mineurs par un froid de gueux. Il leur donnait vraiment l'impression de s'intéresser à eux, en répondant avec sincérité à des questions parfois déroutantes posées par des hommes usés que plus rien n'impressionnait. Comme ce vieux mineur qui lui demanda :

— C'est vrai que votre père est l'un des hommes les plus riches des États-Unis ?

— Je crois que c'est vrai.

— C'est vrai que vous n'avez jamais manqué de rien et qu'on vous a toujours donné tout ce dont vous aviez besoin ?

— J'ai bien peur que vous ayez raison.

— C'est vrai que vous n'avez jamais travaillé de vos mains ?

— C'est vrai.

— Alors, vous voulez que je vous dise, eh bien ! vous n'avez rien perdu.

John avait le sens de la ficelle mais il ne mentait pas avec le naturel de ses concurrents. Le grand tour qu'il fit de l'Amérique spectatrice de ses mythes fit beaucoup pour sa popularité. Ailleurs on se mit à l'aimer pour de mauvaises raisons. Alors que la « vieille chouette » d'Eleanor Roosevelt, toujours vaillante, lui reprochait publiquement et en face son attitude ambiguë pendant la « terreur du maccarthysme », les intellectuels libéraux se prenaient d'une subite affection pour l'homme qui semblait présenter une alternative, même mal définie. Franklin Roosevelt junior, sans se soucier de la position résolument hostile de sa mère à John, mit ses qualités de sosie de son père à son service, réveillant le spectre du commandeur qui avait sorti le petit peuple des années de misérable errance. Les protestants voulaient des garanties. Kennedy allait-il prendre ses ordres du pape et en profiter pour opérer la séparation de l'Église et de l'État ? Il rassura ceux qui pouvaient l'être. Les catholiques ne l'en plébiscitèrent pas moins. Sauf l'Église qui, malgré ses généreuses donations, lui tourna le dos. Le cardinal Spellman dans sa robe d'ecclésiastique n'hésita pas à descendre la Cinquième avenue dans la voiture du candidat Nixon, et à recueillir sa part d'ovation. John, usant des amitiés de Bobby dans la magistrature, fit sortir Martin Luther King de prison où il risquait d'être abattu. Il y avait été envoyé pour quatre mois à la suite d'une manifestation pacifique. John ne prit jamais publiquement fait et cause pour lui. Il se contenta de faire connaître sa responsabilité dans sa libération à l'intérieur de la communauté noire. Il acquit ainsi sa sympathie, par le bouche à oreille.

Sans s'aliéner celle des électeurs du Sud qui calaient sur la question des Noirs. Les juifs, sans rancune pour sa famille, votèrent en masse pour lui.

Le jour des élections, John se trouvait à Boston en compagnie de Cornelius Ryan, l'homme qui a écrit *Le Jour le plus long*. « Je me sens comme un soldat allié la veille du débarquement » avait-il confié à l'écrivain. À 19 h 15, l'ordinateur de CBS annonçait la victoire de Nixon. John tira sur son cigare et rejeta la fumée en même temps qu'un son qui disait : « Il est cinglé cet ordinateur. » Une heure plus tard l'ordinateur lui donnait la majorité. Il alla finalement se coucher sans savoir où se situait la majorité en disant à son entourage : « Il faut goûter ce moment. Celui où on ne peut plus rien faire et qui n'est pas encore celui des regrets. » Il se releva à 9 heures, Président. Il sortit se promener sur la plage en attendant la proclamation officielle de son élection. Des types en noir l'entouraient. « C'est qui ces types ? — Des hommes des services secrets, monsieur le Président. — Appelez-moi *prez*, mon petit. Mais dites-moi, ils vont me coller au train comme ça pendant quatre ans ? » Parmi les hommes de sa garde rapprochée j'avais placé un de nos éléments.

23

Cher John Edgar,

Je pense que je suis devenu un peu trop cynique en vieillissant, mais je crois que les deux seuls hommes politiques actuels auxquels j'accorderais crédit s'appellent tous les deux Hoover, prénommés l'un John Edgar et l'autre Herbert. Je suis fier que tous deux aient une certaine estime pour moi... J'ai entendu Walter Winchell mentionner votre nom comme celui d'un éventuel candidat à la présidence. Si cela devait arriver, ce serait la chose la plus merveilleuse pour les États-Unis. Et que vous vous présentiez sous l'étiquette républicaine ou démocrate, je vous garantis la plus large contribution que vous pouvez attendre de quiconque, et l'action la plus efficace de la part d'un démocrate ou d'un républicain. Les États-Unis méritent de vous avoir, et je ne peux qu'espérer que ce sera le cas.

Avec mes meilleurs sentiments.

Joe Kennedy

Bob, quand il eut fini la lecture de la lettre encadrée sur le mur près de son bureau, se retourna vers Edgar avec un demi-sourire circonspect.

— C'est un des plus beaux témoignages de reconnaissance de l'action que j'ai menée à la tête de ce Bureau. Venant de votre père, il n'en a que plus de prix. C'était avant les élections de 1956 où votre frère fut candidat malheureux à la vice-présidence, répondit Edgar à sa surprise.

— Et pourquoi n'avez-vous pas considéré cette hypothèse sérieusement ?

— Voyez-vous, Bob, je ne suis pas un homme de pouvoir. J'aime servir l'État, et je crois pouvoir me prévaloir d'une belle longévité dans ce domaine, mais je n'ai pas le goût de la politique et de ses compromissions. Je suis un policier avant tout, je suis l'immuable gardien des valeurs de ce pays et je m'en contente. Par ailleurs, je n'ai pas la fortune personnelle qui m'aurait permis de financer de longues campagnes, ni le goût des arrangements pour y suppléer. Voilà, mais venant de votre père c'est un beau compliment que je garde à la vue de tous. J'ai beaucoup d'estime pour votre père. Nous avons toujours travaillé en bonne intelligence et je crois pouvoir dire que nous sommes proches l'un de l'autre. Et vous savez comme moi que peu de personnes peuvent en dire autant.

C'est un gage de parfaite complicité. Je dois vous avouer que j'ai été très heureux de l'élection de votre frère. Il va insuffler un nouvel élan à ce pays et je sais que nous avons les mêmes priorités. Je crois que c'est une idée brillante d'avoir pris Lyndon Baines Johnson comme vice-président. Je suis très flatté également que vous ayez souhaité me voir. En quoi puis-je vous être utile ?

— Sur la recommandation de mon père, je suis venu vous consulter. Je sais que votre sagesse et votre expérience font de vous un précieux conseiller. Alors voilà, mon frère s'est mis en tête de me nommer ministre de la Justice. Il y tient beaucoup. Je résiste à l'idée parce que je ne voudrais pas qu'on nous reproche de transformer cette élection en affaire de famille. Je suis tout simplement venu vous consulter pour savoir si vous pensez qu'une telle nomination serait une bonne idée ou pas.

— Vous me prenez un peu de court, Bob, mais si tel est le souhait du Président et de votre père, après tout pourquoi pas ? Ce serait bien sûr la première fois que le binôme Président/ministre de la Justice serait issu d'une même famille, mais ça ne me choque pas. Ce qui compte, c'est que vous avez les qualités requises pour la fonction. En tout cas, je suis très touché que vous ayez sollicité mon avis. Je pense que nous ferons un merveilleux tandem, la fougue de votre âge, l'expérience du mien s'allieront très naturellement.

Bob Kennedy, en quittant le bureau d'Edgar, me croisa et me salua du bout des lèvres. Il avait cette démarche un peu étriquée de ces jeunes diplômés qui se demandent s'ils méritent vraiment la reconnaissance que leur université leur a exprimée. Une chevelure embrouillée autant par le vent que par la main qui a tenté maladroitement d'y remettre de l'ordre. Un costume qui donnait le sentiment qu'il ne l'avait pas quitté pour dormir et une cravate dépressive asphyxiée par un nœud trop étroit. Son expression était celle d'un homme qui se sert d'une apparente force pour étouffer son incontestable vulnérabilité. Des manières d'adolescent brimé qui cherche sa voie.

Lorsque j'entrai dans le bureau d'Edgar, je le trouvai souriant, détendu et presque débonnaire, une attitude si rare chez lui que seule une immense satisfaction pouvait en être l'origine.

— Les temps changent, mon bon Clyde.

— Et pourquoi?

— Il y a quelques années encore, on m'imposait un ministre de la Justice. Aujourd'hui, on me demande de l'agréer.

— Que voulait Bob Kennedy?

— Grand frère et papa chéri le pressent de prendre le ministère de la Justice. Et dans son grand désarroi, ce cher enfant est venu me demander mon avis.

— Tu lui as répondu ?

— Que ce sera avec grand plaisir. On lui appuierait sur le nez, il en sortirait du lait. Il ne connaît pas grand-chose au droit, il n'a pas d'autre expérience que la chasse aux camionneurs et c'est le frère du Président. Ce ne sera pas simple pour lui. On va lui donner des jouets et l'asseoir sur un coin du tapis. Et on fera le travail pour lui.

— C'est sérieux ?

— J'en ai l'impression. Au fait, a-t-on un dossier déjà ouvert à son nom, ou avons-nous jugé qu'il était trop jeune pour entrer dans le club senior ?

— Nous avons un dossier mais assez peu fourni. Je m'en étonne d'ailleurs, il ne nous a pourtant pas épargnés pendant ses activités au comité McClellan. Mais tu disais que ce n'était qu'un aboyeur sans consistance.

— Il faut l'alimenter. Lui connaît-on des faiblesses notoires ? Femmes, hommes, alcool ?

— Je ne crois pas.

— Bien, si nous n'avons rien pour le tenir, le reste de la famille y pourvoira. Nous tenons donc un modèle de Kennedy sobre et chaste. C'est assez rare, me semble-t-il. Si nous lui survivons, il faudra l'empailler. Ce jeune homme est une véritable pièce de collection. J'espère que Joe va garder un œil sur lui cette fois, je saurai le lui rappeler. De toute façon, il sera toujours moins dangereux près de nous. J'ai tout de même l'impression que grand frère l'a mis là pour nous épier. « Tel est pris qui croyait prendre. » Je suis un peu vexé, mon bon Clyde, j'avais l'habitude d'avoir en face de moi des adversaires plus consistants et plus expérimentés. Je crois que John nous voit vieillissants, tu ne penses pas?

Un de nos informateurs, qui n'eut pas grand mal pour collecter l'information qui profita à bon nombre de convives, nous rapporta qu'au dîner du 20 janvier, le président Kennedy plaisantait allègrement sur la nomination de son frère.

— Je ne comprends vraiment pas pourquoi les gens sont aussi furieux que j'aie nommé Bobby, ministre de la Justice, je veux juste lui donner un peu d'expérience du droit avant qu'il ne soit amené à le pratiquer.

À la fin du dîner officiel, c'est un Bob en rage qui aborda « grand frère » le poing fermé :

— John, tu n'aurais pas dû dire une chose pareille me concernant!

— Bobby, tu ne comprends pas. Il faut savoir rire de soi-même en politique.

— Ce n'est pas de toi-même que tu étais en train de rire, c'est de moi.

Nous aurions été plus jeunes, nous aurions peut-être pu nous accommoder de l'arrivée de ce trublion et de son équipe qui était l'essence même de la « Nouvelle Frontière », une génération qui justifiait son arrogance par des faits d'armes accomplis lors de la dernière guerre. Des intellectuels progressistes qui se donnaient des allures de baroudeurs. Robert, lui, était arrivé bien trop tard dans la guerre et dans la Marine pour en espérer autre chose qu'une croisière sur un navire désarmé. Mais il aimait les héros, comme tous les fils de famille qui cherchent à donner un sens à leur existence. Le jeune homme poli qui était venu consulter Edgar s'est très vite transformé en gosse de riche mal élevé. Les premières semaines de notre cohabitation se sont déroulées dans un climat exécrable. Le jeune timide et mal assuré qui était venu solliciter le conseil d'Edgar dans le rôle du vieil oncle avisé s'est mué en quelques jours en un personnage méprisant, hautain, dédaigneux et moqueur. Il installa la mesquinerie comme maître mot de nos relations.

Edgar aimait être le premier à allumer les lumières du ministère le matin, un cérémonial auquel il sacrifiait depuis trente-six ans. Profitant de sa jeunesse et de son impétuosité, Bob arrivait plus tôt qu'Edgar le matin. Bien que le planton lui ait clairement signifié que le Directeur aimait tourner lui-même l'interrupteur, il n'en tint pas compte et s'obstina à le faire sans le moindre respect pour nos traditions.

Edgar répliqua immédiatement en faisant inscrire, dans la causerie du guide du ministère qui faisait visiter chaque jour le bâtiment à des cohortes de provinciaux ébahis d'entrer dans le sanctuaire du « Dieu Hoover », la phrase suivante : « Le directeur Hoover prit ses fonctions à la tête du FBI un an avant la naissance de notre actuel ministre de la Justice. » Bob n'hésita pas à abuser de son autorité pour faire disparaître ces quelques mots qui ne faisaient que traduire une réalité.

Edgar fit également ajouter quelques mots au discours de bienvenue des nouveaux agents du Bureau qui les félicitait d'avoir réussi là où trente-six millions de candidats avaient échoué au cours des années dont deux personnalités, l'ancien vice-président Nixon considéré insuffisamment agressif et l'actuel ministre de la Justice jugé en son temps « un peu trop sûr de lui ».

Edgar remporta une première victoire lorsque Bob fit machine arrière après avoir été refoulé de la salle de gymnastique du ministère. Le préposé lui fit savoir, ce qui était faux, qu'elle était réservée aux valeureux agents du FBI en rééducation de blessures reçues en exercice ou sur disposition expresse du Directeur. Robert ne fit pas la demande.

Tout dans ses manières suintait la provocation. Sa façon de retrousser ses manches, de garder le col de sa chemise ouvert pour travailler quand la cravate ne volait pas sur un dossier de sofa. La « Nouvelle Frontière » s'ouvrait à son équipe au comportement vestimentaire négligé.

Bob avait un mépris consternant de la hiérarchie et des usages qui tenait certainement à une éducation défaillante et au manque de structure de cette famille où le père brillait par ses absences. Il lui arrivait de se ruer dans le bureau d'Edgar sans se faire annoncer par sa secrétaire. Il surprit une fois Edgar se reposant les yeux fermés et en conclut hâtivement que le Directeur faisait la sieste tous les après-midi, une activité compréhensible à son âge. De cet incident il tira une boutade qui fit le tour du ministère : « Si vous voulez durer en politique, un conseil : dormez et allez pisser dès que vous avez un moment de libre, mais évitez de faire comme Hoover, ne faites pas les deux en même temps. » Il n'hésitait pas non plus à contourner Edgar pour s'adresser directement à certains de nos agents, une pratique absolument proscrite de nos règles internes. Mille autres de ses attitudes nous le rendaient absolument antipathique. Bob avait un chien, un solide labrador du nom de Brumus. Il avait en commun avec Edgar son amour pour les chiens. Une qualité qui aurait dû les rapprocher. Bob décida d'amener son chien au bureau car il craignait que Brumus ne s'ennuie de lui pendant ses longues journées de travail. Edgar fit faire des recherches sur un éventuel texte qui aurait proscrit l'entrée des chiens dans le ministère. Il n'en existait pas. Bob se permit un jour d'entrer dans le bureau d'Edgar accompagné de la bête qui leva la patte sur deux des quatre pieds du bureau du Directeur. Il multipliait les comportements inadmissibles. Il s'était fait accrocher au mur une cible pour jouer aux fléchettes qu'il visait pour se détendre dans les grands moments de tension. Comme il ratait souvent la cible, Edgar lui fit remarquer qu'il détériorait les murs et, par là même, le bien public. Il n'en tint jamais compte. Mais l'attitude dont il se délectait inlassablement était, on s'en doute, la plus offensante. Quand il nous recevait derrière son bureau, il s'enfonçait dans son siège, les pieds sur la table. Son visage disparaissait ainsi, ne laissant à notre vue que deux semelles élimées d'étudiant fauché, s'animant comme deux mains de marionnette dans un kiosque pour enfant.

Il savait aussi user des mots pour se rendre blessant. Il manifesta sa profonde inimitié par une remarque, alors que je m'étais absenté plusieurs jours pour une opération chirurgicale : « De quoi peut-on bien l'opérer, ce vieux Tolson, à part d'une hystérectomie ? »

J'ai haï Bob, pour sa méchanceté gratuite, ses sarcasmes répétés, ses allusions incessantes à notre prétendue sénilité. Il recommandait à ses hommes d'être patients avec nous, eu égard à notre âge et au peu de temps qu'il nous restait à la tête du FBI : « La seule question que nous nous posons, John et moi, est de savoir si on dégage le vieux couple avant ou après les prochaines élections. Une retraite bien méritée. » Ethel, l'épouse de Bob, contribuait également à entretenir la rumeur sur notre probable éviction en faisant état du prochain remplacement d'Edgar par Parker, le chef de la police de Los Angeles, notre irréductible ennemi. Mais la tension atteignit son paroxysme lorsque Bob fit ralentir la vitesse de son ascenseur privé. Convaincu que chaque pièce du ministère était sur écoutes, il avait décidé que cet endroit serait celui de ses conversations confidentielles avec ses proches collaborateurs. C'était mal nous connaître. Aucune discussion ne nous échappa. Lorsqu'il s'en rendit compte, Bob se rua chez « grand frère » qui lui conseilla la patience, une qualité qui n'était pas naturelle chez cet impétueux. Le Président savait qu'un conflit avec Edgar était vain, même si à propos des informations que nous détenions sur lui, il avait cette phrase prémonitoire : « Tant que je suis en vie, il n'osera pas s'en servir. Et si, un jour, je dois mourir, qui s'en souciera ? » Nous savions, Edgar comme moi, que Kennedy ne prendrait jamais le risque de notre révocation avant la réélection qu'il escomptait en 1964. Il fallait tenir jusque-là, dans cette atmosphère de harcèlement, de vexations, d'ironie acerbe. Bob nous sous-estimait. C'est un fait. Je ne pense pas qu'il ait jamais eu l'idée, ne serait-ce qu'un instant, que nous pourrions un jour lui faire regretter son orgueil, ce péché qu'il pratiquait aveuglément au mépris de cette foi dont il se vantait trop pour qu'elle fût honnête. Dans sa relation avec nous, il était d'une totale immoralité. En attendant l'échéance, puisqu'il était question d'une échéance, les deux parties s'accordèrent tacitement sur l'idée de donner à l'extérieur l'image d'une bonne intelligence. Edgar avait décidé d'adopter la stratégie statique de la grenouille des Everglade. À demi immergée, fondue dans les herbes hautes, le regard fixe et sans vie, elle ne s'autorise pas le moindre frémissement à l'approche de sa proie, qu'elle engloutit en un millième de seconde avant de reprendre sa posture de statue débonnaire.

J'assistais à la première réunion de travail entre

la Justice et le FBI afin de définir des objectifs clairs pour le mandat en cours. J'accompagnais Edgar, et Robert s'était adjoint son plus proche collaborateur. Une sorte de réunion restreinte au sommet.

— Je vais avoir besoin de vous pour accomplir ma mission, Edgar. Probablement plus que vos prédécesseurs. J'ai deux grandes ambitions, la lutte contre le crime organisé et le développement des droits civiques. C'est surtout dans la lutte contre le racket et plus généralement contre la pègre que le FBI est indispensable. Vous avez les pouvoirs d'investigations. Et moi, ceux de poursuite judiciaire. Je sais que vous avez une force d'inertie tout à fait exceptionnelle, mais je crois qu'il est temps que le FBI fasse le deuil de cette idée que le crime organisé est une fiction.

— Si vous me permettez, monsieur Kennedy, il me semble que nous avons assez généreusement collaboré à votre travail, lorsque vous dirigiez la commission sénatoriale contre le racket. Ses travaux se sont poursuivis de 1956 à 1959 et je ne vois pas à ma connaissance de condamnation de mafieux qui donne crédit à votre thèse, même si je ne nie pas l'existence de telles organisations. Je suis, voyez-vous, plus réticent à leur accorder une importance qui nécessiterait une totale allocation de nos moyens.

— Monsieur Hoover, j'ai remarqué en visitant votre agence de New York que quatre cents de ses agents sont affectés à la lutte contre le communisme et seulement dix à la lutte contre la pègre. Je leur ai demandé d'ouvrir leurs dossiers sur la Mafia. Ils me les ont montrés avec beaucoup de fierté. Et qu'est-ce qu'il y avait dedans ? Des coupures de presse. Monsieur Hoover, je ne crois pas que vous puissiez me taxer d'indulgence envers le communisme, j'ai moi-même œuvré pour la commission McCarthy et j'ai encore soutenu l'homme quand tout le monde, vous compris, l'avait lâché. Mais le communisme n'est plus une menace. Je pense que parmi les membres du parti communiste qui sont une poignée dans ce pays, il y a plus d'indicateurs du FBI que de véritables militants. Il faut en finir avec ce mythe à l'intérieur même si nous devons être vigilants avec tout ce qui concerne les réseaux d'espionnage. Mais l'espionnage n'est pas votre métier. C'est celui de la CIA. Le FBI devrait se concentrer sur son travail de police et d'enquête plutôt que de dépenser inutilement son énergie et son budget à faire de la surveillance politique.

— Je comprends très bien, monsieur Kennedy, mais je crois que votre perception de notre action contre le crime organisé n'est pas tout à fait juste. Nous détenons des kilomètres d'enregistrements de conversations qui montrent que notre intérêt pour le sujet est on ne peut plus réel. D'ailleurs, j'ai demandé à mon adjoint Clyde Tolson de porter un magnétophone. Nous pouvons écouter un de ces enregistrements si vous le souhaitez qui vous donnera la teneur des informations que nous sommes susceptibles de recueillir.

— Pourquoi pas?

J'appuyai sur la touche du magnétophone et nous entendîmes alors :

Tu sais comment on l'a dézingué, ce fils de pute de William « Action » Jackson. Je crois qu'on lui a vraiment laissé le temps de comprendre qu'il était un vrai fils de pute, un petit enculé sans envergure, et qu'on n'avait vraiment pas apprécié de découvrir que c'était une balance du FBI. Il n'a jamais vraiment avoué, pourtant on a mis la dose, et je finis par me demander si on s'est pas un peu gouré. Mais si on s'est gouré, c'est moins grave que si on était resté dans le doute, à ne pas savoir si cet enfoiré n'était pas en train de rapporter tous nos faits et gestes aux fédéraux comme un petit garçon qui va pleurer à sa maîtresse. On lui a offert le grand menu, celui réservé aux invités de marque. Tu vas voir le nombre de plats. Ce type a eu le droit à un des plus grands gueuletons de notre histoire. On l'a d'abord empalé avec un croc de boucher. On l'a ensuite un peu arrosé avec de l'eau bouillante, puis travaillé sur la zone pubienne avec un fer à souder, on lui a déjointé les principales articulations avec un pic à glace. Là on a fait une pause. Le type gueulait comme un porc. On a recommencé à le cuisiner avec une lampe à pétrole avant de carrément lui brûler la bite. Tu me croiras si tu veux, le gars était encore vivant. Alors on lui a cassé ce qui lui restait d'os avec une batte de base-ball. Là, il est devenu moins frais mais c'est incroyable la résistance humaine, ses yeux bougeaient toujours. Alors je lui ai tiré du 9 millimètres dans chacun des pieds et chacune des mains pour qu'il ait un peu l'air du Christ version moderne. On l'a laissé comme ça à ses réflexions sur le sens de la vie.

Kennedy recouvrit sa lèvre inférieure avec sa lèvre supérieure, tapota rapidement sur le bureau et se leva d'un bond :

— Ça suffit, j'en ai assez entendu !

Alors que nous nous levions ainsi que son collaborateur, je vis qu'Edgar s'approchait de lui pour lui murmurer :

— M'accorderiez-vous un entretien en tête à tête, monsieur Kennedy, si toutefois votre emploi du temps vous le permet.

— J'ai un petit quart d'heure à vous consacrer, cela vous paraît suffisant ?

— Je pense que oui.

— Où voulez-vous que nous allions ?

— Nous pouvons rester dans votre bureau, si vous le souhaitez.

— Ce n'est pas une bonne idée, je ne serai pas libre de mes réponses, j'imagine que cette conversation n'aura rien à faire dans les archives du FBI.

— Vous avez raison.

— Alors descendons dans le sous-sol du ministère, j'imagine que vous ne l'avez pas truffé.

— Je peux me porter garant de ne pas avoir mis votre bureau sur écoutes, mais je ne peux pas le faire pour la CIA, ces gens-là n'ont pas notre éthique !

Je n'ai pas assisté à cet entretien, mais Edgar m'en a restitué la teneur exacte. Il aimait passer et repasser le film d'un affrontement qui avait tourné à son avantage.

— J'ai souhaité ce court entretien confidentiel car il me semble fondamental que je vous fasse part d'informations qui n'ont pas été portées à votre connaissance.

— À quel sujet ?

— À propos du seul sujet qui nous intéresse à ce stade, celui qui concerne le crime organisé. Vous m'avez mis dans l'embarras tout à l'heure, mais je me suis bien sûr interdit de divulguer un certain nombre de faits pour ma défense. D'un autre côté, ne pas vous les faire partager vous exposerait à des situations inconfortables que je souhaite vous éviter.

— Alors, allons-y.

— Vous savez peut-être qu'il se murmure que l'élection de votre frère aurait été volée dans plusieurs États et particulièrement dans l'Illinois. Ce ne sont là que des commérages fomentés par des républicains déçus, et même si une enquête devait être diligentée, je crains qu'elle ne débouche pas sur grand-chose. Le candidat Nixon lui-même ne souhaite pas se manifester de peur de passer pour un mauvais perdant. Et puis, nous le savons l'un comme l'autre, il n'existe pas d'exemple dans notre pays que des résultats n'aient pas été un peu arrangés. Bref, on pourrait ne voir dans tout cela que des rumeurs malfaisantes si le FBI n'avait pas, contrairement à vos allégations, fait parfaitement son travail comme à l'accoutumée. À la suite de la révélation, lors des contrôles d'identité dans les Appalaches, de l'existence d'une organisation qui regroupait les différents, comment dire, les différents responsables d'activités plus ou moins parallèles, j'ai mis au service de la recherche de la vérité des moyens exceptionnels qui m'ont permis d'installer des écoutes dans les principaux centres de commandement de l'organisation à Chicago et de tendre l'oreille avec une étonnante précision sur les activités de Sam Giancana, qui fut, si mes souvenirs sont bons, un de vos principaux ennemis lorsque vous travailliez au comité McClellan.

Je me souviens même d'un échange assez vif entre vous, vous l'aviez traité de fille parce qu'il refusait de répondre à vos questions en se mettant sous la protection du cinquième amendement. Je sais que votre temps est compté, monsieur Kennedy, alors je vais essayer d'aller droit au but. Ces enregistrements n'ont aucune valeur juridique car ils ont été obtenus sans l'aval de la moindre autorité judiciaire et pourtant ils sont là. Et que disent-ils ? Ils révèlent l'existence de deux rendez-vous entre Sam Giancana et votre père, l'un avant les primaires et l'autre avant les élections. Ces rencontres n'ont pas été confirmées mais deux sources dignes de foi qui se recoupent dans leurs allégations ont permis de reconstituer les propos échangés. Frank Sinatra dont on connaît les liens très amicaux avec Sam Giancana est la première de ces sources. Sinatra n'est pas homme à affabuler. C'est en tout cas ce qu'on m'en dit mais notre Président qui le connaît personnellement serait certainement à même de le confirmer. Une autre personne est venue rapporter les termes de la conversation. Un dénommé Humphreys, bras droit de Giancana et qui serait depuis longtemps le patron de l'Illinois à sa place s'il n'avait pas le malheur d'être irlandais dans un monde d'Italiens. L'un comme l'autre affirment que la discussion a porté sur des achats directs de voix et sur l'intervention de Giancana auprès des

298

syndicats pour que leurs membres votent Kennedy. Humphreys prétend, dans une conversation enregistrée à son insu, que Giancana a accordé son soutien et celui de son organisation à votre frère, moyennant la promesse que le Président et vous-même alliez relâcher de façon extrêmement significative la pression exercée sur eux, sur ce point je ne fais que les citer. J'ai d'ailleurs un témoignage de la femme de Humphreys qui révèle l'écœurement de Jimmy Hoffa quand les autres l'ont informé du formidable élan des *mobsters* américains pour la candidature de votre frère. Mais je crois que malgré des rancœurs bien compréhensibles, il s'est rangé à l'idée de cette sorte de réconciliation entre les deux clans, le vôtre et le leur. J'ai le sentiment que Humphreys n'était pas très favorable à cet arrangement. Il garde un souvenir mitigé de l'époque où il était en affaires avec votre père durant la prohibition et dixit de son sens de la parole. Comme vous pouvez le voir, je ne fais que vous exposer des faits pour que vous ayez toutes les données en main.

Edgar me dit qu'il vit alors le visage de Bob se vider de son sang. Profitant du silence créé par son émoi il ajouta :

— Je crois que j'ai un peu abusé de votre temps, mais je voulais aussi vous avertir qu'une certaine Alicia Darr se répand sur de supposées relations qu'elle aurait eues avec le Président dans le passé. J'ai fait ouvrir une enquête sur cette femme. Les premiers éléments nous font penser que c'est une professionnelle. Nous aurons l'occasion d'en reparler si vous en avez convenance.

24

Dans les années cinquante, pour un homme célibataire, aucune destination ne pouvait rivaliser avec Cuba. Il suffisait de débarquer dans la moiteur de l'île en provenance de Miami, pour comprendre que cet endroit était un petit paradis pour ceux qui voulaient bien se laisser porter quelques jours de restaurants en boîtes de nuit. On n'entrait pas dans les casinos, on s'y enfonçait. Cuba était le pays indépendant qui nous appartenait le plus. Toutes les entreprises battaient pavillon américain et le plaisir était entre les mains du milieu américain. Giancana, Rosselli, Trafficante régnaient sur l'île avec la bénédiction coûteuse de son Président, Batista. J'ai eu l'occasion de m'y rendre seul au début de la décennie et je me suis très bien habitué au programme. Seuls quelques acharnés des affaires faisaient surface le matin. Les autres dormaient et la vie ne reprenait vraiment qu'à l'heure du déjeuner. L'après-midi se passait au bord de la piscine où l'on voyait déambuler des filles somptueuses et si charmantes qu'on se les imaginait gratuites. En fin d'après-midi commençait une véritable valse des cocktails qui nous tenaient jusqu'à l'heure du dîner, tard dans la soirée. Le reste de la nuit, on jouait, on dansait, on flirtait jusqu'au petit matin où chacun rejoignait la suite de son palace pour se glisser dans des draps de satin, accompagné, ou seul avec sa gueule de bois.

On est toujours trahi par les siens. Le barbu était un fils de bourgeois révolté par les pratiques sociales de son père. Ce qui n'était qu'une histoire de famille se transforma en révolution. Fidel Castro n'affichait pas son idéologie communiste au début de sa croisade. Mais la nationalisation des intérêts américains qu'il entreprit, alors que l'Amérique s'apprêtait à élire Kennedy, ne laissa aucun doute sur son orientation.

Lorsque la campagne présidentielle débuta, Eisenhower et Nixon particulièrement en charge de l'affaire étaient avec Allen Dulles, le patron de la CIA, les seuls à savoir qu'une opération ultrasecrète était en cours de préparation pour renverser le régime. Nous avions été exclus, Edgar et moi, de la confidence. Richard Nixon n'était pas considéré par la CIA comme un « homme honorable ». La CIA avait la preuve que Nixon s'était fait remettre un chèque de 100 000 dollars en rémunération de son intervention en faveur d'un riche Roumain qui avait acquis sa fortune en venant en aide aux nazis puis aux communistes avant de s'installer à New York. L'idée d'associer la Mafia à l'élimination de Castro et de son régime qui s'orientait irréversiblement vers le bloc soviétique commença à germer à la fin août 1960. Bissel, en charge de la planification à la CIA, encouragea Edwards et son adjoint O'Connell à recruter un agent pour faire le travail d'interface avec le milieu. Robert A. Maheu, un détective privé, ancien agent du FBI était réputé pour ses contacts avec la pègre à Los Angeles et Las Vegas. O'Connell lui demanda de prendre contact avec Johnny Rosselli, un *mobster* reconnu pour sa compétence dans le domaine du jeu. La CIA savait que la pègre ne pouvait pas rester insensible à la spoliation dont elle était victime à Cuba à cause du nouveau régime, lui faisant perdre en quelques semaines des centaines de millions de dollars d'actifs et de revenus. Un tel degré de convergence d'intérêts ne pouvait pas être ignoré longtemps. Maheu se montra un peu hésitant à l'idée de se retrouver coincé entre deux monstres comme la CIA et la Mafia. Il se décida finalement à contacter Rosselli qui fit remonter la proposition de collaboration au sommet de sa hiérarchie. L'arrestation par Castro de trois agents de la CIA infiltrés à La Havane précipita les choses. Dans le courant du mois de septembre Maheu rencontra Sam Giancana, le boss, à Miami. Il fut convenu d'une répartition des rôles. Giancana s'occupait de trouver un moyen de descendre Fidel Castro pendant que la CIA préparait un débarquement pour éradiquer le nouveau régime. Les deux opérations devaient avoir lieu successivement, ce qui donnait une lourde responsabilité à Giancana.

Nixon était persuadé que son élection dépendait de la réussite de cette opération. La présidentielle allait se jouer sur le terrain de la politique internationale, Kennedy, comme lui, en était convaincu. Aucun sujet n'était aussi brûlant que l'installation d'un régime communiste à quelques dizaines de miles des côtes américaines. Nixon était dans l'attente d'une opération éclair qui devait faire basculer l'électorat de son côté. La partie de poker commençait. Sauf que Nixon était loin d'imaginer que Kennedy était en mesure de lire dans son jeu. Allen Dulles, le patron de la CIA, était pour de nombreuses raisons plus favorable à l'Irlandais qu'à Nixon. Ils se connaissaient bien et se fréquentaient assidûment. Il est pensable que Dulles informa le candidat de l'imminence d'un débarquement à Cuba précédé d'une élimination physique du dictateur par la pègre sous l'égide de

Giancana. Plus certainement, l'origine de la fuite fut un dénommé John M. Patterson, le gouverneur démocrate d'Alabama. Patterson avait été lui-même informé de l'opération par la CIA qui souhaitait que la garde aérienne d'Alabama se charge de l'entraînement des pilotes de l'opération au Nicaragua. Kennedy profita que Nixon était paralysé par le secret de l'opération pour le marteler de critiques sur l'inaction de l'administration Eisenhower à Cuba. L'élection était fixée au 8 novembre. Les jours passaient et rien ne venait. Nixon et la CIA avaient cru bon de nous tenir à l'écart. Edgar en ressentit une profonde vexation. Surtout venant de Nixon qui était en quelque sorte son protégé même s'il ne fit rien pour son élection. Mais ni la CIA ni Nixon ne savaient que nous étions comme le double de Giancana, que nous entrions dans ses pantoufles avec lui dans sa maison de Chicago et que nous avions fusionné avec son ombre dans son bureau. Une chose est certaine, de mon point de vue. Giancana temporisa pour que l'élection ait lieu avant l'invasion. En stratège avisé, il savait que la CIA ne ferait rien tant que Castro vivrait. Les réfugiés cubains formés dans un camp d'entraînement au Guatemala n'avaient aucune chance de s'en sortir, si en face d'eux Castro dirigeait la contre-offensive. Il se comportait en associé avec la famille Kennedy.

John, lors des derniers débats télévisés, reprit ses assauts sur Nixon en mettant à sa charge l'effrayante inaction de son administration devant la menace castriste. Et Nixon, ligoté par la confidentialité de l'opération qui mettait en jeu la vie de près de 1 500 hommes, se laissa accabler sans broncher. Kennedy était devenu l'homme le plus crédible pour combattre le communisme sur la scène internationale.

Giancana pensa d'abord à un assassinat dans la plus pure tradition du milieu, en tir rapproché. Mais il réalisa qu'il serait très difficile pour les tireurs d'en réchapper même une fois le barbu exécuté. Il opta pour l'empoisonnement. Il s'en remit à la CIA pour lui procurer la substance. Quelques semaines furent nécessaires pour mettre au point un produit capable de se dissoudre aussi bien dans l'eau froide que dans l'eau chaude. Une boîte de cigares empoisonnés fut aussi concoctée par la CIA mais ne parvint jamais jusqu'à La Havane. Giancana fit savoir qu'il avait enfin trouvé un fonctionnaire cubain pour empoisonner le tribun. Quand les six pilules empoisonnées lui furent livrées, le dénommé Cordova n'avait déjà plus d'accès direct à Castro. Après l'élection de Kennedy, l'opération dont la préparation avait déjà trop duré commença à s'éventer. La rumeur de coup militaire imminent se répandit jusqu'en Europe.

Le 17 avril 1961, l'offensive fut lancée. Les exilés cubains qui s'entraînaient depuis des mois au Guatemala furent débarqués dans la baie des Cochons. Il n'était plus possible d'attendre sauf à ébruiter complètement le secret de l'opération. Ce fut un désastre. Sur les 1 400 exilés cubains qui y participèrent 1 200 furent faits prisonniers et 114 tués. Ce qui ne devait être qu'une opération spéciale, sans grandes difficultés, tournait en tragédie. Si ce débarquement fut un échec, la responsabilité en incombe selon moi à Giancana qui ne fit pas son travail préalable d'élimination du barbu. Et une fois l'action lancée, le désastre est imputable à Kennedy qui s'opposa à une seconde vague de bombardements en soutien des exilés, de peur que l'opération spéciale ne soit identifiée comme une initiative purement américaine par la communauté internationale. En cette circonstance, Kennedy donna toute la mesure de son talent politique en se faisant passer pour une victime de la CIA. Bissell, le patron des opérations noires, fut viré par Kennedy dans les semaines qui suivirent la révélation de ce premier échec du mandat Kennedy. En citoyens scrupuleux, Edgar comme moi n'avons sincèrement jamais souhaité l'échec de cette opération qui aurait pu éloigner définitivement la menace communiste de nos frontières. Mais une

fois le désastre révélé, il ne nous fut pas complètement désagréable de voir la CIA et le Président
ramenés à leur juste valeur.

Un peu moins d'un mois avant l'aventureuse
affaire de la baie des Cochons, le 22 mars 61 me
semble-t-il, Edgar fut invité à la Maison-Blanche
pour un déjeuner dans la salle à manger privée du
Président.

Le Président avait apparemment pris la mesure
du risque qu'il y avait à laisser Edgar replié sur
lui-même, macérer dans une rancœur contre la
famille, qui devait beaucoup au comportement
impétueux de son jeune frère. Edgar ne fit,
contrairement à son habitude, aucun compte
rendu de ce déjeuner entre le patron du FBI et le
chef de l'exécutif. Mais la relation très précise qu'il
m'en fit par la suite m'a permis de reconstituer les
grandes lignes de leur conversation. Edgar revint
tard dans l'après-midi : le déjeuner avait duré,
signe que le Président avait jugé que cet entretien
méritait d'être mené jusqu'au bout. C'est un John
Kennedy affable et apparemment détendu qui
le reçut comme s'il avait en face de lui un vieil ami
de la famille. Le déjeuner commença à l'heure.

— Je pense qu'il serait bon de nous rencontrer
au moins une fois par trimestre, monsieur Hoover,
et comme j'ai pris mes fonctions en janvier, je crois

que nous sommes dans les temps. C'est Robert qui a insisté pour que je ne prenne pas de retard, vous voyez qu'il n'est pas si mal disposé que vous le pensez à votre égard. Comment vont vos relations avec le ministre de la Justice?

— Votre frère est un jeune homme certes intelligent mais d'une rare impétuosité, je crois que nous avons un problème de génération et de manières. Mais je dirai que récemment nos relations se sont plutôt améliorées. Pour être tout à fait parfait dans sa fonction, il aurait besoin de faire montre d'un peu plus de réalisme. Je me plais à le lui rappeler à l'occasion et il le prend assez mal.

— Vous savez, monsieur Hoover, je n'ai pas toujours bien considéré Bobby et cette façon qu'il a d'aboyer sans proportion avec le danger auquel il doit faire face, mais c'est un garçon courageux et travailleur. Sans lui, et sa dévotion à ma campagne, je ne serais certainement pas Président aujourd'hui. Mais, je suis d'accord qu'il a une façon un peu maladroite de vouloir me protéger et d'en faire des tonnes.

— Mais justement, je crois que l'action qu'il mène à la Justice, monsieur le Président, n'est pas de nature à vous protéger. Elle vous fait courir d'immenses risques sur lesquels je me dois de vous alerter.

— De quels risques parlez-vous?

— Votre frère s'en prend très maladroitement au crime organisé et affiche des prétentions en matière de droits civiques qui pourraient vous attirer de sévères inimitiés.

— Et pourquoi ?

— À ce stade de notre conversation, vous me permettrez de vous faire part d'une réflexion. J'ai le sentiment que votre frère ne dispose pas du même niveau d'information que vous ou votre père sur certains engagements pris par le passé. J'ai bien été obligé de lui révéler certains faits relevés par le FBI dans l'accomplissement de son travail, ne vous en a-t-il pas parlé ?

— À quoi faites-vous allusion ?

— Je vais être franc, monsieur le Président. Votre frère n'a aucune idée précise des liens qui vous unissent, vous et votre père, au grand patron de la pègre, j'ai nommé Sam Giancana. Je ne me permettrai pas de juger sur le fond. Je constate seulement que des écoutes effectuées par le FBI révèlent que Giancana est engagé avec votre famille à plusieurs titres.

— Qui sont ?

— Votre père a sollicité l'aide de Giancana pour favoriser votre élection dans l'Illinois et la Virginie-Occidentale. L'Italien s'en vante. J'ai cru entendre dans certaines conversations qu'il en attend un retour, au moins sous la forme d'une

310

certaine tolérance à son égard de la part du ministère de la Justice. Plus récemment il nous a révélé avoir été contacté par la précédente administration pour aider la CIA à éliminer physiquement Fidel Castro. Il a accepté mais il reconnaît avoir retardé l'action de la Mafia pour paralyser Nixon. Une affaire extrêmement délicate si elle venait à surgir sur la scène internationale. L'image du monde libre en prendrait un sacré coup si quelqu'un révélait que la plus grande démocratie du monde se sert de la Mafia pour assassiner ceux qui s'opposent à ses intérêts. Encore une fois, monsieur le Président, je ne parle pas de principes. J'ai certainement aujourd'hui une expérience inégalée dans le service de l'État qui me tient éloigné de bien des préjugés. Mais je crois que si l'on adopte une logique, il faut s'y tenir jusqu'au bout. On ne peut pas utiliser Giancana dans de telles proportions, et le harceler, sans qu'un jour il en résulte de très graves désagréments. Et puisque j'en suis aux confidences, je ne crois pas inutile de vous prévenir que nos écoutes révèlent des liens que vous entretenez avec des jeunes femmes dont vous êtes tout à fait libre d'apprécier l'amitié, ce qui ne me dérange en rien sauf que, s'agissant de Judith Campbell, il est patent que cette femme est la maîtresse de Giancana, de Rosselli et peut-être de

Sinatra à l'occasion. Lesquels ne font pas mystère de cette complicité que vous partagez, ni de la rumeur grossissante alimentée par la très ravissante mais « oh combien » instable Marilyn Monroe qui se répand comme les eaux d'un barrage dans une plaine inondable sur l'amour irraisonné qu'elle porte au président des États-Unis. Je pense qu'il est du devoir du directeur du FBI de vous avertir des menaces qui pèsent sur votre présidence.

— Et sur ma personne ?

— Je n'ai rien de tangible. Juste quelques conversations de mafieux, dont vous connaissez la volubilité volontiers menaçante et qui profèrent à votre égard et à l'intention de votre frère des menaces proportionnelles à leur déception. Mais je ne vois aucune menace immédiate.

— Vous savez, Hoover, je suis assez fataliste. Je crois qu'on ne peut jamais empêcher une personne prête à sacrifier sa vie de vous approcher pour vous tuer. Il faut un peu de chance dans l'existence. Je ne crois pas en avoir manqué. Il n'y a aucune raison pour que ça s'arrête. Pour le reste, je note. Merci de m'avoir ouvert vos dossiers, nous en reparlerons à l'occasion pour faire le tri entre ce qui est vrai et ce qui ne l'est pas.

— Vous voulez dire dans mes allégations ?

— Oh non ! Je veux dire dans les leurs.

— Pour ce qui me concerne, je les prends très au sérieux. Si vous me permettez, je crois que votre frère devrait faire une pause sur le sujet.

— Il dit que vous niez l'existence du crime organisé. Est-ce vrai?

— Si je la niais, je ne pourrais pas vous informer avec autant de précision. Ces révélations sont la preuve que depuis longtemps le Bureau pratique une étroite surveillance sur les principaux chefs du crime organisé.

— Ça me paraît logique. Pour ce qui concerne mon frère, la grande différence entre nous deux, c'est qu'il a une faculté à idéaliser les gens et les situations que je n'ai jamais eue. Je suis un pragmatique. Je ne suis pas pour harceler les *mobsters*. D'un autre côté, je ne peux pas dire à Bobby de laisser complètement tomber du jour au lendemain. L'opinion publique attend des résultats de ce côté-là. Ni lui ni moi ne connaissons le détail des arrangements que mon père a pu trouver, et je sais que mes prédécesseurs ont recruté Giancana pour une opération noire. Je serais enclin, compte tenu de ces informations, à trouver un mode opératoire avec le milieu, mais Bobby ne peut pas l'entendre. Je ne crois pas qu'il revendique la moindre part de l'héritage de notre père hors l'aisance matérielle qu'elle lui procure. Ce ne sera pas facile. Et sur les droits civiques?

— Votre frère en a fait sa seconde priorité. Si vous visez la réélection, je pense qu'une attitude de pure neutralité serait de mise.

— Mais comment peut-on être tout à fait neutre avec des gens qui bastonnent des Noirs uniquement parce qu'ils le sont?

— Je comprends, monsieur le Président. Je dis seulement qu'il y a plus à perdre en révoltant les populations blanches du Sud qu'en satisfaisant quelques excités des droits civiques.

— Mon frère et moi n'avons jamais été de fervents croisés des droits civiques. Il y a seulement certains débordements que nous ne pouvons pas tolérer, c'est tout.

— Je comprends.

Au moment de se séparer, Kennedy ajouta :

— J'ai été content de vous voir, monsieur Hoover, vous m'avez donné la preuve qu'on ne peut décidément pas se passer de vous.

— Même si vous le vouliez.

Kennedy le regarda avec un œil amusé qui lui montrait qu'il n'était pas dupe.

— Même si on le voulait. Essayons de maintenir la cadence de nos rencontres et si vous voyez la moindre urgence, faites-le savoir à Bobby.

25

Je ne citerai pas le nom de l'homme de confiance que nous avons placé dans le service de sécurité rapprochée du Président. C'était alors un tout jeune homme enthousiaste, qui mesurait l'importance de sa mission. Il m'était reconnaissant de l'avoir placé si près de Dieu, et en quelques occasions, il me rapporta certains détails qui permettaient de se faire une idée assez précise de la vie à la Maison-Blanche. C'était un exercice amusant que de comparer les impressions de mon informateur avec l'idée généralement véhiculée par la presse sur la vie du couple présidentiel. Pour le grand public, il incarnait le renouveau d'un siècle. La sombre après-guerre s'était évanouie avec la fusion tant espérée de Washington et de Hollywood. Les Américains avaient pour la première fois une star à la tête de leur État et toutes les soirées officielles étaient rapportées dans les journaux avec un luxe de précisions qui transformaient chaque événement en une remise d'oscars. « Un sourire vaut mieux que des promesses », aurait pu être la devise de la présidence. Jamais l'Amérique n'avait donné au monde une image d'elle-même aussi moderne, si résolument tournée vers l'avenir de cette nouvelle génération qui venait de prendre le pouvoir. Jamais elle n'avait fait montre d'un tel esprit de conquête dans tous les domaines de l'économie et de la science. Alors que l'Europe épuisée par la décolonisation et des conflits idéologiques incessants suintait l'ennui, John Kennedy et sa femme montraient au monde le chemin de la modernité. Le libéralisme qu'il incarnait avait pour la première fois le visage humain d'un héros d'une flagrante intégrité. Ils célébraient la jeunesse et lui donnaient le pouvoir qu'elle avait perdu depuis Alexandre le Grand et Bonaparte. Les années Kennedy étaient celles des quadragénaires triomphants qui reléguaient au musée tous ces vieux responsables de tant de guerres.

— Alors, Norman, ces premiers mois à la Maison-Blanche ?

— Je ne voudrais pas que vous le preniez comme un reproche, monsieur, alors que vous avez tant fait pour que j'accède à ces responsabilités, mais je suis très déçu et surtout inquiet.

— Pourquoi, Norman?

— Je suis très embarrassé...

— Avec moi, vous n'avez aucune raison de l'être.

— Avant de travailler pour la sécurité du Président, je me serais fait tuer pour lui. Vraiment, je ne m'attendais pas à une chose pareille.

— C'est-à-dire?

— Le Président est totalement inconscient. Il prend des risques inadmissibles.

— Vous voulez dire qu'il s'expose inutilement dans ses déplacements par des contacts immodérés avec la foule?

— Oh non, si ce n'était que ça. Je peux vous parler librement, j'ai votre parole que ces propos resteront entre vous et moi?

— Vous l'avez.

— La Maison-Blanche est un véritable bordel. Et chaque déplacement du Président se transforme en cloaque de campagne.

— À ce point? Racontez!

— Récemment j'ai accompagné le Président lors de son déplacement officiel dans une ville du Nord-Ouest. Il logeait dans un hôtel du centre-ville. Nous avons sécurisé tout le rez-de-chaussée, en bonne entente avec la police d'État. Le Président est parti faire son discours et il est revenu sans problème dans sa suite. L'accès était parfaitement contrôlé et soumis à autorisation spéciale. Quelque temps après l'arrivée du Président, un shérif s'est présenté avec deux personnes. C'était un des types qui avaient assuré sa sécurité pendant son discours. Nous lui avons barré l'accès, mais il a insisté en disant qu'il agissait à la demande du Président. Un des attachés de la présidence est alors sorti. Il a remercié le shérif en lui demandant de bien vouloir partir et il a emmené les deux filles avec lui. Je me souviens parfaitement qu'au moment de s'éclipser, le shérif s'est adressé à elles en les menaçant de les faire interner à vie dans un hôpital psychiatrique s'il leur venait l'idée de prononcer la moindre parole sur cette soirée. Je passe sur les voyages où des prostituées arrivent directement de Washington dans la délégation présidentielle, quand il ne s'agit pas directement d'employées à la Maison-Blanche.

— Et à Washington, comment ça se passe ?

— C'est la même chose. Le Président a fait aménager la piscine de la Maison-Blanche, on se croirait à Hollywood. Il y a même un système qui permet d'entendre la musique quand on est sous l'eau. C'est là que ça se passe. Généralement à l'heure du déjeuner. Il n'est pas rare qu'une ou deux filles rejoignent le Président et ils se baignent nus jusqu'à ce qu'il regagne ses appartements privés par un ascenseur direct, qu'il a fait installer pour ne pas avoir à croiser le personnel du bâtiment.

— Et comment la première dame prend-elle ça ?

— Elle n'est pas au courant. Lorsqu'elle est là, il ne se passe rien. Encore qu'il soit arrivé que des parties fines aient eu lieu alors qu'elle était dans les appartements. Une fois, elle a même subitement décidé d'aller se baigner. Le Président a été alerté in extremis et quand elle est arrivée en bas, il y avait encore la trace humide des pieds de deux jeunes femmes sur les côtés. Mais je crois qu'elle n'a aucune illusion. Je n'ai jamais vu une femme aussi triste de ma vie. Je vous assure, rien à voir avec les photos qu'on voit dans les magazines. Je peux vous le dire, monsieur Tolson, je ne porte pas de jugement moral, mais quand on est président des États-Unis, on ne peut pas se comporter comme ça. Ce type est un malade. C'est pas une prostate qu'il doit avoir, c'est une pastèque. Ce qui m'inquiète le plus, c'est que ces filles passent la sécurité parce qu'elles sont accompagnées par des attachés à la présidence, le plus souvent sans être fouillées. Elles peuvent aussi bien transporter une arme que du poison ou qu'un appareil photo pour faire chanter le Président.

— Bien, Norman, merci infiniment pour toutes ces informations, et si quelque chose vous tracasse, vous savez où me joindre.

Je n'avais rien appris de bien nouveau. J'étais conforté dans le sentiment qu'à défier aussi délibérément les autres, Kennedy ne pourrait pas faire l'économie d'un scandale sexuel qui allait lui barrer définitivement la route de sa réélection. J'eus la confirmation de son comportement déviant par certaines indiscrétions du corps médical qui faisaient état de soins prodigués en permanence au Président, un traitement qui n'avait rien à voir avec la maladie d'Addison ni avec ses problèmes vertébraux. Le Président était simplement atteint de maladies vénériennes chroniques dont certaines pouvaient s'avérer graves pour celles de ses partenaires qui auraient été contaminées. Ce qui ressortait de ces différentes rumeurs concordantes, c'est que Kennedy avait de loin dépassé le stade de l'homme à femmes, charmeur et volontiers infidèle. Son comportement n'avait plus rien à voir avec la séduction. Une revue pseudo-intellectuelle qui traînait au bureau parce que son rédacteur en chef était sous surveillance m'a permis de rapprocher son comportement du don Juan qui faisait l'objet d'un de ses articles. Le document, reprenant un auteur napolitain cité par un dénommé Stendhal, affirmait que la base du caractère de ce séducteur effréné était la religion chrétienne pour le plaisir de son enfreinte délibérée : « N'est-ce rien que de braver le Ciel, et de croire qu'au moment même le Ciel peut vous réduire en cendres ? De là l'extrême volupté, dit-on, d'avoir une maîtresse religieuse remplie de piété, sachant bien qu'elle fait mal, et demandant pardon à Dieu avec passion, comme elle pèche avec passion. » John n'était déjà plus le séducteur qui se plaît à provoquer l'autorité céleste et prend son plaisir dans le renoncement coupable de sa conquête. Il agissait en être acharné, ayant perdu le contrôle de lui-même, résolument dépendant de l'acte sexuel comme d'autres le sont de l'alcool ou des stupéfiants. La tyrannie de ses pulsions était telle qu'il ne prenait même pas la peine de masquer son dévoiement, de le soustraire au regard des autres. Comme Edgar, je n'ai jamais été très féru de psychologie et ma méfiance n'a pas de limite pour ceux qui en font profession, mais je me demande au travers d'une analyse un peu grossière si ces pulsions de reproduction n'étaient pas autant de réponses maladroites au harcèlement morbide de la providence dont il se pensait la cible. Ou si, plus simplement, cette frénésie de conquête ne cherchait pas à compenser l'absence d'affection profonde de sa mère à son endroit. C'était la recherche permanente et obsessionnelle d'une intimité avec une femme qui lui avait été interdite pendant son enfance. Il me semble toucher là un élément essentiel de son caractère, celui qui nous différenciait incontestablement. Edgar et moi avions toujours fait l'objet d'une immense sollicitude et d'un amour sans partage de la part de celles qui nous avaient mis au monde. Il manquait à Kennedy cet ancrage profond. Comprendre les raisons de son immense faiblesse ne m'autorisait pas à l'en excuser. Il ne s'agissait pas d'un homme ordinaire, c'était quelqu'un qui avait sollicité la confiance du peuple, lequel la lui avait donnée croyant s'en remettre pour diriger le pays à un homme maître de lui. En ce sens, il avait floué ses électeurs.

26

Après l'affaire de la baie des Cochons, John Kennedy s'est senti soudain très isolé, réalisant à l'épreuve du pouvoir que personne ne pouvait le protéger. S'il n'éluda pas sa responsabilité, il fulminait contre lui-même d'avoir endossé une opération noire dont il n'était pas l'initiateur. Il était encore plus remonté contre ceux qui lui avaient dissimulé l'état d'impréparation de l'action. Il se doutait que la déroute du projet allait sérieusement compromettre son image auprès des Soviétiques, renforcer leur vigilance et les contraindre à un support plus actif de Cuba. Il devait aussi avoir conscience de la rancœur qu'inspirait son attitude frileuse auprès de ceux qui s'étaient sacrifiés inutilement. Il s'imaginait que pour les hommes qui de près ou de loin s'étaient impliqués dans cette opération noire, il n'était qu'un pied tendre, un bleu, un amateur. La déception, la vexation et une forme de paranoïa qui s'ensuivit le menèrent à un repli sur son clan. Le seul qui pouvait lui accorder un soutien inconditionnel, capable de dépenser son énergie sans retour, de se dévouer pour lui sans réserve, c'était Bob, son homme de main, à qui il devait d'avoir comblé ses propres lacunes pendant la campagne électorale. L'enragé, le missionnaire obtus avait la grande qualité d'être son frère, de lui être aveuglément loyal, et d'apporter au réalisme de son aîné sa flamme romantique. Les seules ambitions politiques de Bob étaient celles qui éclosaient dans l'ombre de John.

C'est ainsi que notre ministre de la Justice se hissa en quelques semaines après la « baie des Cochons » au rang de Premier ministre occulte. Nous avons très vite remarqué son manège et ses déplacements furtifs qui n'avaient rien à voir avec ses fonctions. Après avoir sérieusement enquêté sur le sujet, nous en étions arrivés à la conclusion, Edgar et moi, que contrairement aux autres hommes de sa famille, Bob n'était pas un homme à femmes. Il était plutôt du type catholique acharné à la reproduction, jusqu'à compter onze enfants de son épouse. Une mitraillette conformiste. Il fallait bien une exception à la règle. Nous la découvrîmes plus tard en la personne de Marilyn Monroe. Je ne pense pas qu'il aurait péché pour une autre femme. Cet adultère relevait de l'interminable procession sexuelle des hommes Kennedy qui ajoutaient aux liens du sang ceux de la possession charnelle.

Ce que nos filatures révélèrent nous inquiéta autrement. Robert était en contact avec un journaliste russe nommé Bolshakov dont il était patent que son activité n'était qu'une couverture. Il ne nous est pas venu à l'esprit que le frère du Président pouvait être un agent double agissant pour le compte des Soviétiques. L'idée était bien trop romanesque. Nos investigations directes ne nous ont pas apporté grand-chose de plus. Et ce n'est que bien plus tard que la raison de cette relation nous a été dévoilée. L'explication en était sidérante. Les frères Kennedy, forts d'une profonde rancœur contre le corps diplomatique qui remontait à l'époque où leur père était ambassadeur et rejeté par les siens, avaient décidé de mener la politique étrangère du pays seuls, en court-circuitant délibérément le département d'État. Pareille offense n'avait pas de précédent dans l'histoire du pays. Kennedy montrait par là son immense mépris pour la haute fonction publique dont on sait qu'elle est le socle d'un État fort. Bolshakov servait de canal direct entre les Kennedy et Khrouchtchev. De mon point de vue, cette attitude biaisée montre simplement que les Soviétiques terrorisaient les deux frères qui n'avaient pourtant que le mot « courage » aux lèvres. Il apparaît certain selon moi que ce canal officieux permettait au Président de tempérer en coulisse des prises de position apparemment inflexibles. « Je ne suis pas aussi méchant que j'en ai l'air. » Voilà le message que l'espion russe était en charge de transmettre au Kremlin. Une telle attitude de la part de Kennedy aurait pu lui valoir sa destitution. Mais le secret fut bien gardé. John subit son second revers au sommet de Vienne où le petit chef sanguin du bloc communiste menaça directement le Président d'une guerre nucléaire s'il s'opposait à la construction du mur de Berlin. La mesure qui consistait à cloîtrer la partie ouest de la ville était présentée comme une absolue nécessité devant la fuite des personnes et des cerveaux de l'Est vers l'Occident. Ce fut apparemment à cette occasion que la ligne secrète entre les deux hommes d'État devint effective. Persuadé que le premier Soviétique était capable de déclencher une guerre nucléaire, Kennedy, qui donnait toutes les apparences de la fermeté, lui fit savoir qu'il ne s'opposerait pas au mur de Berlin, auquel il trouvait après tout un certain fondement de légitimité. La délimitation physique des deux blocs n'était finalement que la concrétisation d'un état de fait. Mais plus grave, Kennedy s'enfonçait dans l'image qu'il avait donnée aux Russes depuis le début de sa présidence, celle d'un homme flexible jusqu'à la compromission. J'ai appris, bien plus tard, que Khrouchtchev s'était amusé de cet homme qui, après avoir donné le feu vert à une opération clandestine foireuse contre Cuba, s'était montré incapable de réparer l'erreur en y envoyant toute son armée. Kennedy avait auprès de lui l'image d'un faible incurable.

C'était après cette deuxième défaite sans appel que les deux frères décidèrent d'éradiquer le problème cubain et de faire payer au barbu le prix fort pour leur humiliation. Évidemment, rien ne filtra de la nouvelle opération baptisée « Mangouste ». Le secret le plus absolu enveloppa cette seconde et dernière tentative de la maison Kennedy de mettre la main sur cette île ridicule. Mais comme il avait besoin de montrer sa détermination au grand jour, Kennedy décida d'accroître la présence américaine au Sud-Vietnam à un moment où il était encore possible de s'en retirer sans dommages. Bob fut chargé par son frère de la haute main sur la nouvelle opération secrète menée une nouvelle fois par la CIA, s'appuyant sur des exilés et opposants cubains entraînés sur le campus de l'université de Miami. Le FBI en fut tenu à l'écart, la meilleure façon de convaincre Edgar que nous devions tout savoir sur ce qui se tramait. Un jeu d'enfant, le complot était trop vibrant pour ne pas laisser d'indices forts et le recrutement de certains acteurs s'opérait à la limite de notre territoire. La rumeur qui nous parvint était celle d'un Bob tyrannique qui tentait d'imposer sa loi à des vétérans du complot en se montrant plus intraitable qu'eux. L'opération prenait l'allure d'un règlement de comptes personnel des deux frères contre Castro, et il semblait convenu que la morale devait être provisoirement remisée dans l'arrière-cour de leurs préoccupations. Six cents officiers s'étaient vu assigner la mission de former trois mille exilés cubains payés par le contribuable américain. Il n'était pas nécessaire d'être un spécialiste des coups montés pour s'apercevoir que l'opération Mangouste souffrait gravement d'une erreur de conception. La stratégie adoptée était d'infiltrer Cuba par petits groupes d'hommes et de fomenter un soulèvement qui devait prendre corps dès l'annonce de la mort de Castro. On reconnaît bien là la naïveté des Kennedy et des agents de la CIA qui avaient choisi de croire qu'un soulèvement populaire devait automatiquement se produire en faveur de l'envahisseur, juste après que celui-ci aurait assassiné son leader charismatique dont la popularité était alors au plus haut. C'est ce que j'appellerais le « complexe du libérateur ». Pour conduire l'équipée, les

Kennedy avaient choisi un général de l'armée de l'air, Lansdale, qui avait déjà opéré aux Philippines et au Vietnam. Il était censé avoir inspiré par ses exploits le personnage d'un *Américain tranquille*, le héros d'une nouvelle de Graham Greene. William Harvey était en charge de la direction exécutive. À ce titre, il était le contact de Johnny Rosselli et de ses amis mafieux. Je fus étonné de voir que ceux qui avaient failli la première fois étaient reconduits pour la deuxième tentative. Je suis persuadé que Rosselli donna son accord sur le principe avec l'idée de ne rien faire pour aider celui qui continuait résolument à s'employer à harceler les mafieux. Rosselli avait déjà fait le deuil de sa confiance en cette famille qui oubliait d'honorer sa parole.

Notre jeu était, à l'époque, on ne peut plus délicat. Edgar voulait absolument réunir la preuve que la CIA et les deux frères avaient scellé un accord qui valait condamnation à mort pour Castro. Une mesure conservatoire contre ses deux ennemis jurés. Edgar pour la première fois de sa carrière exerçait une pression sur le crime organisé. Non que sa position ait diamétralement changé. La lutte contre la Mafia n'était toujours pas sa priorité. Mais Edgar ne pouvait pas laisser un des principaux acteurs du jeu complètement sur la touche. D'abord, au regard des critiques de Bob contre notre prétendu laxisme, nous étions tenus de nous montrer actifs sans être nécessairement efficaces. Edgar avait mis sous surveillance Giancana, le boss, la réincarnation d'Al Capone, et il lui faisait savoir par de fréquents contrôles de routine, le plus souvent dans les aéroports. Pister Giancana nous permettait d'en savoir beaucoup plus sur les Kennedy et la CIA. Giancana savait que nous ne pouvions pas rester les bras complètement croisés. En même temps, il avait conscience que notre harcèlement n'était que de convenance, car nous ne rapportions jamais de matériel assez substantiel pour l'amener devant une cour de justice. Il n'en était pas de même avec les Narcotiques et le fisc qui s'acharnaient sur lui. Le système d'écoutes que nous avions mis en place à Chicago était une expression du génie d'Edgar. Techniquement, il nous permettait de tout savoir. Juridiquement, il ne valait rien, et les bandes ne pouvaient pas être produites devant la Justice à cause d'un défaut de procédure légale. Giancana jouait de son côté un jeu que nous étions les seuls en mesure de lire. Il n'avait certainement pas de traces matérielles de l'aide qu'il avait apportée à John pour son élection et divulguer une pareille affaire l'aurait compromis autant que le Président. Mais dans sa collaboration avec la CIA, il tenait un moyen de pression qui allait bien au-delà de sa relation avec les deux frères. Giancana n'avait aucune intention, pas plus que Rosselli, d'être l'homme qui aurait abattu le leader cubain. C'était faire un cadeau bien trop somptueux aux Kennedy et risquer de graves ennuis si l'affaire était révélée. Il préférait se positionner comme l'homme à qui on avait demandé d'assassiner Castro. Je suis persuadé que d'une façon ou d'une autre, il enregistrait ses conversations avec les hommes de la CIA. J'ai également la conviction qu'il se savait écouté par nos services. C'est pour cela qu'il mêlait presque systématiquement des allusions à ses relations avec la Centrale d'intelligence à des considérations relatives à ses affaires. En pensant que Bob Kennedy, s'il y avait accès, ne pourrait jamais les produire, sans étaler toute la vérité sur la « baie des Cochons » et sans compromettre l'« opération mangouste ». Et s'il venait à quelqu'un l'idée de se présenter devant un jury avec des bandes coupées, elles seraient invalidées comme preuves falsifiées, si tant est que Bob ait réussi à leur donner un caractère légal. À mon sens, Bob ne relâchait pas sa pression sur le crime organisé pour pousser Giancana et Rosselli à faire leur travail à Cuba. Edgar, de son côté, adoptait une attitude qui correspondait à la gravité des menaces qui pesaient sur notre pérennité. Il faisait une priorité de la défense de notre pouvoir sur la lutte contre le communisme. C'est le moment le plus intense et le plus exaltant que nous ayons eu à traverser dans notre carrière. Jamais autant d'intérêts contradictoires et antagonistes n'avaient convergé de la sorte. Je ne savais qu'une chose à l'époque, c'est que nous vivions tous dans une énorme boule de pus, que le jour où elle allait éclater n'était pas si loin et qu'une nouvelle fois Edgar en sortirait triomphalement.

Une conversation enregistrée à l'époque entre Giancana et un interlocuteur anonyme qui téléphonait d'une cabine à Los Angeles donne une idée de la situation à l'automne 61.

— Ce fils de pute de Sinatra est un putain de menteur. Il m'a fait croire qu'il est cul et chemise avec les deux frères et qu'il peut remettre le petit teigneux sur la bonne voie. C'est le diable, cette saloperie-là.

— Je crois qu'il a parlé avec Bob, mais il ne veut rien savoir.

— Mais est-ce qu'il sait ce qu'on a fait pour son frère, ce fils de pute, est-ce qu'il le sait ?

— Je crois qu'il le sait, mais il fait comme si de rien n'était. Il n'y a pas de trace. Il paraît qu'il aurait dit : « Dans un héritage il y a un actif et un passif, je ne veux rien savoir du passif. »

— Tu sais quoi ? Ce type est un chien. Un chien galeux. C'est un fou, je ne sais pas ce qu'il cherche dans la vie, mais il va au-devant de graves

ennuis. Mais pour qui il se prend ? Pour le chevalier blanc, l'Immaculée Conception ? Je n'arrive
pas à y croire. Je ne suis pas le seul à le maudire. Il
n'est pas à la hauteur des ennemis qu'il est en train
de se faire. Il n'a ni l'âge ni l'épaisseur. Son putain
de grand frère aurait mieux fait de lui payer un
train électrique au lieu d'en faire un ministre. Y a
des types à la CIA qui sont à peine mieux disposés
que nous. Dulles, le patron, s'est fait débarquer.
Pourtant ils s'aimaient bien tous les deux. Et Bissell, le mangeur de requin qui s'occupait des
opérations spéciales, n'en est pas loin.

— Et qui ils mettent à la place ?

— Mc Cone comme patron de la CIA. Encore
un fils de pute de catholique irlandais propre sur
lui. Il n'a pas grand-chose à voir avec nous. Helms
remplace Bissell. Il paraît que Helms dit « qu'on
ne sait pas ce que c'est que d'avoir de la pression
tant qu'on n'a pas eu cet enragé de Bob Kennedy
sur le dos ». Il dit qu'il est devenu complètement
fou. Il fait une fixation sur le barbu qui a plongé
grand frère dans un pot de merde. Moi je suis en
relation avec Harvey. On est comme des potes
maintenant, chaque fois que je descends à Miami
on déjeune ensemble. Ils me lèchent les semelles.
Ils savent que, sans nous, ils n'auront jamais le
barbu et sans refroidir le barbu, leur putain d'opération militaire ne réussira jamais.

— Et qu'est-ce que tu vas faire ?

— J'attends, mon vieux.

— Et grand frère, qu'est-ce qu'il dit ?

— On ne se voit pas, j'ai des nouvelles par la petite.

— Quelle petite ?

— Celle qu'on baise tous les deux, Judith Campbell. Les fédéraux ne la lâchent pas d'un pouce. Ils sont sur elle comme des frisettes sur la tête d'une pute. Le vieux Hoover doit se demander ce qui se trame entre cette fille, Kennedy et moi.

— Et alors ?

— Je crois qu'il contrôle très mal son petit frère. Il me dit que tout ce bruit sur nous ne mènera à rien, mais ça dépasse les bornes. Il a très peu de temps pour se rattraper. Sinon, qu'il ne compte pas sur moi pour lui donner un coup de main pour les élections de 64. Je ne comprends pas à quoi ils jouent, ces deux connards. Le père est un énorme enfoiré, mais à leur place il aurait compris qu'il était en grand danger. Tu vois, il y a des jours, j'aimerais comprendre. Kennedy. Voilà un type qui nous a demandé de lui rendre service plusieurs fois, qui est le plus grand bouffeur de chattes de l'histoire de l'humanité sans parvenir à s'en cacher, et il laisse son frère mener une inquisition contre nous. Il est fou ou quoi ? Moi je te le dis, ces types sont dingues, quand tu en as deux comme ça dans une portée tu les noies, tu les fous pas à la tête des États-Unis. Je vais te dire un truc, mon vieux. Faire de la politique, c'est se mettre bien avec ceux qui mènent le monde, ceux qui décident, ceux qui ont le pognon. Si tu veux les ignorer, il ne te reste plus qu'à conquérir le peuple avec des grandes idées. Mais quand tu l'as endormi avec des leçons de morale de merde, il faut que tu sois toi-même irréprochable, tu comprends? Regarde ce gros sac de fiente de Castro, c'est une putain d'ordure. Mais une putain d'ordure cohérente, tu me suis? Qu'est-ce qu'ils croient les cow-boys? Qu'une fois le chef dessoudé, les Cubains vont accueillir les Américains en libérateurs? On a arrosé Batista pendant des années pour qu'il nous aide à leur piquer leur pognon et maintenant on voudrait qu'ils se soulèvent pour nous. Des branques, je te dis. Ils veulent qu'on flingue aussi tous les dirigeants qui pourraient succéder à Castro. Ils rêvent!

27

Judith Campbell Exner était un simple éblouissement. Une plastique proche de la perfection. Je peux le dire d'autant plus sincèrement que je ne l'ai vue qu'en photo. Des photos prises par nos agents, loin de valoir les professionnels qui de femmes souvent insipides font des reines de beauté. Marilyn Monroe ou Ava Gardner, à côté d'elle, semblaient sorties des profondeurs du concours de Miss Idaho. Je n'avais pas vu de femme aussi lumineuse depuis Inga Arvad. Sa féminité semblait faite de douceur et de franchise et ce n'est pas étonnant que John et Giancana se soient durablement attachés à elle, même si un certain nombre d'indications laissent penser que c'était une professionnelle, malgré de saines origines dans un milieu confortable. Elle leur servait d'intermédiaire. Nous le savions et pensions, Edgar et moi, qu'elle pouvait nous mener à d'intéressantes révélations sur la nature de leurs relations. Elle alternait avec beaucoup de discrétion le rôle de courrier et celui de porte-valise, lorsque les contacts entre les deux hommes en arrivaient à une réalité plus triviale. Elle avait suivi le cursus habituel des femmes de Kennedy. Sinatra lui servait de goûteur. Ce n'était pas son genre de s'arrêter à une femme sauf si elle acceptait de se faire conduire dans les affres de sa sexualité complexe et volontiers collective. Ce n'était pas le cas de Judith qui fut subjuguée par le jeune sénateur Kennedy peu avant son élection à la présidence. Elle confiait à ses amis sa passion pour cet homme qui ne se contentait pas de l'écouter mais prenait soin de retenir d'une fois sur l'autre les moindres détails de leurs conversations. Kennedy appréciait certainement, en plus de son charme évident, la facilité et la sérénité avec lesquelles elle évoluait dans cette relation amoureuse. Kennedy ne lui fut pas plus fidèle qu'aux autres, mais ne la trompa jamais sur ses propres intentions en entretenant d'inutiles chimères. Notre étroite surveillance était assurée par nos agents de Los Angeles. Alors que l'un d'eux, William Carter, était en planque près de son domicile dans l'ouest de la ville californienne le 7 août 62, il vit deux jeunes hommes pénétrer dans son appartement de Fontaine Avenue à partir du balcon. Notre agent décida de ne pas en parler à la police locale pour ne pas avoir à révéler nos propres écoutes placées dans son logement. Au lieu de cela il prit en filature les deux cambrioleurs qui le conduisirent à une agence de location de voitures où lui fut révélée leur identité. Il s'agissait de frères jumeaux, qui s'avérèrent être les fils d'un ancien agent du FBI, I.B. Hale, reconverti dans le privé au poste de directeur de la sécurité du groupe General Dynamics.

Hale ne voulut rien dire à Edgar. Il resta insensible aux menaces habilement distillées. Je crois qu'il aurait préféré s'immoler que d'avouer la raison de ce cambriolage organisé pour mettre la jeune femme sur écoutes. Notre discrète enquête nous conduisit à nous intéresser au groupe General Dynamics. Sa situation financière était plus que désespérée avec une perte de 400 millions de dollars sur les deux derniers exercices. L'enquête nous apprit également que la société était en compétition pour un gigantesque contrat d'armement portant sur plusieurs milliers d'avions de chasse. Les spécifications proposées par Boeing pour ce nouvel appareil emportèrent l'adhésion unanime de tous les techniciens appelés à valider les offres. Il ne faisait aucun doute dans l'esprit des experts que Boeing devait l'emporter avec une avance considérable dans tous les critères de décision. Ces mêmes personnes furent littéralement stupéfaites d'apprendre que McNamara, secrétaire à la Défense, avait finalement choisi General Dynamics contre l'avis de tous. La surprise fut telle qu'une commission d'enquête fut nommée. McNamara se défendit devant elle en affirmant que seul le constructeur choisi par ses soins était capable d'assurer la communalité recherchée, c'est-à-dire un avion capable de servir à la fois dans l'armée de l'air et dans la Marine. Les détracteurs répondirent qu'il était impossible de construire un avion de ce type pour des problèmes de poids. Kennedy, dans une conférence de presse, soutint inconditionnellement son secrétaire. Nous sûmes bien après que le F 111 avait été un échec absolu. Quatre ans plus tard son coût avait triplé. Sa version élaborée pour la Marine, trop lourde de 1 600 livres, était incapable de décoller d'un porte-avions. La Marine annula finalement sa commande. L'armée de l'air réduisit la sienne de 2 400 à 600 pour un chasseur qui, estimé à 2,8 millions de dollars en 1962, en coûta 22 en 1970.

Il ne nous fut pas possible de connaître les motifs de ce choix qui allait contre la raison. Je ne veux pas imaginer que Kennedy ait été lui-même corrompu en vue de se constituer un pactole pour les élections de 1964 qui s'annonçaient plus chères que les précédentes, alors que la famille n'était peut-être pas décidée à se saigner une seconde fois.

Peut-être Kennedy agissait-il sous la menace de révélations consistantes. Ou peut-être se montrat-il tout simplement incompétent. Qu'importe, le résultat fut le même. De nouveaux puissants ennemis prospéraient dans l'ombre.

28

Le 7 mai 1962, Bob organisa une réunion avec la CIA. Devant un ministre de la Justice contracté, Edwards, le directeur de la sécurité, rendit compte du travail de la CIA pendant la « baie des Cochons ». Edwards en vint à évoquer les relations de la Centrale d'espionnage avec la Mafia. Le nom de Giancana fut évoqué ainsi que les 150 000 dollars versés à la Mafia pour assassiner Castro. Bob prit selon des témoins un air atterré. Pour toute conclusion, il ne prononça que ces mots : « Je veux croire que si jamais vous essayez une nouvelle fois de faire des affaires avec des gangsters, vous ferez en sorte que le ministre de la Justice en soit préalablement informé. »

Deux jours plus tard, Bob provoqua une courte entrevue avec Edgar que celui-ci me rapporta sans dissimuler son plaisir :

— Je voudrais vous informer d'éléments nouveaux dans l'affaire « Giancana » qui me dérangent considérablement. La CIA vient de m'informer de son étroite collaboration avec le milieu. Ils leur ont même versé 150 000 dollars pour tuer Castro plus divers services rendus à ces truands par l'intermédiaire de Maheu.

— Je ne vous cacherai pas ma stupéfaction, répondit Edgar en écarquillant les yeux comme si le Christ venait de se faire annoncer.

— Je suis d'accord avec vous. Je leur ai interdit de prendre de telles initiatives sans m'en informer préalablement.

— Vous avez bien fait. Je crois qu'à ce stade, il faut demander à la CIA de faire un rapport écrit sur votre réunion, c'est la seule façon que vous ayez de prouver que vous ne le saviez pas avant. Voyez-vous, si je n'ai pas persécuté Giancana autant que vous le souhaitiez, c'est qu'il est très proche de Sinatra qui fait lui-même état de sa grande amitié pour les Kennedy.

— Je comprends, maintenant... je crois qu'on va avoir du mal à poursuivre Giancana.

— Je crois qu'il pourrait immédiatement porter à la connaissance d'un jury son recrutement par la CIA pour assassiner Castro.

Kennedy qui n'en était pas à une bravade près poursuivit :

— J'ai pourtant bien envie de continuer à le pourchasser.

— Je vous comprends, mais je crois que ce serait une erreur.

— On va laisser tomber, lâcha-t-il finalement, le front barré par une profonde contrariété.

« Nous sommes convenus d'un harcèlement de surface et de ne jamais le poursuivre en justice », me dit Edgar avec un sourire printanier. Robert s'était fait piéger comme un débutant par la CIA venue lui annoncer officiellement ce qu'il savait depuis le début, puisqu'il avait lui-même élaboré cet odieux chantage contre la Mafia. Au fond, Robert n'avait eu que faire du premier marché entre le milieu et sa famille pour l'élection de John. Il avait fait mine de l'ignorer en rajoutant de nouvelles conditions au relâchement de sa pression sur le milieu. Les *mobsters* n'avaient aucune confiance en lui, et pensaient que même s'ils s'employaient à refroidir Castro, Bob était capable de ne se sentir redevable de rien.

Mon admiration pour Edgar ne faiblissait pas. Au début des années Kennedy, je m'étais sérieusement demandé si l'âge avançant, Edgar n'allait pas faire le combat de trop contre ces jeunes hommes de la nouvelle génération. Je l'avais senti moins calculateur, moins incisif et moins enthousiaste à se battre comme il le faisait dans le temps. Finalement, sa démonstration fut impériale. En tennis, on parlerait d'un vieux joueur de fond de court qui finit ses points avec un amorti derrière le filet. Il rayonnait comme un enfant.

Quand on veut se faire une idée sur la personnalité de quelqu'un, il est toujours intéressant de regarder les objets qu'il a intentionnellement disposés dans son bureau. Les bibelots qui entouraient Edgar ne laissaient aucun doute sur le culte qu'il avait de sa propre personnalité. Le bureau de Robert était particulièrement expressif sur l'homme qui l'utilisait. Il renvoyait l'image du père de famille avec les photos de sa femme et de ses enfants, un béret vert pour son culte de l'action, symbole du héros qu'il aurait voulu être, et puis il y avait cette curieuse statue de singe les yeux bandés au pied de laquelle était gravé : « Il ne voit pas le diable. »

Le 19 décembre 61 au matin, alors qu'il entamait une partie de golf sur un green de Palm Beach, Joe Kennedy fut terrassé par un profond malaise. Le diagnostic fut immédiat. Une attaque cérébrale sévère qui allait définitivement le priver de la parole. Le seul mot compréhensible qu'il pourrait désormais prononcer était « non ». C'est un homme lucide, derrière l'hébétement dû à son aphasie, qui allait assister bouche bée à la chute de sa Maison et à la sanglante mise à mort de son orgueil. Son entourage l'avait trouvé préoccupé ces derniers temps. Aucun triomphalisme ne perlait chez cet homme parvenu à mettre ses deux fils au sommet de l'État. Mais, toujours selon ses proches, il semblait affecté par une sourde inquiétude. Il ne s'en était ouvert à personne et désormais il était trop tard. Plusieurs mois après son retour en Nouvelle-Angleterre, nous lui fîmes une petite visite. Pour cette ultime rencontre, nous l'avons trouvé dans un fauteuil à bascule, la tête penchée, les yeux vitreux, une bouche aux contours sans fermeté, un filet de salive stagnant à l'encoignure des lèvres. Edgar prit place en face de lui. Il l'observa longuement sans rien dire, comme s'il recensait en son for intérieur les nombreux signes de sa décrépitude. Quand il en eut terminé, il lui sourit :

— Nous sommes décidément bien peu de chose, Joe.

Il s'interrompit quelques secondes pendant lesquelles sa tête se balançait curieusement. Puis fixant les yeux hagards de notre hôte, il poursuivit, léger :

— On me dit que vous ne pouvez plus du tout parler, Joe, je ne peux pas y croire. Vous m'entendez, n'est-ce pas ?

Joe répondit par un tremblement de mâchoire.

Edgar reprit :

— Quand je pense à l'homme que vous étiez, Joe. Savez-vous que je vous ai toujours considéré comme un adversaire honorable. C'est la seule définition de l'amitié qui vaille pour moi. J'ai vraiment beaucoup de peine de vous voir diminué de la sorte. On pouvait s'entendre avec un homme comme vous. Je suis vraiment navré que vous ne puissiez parler ni écrire. Vous auriez pu avertir vos fils de ce qui va leur arriver.

Edgar ajusta la pochette de sa veste, mit ses mains dans ses poches et se redressa :

— Pourquoi ne pas leur avoir conseillé d'être raisonnables quand il était encore temps ? Cela restera un mystère. J'aurais pu être une sorte d'oncle pour eux, un parrain bienveillant. Il s'en est fallu de peu pour que nous fassions équipe ensemble. Alors pourquoi tant de haine, de propos injustes et blessants ? J'aurais pu veiller sur ces petites têtes rousses d'Irlandais. Nous ne demandions que ça, Clyde et moi, d'être adoptés par une famille aimante. Mais c'est surtout pour vous, Joe, que j'ai le plus de peine. Vous voir dans cet état, figé comme un poisson sans eau, à scruter cet horizon marin infini sans perspective de retourner un jour dans cette mer vitale... Je peux vous le dire maintenant, l'heure n'est plus aux cachotteries. Vous avez initié une interminable tragédie. Je voudrais tellement leur accorder ma grâce. Mais je ne le peux pas. Voilà ce que je voulais vous dire, je ne le peux vraiment pas. Désolé, Joe.

Nous avons quitté le vieil infirme alors qu'une brise un peu fraîche battait le buisson de cheveux qui lui restait sur les tempes. Ses yeux semblaient s'être agrandis mais c'était probablement une vue de l'esprit, on voudrait si profondément que l'état des grands malades s'améliore qu'on en vient parfois à leur inventer des progrès.

29

C'était un jour de courses parmi la cinquantaine que nous tentions de maintenir dans l'année malgré nos responsabilités considérables. Une journée particulière qui devait commencer par le baptême d'un pur-sang au nom de J. E. Hoover. L'idée d'un propriétaire fortuné qui voulait rendre hommage à l'action d'Edgar en rappelant sa passion pour les courses. Edgar en fut très flatté même si pour sa première sortie le cheval finit avant-dernier. Parmi une foule de personnalités de tous les milieux dont le seul point commun était de pouvoir vivre jusqu'à la fin de leurs jours sans travailler, nous croisâmes Meyer Lansky. Le mafieux était éblouissant dans son costume blanc même s'il semblait un peu vaste pour lui. Son panama contribuait aussi à lui donner beaucoup d'allure. Son nez en forme de couteau à poisson et ses yeux exorbités ne donnaient à son visage que des expressions assassines déclinées selon l'humeur. Surprenante coïncidence de le rencontrer là, alors qu'à peine quelques jours plus tôt, nous l'évoquions à propos d'une écoute où il n'était pas visé, mais où il parlait assez librement avec un de ses collègues qui l'était. Les propos recueillis avaient mis le bureau en émoi parce que Lansky s'y vantait d'avoir infiltré un espion au plus haut niveau du FBI. Il ne vint évidemment à personne l'idée qu'il s'agisse d'Edgar ou de moi-même et dès lors les spéculations allèrent bon train, attisant les luttes de chapelles et réveillant certaines ambitions endormies. Edgar mit fin aux rumeurs en déclarant que nous étions coutumiers des vantardises des *mobsters* et que les allégations de Lansky n'étaient rien d'autre. Alors le voir là, devant nous, sans qu'il sache qu'il avait été pendant de longs jours le centre de nos conversations animées, je trouvais la chose pittoresque. Il s'avança vers nous sans plus d'enthousiasme que s'il rencontrait de vieux parents éloignés. Mais Lansky était juif et un peu ignare. Il n'avait pas la volubilité des Italiens. Ne voulant pas se résoudre au caractère fortuit de notre rencontre, il nous aborda comme si nous le cherchions depuis des heures :

— Vous voulez me voir pour que je fasse gagner votre cheval, monsieur Hoover, ou vous voulez que je vous dise qui va gagner aujourd'hui ?

— Rien de tout ça, monsieur Lansky, juste le plaisir de se croiser.

— Une consécration tout de même qu'un éleveur ait eu la bonne idée de mettre un cheval à votre nom. C'est la reconnaissance de votre travail contre les syndicats et leurs amis, ou vous voyez d'autres raisons?

Edgar se sentit un peu embarrassé et s'efforça de n'en rien paraître.

— Je vous trouve injuste, monsieur Lansky. Vous savez bien que si je ne faisais pas un minimum, on me taxerait de complaisance avec le milieu, et mon attorney général, Robert Kennedy, en profiterait pour me virer. Et si je suis viré, vous vous en doutez, ce sera bien pire encore.

— Ce type-là a franchi la ligne rouge. Mais l'impression qu'on a en ce moment, voyez-vous, est très désagréable. On se sent harcelés, comme si on était des chevaux et qu'une colonie de mouches plates s'étaient installées autour de cet endroit où ils ne peuvent pas se gratter. Et certains de mes amis et moi, on se demande si on ne va pas perdre patience.

— Vous auriez tort. Vous le voyez vous-même, aucune poursuite légale n'est sérieusement engagée, et pour qu'un des vôtres soit vraiment inquiété, il faut qu'il soit allé trop loin, et que les Mœurs ou les Narcotiques l'aient ferré. Mais vous voyez bien que de notre part, sauf quelques agaceries, il ne se passe rien de sérieux. Je suis quelqu'un de correct, monsieur Lansky, je l'ai prouvé depuis longtemps. Aujourd'hui je suis sous la pression d'un ministre de la Justice qui m'ordonne de me démener contre vous. Je fais le minimum qui nous permette d'échapper à la critique. Mais vous avez ma parole que ça n'ira pas plus loin sauf si je suis foutu dehors, mais c'est un cas que je n'envisage pas.

Je vis alors Edgar prendre un visage d'une exceptionnelle dureté.

— Maintenant je voudrais que les choses soient claires, monsieur Lansky. Dites à vos amis que vos persécutions résultent de la volonté des Kennedy, pas de la mienne. Que je contrôle parfaitement la situation de telle sorte qu'aucune conséquence fâcheuse ne survienne et vous avez ma parole qu'aucun d'entre vous n'encourt de peine lourde qui surviendrait à la suite d'une enquête du FBI. Mais dites-leur aussi que le travail d'investigation que j'ai été obligé de faire pour sauver ma situation, si j'en ai mis ses résultats au secret, je n'hésiterai toutefois pas à m'en dessaisir si quelques âmes malintentionnées venaient à publier quelques photos et vous savez très bien de quoi je parle. Dites à vos amis que je n'ai pas choisi les Kennedy et que contrairement à certaines personnes de vos rangs, je n'ai rien fait pour leur élection. Maintenant, je n'accepterai jamais d'être la victime innocente de toute répression à l'égard de leur politique. Si les photos remontent à la surface d'une façon ou d'une autre, si quelqu'un parmi les vôtres entretient une quelconque rumeur, l'intégralité du schéma financier de votre organisation sera divulguée ainsi que le détail et les preuves des crimes qui sont attachés à vos activités. Et s'il vous venait l'idée de vous en prendre à ma personne, j'ai suffisamment d'ayants droit pour que ma disparition n'ait aucune conséquence sur notre marché. Je pense que les Kennedy sont conscients qu'ils jouent un jeu dangereux. Bob sait d'où vient la fortune de son père et la sienne, et son combat est celui de quelqu'un qui essaye d'effacer un mauvais souvenir de la mémoire familiale. Mais je ne suis pour rien là-dedans. Je ne vous demande pas de me rendre les photos, je sais que vous pouvez les dupliquer autant que de besoin.

— Je suis le seul à les avoir en ma possession.

— Peut-être pourriez-vous cette fois me dire qui les a prises ?

— Des hommes à nous, avec un téléobjectif. Mais je ne suis pas certain que des gens de l'OSS, vous savez les types qui s'occupaient du renseignement avant la CIA, n'aient pas un jeu de photos faites par eux-mêmes un peu avant. C'est ce que Donovan disait en son temps, mais maintenant il est mort. Il est possible que la CIA ait certaines de ces photos par héritage. Mais je suis certain d'une chose. Ce n'est ni moi, ni Rosselli, ni Giancana qui leur avons balancé les clichés. Je veux que ce soit clair.

— Je crois que nous sommes clairs l'un et l'autre.

— Mais dites-moi, vous pensez que les frères veulent aller jusqu'au bout contre nous?

— Je n'en doute pas.

— Et maintenant que le vieux parle comme une carpe, il n'y a plus personne pour leur dire qu'ils vont trop loin.

— Si.

— Qui?

— Moi.

— Vous, monsieur Hoover. Je le sais et je vous l'ai dit, je n'en doute pas. Mais les frères disent à qui veut l'entendre qu'ils vont vous mettre à la retraite après les élections de 64.

— Je sais, c'est ce qu'ils disent. Sachez, monsieur Lansky, que je ne suis pas quelqu'un qu'on met à la retraite. Comme je ne suis pas non plus le genre à prendre ma retraite. Tant que je vivrai, personne ne me remplacera à la tête du FBI. J'ai trop d'amour pour ce pays et je suis convaincu que sans moi, il pourrait bien vite partir à la dérive. Je suis le seul à connaître les vraies priorités. Si je ne vous ai jamais inquiétés c'est parce que j'ai toujours pensé que le communisme est la seule vraie menace pour ce pays. Et le communisme, contrairement à ce que pensent les deux frères, est protéiforme, c'est un cancer avec plein de ramifications qui peuvent faire repartir la maladie de n'importe où avec les mêmes conséquences mortelles. C'est le genre de types à penser que le risque n'est qu'extérieur, Castro, les Russes, etc. Mais je sais mieux qu'eux que l'ennemi est là, tapi dans l'ombre.

— Je partage votre point de vue. Bien, je vais aller superviser la course, des fois qu'il y aurait des irrégularités.

Lansky se mit à rire à pleine gorge, content de lui. Nous nous sommes serré la main. Edgar a gardé celle de Lansky et lui a murmuré pour n'être entendu que de lui :

— Je compte sur vous pour dire aux autres que si j'entends un seul murmure sur ce que vous savez, je serai intraitable.

Edgar ne dit pas un mot pendant la minute qui suivit, il avait les traits tirés d'un homme qui vient de livrer un combat qui n'était pas gagné d'avance, des gouttes de sueur perlaient sur son front et il essuya ses mains moites avec sa pochette de veste. Je l'ai laissé à son silence pendant que nous contournions les gradins pour nous rendre à l'entrée des personnalités. Et puis la question m'est venue, irrépressible :

— C'est quoi cette histoire de photos ?

Un long moment s'est écoulé avant qu'il ne se

décide à répondre. Je m'étais déjà résolu à ne jamais entendre ses explications et je laissais le vent caresser mon visage puis, alors que nous n'étions plus qu'à quelques mètres de l'hôtesse chargée de nous accueillir, il s'est approché de mon oreille comme s'il allait me donner un tuyau pour la première course :

— Une vieille histoire, Clyde, une vieille histoire qui ne te concerne pas.

Il s'assombrit un court instant puis chuchota les dents serrées :

— Aucun de ces fils de putes ne m'aura jamais, tu m'entends ? Jamais. Et l'histoire saura reconnaître que j'ai été le seul à tenir la barre de ce pays au milieu de ces girouettes de la politique et du crime.

30

Marilyn Monroe faisait partie de ces rares femmes qui figuraient au panthéon photographique d'Edgar, sur les murs de l'escalier qui menait à l'étage. Il l'avait rencontrée à plusieurs reprises et il gardait le souvenir d'une femme délicieuse, fragile, et d'une beauté touchante. Edgar manifesta toujours une grande mansuétude à son égard et une tolérance surprenante pour ses écarts de conduite avec les hommes. Ce n'est jamais elle qu'il incriminait, mais il préférait voir dans sa conduite critiquable le désespoir d'une femme seule, incapable de résister à des hommes qui la convoitaient comme un trophée. La femme la plus désirable d'Amérique ne pouvait pas être ignorée par le plus grand coureur du pays. Compte tenu de l'attrait irrépressible de John Kennedy pour les femmes, il n'était pas pensable qu'il fît l'impasse sur le symbole sexuel le plus adulé d'une génération. Je ne me souviens plus très bien si Marilyn fut présentée à Kennedy par Frank Sinatra ou par Peter Lawford son beau-frère, marié à sa sœur Patricia, acteur secondaire qui allait finir divorcé, ruiné et noyé dans l'alcool. Tous deux la connaissaient bien et Sinatra avait dû abuser d'elle à l'occasion, me semble-t-il. Pendant sa relation avec Marilyn, Kennedy voyait toujours autant d'autres femmes, toutes de façon aussi épisodique qu'elle. Il a toujours été extrêmement délicat de dater la fin de ses aventures, car, je l'ai dit, John n'était pas homme à rompre. La rupture n'était pas dans sa nature et cela lui permettait d'entretenir un immense cheptel de femmes qu'il voyait au gré de ses déplacements et du temps libre qu'il s'accordait. Marilyn l'aima profondément et avec autant de constance que sa fragilité psychologique pouvait le lui permettre. Lui, j'imagine, l'aima ni plus ni moins que les centaines d'autres femmes qui se pensaient uniques à ses yeux. Rien de bien extraordinaire dans cette histoire si ce n'est qu'elle était profondément humiliante pour son épouse légitime, surtout lorsque cette rivale tant adulée mettait sa voix d'une extrême sensualité à son service pour lui souhaiter un bon anniversaire devant un immense parterre de notables de premier rang. Je fus plus surpris d'apprendre que Bob entretenait aussi une relation avec elle. Bob, si réservé sur le

sujet dans son déguisement de père de famille irréprochable, n'avait fauté, comme j'ai déjà eu l'occasion de l'écrire, que pour la plus désirable des
femmes connues qui présentait en outre l'avantage
d'être déjà la maîtresse de son frère. Il y avait dans
cette famille une compétition sexuelle un peu
fétide qui faisait passer les femmes du père aux fils
et de frère en frère avec une facilité qui pourrait en
dire long sur leur complicité si elle n'était pas
encore plus expressive sur leur perversité et leur
mépris absolu de la gent féminine. Comme nous
avons pu nous en rendre compte en de multiples
occasions, John ne pouvait pas partager le lit d'une
femme sans partager aussi avec elle certains secrets
d'État. Une façon de les flatter et de se soulager des
pesanteurs excessives d'une charge qui parfois l'accablait. John se confiait, donnant à son interlocu-
trice le sentiment extrêmement valorisant d'être
pour un moment le conseiller spécial du président
des États-Unis. Dans sa candeur que j'explique par
un terrible excès de confiance en lui-même qui
confinait à l'arrogance, il n'imaginait jamais que
les informations qu'il divulguait pouvaient un jour
se retourner contre lui. Signe de son dédain des
autres, il se comportait toujours tel qu'il était, avec
un minimum de calcul. Je crois qu'il devait bien se
rendre compte dans un petit coin de son cerveau
qu'il courait d'immenses risques à se découvrir

devant chaque femme qu'il fréquentait, mais en cela, il était typique de l'esprit Kennedy, il pensait que le silence avait un prix et que ce prix serait toujours accessible à sa famille. Marilyn Monroe était devenue les mois passant une desserte commune aux deux frères, un lieu de villégiature sexuelle confortable. Ils ne se sont jamais préoccupés d'elle et n'ont jamais compris qu'elle finirait par se sentir utilisée, manipulée, selon ses propres dires « comme un vulgaire bout de viande ». John du temps où sa flamme brûlait vivement avait fait installer une ligne téléphonique directe pour elle à la Maison-Blanche. Elle pouvait appeler quand elle le souhaitait et l'entretenir longuement sur ses doutes et ses angoisses. Peu après la célébration de son quarante-cinquième anniversaire, il fit couper la ligne sans préavis et demanda à Bob de lui faire savoir qu'il ne voulait plus qu'elle cherche à le joindre. Cette sentence qui ne punissait que sa sincérité fut un abominable affront à la dépressive actrice qui se mit à le harceler. Elle lui fit comprendre que s'il ne lui manifestait pas un peu de considération, à défaut d'amour, dont elle le savait incapable, elle projetait de révéler leur liaison et de jeter sur la place publique les secrets d'alcôve qui concernaient pour la plupart la sécurité de l'État et, notamment, le projet d'assassinat de Fidel Castro, toutes choses consignées sur un journal dont elle ne se défaisait jamais. Malgré l'attachement d'Edgar pour Marilyn Monroe, il nous était difficile de ne pas avertir le Président que la somptueuse actrice se répandait en menaces à son encontre, en se prétendant capable de faire sauter l'État. Elle prévoyait en outre de mettre sur pied une conférence de presse où elle révélerait au monde entier sa liaison avec les deux frères. Il semble que Bob lui proposa alors une transaction financière. Bien que pratiquement ruinée, elle refusa, dans un ultime élan d'orgueil, cet acte de prostitution.

Nous étions au tout début du mois d'août 1962, deux mois après l'anniversaire du Président. Le 5 au matin, Edgar m'appela de très bonne heure pour me dire que notre agence de Los Angeles l'avait informé de la mort de Marilyn Monroe causée apparemment par une ingestion excessive de substances médicamenteuses. Son dossier faisait état de plusieurs tentatives de suicide. Pour finalement réussir. Nous fûmes, Edgar et moi, profondément peinés de cette nouvelle qui ne fit qu'exacerber notre acrimonie envers les Kennedy que nous pensions responsables d'avoir précipité la jeune femme dans un désespoir mortel. Nous n'avions aucune raison de douter de la cause officielle de son décès, si un de nos agents ne nous avait pas alertés sur un certain nombre d'indices qui, sans démontrer la thèse d'un assassinat, réfutaient indiscutablement celle d'une mort volontaire. Il faut dire que notre position n'était pas facile dans ce dossier. Nous n'avions en aucun cas compétence pour agir. S'il y avait meurtre, le crime ne pouvait pas relever de la police fédérale. Seule la police de Los Angeles était habilitée à mener l'enquête. Le patron du LAPD était alors Parker, le seul chef d'une police d'État à avoir toujours défié l'autorité du FBI et de son patron. C'était l'ennemi juré d'Edgar comme je l'ai écrit précédemment. Ethel Kennedy, la femme de Bob, l'accouchée de première classe avec sa colonie d'enfants, se répandait dans les soirées et à l'intérieur du ministère de son mari, en clamant que Parker était leur favori pour succéder à Edgar à la tête du FBI. Nous sommes tout de même parvenus à infiltrer l'enquête et mettre au jour, comme d'autres l'ont fait plus tard, certaines incohérences qui montraient que la recherche de la vérité n'avait pas été une priorité. Edgar, son chagrin passé, devint très excité à l'idée que la lumière faite sur l'affaire Monroe pourrait donner un drôle d'éclairage sur les Kennedy.

À 4 heures 25 du matin, ce dimanche, le sergent Clemmons fut appelé par un homme qui se présenta comme le docteur Engelberg pour lui

dire que Marilyn Monroe, sa patiente, s'était sui-
cidée. Dépêché sur les lieux, il fut reçu par Eunice
Murray, sa gouvernante, par Engelberg et Ralph
Greenson, son psychiatre. Engelberg désigna un
flacon de Nembutal à Clemmons qui se dirigea
vers le corps de l'actrice qui gisait sous un drap
bleu ciel. Elle était nue, à plat ventre, le visage
enfoui dans un oreiller, les bras le long du corps,
les jambes droites et jointes. Clemmons avait vu
assez de cas de suicides aux médicaments pour
remarquer que la posture apaisée de la victime
contrastait avec la cause de sa mort. Contrairement à certaines idées reçues, la mort par
absorption excessive de somnifères crée des
convulsions stigmatisées par des positions cadavé-
riques très tourmentées. Clemmons fut également
surpris par l'absence de traces de vomissements
qui accompagnent systématiquement ce type de
décès. Des contradictions dans les déclarations
des trois témoins et des indices discordants dont
le plus flagrant était l'extrême raideur du cadavre
laissèrent à penser au policier que l'affaire n'était
pas limpide. La gouvernante prétendait en particulier s'être relevée en pleine nuit pour aller aux
toilettes, avoir vu de la lumière sous la porte de
la chambre de sa patronne, l'avoir trouvée fermée
de l'intérieur ; alors que Marilyn était sourde à ses
appels et jugeant la gravité de la situation, elle avait

appelé le docteur Greenson. En réalité, la gouvernante n'avait pas à passer devant la porte de Marilyn pour se rendre aux toilettes et l'épaisse moquette de la chambre ne permettait de voir aucune lumière. Enfin, il fut allégué que la vitre de la chambre avait été brisée pour lui venir en aide. Curieusement, les éclats de verre se trouvaient tous à l'extérieur. On ne trouva d'ailleurs aucun récipient près de la morte qui lui aurait permis d'ingurgiter l'eau qui devait accompagner la prise des somnifères. Mais les informations les plus troublantes vinrent de l'autopsie. Celle-ci fut confiée à un médecin légiste adjoint, peu expérimenté, le docteur Noguchi. Le bureau du coroner et la morgue étaient réputés à l'époque pour être un endroit en marge de l'humanité. Les vols de cadavres y étaient fréquents, de même que les actes de nécrophilie, et les employés ouverts à la corruption n'étaient pas opposés à falsifier la cause d'un décès. S'agissant d'un suicide, le corps devait légalement être dirigé vers ce lieu délabré où les rats se promenaient entre les armoires réfrigérantes. Les pompes funèbres s'en étaient déjà emparées, avaient commencé à l'embaumer et ne voulaient pas le rendre. L'employé des pompes funèbres était un type droit qui avait refusé des propositions de photographes allant jusqu'à dix mille dollars pour prendre des clichés de la morte la plus célèbre du monde. Et devant leur acharnement à pénétrer dans le bâtiment à tout prix, il s'était résolu à cacher le cadavre dans un placard à balai. Le corps rejoignit finalement la morgue pour l'autopsie. Le coroner y assistait, fait exceptionnel. Il savait qu'il s'agissait d'un acte déterminant. La concentration de substances toxiques dans le foie correspondait à l'absorption de soixante à quatre-vingt-dix comprimés de somnifères. Mais au cours de l'examen de l'estomac et des viscères il ne fut trouvé aucune trace de ces médicaments, ni de leur couleur jaune ni de leur odeur de poire caractéristique. L'état de congestion du corps cyanuré fit également penser que la mort avait été brutale, ce qui n'est pas le cas lors d'une mort par ingestion. Plusieurs hématomes, et en particulier celui qui se trouvait sur la fesse gauche, un bleu gros comme une soucoupe de tasse à café, indiquaient clairement qu'il y avait eu une lutte peu de temps avant le décès. Les reins, l'estomac et son contenu, l'urine et l'intestin furent prélevés et envoyés à un laboratoire pour analyse toxicologique. De là, ils disparurent sans laisser de trace. Le rapport affirma que la recherche d'éventuelles piqûres par seringue avait été faite et n'avait révélé aucune injection probable. Mais il semble que la peau figurant sous les aisselles ait été négligée. De toute évidence, le suicide ne pouvait pas être la cause de la mort. L'examen de la lividité prouva que contrairement aux allégations des témoins, le cadavre avait été bougé entre l'heure de la mort et le moment où il s'était raidi. Le dimanche soir, alors que la nuit était tombée sur Los Angeles, Leigh Wiener, photographe de *Life,* se fit ouvrir la morgue contre une bouteille de whisky, puis conduire au casier n° 33 d'où l'on tira le corps éviscéré de l'actrice pour qu'il puisse en faire des clichés. On en avait fait pour de bon un morceau de viande, et pour rien.

L'enquête fut intégralement menée par le chef Clarke qui ne laissa rien au hasard et commandita la destruction des moindres indices qui auraient permis de réfuter la thèse du suicide.

Personne n'avait intérêt à faire disparaître l'actrice en dehors des frères Kennedy. Nous savions, Edgar et moi, que Robert Kennedy se trouvait en Californie du Nord le week-end du crime et qu'il pouvait très bien se rendre au domicile de Marilyn le soir où elle est morte. Le registre de ses appels, disparu depuis, a montré qu'elle avait joint Robert dans la journée qui avait précédé sa mort et qu'il était convenu de la rencontrer pour apaiser sa colère contre les frères. Il semble qu'il soit venu deux fois ce soir-là, dont une fois pour tenter une conciliation. Devant sa colère et ses menaces il serait parti avant de revenir un peu plus tard accompagné de Lawson et d'un médecin qui lui aurait administré la dose fatale sous prétexte de lui apporter un peu de soulagement. Même s'il n'a jamais comparu officiellement pour cette affaire, Kennedy fut sollicité à plusieurs reprises pour détailler son emploi du temps au moment des faits. Il maintint toujours la version selon laquelle il n'avait jamais quitté le domicile d'un ami qui l'avait invité pour le week-end à sept cents kilomètres de Los Angeles. Ce n'est pas l'avis du seul homme qui compte par rapport à ces allégations. L'officier de police Lynn Franklin avait pris en chasse le soir du meurtre une Mercedes noire qui roulait à deux fois la vitesse autorisée. Il l'avait fait arrêter sur le côté et avec sa torche il avait éclairé le visage des trois hommes qui l'occupaient. Il avait immédiatement reconnu l'acteur Peter Lawford, et découvert avec stupéfaction l'attorney général des États-Unis. Il avait ensuite identifié le troisième homme comme étant le docteur Greenson.

La façon dont toute cette histoire fut enterrée montre que les Kennedy disposaient les bonnes personnes au bon endroit. Ils firent un sans-faute en contrôlant sans faille la police de Los Angeles et bien évidemment, par ses fonctions, Bob avait la mainmise sur la magistrature. C'est un des plus beaux exemples de couverture réussie d'un meurtre comploté. Il existe tout de même de curieuses coïncidences. Le docteur Noguchi qui a procédé à l'autopsie de Marilyn Monroe fut celui qui fit six ans plus tard celle de Robert Kennedy après son assassinat à Los Angeles.

31

Les Kennedy ne faisaient déjà plus illusion depuis quelques mois. Dans la sphère du pouvoir, c'est-à-dire la nôtre, ils n'abusaient plus personne avec leurs belles coupes et leurs allures de fils du monde. À part le petit cercle de quadragénaires démocrates qui les entouraient et qu'ils achetaient en leur donnant des responsabilités sans proportion avec leurs compétences, les hommes qui avaient en charge les affaires de ce pays depuis bien plus longtemps qu'eux en avaient assez de leurs manières de dandys, de l'arrogante nonchalance de grand frère et de la muflerie acerbe de petit frère qui se comportait comme s'il était un élu, alors qu'il n'avait pas la moindre légitimité provenant d'un vote. D'autres politiques avaient été détestés avant eux, mais aucun n'avait donné une image publique si diamétralement opposée à sa vraie nature. Je suis d'une génération où un gangster se devait au minimum d'avoir une tête de gangster. Mais avec les Kennedy nous avons croisé les pires malfaiteurs déguisés en gendres idéaux. Et ça, personne ne leur a pardonné. Ces gens-là n'étaient pas conduits par un code. Ils étaient opportunistes, francs-tireurs et sans manières. Nous n'avons jamais rencontré, dans notre carrière, d'hommes politiques qui furent à ce point seuls contre tous. Ils ont pensé qu'ils pouvaient se le permettre parce qu'ils bénéficiaient d'un énorme soutien populaire uniquement fondé sur leur image d'hommes jeunes et modernes qui ressuscitaient le désir éteint de la ménagère de l'Arkansas. Mais dans les allées du pouvoir, nous les considérions comme des galeux. Qu'on soit bon ou mauvais, il importe peu finalement. Mais dans les deux cas, il faut avoir des règles et s'y tenir.

Certains paradoxes de l'existence ne s'expliquent qu'avec le temps. Le temps qu'il fallut pour comprendre pourquoi le plus grand succès des Kennedy provoqua irréversiblement leur chute. Après la crise des missiles, leurs jours furent comptés. Les corps vivants sont parfois longs à se défendre. Une année fut nécessaire pour que les gardiens des valeurs fondamentales de l'Amérique mesurent leurs responsabilités et prennent les orientations qui s'imposaient.

À ma connaissance il y eut bien des moments dramatiques dans l'histoire de l'humanité. Mais aucun ne l'amena aussi près de sa destruction ou ne fut en tout cas ressenti comme tel. Nous étions en octobre 62 et l'équipe de Kennedy n'était préoccupée que par deux choses : dessouder Castro et préparer les élections sénatoriales où ils espéraient mesurer les effets de leur politique. Mi-octobre, un avion de reconnaissance U2 revint d'une mission de survol de Cuba avec une pellicule sur laquelle apparaissaient des points suspects qui n'avaient pas été observés précédemment. Les clichés développés révélèrent l'existence de missiles soviétiques en cours d'installation sur l'île. Des missiles de moyenne portée, équipés d'ogives nucléaires capables de détruire toutes les grandes villes de l'Est dans un rayon de milles nautiques. Kennedy était confronté à la crise la plus dramatique de sa présidence avec, pour conséquence possible, la première guerre nucléaire de l'histoire de l'humanité. L'événement fut présenté comme une agression délibérée de l'Union soviétique qui agitait la menace d'une destruction sous les fenêtres d'une Amérique stupéfaite. Mais il ne faut pas oublier que, depuis la fin du mandat d'Eisenhower, des missiles Jupiter installés en Turquie menaçaient de la même façon l'empire rouge. Les Soviétiques n'étaient pas non plus ignorants de l'acharnement de l'administration Kennedy à vouloir éliminer Castro et à renverser le régime de Cuba. Cinquante mille Russes étaient d'ailleurs stationnés sur l'île pour organiser sa défense. L'attitude de Kennedy envers Cuba était caractéristique de sa façon d'agir. Il harcelait l'île avec des groupes paramilitaires issus des opérations noires de la CIA menées avec l'aide des réfugiés cubains, mais se défaussait chaque fois qu'il était temps de conclure par une action militaire rapide et définitive. Cuba aurait dû être envahi quand il était encore temps. C'était l'avis de l'état-major depuis longtemps mais comme toujours, John l'inexpérimenté n'en faisait qu'à sa tête et n'écoutait que son frère Bobby le novice. On m'a rapporté que le matin du 16 octobre 1962, John l'apprenti sorcier s'était montré bien déconfit devant la cellule de crise qui regardait, ironique, la mouche bien coiffée se débattre dans son bocal. Le sémillant Président aurait même confessé que pour la première fois il regrettait de s'être fait élire. L'Amérique était en alerte maximale et, fait sans précédent, Kennedy fut contraint de suspendre ses activités sexuelles pendant treize jours. Les plus hauts galonnés de l'armée se prononcèrent à l'unanimité pour une réponse sans ambiguïté. Les missiles prévus pour être opérationnels sous moins d'une semaine devaient être bombardés et Cuba envahi. Kennedy objecta que ce bombardement ne pouvait se faire sans victimes soviétiques, ce qui équivalait selon lui à une déclaration de guerre. En représailles, il était persuadé que les Russes allaient à leur tour bombarder et envahir Berlin. Les militaires faisaient le pari que les Russes n'oseraient pas. La vieille garde était persuadée que Kennedy payait son absence de fermeté au moment de la baie des Cochons et son excès de conciliation lorsque fut érigé le mur de Berlin. Ils préconisaient la manière forte et un retour sans condition à l'équilibre de la terreur dont ils assumaient toutes les conséquences. Kennedy, dépourvu, se devait d'écouter les anciens. Il choisit de suivre la préconisation d'Adlai Stevenson, le vieux routier démocrate, ambassadeur aux Nations unies, en annonçant devant toutes les radios et les trois chaînes de télévision la mise en place d'un blocus naval autour de Cuba. Le pays glacé apprit médusé que nous étions au bord d'une guerre nucléaire. Le lendemain matin à 10 heures, la Marine américaine prit place autour de l'île alors qu'une flotte de cargos soviétiques s'en approchait. Kennedy, son frère et McNamara, le secrétaire à la Défense, prirent en personne la direction des opérations au risque de froisser la hiérarchie militaire. Aucun navire russe ne choisit de forcer le barrage et certains commencèrent à faire demi-tour. Les deux frères profitèrent de cette accalmie pour reprendre contact avec le premier Soviétique par le canal secret. Il leur fit part de ses conditions. Un retrait des missiles contre un engagement unilatéral des États-Unis de ne jamais envahir Cuba. Kennedy accepta. Les militaires prirent sa position comme une capitulation. Cette attitude revenait à légitimer Cuba. Alors que la crise semblait en voie de résolution, un nouveau rebondissement eut lieu. Khrouchtchev apparemment affaibli dans son pouvoir au Kremlin se sentit contraint de surenchérir. Il exigea qu'en plus de l'engagement de non-agression, les États-Unis démontent leurs missiles Jupiter stationnés en Turquie. Bien qu'obsolètes, ces missiles avaient une forte valeur de symbole. Kennedy envoya son petit frère négocier avec l'ambassadeur russe auquel il exprima son accord sur cette proposition à condition que leur soit donné un délai de six mois pour démonter les missiles et que, sous aucun prétexte, cet accord secret ne soit révélé. La crise des missiles venait de prendre fin. Kennedy apparut dans l'opinion publique comme un homme de paix qui avait sauvé le monde. À un peu plus d'un an des élections, 77 % des Américains lui étaient favorables.

Edgar avait bien mal vécu cet épisode de notre histoire. Les fusées étaient dirigées contre les villes de l'Est et Washington n'y échappait pas. Nous avons appris l'imminence d'un conflit nucléaire par la même voie que le plus ordinaire des citoyens, une allocution de Kennedy depuis la Maison-Blanche. Le visage marqué par les heures d'angoisse qui avaient précédé son discours, John n'avait rien caché de la gravité de la situation qui semblait le laisser totalement désemparé. Edgar se décomposa sous l'effet de la rage de ne pas avoir été mis dans le secret, alors que le pays était virtuellement en état de guerre. Puis vint la peur. Diffuse dans un premier temps, puis panique à la mesure de la conscience qu'il prit de l'irréversibilité de la situation.

— C'est la première fois que nous sommes confrontés à un conflit probable dont il ne sortira aucun gagnant, me lâcha-t-il alors qu'il tapotait nerveusement sur l'accoudoir du chesterfield en cuir brun de mon salon dans lequel il avait pris place pour regarder la déclaration présidentielle.

— Dieu ne peut pas accepter une telle éventualité, suis-je intervenu, profondément ému par le drame qui venait de nous être annoncé.

Edgar se mit à cligner des paupières, comme si une alarme venait de se déclencher, celle de son instinct de conservation mis en péril par des événements sur lesquels il n'avait aucune prise. Il s'employa cependant à répondre à ma question, alors que son raisonnement le portait déjà bien plus loin :

— Je ne pense pas qu'il faille compter sur lui. Pas plus que sur cet abruti de Kennedy.

— Comment peux-tu dire une chose pareille ? ai-je lâché, choqué de ce blasphème inattendu.

Alors Edgar prit un air que je ne lui connaissais pas, un masque de revenant, blême, les yeux écarquillés par l'effroi déjà submergé par la colère :

— Dieu nous a mis là, Clyde, je ne vois rien qui l'empêche de nous rappeler à lui.

— Tu ne parles pas sérieusement, Eddy.

— Je parle très sérieusement, Clyde, je crois que nous approchons de l'apocalypse. Je ne suis pas étonné. Dieu est l'ingratitude même. Mais s'il doit n'en rester que deux, Clyde, ce sera nous. Je suis certain que ces salopards de la Défense n'ont rien prévu pour nous ici à Washington, comme abri antiatomique. Nous ne devons pas rester dans l'Est. Demande à nos agents de mettre la main sur un abri dans le sud de la Californie et de le réquisitionner. Je veux qu'on y entrepose un an de réserves de nourriture et d'eau minérale. Mais pas des conserves de l'armée. Notre whisky, des caisses de notre whisky. Du papier hygiénique. Des semences, des engrais agricoles et un manuel d'agriculture pour débutants au cas où il faudrait replanter. Je me demande si le Sud californien est une bonne idée. Nous devrions opter pour l'Alaska.

— Pourquoi diable l'Alaska, Eddy ?

— Parce que nous sommes près de l'URSS et que je n'imagine pas les Soviétiques bombarder si près de leur frontière.

— Mais seule la côte Est est menacée !

— On ne sait jamais. Si le conflit dégénère, l'Ouest pourrait être visé. Mais pas l'Alaska.

— Si les habitants de l'Alaska ont fait le même raisonnement, es-tu certain de trouver un abri déjà construit en Alaska ? Dans l'affirmative, nous pourrons nous passer de l'attirail agricole, il ne pousse rien dans un pays où il n'y a qu'automne ou hiver.

— Nos agents nous le diront rapidement. J'y pense, il faut des armes. Pistolets, mitraillettes, grenades. On ne sait pas sur qui on risque de tomber le jour où on sortira de notre abri.

— Mais penses-tu qu'un riche Californien ou un trappeur d'Alaska fortuné vont nous faire deux places dans leur abri ?

— C'est toujours plus rassurant d'avoir à ses côtés le numéro un et le numéro deux du FBI.

— Crois-tu que nous puissions rassurer une famille en venant nous blottir dans leur abri anti-atomique ?

— De toute façon, il n'est pas question de partager un abri, j'ai parlé de le réquisitionner.

— Et selon toi, les propriétaires d'un tel refuge n'ont rien prévu contre les intrus ? Je crains qu'il ne soit déjà trop tard, Eddy.

Edgar tourna en rond et fulmina un quart d'heure avant de rejoindre sa voiture avec chauffeur dont le moteur tournait depuis une bonne heure. Je lui avais bien évidemment demandé un jour la raison de cette manie de ne jamais laisser son chauffeur l'éteindre lorsqu'il était éloigné de sa maison ou du FBI. Il m'avait répondu que le temps nécessaire au démarrage était parfois celui qui séparait la vie de la mort.

Edgar ne pardonnait jamais à un homme qui avait pu, d'une façon ou d'une autre, menacer sa fonction. Mais Kennedy avait été bien au-delà de cette indélicatesse. Son incompétence lui avait fait risquer sa vie comme n'importe quel Américain ordinaire.

La crise des missiles terminée, la tension fit place à la rancœur et aux craintes. L'armée, la CIA, le département d'État sortirent meurtris de ces treize jours où Kennedy avait fait la démonstration la plus flagrante de son mépris des institutions. Il avait géré la crise avec Bob et Kenny O'Donnell pour seuls conseillers. Pour les militaires, Kennedy était un homme immature qui dissimulait son manque de courage par une action brouillonne et clandestine. Même si dans l'ombre, les frères affectaient la même détermination pour déstabiliser Cuba, aucun doute ne pouvait subsister dans l'esprit des exilés. Kennedy mettait un terme à leur espoir de retrouver leur patrie. Ceux qui avaient souffert dans les camps depuis la « baie des Cochons » retournèrent aux États-Unis une fois la rançon payée. Avec l'idée qu'on leur rende des comptes.

Kennedy parvint à se débarrasser de Ellen Rometsch, une des prostituées qui l'accompagnait dans ses frasques aquatiques dans la piscine de la Maison-Blanche dès qu'il fut informé par nos soins qu'elle était un agent de l'Allemagne de l'Est. Elle fut expulsée avec un chèque. Mais l'idée était désormais ancrée à Washington que la déplorable sexualité du Président le mettait à la merci des maîtres chanteurs. John était devenu un danger pour le pays. Si aucune révélation ne fut jamais faite sur son comportement, c'est que ses ennemis ne voulaient pas qu'un tel discrédit puisse entacher le plus haut niveau de l'État. Le pays profond aurait pu s'étonner que, sachant tout de sa dépendance aux dépravations, nous, les hommes responsables, n'ayons pas mis fin à ses exactions plus tôt.

Je dois avouer que je ne me suis pas dressé contre l'idée que le Président devait être assassiné. Vous dire que je savais par qui, comment et quand serait une façon mensongère de revisiter l'histoire et de m'attribuer un rôle qui ne fut pas le mien. Notre couverture des conversations les plus intimes des grands de ce pays était suffisamment efficace pour qu'aucun doute ne puisse subsister sur l'issue fatale. Je rapprocherai ce moment de celui du débarquement des alliés en Europe en 44. L'assaut ne faisait aucun doute. Seules les modalités restaient confidentielles.

32

Les années qui ont suivi sa disparition, je me suis secrètement délecté des théories qui ont fleuri sur l'assassinat de John Fitzgerald Kennedy. Passé l'effroi de l'apparente monstruosité de cette tragédie aussi radicale qu'inattendue par le grand public, nombreux se sont pris au jeu et ont tenté de faire la vérité sur cet événement exceptionnel. Je n'ai jamais vu personne s'en approcher. Même les plus fins limiers de l'enquête privée ont négligé que Kennedy était une nécrose de la société, un corps mort qui s'est naturellement détaché de cellules vivantes, comme le velours des cors d'un cerf ou la peau d'un serpent rejetée par la mue. Les initiateurs de la théorie du complot, la plus spectaculaire parmi toutes, se sont imaginé que des décideurs s'étaient réunis, assemblés en cour de justice, chacun représentant une partie offensée. Voilà une vision bien chevaleresque qui rappelle à tort les grandes conjurations de l'histoire ancienne. Une telle réunion d'intrigants n'eut jamais lieu. Au plus, je parlerais d'une convergence d'inimitiés, de la collusion informelle de bonnes volontés sans plus de bruits qu'un murmure à l'oreille d'un mort.

Deux camps se sont formés avec le temps. Le premier s'est constitué autour des détracteurs de John. Ils révèlent au grand jour sa duplicité politique et morale et son extrême dépendance à des pulsions irrépressibles. Et concluent toujours dans le même sens : un homme providentiel, un criminel illuminé serait venu mettre fin de son propre chef à la carrière de l'illusionniste charismatique. Une histoire vraie qui finit en fiction. De l'autre côté, ceux qui ont adulé Kennedy pour les avoir fait rêver d'un monde nouveau traquent le complot avec une obstination déraisonnable, sans parvenir à comprendre que sa disparition était inéluctable. Je ne vois rien de machiavélique dans la façon dont les choses se sont déroulées. Juste un enchaînement de logiques qui allaient dans le même sens. Il ne fallait pas que Kennedy soit réélu en 64, c'était une évidence pour tous les hommes de bonne volonté qui ne voulaient pas assister au naufrage de la première puissance économique et militaire du monde.

Nous avons alerté à plusieurs reprises John comme Bob sur l'existence de rumeurs qui faisaient état de la préparation d'un assassinat du Président. Mais ils se croyaient bien au-dessus du commun des mortels. John s'était transformé en apôtre de la paix et ses discours lui valaient l'admiration du premier Soviétique qui après l'avoir copieusement roulé fit savoir qu'il était de son point de vue le plus grand président américain depuis Roosevelt, ce qui ajouta, on le comprend facilement, à notre méfiance. C'était à la suite de ce fameux discours qu'on ne fait généralement qu'à une remise de prix Nobel :

De quelle paix suis-je en train de parler ? Pas une paix américaine imposée au monde par nos moyens de destruction. Pas une paix des tombes ou une sécurité d'esclave. Je parle d'une véritable paix, le genre de paix qui permet aux gens et aux nations de grandir, d'espérer et de construire une vie meilleure pour leurs enfants, pas seulement une paix pour les Américains mais une paix pour toutes les femmes et tous les hommes, pas une paix pour maintenant mais une paix pour toujours. Les leaders américains et soviétiques ont un intérêt commun profond dans une paix juste et sincère en arrêtant la course aux armements. Si nous ne pouvons pas mettre fin à nos différences au moins pouvons-nous rendre le monde sécurisé dans sa diversité. Pour finir, notre lien commun est que nous habitons tous cette petite planète. Nous respirons tous le même air. Nous chérissons tous le futur de nos enfants. Nous sommes tous mortels.

En revanche, nous avons probablement omis de faire part aux deux frères d'écoutes concernant une conversation de Marcello, une des bêtes noires de Bob.

« Je dois enlever cette pierre de ma chaussure. Ne t'inquiète pas à propos de ce petit fils de pute de Bobby, je vais m'en occuper. Non, je ne vais pas prendre un de mes gars, on va trouver une sorte de timbré. Mais ce n'est pas de Bobby qu'on va s'occuper pour le moment. Si on le descend, on aura son frère sur le dos pendant cinq ans pour nous faire la peau. Ça ne sert à rien pour le moment. Si tu coupes la queue d'un chien, il continue à mordre. Mais si tu lui coupes la tête, il crève. »

Je suis le seul à écrire ce qui s'est vraiment passé. Je ne le fais ni par remords ni pour libérer ma conscience à l'approche de ma fin. Je l'écris parce qu'il doit être clair pour la postérité que nous n'avions pas d'autre solution. Quand un homme s'éloigne à ce point de l'image qu'il donne, et qu'il est en charge de la planète, s'il est entouré de gens responsables, ils n'ont pas d'autre solution que de l'abattre.

Kennedy est mort par là où il avait péché. La Mafia s'est substituée à l'Éternel. Elle a donné puis elle a repris. Avec la bénédiction de la foule des fidèles dont nous faisions partie. Il y avait, chez John, un drôle de rapport à la mort. Elle lui tournait autour depuis l'enfance. Il se savait condamné par la maladie d'Addison, son dos le faisait de plus en plus souffrir. Le jour de l'assassinat, il portait un corset, c'est pour cela que son tronc est resté rigide alors qu'une balle lui arrachait la moitié de la tête. Il lui était de plus en plus difficile de dissimuler les injections d'amphétamines et d'opiacés qu'on lui administrait chaque jour. Certainement une des raisons de l'altération croissante de son jugement.

Je reconnais volontiers que ni Edgar ni moi n'aimions l'homme. Avec certaines personnes, vous avez l'intuition d'une terrible incompatibilité que rien ne pourra jamais atténuer. Nous n'appartenions pas au même monde et il est vrai que nous avons beaucoup fait pour qu'il quitte le nôtre. Il ne s'est vraiment pas bien comporté à notre égard. Quand on lui parlait d'Edgar, dont on sait maintenant ce qu'il fut pour l'Amérique, il se contentait de recracher la fumée de son cigare en disant : « Hoover est un raseur, il peut nous nuire, mais nous pouvons le contrôler. » S'il n'avait pas commencé son mandat avec cette idée derrière la tête de nous virer au début du suivant, il aurait pu s'attendre de notre part à une certaine loyauté. Mais il allait trop loin. C'était un excessif, un jouisseur, ce que nous n'avons jamais été, ni Edgar ni moi. Nous ne lui avons pas non plus pardonné cette manière qu'il a eue de nous mettre Bob dans les pattes comme on entrave les pieds d'une vache. Un garçon à la jeunesse arrogante pour ne pas dire insultante, un jeune homme bien mal élevé. Je ne sais pas si, en toute époque, on eût accepté un tel Président pour l'Amérique. Mais à ce moment-là nous étions en guerre, une guerre froide certes, mais qui menaçait à tout instant notre planète. Les communistes n'avaient jamais été aussi forts. Notre pays ne pouvait pas se satisfaire d'un idéaliste hypocrite.

La veille de son déplacement à Dallas, John ne se sentait pas très bien et confia à Pierre Salinger, son porte-parole : « J'aimerais ne pas aller au Texas. » Salinger avait reçu peu de temps auparavant une lettre écrite par une femme qui disait : « Ne laissez pas le Président venir ici. Je m'inquiète beaucoup pour lui. Je redoute que quelque chose de terrible ne lui arrive. » Salinger n'avait pas osé lui en parler. Kennedy lui aurait fait sans doute la même réponse qu'à nous : « Si quelqu'un est assez cinglé pour vouloir tuer un Président des États-

Unis, il peut le faire. Il lui suffit seulement de se tenir prêt à donner sa vie en échange de celle du Président. » Sans le savoir, il avait déjà pris position pour la théorie du tueur isolé. Dans l'avion qui le conduisait à Dallas, on m'a rapporté qu'il s'était montré très proche de sa femme, comme si elle l'était vraiment pour la première fois.

J'étais à côté d'Edgar quand il prit son téléphone pour appeler l'attorney général et frère du Président. Il était de marbre, pas la moindre affectation dans le ton de sa voix :

— J'ai des nouvelles à vous donner.

— Lesquelles ?

Edgar, très factuel :

— On a tiré sur le Président.

Robert Kennedy, choqué :

— Quoi ? Oh. Est... Est-ce que c'est sérieux ? Je...

— Je pense que c'est sérieux. Je m'efforce d'obtenir plus de détails. Je vous rappelle quand j'en saurai plus.

Edgar raccrocha et se plongea dans la lecture d'un journal de la veille comme si les informations qu'il contenait n'étaient pas brutalement périmées.

Trente minutes plus tard, Edgar reçut un appel de notre bureau de Dallas. Il ne prit pas la peine de m'en communiquer la teneur avant de décrocher son combiné :

— Monsieur Kennedy ? C'est encore Hoover.

— Alors ?

— Le Président est mort.

Edgar raccrocha, réfléchit quelques instants avant de reprendre son téléphone :

— Shanklin ?

— Oui, monsieur le Directeur.

— La police du Texas va certainement essayer de récupérer le crime. Je ne sais pas très bien qui est compétent pour l'assassinat d'un Président. Faisons comme si c'était nous. D'accord ?

— Très bien, monsieur le Directeur.

— Shanklin ! Un dernier mot. Je veux vous avoir au téléphone en permanence, que vous me rapportiez les moindres détails de vos investigations, et je vous interdis ainsi qu'à vos agents d'en ébruiter le moindre élément. Suis-je assez clair ? C'est la plus grosse affaire que le FBI ait jamais eue à traiter. Je ne veux pas la moindre fausse note. Sinon, je serai impitoyable en proportion de l'importance de la situation.

— Parfaitement clair, monsieur le Directeur.

À 3 heures de l'après-midi, Shanklin nous informa de l'arrestation de Lee Harvey Oswald, assassin présumé du Président et d'un officier de police de Dallas. Il nous révéla l'existence d'un dossier du FBI sur cet individu.

À 6 h 5, Air Force One qui transportait la dépouille du Président accompagné de sa veuve atterrissait à la base militaire de Andrews où les attendait tout le personnel politique et administratif des États-Unis.

Edgar avait décidé de ne pas y aller. Il voulait que nous quittions le bureau pour nous rendre chez lui et prendre un bon verre de « dix ans d'âge ». C'est là que nous avons attendu le premier appel du nouveau Président. Celui qui quelques heures auparavant n'était qu'un vice-président contrarié d'être seulement le troisième personnage de l'exécutif derrière John et Bob appela Edgar à 7 h 26 précises.

— De vous à moi, Edgar, est-ce que vous pensez que c'est un complot visant à destituer tout le gouvernement, ou il ne visait que Kennedy ?

— Selon moi, il ne visait que Kennedy, monsieur le Président.

— Dois-je craindre pour ma sécurité personnelle ?

— On ne sait jamais, je peux, si vous le souhaitez, vous envoyer du renfort.

— Je pense que ce serait une bonne idée. Ces trous du cul des services secrets n'ont pas été capables de protéger Kennedy, je n'ai pas vraiment confiance.

— Ce sera fait dans l'heure. Mais de mon point de vue personne n'a l'idée de vous éliminer.

— Et concernant l'enquête ?

— J'ai soixante-dix agents sur place et trente supplémentaires prêts à décoller.

— Je voudrais un rapport complet sur l'assassinat dès que possible.

— Ça ne pose pas de problème.

— Edgar, je voudrais que les choses soient parfaitement claires entre nous. Il ne peut pas y avoir eu de complot. Ce n'est pas acceptable aux yeux de l'opinion. Sommes-nous d'accord sur ce point ?

— Je crois que nous sommes parfaitement d'accord. Je sais que le moment n'est pas très bien choisi mais je voudrais vous féliciter pour votre nomination.

— Merci, Edgar. J'ai donné des instructions pour que la police de Dallas soit dessaisie de l'affaire. Je ne veux que le FBI sur cette enquête.

Peu de temps après, Richard Nixon appelait Edgar. Le renard fouinait :

— D'après vous, Edgar, c'est un de ces cinglés d'extrême droite ?

— À ce stade j'ai toutes les raisons de penser que c'est un communiste.

— Ce serait un complot communiste?

— Je ne pense pas qu'il s'agisse d'un complot. Je crois que c'est un communiste isolé.

Le lendemain matin, Edgar fit partir un rapport d'enquête préliminaire au Président qui affirmait que Lee Harvey Oswald, agissant seul, était l'assassin de John F. Kennedy. Puis nous sommes partis aux courses pour profiter de cette belle journée un peu fraîche.

À 3 h 15 du matin de la nuit suivante, Shanklin réveilla Edgar et moi aussi par la même occasion, alors que je dormais dans la pièce d'à côté.

— Désolé de vous déranger, monsieur le Directeur, mais j'ai pensé que l'information était d'importance. Quelqu'un a appelé notre bureau de Dallas pour lui dire qu'Oswald allait être tué au moment de son transfert du bureau de la police de Dallas dans une prison secrète.

— Appelez Curry, le chef de la police locale, et prévenez-le. Dites-lui de ne rien dire sur l'heure du transfert. Je serais étonné que ce soit vrai mais faites votre boulot.

Curry avait en fait reçu le même appel que Shanklin. Il ne s'inquiétait pas, compte tenu du dispositif qu'il avait prévu.

À minuit vingt et une alors que le transfert était en cours Oswald fut assassiné à bout portant par Jack Ruby. Il mourut à l'hôpital de Parkland à 2 h 7.

Le meurtre eut lieu en direct sur la chaîne NBC.

Le lendemain matin, Edgar exigea que le dossier d'Oswald lui soit remis sans qu'aucune copie en soit conservée. Il n'y figurait qu'une page et demie.

Le Président, qui avait prêté serment à bord d'Air Force One, nous confiait une mission de la plus haute importance : donner à l'investigation le sens qui était le plus souhaitable pour la nation. C'est un peu comme s'il nous avait gratifiés d'une seconde jeunesse. Bob était toujours en fonction. On ne le vit pratiquement pas pendant les deux mois qui suivirent l'assassinat de son frère. Il ne se manifesta jamais pour savoir la vérité. Il se contenta de l'éclairage qu'un vaste consensus était prêt à lui donner, celui d'une pénombre arti-ficielle.

Cacher la vérité est un art abouti et nécessite une parfaite connaissance de celle-ci pour rester crédible. On ne cache que ce que l'on sait et je dois reconnaître qu'au moment des faits nous n'en savions pas long sur l'habile et probablement long processus qui avait conduit à cet assassinat, même si, j'en conviens, nous n'eûmes pas le moindre doute sur son imminente survenance. Nous étions devant un travail colossal de reconstitution d'une décision. Il fallait collecter les moindres détails qui permettraient de remonter aux quelques personnes qui avaient manifesté la volonté d'en finir avec les Kennedy par l'assassinat de l'aîné. Et ne pas négliger l'importance des seconds rôles aussi aptes à monter le projet qu'à en brouiller l'exact déroulement. Pas de crime sans mobile et celui-ci était évident pour nous. La pègre avait exécuté sa menace et fait en sorte que la responsabilité soit transférée sur une plus noble cause, celle des partisans de Fidel Castro, lui-même menacé de meurtre par les Kennedy. Nous n'avions aucun doute sur la contribution des anticastristes à cet attentat qui visait dans leur esprit à remonter l'opinion publique contre Cuba et créer les conditions d'une invasion légitime de l'île avec le soutien de l'armée américaine. Et puis derrière, tapis comme une immense pieuvre assoupie, tous ceux que ce meurtre arrangeait dans des proportions diverses, qui justifiaient des contributions sporadiques mais décisives. La répartition du travail entre Edgar et moi s'est faite très naturellement. Je menais l'enquête et il en couvrait les résultats. Avant d'examiner le premier puis le second cercle des acteurs, je me suis attelé à reconstituer les faits. Je n'avais jusque-là jamais travaillé dans une telle urgence.

Johnson avait avoué à Edgar qu'il ne pouvait pas faire l'économie d'une commission d'enquête sauf à alimenter des rumeurs qui allaient déjà bon train. Il pensait nommer à sa tête Earl Warren, le président de la Cour suprême et un nombre réduit d'assesseurs dont il était disposé à discuter les noms avec Edgar. Sans que les choses fussent exprimées aussi clairement il fut convenu que le FBI devait leur mâcher le travail et les orienter tout au long de l'enquête. Mais pour en être capable, il fallait vite démonter le mécanisme de l'affaire et le remonter en lui donnant une forme irréprochable. Je devais m'y employer sans tarder pendant qu'Edgar revoyait tous les dossiers personnels des membres pressentis de la commission pour évaluer dans quelle mesure on pouvait les contrôler, s'il venait l'idée à certains d'entre eux de s'opposer à nos conclusions.

La théorie du tireur isolé devait reposer sur des hypothèses aussi simples que possible et d'une logique accessible au grand public. Le tueur devait être un communiste solitaire ayant des liens probables avec les Soviétiques mais pas au point de les incriminer directement. Il devait avoir une réelle sympathie pour le régime de Castro, facilement démontrable. C'était la logique suivie par ceux qui avaient monté le coup. Oswald, ancien militaire, instable et communiste, était supposé avoir tiré trois balles sur le Président depuis le dépôt de livres où il travaillait depuis quelques semaines. Pendant les premières heures de mon enquête, je me suis contenté de me conformer à ce que les commanditaires voulaient faire croire. J'essayais de détecter les failles de leur dispositif pour ensuite le rendre encore plus solidement crédible et surtout de voir d'où la critique pouvait surgir et nous mettre dans l'embarras.

J'ai découvert sans surprise que Kennedy n'était pas en sécurité à Dallas. Une bonne partie des hommes assignés à sa protection étaient sortis toute la nuit et avaient été abondamment rincés. L'homme le plus critique à cet égard était Bolden, le premier Noir des services secrets, qui accusait son organisation de laxisme délibéré. Plus ennuyeux, il prétendait à raison avoir reçu du FBI au début du mois de novembre des informations sur un éventuel complot contre Kennedy à Chicago, dans les mêmes conditions, et qu'au lieu d'en tirer les leçons, les services secrets avaient relâché leur surveillance. Bolden fut accusé par la suite de divulgation de dossiers protégés et réduit au silence. Il est vrai que les règles élémentaires de la sécurité ne furent pas respectées. La Lincoln Sedan décapotable du Président fit son entrée sur Dealey Plazza par Main Street. Elle effectua un premier virage à droite sur Houston Street puis ralentit à moins de 11 miles à l'heure pour prendre à gauche une épingle à cheveux qui l'amenait sur Elm Street. C'est à la sortie de cette épingle où la voiture présidentielle tournait le dos au dépôt de livres des écoles de Dallas que la fusillade commença. Les règles des services secrets sont formelles sur un point. Un cortège présidentiel ne doit pas emprunter un virage à plus de 90 degrés. L'angle de Houston et Elm en faisait 120. D'autres éléments confortent la thèse du laxisme si ce n'est d'un sabotage délibéré du dispositif de sécurité. Aux premiers coups de feu, la limousine ralentit au lieu d'accélérer. Aucune surveillance des fenêtres ouvertes sur le parcours ne fut entreprise. La sécurité militaire n'était pas à pied d'œuvre à Dallas ce jour-là. Deux événements inhabituels se produisirent également. L'ouverture d'un parapluie par un homme à l'approche du cortège pour signaler sa proximité. La crise d'épilepsie d'un spectateur, peu de temps avant le crime, mobilisant des policiers locaux pour faire évacuer un malade dont on ne retrouva jamais la trace dans aucun hôpital de la ville. Une diversion réussie au moment où les tireurs se mettaient en place derrière une palissade. Il y avait quinze agents de la sécurité rapprochée au moment de l'attentat. Seulement trois firent mouvement lorsque les coups de feu retentirent.

Après le virage en angle aigu de Houston vers Elm Street, une première détonation fut entendue par les témoins. Tout le monde crut à un pétard festif. Au deuxième coup Kennedy dut ressentir comme une piqûre de frelon à la gorge. Il porta ses mains à son cou et à la vue du sang s'exclama : « Oh Dieu, je suis touché. » Une deuxième balle non fatale lui traversa le thorax alors que le chauffeur comprenait la gravité de l'accident. Au lieu d'accélérer comme l'exigent les procédures, il freina et on vit ses feux s'allumer pour n'accélérer qu'après la fin des tirs. À ce moment précis Kennedy, bien que sérieusement blessé, avait encore de bonnes chances de s'en sortir. Une troisième balle lui emporta l'arrière du crâne, et il s'effondra sur les genoux de Jackie qui de terreur essaya de s'enfuir à quatre pattes par le coffre de la voiture alors qu'un agent des services secrets se précipitait pour la protéger. Le gouverneur Connally se trouvait juste devant le Président sur la banquette intermédiaire entre celle des Kennedy et celle des chauffeurs. Il fut touché à quatre endroits : au dos, à la poitrine, à la cuisse, et au poignet. Aucune balle ne fut mortelle.

Je me suis souvenu du vieil adage d'Edgar emprunté à Hitler : « plus un mensonge est gros, mieux il passe », pour expliquer et ensuite défendre l'idée que seules trois balles avaient été tirées du dépôt de livres. Toutes les trois avaient d'abord touché Kennedy et ensuite Connally. L'une d'elles était supposée avoir ricoché pour blesser une seconde fois le gouverneur du Texas. Trois balles pour sept blessures. Trois douilles avaient été volontairement laissées dans le dépôt de livres, il était hors de question d'accréditer l'hypothèse d'une quatrième balle et même d'autres. Dans un film tourné par un amateur, Zapruder, la mesure du temps écoulé met déjà en doute la possibilité qu'un homme seul ait tiré les trois balles. Une quatrième aurait à l'évidence démontré la présence d'un autre tireur, donc d'un complot. En outre, Kennedy et Connally étaient censés se trouver dos au tireur. S'il était assez aisé de maintenir cette illusion pour les deux premières balles, la troisième, qui avait projeté Kennedy sur sa gauche, prouvait que le tir venait de sa droite. Si le coup avait été tiré dans son dos, il n'aurait jamais pu lui arracher de la sorte tout l'arrière du crâne sans que la balle ne ressorte par la face. L'importance de la blessure fatale laissait penser soit qu'on avait utilisé un calibre différent de celui qui avait causé les deux premières blessures, soit que deux balles de même calibre avaient été tirées en même temps. Enfreignant la loi du Texas, le corps de John Kennedy, déclaré mort une demi-heure après l'attentat, fut emporté à l'hôpital naval de Bethesda, dans le Maryland, pour y être autopsié sous la surveillance du Pentagone. Une initiative de Johnson qui avait compris que le moindre dérapage dans l'autopsie pouvait compromettre définitivement la version de l'assassinat délivrée au public. Il régna pendant l'examen du cadavre un climat de terreur. Les participants, médecins ou militaires, furent informés que la moindre fuite serait sanctionnée par la cour martiale, dans le meilleur des cas, laissant supposer que l'élimination physique n'était pas exclue. La supposition s'avéra pertinente. Trois ans plus tard, le lieutenant-colonel Pitzer qui venait d'accepter un poste de consultant auprès d'une chaîne de télévision fut retrouvé assassiné dans son bureau de Bethesda d'une balle de 45 mm. Pitzer était l'homme qui avait filmé l'autopsie, dont l'enjeu avait été d'affirmer que Kennedy avait bien été abattu par-derrière, depuis la fenêtre du dépôt de livres. Malheureusement la tête du Président était ouverte comme une boîte de conserve explosée. Son cerveau s'était échappé par cette ouverture puis s'était répandu sur le coffre de la Lincoln. On nota dans le rapport d'autopsie que son cerveau avait été pesé puis remisé. On ne le retrouva jamais.

Les informations qui me sont parvenues sur Lee Harvey Oswald m'ont convaincu que ce type était une fabrication de la CIA, qu'il était manipulé depuis des années et qu'il avait été intelligemment instrumentalisé pour servir de leurre. Si je restais convaincu que la Mafia avait initié l'opération, que c'est elle qui avait osé dire cette énormité : « On va tuer le Président », ce n'était ni dans ses traditions ni dans ses méthodes de préparer un bouc émissaire comme l'avait été Oswald. Cela demandait trop de finesse, trop de duplicité pour une organisation qui ne s'embarrassait pas de ce genre de subtilité stratégique. La Mafia ne tuait jamais autrement qu'avec ce qu'on appelait à l'époque le « Ganlang style ». Un ou plusieurs types débouchaient à bout portant et criblaient la cible de balles ne lui laissant aucune chance. Les tirs embusqués et croisés comme ceux qui avaient emporté le Président n'étaient pas sa spécialité. Et elle ne connaissait rien à la couverture d'un meurtre. Elle se contentait de cacher les meurtriers, de les exiler, le temps que les choses se calment. Pourtant, je reste persuadé que la Mafia se chargea de l'organisation des tirs avec l'aide des Cubains. Mais que ce travail était séparé par une cloison étanche de celui qui avait servi à préparer le « tueur isolé ».

33

Oswald avait vingt-quatre ans et une vie déjà bien remplie pour un jeune homme de son âge. Son profil psychologique nous était accessible par le dossier d'un expert établi à l'adolescence alors qu'il était retenu dans une maison de détention pour fugues répétées. Son enfance aurait pu faire de lui un acceptable tueur en série sauf qu'il ne se montra jamais violent. Sa mère une fois divorcée, puis veuve, ne lui prêtait que peu d'attention même si, pour des raisons de convenances matérielles, il dut dormir avec elle jusqu'à l'âge de onze ans. Lee ne s'aimait pas, ce qui ne facilite pas l'amour des autres. Solitaire, il ne manifestait aucune propension à la camaraderie. Le psychologue le décrivait comme un enfant plus intelligent que la moyenne, avec d'importants troubles de la personnalité, une tendance à la schizophrénie, ayant des manifestations contradictoires d'agressivité et de passivité. Un enfant émotion-nellement perturbé, isolé, manquant d'affection et rejeté par sa mère. Rebelle, il l'était aussi quand il refusait de saluer le drapeau à l'école. Et d'une étonnante constance dans sa fainéantise. Lee et sa mère vinrent s'installer à La Nouvelle-Orléans en janvier 54. Chez son oncle et sa tante, la sœur de sa mère. Son oncle se comporta comme un père. Il s'appelait Charles « Dutz » Murret. C'était avant tout un joueur et il était connu pour ses liens avec Carlos Marcello. La mère de Lee avait aussi des liens avec Marcello. Elle avait été la maîtresse de l'avocat de Marcello, Clem Sehrt, et restait liée à son ancien garde du corps, Sam Termine. À seize ans, Oswald travaillait en dehors de ses cours à l'organisation de manifestations de la Patrouille aérienne civile, commandée par un pilote émérite du nom de David Ferrie. Outre ses talents de pilote, Ferrie était renommé pour son anticom-munisme fervent et des tendances pédophiles qui lui valurent son éviction de la patrouille à la fin de 1955. Ferrie avait toujours désiré devenir prêtre. Mais l'accès à la prêtrise lui avait été refusé à cause de l'instabilité de son caractère. Petit, chauve, per-ruqué et d'une hallucinante nervosité, il avait été chassé de Eastern Airlines où il exerçait comme pilote de ligne, pour avoir survolé La Nouvelle-Orléans au niveau des arbres dans un avion de location. À son bord se trouvait un jeune homme avec lequel il avait eu des relations sexuelles. De nombreux témoignages font état de relations suivies entre Ferrie et Oswald et de leur présence commune à un camp d'entraînement anticastriste à Lacombe en Louisiane. Ferrie était en relation avec les principaux suspects d'avoir organisé l'opération d'élimination du Président. Au moment de son assassinat, Ferrie travaillait pour Marcello. Il fréquentait assidûment Jack Ruby ainsi que Clay Shaw, un riche homosexuel de La Nouvelle-Orléans qui fut poursuivi plus tard par le procureur Garrison. Il fut exécuté le 22 février 67 à quelques heures d'être inculpé par le même Garrison de complot contre le Président des États-Unis. Une hémorragie provoquée par une dose excessive de médicaments. Son autopsie révéla de multiples contusions. Son ami Eladio del Valle également impliqué dans la conspiration fut assassiné à la même heure que lui. Mais Ferrie était aussi en étroite relation avec Guy Banister, un ancien du FBI, ancien responsable de notre bureau de Chicago et mis précipitamment à la retraite pour voies de fait injustifiées. À La Nouvelle-Orléans, Banister passait une bonne partie de son temps à boire et le reste à militer dans une association d'extrême droite qu'il avait créée. Sa secrétaire révéla qu'au cours du mois de novembre de nombreuses réunions s'étaient tenues entre Banister et Oswald, lui-même fondateur d'une association communiste procastriste qui ne comptait que deux membres : lui et encore lui sous un pseudonyme. Le rôle de Ferrie dans l'opération fut d'évacuer les tireurs du Texas. Mais j'ai la conviction qu'il joua un grand rôle dans la mise en place du dispositif global. C'était une sorte d'être démoniaque doué d'une intelligence qui impressionnait ceux qui le fréquentaient. Théologien, pilote de ligne, il avait aussi beaucoup travaillé la psychologie et l'hypnose.

Oswald s'était engagé dans la Marine en 1956, peu de temps après son dix-septième anniversaire. Sa mère a confirmé qu'à cet âge, sa série télévisée favorite était *Led Three lives*, l'histoire d'un agent du FBI qui a infiltré le parti communiste. Deux jours avant son engagement, Oswald a écrit une lettre aux jeunesses socialistes pour leur demander des informations sur leur organisation. Il fut affecté comme opérateur radio à la base aéronavale d'Atsugi, à 20 miles de Tokyo. Les tests de niveau qu'il effectua à son entrée le décrivent avec des aptitudes au-dessous de la moyenne dans la plupart des matières et en particulier dans les épreuves de tir où il était handicapé par une vision déficiente. Atsugi était alors la base de stationnement des avions espions U-2 utilisés pour prendre des photos de l'Union soviétique. Durant sa carrière dans la Marine, il fut surnommé par ses camarades Oswald-skowitch pour son intérêt systématique pour tout ce qui concernait la Russie. Il est avéré qu'il y suivit des cours de russe sanctionnés par des épreuves d'évaluation, et qu'il s'absenta à plusieurs reprises pour des voyages confidentiels. Il faut également noter que la base d'Atsugi était le lieu de développement par la CIA d'un programme de « contrôle mental » sous le nom de code de MK/ULTRA. Une expérience qui tendait à évaluer les possibilités de contrôle psychique d'un individu pour en faire un robot parfaitement acquis aux règles morales inculquées. Oswald quitta la Marine précipitamment, deux ans avant la fin de son engagement. Le 4 septembre 59, il fit une demande de passeport pour la Finlande. Ce passeport lui fut délivré le 10, et la Marine le libéra définitivement le 11. Il se rendit à La Nouvelle-Orléans où il rencontra un agent de voyage du nom de Hopkins qui l'aida à remplir son questionnaire d'émigration. Il y était mentionné que la profession d'Oswald était « agent maritime d'exportation », une dénomination courante pour les agents de la CIA. Il est intéressant de noter que l'adresse de l'agence de voyage était commune à International Trade Mart, la société de Clay Shaw qui fut inculpé de conspiration par le procureur Garrison. De La Nouvelle-Orléans, il embarqua par bateau pour Le Havre en France. Une semaine plus tard, il se trouvait en Russie après être passé par la Finlande. Alors qu'obtenir un visa pour la Russie pouvait prendre plusieurs semaines, il reçut le sien en deux jours. Il voyagea en Russie sous le prétexte d'un périple d'étudiant. À l'expiration de son visa, il resta dans le pays illégalement quelque temps sans être inquiété, puis il en vint à demander la nationalité soviétique. Oswald se rendit à l'ambassade américaine pour renoncer à sa citoyenneté d'origine. Mais il ne remplit jamais les formulaires nécessaires. Les Soviétiques lui procurèrent un travail qui lui permit de vivre largement et de s'autoriser tous les fastes d'une vie de célibataire. Il a été établi que la grande majorité de ses contacts à cette époque étaient des agents du KGB. Sept mois après son arrivée, l'U-2 de Gary Powers fut abattu au-dessus de l'Union soviétique, le 1er mai 1960. Powers prétendit par la suite que la détection de son avion par les Soviétiques n'avait été possible que grâce aux renseignements fournis par Oswald. Oswald épousa une Russe dont il eut une fille. Convoqué une nouvelle fois par les autorités pour savoir s'il confirmait sa demande de naturalisation, Oswald leur fit part de son souhait de retourner aux États-Unis, ce qu'il fit en juin 62.

Il ne fit l'objet d'aucune sanction, ni d'aucune enquête alors que sa défection aurait dû lui valoir une attention plus que particulière. Interrogé par le FBI, il se montra extrêmement arrogant comme quelqu'un qui se sait protégé. À son retour quelques faits troublèrent son entourage. Le propre frère de Lee le trouvait changé. Très aminci, il n'avait presque plus de cheveux. Mais ce qui choqua le plus son frère, c'est qu'il était plus petit, ce que confirme la différence très significative de taille observée entre celle affichée sur ses papiers militaires et celle établie par la police lors de son arrestation. En réalité son frère était persuadé que ce n'était pas le même homme, mais n'a jamais pu en faire état officiellement pour ne pas risquer sa vie. Certains de ceux qui ont pris le temps que je n'avais pas pour procéder à une enquête approfondie sur Oswald prétendent que l'homme revenu de Russie n'était pas celui qui y était parti. Marié à une Russe, Oswald se lia à la communauté de Russes blancs de Dallas, tous d'anticommunistes notoires. Parmi eux DeMohrenschildt, membre de l'association des producteurs de pétrole du Texas, devint un ami intime de Lee. Rien ne prédisposait à cette amitié. L'homme était plutôt issu du grand monde. Il était lié à la famille de Jacqueline Kennedy. Mais plus étroitement encore à la CIA qu'il accompagna pendant tout le travail préparatoire de la baie des Cochons. Il était certainement le lien le plus consistant entre Oswald et la CIA ou, en tout cas, certains cadres de la CIA qui ont joué un rôle personnel dans cette affaire. Il était très introduit dans le milieu des anticastristes cubains, des pétroliers texans et très associé au programme de contrôle mental de la CIA. Oswald fréquenta très assidûment par son entremise cette société des Russes blancs où il passait pour un garçon sociable, cultivé et intéressant. Bien différent du profil psychologique de solitaire d'une intelligence au-dessous de la moyenne auquel font référence ses dossiers antérieurs, corroborés par ceux du KGB. Un transfuge du KGB qui avait assisté aux entretiens des enquêteurs de la centrale d'espionnage russe avec le couple Oswald a confirmé que l'impression laissée par les deux jeunes gens était celle d'un niveau intellectuel très médiocre, au point qu'ils avaient été jugés sans danger pour la sécurité de l'URSS.

De retour aux États-Unis, Oswald donnait l'impression de ne rien chercher à construire. Son parcours professionnel fut le reflet d'une instabilité que tous ceux qui l'ont côtoyé s'accordent à lui reconnaître. Son travail chez Jaggars, une société d'arts graphiques, pourrait étonner si ce n'était pas le même DeMorenschildt qui le lui avait procuré. La société faisait surtout beaucoup de travail photographique dont la plus grande partie était couverte par le secret défense. J'ai trouvé bien curieux qu'une société aussi sensible ait jugé bon de recruter un communiste notoire. Le moment du recrutement est assez confondant. C'était en octobre 1962, au moment de la crise des missiles qui fut déclenchée par des photos de Cuba prises d'un U2. En dehors de son travail, Oswald faisait beaucoup d'efforts pour se faire remarquer comme militant communiste.

À la mi-mars il commet un acte déterminant pour établir ensuite sa culpabilité dans le meurtre du Président. Il commande par la poste à quelques jours d'intervalle un fusil de type Mannlicher-Carcanno et un pistolet de calibre 38 et se les fait envoyer à une adresse postale à Dallas. Difficile de trouver mieux comme façon de laisser délibérément une trace. Oswald aurait pu sans la moindre difficulté se procurer ces armes dans n'importe quelle armurerie du Texas. Comme certains l'ont dit, « se faire envoyer des armes par la poste au Texas, c'est aussi logique que si un Esquimau se faisait envoyer des glaçons par le même moyen ». La pièce à conviction la plus ridicule qu'il m'ait été donnée d'examiner est cette fameuse photo d'Oswald qui pose devant sa maison pour sa femme, le fameux fusil dans une main, de la littérature révolutionnaire dans l'autre, et à la ceinture, dans son étui, le calibre 38 qui a servi pour tuer le policier Tippit. Tout semble parfait dans ce montage grossier, sauf que l'ombre portée sur le cou d'Oswald ne suit pas un alignement logique avec celle du mur. Je reconnais bien là l'amateurisme infantile des seconds couteaux de la CIA. En harmonie avec les apparitions tapageuses d'un homme qui crie son nom dans les clubs de tir dans les semaines qui ont précédé l'assassinat, prenant à partie des habitués pour leur signifier à quel point il regrette que les cibles perforées par ses soins ne soient pas Kennedy en chair et en os.

Oswald a perdu son travail chez Jaggars le 6 avril 63, officiellement pour sympathies communistes. Le 9 mai, il retrouve un emploi. Chez Reily Coffee à La Nouvelle-Orléans. Jamais personne ne l'y a vu travailler. Il s'occupe de faire éditer des tracts. Une chose est certaine cependant, quatre de ses collègues de travail quittèrent ensuite l'entreprise pour travailler à la NASA, très peu de temps après son départ. Parmi eux, Marachini, le voisin et ami de Clay Shaw. À cette même époque Oswald s'est affilié à une organisation de New York en faveur de Castro. Il crée une branche du mouvement à La Nouvelle-Orléans qui recense deux adhérents, lui et Hidell qui est son alias. L'adresse est située en face du bâtiment où Guy Banister a installé ses locaux. Le 5 août, il est arrêté pour une rixe simulée avec un anticastriste alors qu'il distribue des tracts procommunistes devant l'immeuble. Selon un témoin, au moment où la police passait devant la scène, Oswald aurait demandé à son opposant de le frapper et de partir. Le 10 novembre Oswald est vu à de nombreuses reprises au Carousel Club en compagnie de Ruby. Le jour de l'assassinat de Kennedy, Oswald est venu normalement à son travail. Le Président mort, tout à leur émotion, ses collègues de travail lui ont dit de rentrer chez lui, il n'était pas pensable qu'il continue à travailler. Oswald est parti au cinéma, où on lui avait donné rendez-vous sans qu'il sache pourquoi. Peu de temps après le meurtre du Président, un policier du nom de Tippit était assassiné en ville, non loin du premier drame. Ce n'était pas arrivé à Dallas depuis douze ans. Ce crime avait deux justifications. D'abord, concentrer des forces de police en dehors de Dealey Plazza, pour que les traces compromettantes puissent être plus facilement effacées. Faire croire que Tippit avait été tué par l'assassin présumé de Kennedy. Confortablement installé dans son fauteuil, Oswald attendait son contact lorsqu'un déferlement de policiers vinrent l'arrêter pour le meurtre de Tippit. L'arme utilisée était un calibre 38. Le même que celui qu'il avait commandé par la poste.

Ce qui est rassurant avec les théories, c'est que,

si folles puissent-elles paraître, elles ne peuvent pas l'être plus que la réalité.

Le Lee Harvey Oswald arrêté puis exécuté à Dallas n'a jamais tué Kennedy. Il n'a jamais activement participé à son élimination physique. Ce type était préparé comme une couverture depuis de longs mois. Je dois reconnaître que j'ai toujours douté que le Oswald revenu de Russie soit le même que celui qui l'avait rejointe. Il est possible qu'à l'origine, il ait été formé pour devenir un agent double mais qu'une fois parvenu en URSS, le KGB a été plus fort que prévu. Ils l'auraient retourné et il aurait fini par en dire plus qu'il ne pouvait en apprendre en travaillant dans une usine d'électronique à Minsk. L'affirmation de Powers selon laquelle Oswald avait contribué à abattre son avion est peut-être vraie. À moins qu'elle n'ait été accréditée pour faire d'Oswald un véritable transfuge. Devant la nécessité de créer un leurre pour l'opération Kennedy, les membres de la CIA impliqués ont saisi l'aubaine pour faire revivre Oswald et le préparer à son rôle dans l'opération. Mais on ne peut pas non plus exclure que le Oswald revenu d'URSS était le même homme que celui qui y avait séjourné. Ce qui restera toujours un mystère pour moi, c'est la faible suspicion des Soviétiques devant l'intrusion d'un agent américain préparé de longue date. Cette complaisance reste suspecte à mes yeux, même si elle ne prouve rien, les Russes n'avaient aucun intérêt à contribuer à l'assassinat de Kennedy depuis qu'il avait renoncé à éliminer Castro. Mais la préparation de l'attentat remonte à bien plus loin, et peut-être qu'une improbable connivence s'était instaurée alors entre les deux grandes centrales d'intelligence. Mais j'en serais très surpris. Certaines vérités n'apparaîtront en pleine lumière que lorsque le dernier des protagonistes de ce drame aura rendu l'âme, puisque l'assassinat d'un Président des États-Unis est un crime imprescriptible.

Le haut commandement de la CIA n'a certainement pas participé directement à l'opération. Les choses se sont passées à un niveau subalterne avec l'aide d'anciens de la maison qui avaient de bonnes raisons d'en vouloir à Kennedy. Mais très vite, ce haut commandement n'a pas pu ignorer que certains agents du deuxième niveau étaient profondément impliqués. Cette évidence ne leur laissait pas d'autre choix que de couvrir l'opération. Dans la confrérie des humiliés, Marcello était le grand maître. Les Kennedy l'avaient fait déporter au Guatemala et son procès avec la justice fédérale était en jugement avec un verdict prévu le 22 novembre 63. Oswald était un type sans envergure, manipulé mais pas au point d'être capable de tenir le dispositif plus de quelques jours sans chercher à se disculper par des révélations. Créé de toutes pièces comme leurre puis manipulé par des affiliés de la CIA, la Mafia s'était chargée de le faire taire.

Jack Rubinstein alias Ruby n'était pas un porte-flingue classique du crime organisé. Il avait fait une carrière ordinaire dans la pègre depuis ses débuts à Chicago, mais à Dallas il fonctionnait plutôt comme un agent de liaison entre le milieu, la police où il avait beaucoup de relations y compris avec Tippit, le policier assassiné le même jour que Kennedy, et le monde des pétroliers. Il était associé à Trafficante et Meyer Lansky. Son rôle dans toute cette affaire m'a surpris. Qu'il ait pu être un des cerveaux organisateurs de toute l'opération et finalement s'y coller comme un simple exécutant m'a semblé contradictoire. Mais je pense que Marcello voulait que le dernier maillon de la chaîne, celui qui bouclait la boucle, soit un homme sûr et d'un certain niveau. Et il avait de bonnes raisons de croire qu'il ne parlerait pas. Au moment des faits, Ruby avait de grosses dettes qui auraient pu lui valoir une condamnation à mort. Ruby ne faisait pas mystère de son attachement à sa famille qui servait pour ses associés de moyen de pression. Ruby a toujours pensé qu'on le sortirait de là. Après sa condamnation à mort pour le meurtre d'Oswald, il est resté convaincu qu'il allait gagner en appel. Ruby travaillait aussi pour nous à l'occasion, comme informateur. Nous avons eu neuf contacts avec lui en 1959, des contacts fructueux, que nous avons demandé à la commission Warren de ne pas révéler. Après un certain temps en prison, avant d'y mourir d'un cancer, il a commencé à délirer sérieusement en incriminant systématiquement le président Johnson comme étant le cerveau de l'opération. Nous pensions Edgar et moi que c'était une accusation sans fondement. Mais Edgar, qui ne se départait jamais de cette vision à long terme qui le rendait unique, me demanda de récolter sur le rôle de Johnson tout ce qui pouvait l'être. Je n'ai rien trouvé de très consistant, si ce n'est qu'il avait confié à sa maîtresse de longue date, avant l'assassinat, que Kennedy allait être descendu et lui devenir Président. Il avait même bien ri en ajoutant : « Personne n'aurait mis un dollar sur les chances d'un vice-président de mon âge de succéder en cours de mandat à un Président de quarante-six ans. » Johnson qui connaissait parfaitement sa ville, Dallas, avait dirigé l'équipe chargée de planifier la route du cortège. Il avait ensuite hurlé pour qu'on enlève son ami Connally de la voiture du Président et qu'on lui substitue « cette vieille enflure de Yarborough », un sénateur qu'il détestait.

Je persiste à croire que les rôles se sont distribués très naturellement dans cette opération. Chacun est resté dans son strict domaine de compétence. La Mafia a initié le projet comme seule peut le faire une organisation criminelle. Aucune autre institution n'est assez mégalomane pour se dire : « Il faut assassiner le Président » et s'y tenir. Elle a ensuite assumé sans fléchir tout ce qui était de sa compétence : le meurtre du Président sous-traité à des tireurs professionnels et le meurtre du leurre dont elle a fourni l'exécuteur. Le genre de chose qui ne peut pas sortir de la tête d'un fonctionnaire fédéral. Mon enquête me laisse à penser qu'aucun tueur attitré de la Mafia n'est impliqué à Dallas. Les équipes en place dans le dépôt de livres et derrière la butte en terre étaient composées d'anticastristes entraînés dans les camps de la CIA et de trois tueurs corses choisis en raison de la difficulté de remonter jusqu'à eux. Ils ont été recrutés à Marseille au début de l'automne 63 avant de s'envoler pour Mexico où ils patientèrent trois semaines. Ils furent acheminés ensuite à Brownsville au Texas, puis à Dallas où ils préparè-rent l'attentat en mitraillant le site de photos comme d'ordinaires touristes japonais. Parmi eux, un dénommé Lucien Sarti, connu pour avoir aidé la CIA dans l'assassinat de Patrice Lumumba et pour son implication dans une tentative d'élimination du général de Gaulle en août 62 en coopération avec l'OAS. Sarti était un fin tireur. Une qualité due sans doute au fait qu'il n'avait qu'un œil. Les borgnes sont avantagés pour tirer à cause de l'habitude qu'ils ont de vivre avec un œil clos. Cela en faisait un homme tout désigné pour tirer la balle fatale, celle qui a emporté la tête de JFK. Le paiement des services rendus se fit à Buenos Aires, en héroïne. La Mafia corse avait de bonnes raisons d'en vouloir aussi à Kennedy. La perte de La Havane comme plate-forme du trafic de stupéfiants l'avait obligée à se replier à Montréal sous une latitude bien moins clémente.

Quelques mois plus tôt, un matin, alors que j'attendais qu'Edgar finisse de parfaire sa mise, je m'étais saisi d'un de ces livres jamais ouverts qui ornaient sa bibliothèque, une collection en cuir rouge dorée sur tranche. L'auteur était un Français, du dix-neuvième siècle, je ne saurais dire qui. Je parcourais l'ouvrage sans véritable désir de me concentrer lorsque je tombai au hasard sur ce passage : « C'est bien des Siciliens que l'on peut dire que le mot impossible n'existe pas pour eux, dès qu'ils sont enflammés par l'amour ou la haine, et la haine, en ce beau pays, ne provient jamais d'un intérêt d'argent. » Les hommes de la lointaine péninsule qui régnaient sur le crime organisé dans le nouveau monde en voulaient à peine aux Kennedy de leur avoir fait perdre La Havane, de contrarier leur action sur le territoire américain. Leur haine n'avait qu'une raison : le reniement de la parole donnée. Un concept qui s'accommode mal des exigences de la politique où la duplicité s'exerce comme un art.

À l'inverse, ce qui ne peut pas émerger du cerveau simplifié d'un mafieux, c'est la préparation de la couverture d'un leurre. Je ne vois aucune institution autre que la CIA, capable de préparer une sourde machination des mois à l'avance avec une telle méticulosité et de vérifier, un à un, chacun des rivets qui en assure l'étanchéité. Mais rien de cette alchimie vénéneuse n'aurait été possible sans notre extrême propension à ne pas nous alerter inutilement de rumeurs, de déclarations d'intentions provenant d'écoutes dans ce cas précis bien sûr. Je vais vous dire quelque chose qui vous paraîtra peut-être trivial, mais on ne peut pas assassiner un Président des États-Unis sans l'assentiment de la CIA et du FBI. Mais là encore, je ne dis pas que la CIA a participé au meurtre directement. Il faut chercher auprès d'anciens de ses membres influents qui ont su la neutraliser et, pourquoi pas, la séduire. Je pense au général Cabell, à Allen Dulles qui n'ont jamais fait mystère de leur ressentiment à l'égard du Président, et à bien d'autres seconds couteaux assez influents dans cette gigantesque nébuleuse pour lui extorquer progressivement sa complicité en rendant indispensable la dissimulation des évidences. L'état-major de l'armée, humilié à plusieurs reprises, comme des généraux romains vexés que leur empereur ne s'en remette qu'à son frère pour des décisions où ils s'estiment seuls compétents, a laissé faire l'aimable providence.

La commission Warren, consciente de ses responsabilités, fit son travail dans l'esprit convenu. Gerald Ford qui devint à son tour vice-président sous Nixon nous apporta un concours précieux. La méticulosité du travail entrepris par l'honorable assemblée et consigné dans les milliers de pages du fameux rapport montre que toutes les pistes ont été explorées. Mais jamais jusqu'à ce point où elles se rejoignent pour se fondre.

L'enquête de Jim Garrison, procureur à La Nouvelle-Orléans nous inquiéta autrement. Il s'était saisi lui-même de l'affaire avec l'objectif de démontrer qu'il s'agissait d'une conspiration. Nous lui avons mis beaucoup de bâtons dans les roues, notamment un collaborateur qui nous était totalement acquis. Nous le voyions progresser et mettre au jour des données que nous connaissions parfaitement, reconstituant les uns après les autres les éléments incontestables de ce puzzle où se dessinait de plus en plus distinctement la forme d'un complot. Nous avons même pensé à le faire abattre tant il était près du but. Mais il se disqualifia lui-même à notre stupéfaction en occultant complètement le rôle de Marcello et du crime organisé. J'ai appris plus tard, lorsque ce n'était plus utile puisque Garrison avait perdu son procès en conspiration, que Marcello le tenait à cause d'une toute petite compromission, vous savez, ces petites compromissions qui font les grands remords des honnêtes gens, une sombre histoire de notes d'hôtel à Las Vegas sur lesquelles le parrain avait tiré un trait. Marcello a laissé faire, assez serein pour se convaincre que l'enquête de Garrison ne mènerait à rien et que le petit procureur ne se risquerait pas à pareille offense envers le parrain de la Louisiane. Nous avons toujours été persuadés, Edgar et moi, que Garrison, en dehors de ses petits mystères personnels, devait échouer sur le problème de l'implication de la Mafia parce que c'est elle qui fit tomber le mythe Kennedy, et lorsqu'on est un fervent admirateur de la famille comme l'était Garrison, on ne prend pas le risque de faire exploser une icône pour rendre une justice que le propre frère du Président ne souhaitait pas. Robert ne voulait pas que la vérité soit faite sur la mort de son frère si c'était au détriment de son image. La vérité sur l'assassinat de John aurait sonné le glas de la carrière politique de Robert. Il le savait trop bien. Et ceux qui l'aimaient aussi.

34

Si quelqu'un dans l'administration actuelle du
président Gerald Ford savait ce que j'écris, il m'enverrait des porte-flingues pour m'arracher le
manuscrit des mains. Pourtant je ne dis rien qu'ils
ne sachent déjà. Dans le cercle du pouvoir, il n'y a
aucun secret, seulement des types qui font semblant de ne pas savoir. Lorsque j'ai eu ma dernière
alerte, le mois dernier, mon médecin a été honnête
avec moi. Il m'a dit que je ne parviendrai certainement pas jusqu'au bout de mon récit. Je lui avais
parlé d'une centaine de pages que je voulais encore
écrire sur la présidence de Johnson, les assassinats
de Martin Luther King et de Robert Kennedy, le
premier mandat de ce vieux renard de Nixon et sa
chute. Il prétend que je n'y arriverai pas. Je vais
tout de même essayer en faisant le plus court possible. Parfois, je me demande pourquoi j'ai fait

tout ce travail. La démocratie c'est un peu comme une famille avec des enfants très jeunes. Un jour, il leur vient l'idée de demander comment on fait les enfants et on leur répond : dans les choux. Et puis avec le temps, ils finissent par comprendre par eux-mêmes. Si vous me demandiez si j'ai voulu laisser un témoignage sur une période donnée, je vous répondrais : certainement pas. Dans dix ans, vingt ans, cinquante ans et même des siècles ce sera toujours la même chose. L'électeur nous laissera toujours le sale boulot. Il sait bien que là-haut les choses ne sont pas si claires. Mais il ne sait pas toujours à quel point. Quand il le découvre, il fait mine de s'en offusquer. Mais tant qu'il est devant son téléviseur avec une bière bon marché et qu'il y a de l'essence dans le réservoir de sa voiture, il est plutôt satisfait que d'autres fassent ce sale boulot à sa place. Il est comme tout le monde, pris entre le rêve et la réalité. Le rêve c'était Kennedy, mais notre pays n'avait pas les moyens de rêver plus longtemps. Il y a toujours eu deux types de personnes dans nos métiers. Ceux qui veulent se faire aimer et ceux qui s'en moquent. Edgar et moi avons fait partie de la deuxième catégorie. Le pouvoir au fond, c'est faire ce qui est dans l'intérêt de la nation et ne lui faire savoir que ce qu'elle peut entendre.

Lyndon Baines Johnson était déjà une vieille connaissance lorsqu'il accéda à la présidence. Juste avant l'élection de John Kennedy, il avait passé au Sénat une disposition réglementaire qui assurait au directeur du FBI une retraite sans diminution de revenus. Les événements que nous venions de traverser nous avaient soudés. Johnson était un vieux roublard qui avait plus de finesse qu'il n'en laissait paraître. En vrai Texan pétrovacher, il ne connaissait que l'élevage et les derricks. Une côte de bœuf dans l'assiette et de l'essence bon marché devaient suffire à assurer la prospérité de l'Amérique. Il s'était probablement égaré au parti démocrate, parce qu'il était encore plus anticommuniste que la droite des républicains. Johnson était d'une grossièreté déconcertante. Il n'hésitait pas à recevoir ses principaux collaborateurs à la Maison-Blanche assis sur la lunette des toilettes, le pantalon sur les chevilles, « faisant son trône d'une chaise percée » pour reprendre une vieille habitude attribuée à quelques rois européens. À ceux qui trouvaient qu'Edgar avait fait son temps, il répondait : « Moi je préfère avoir Edgar dans la tente qui pisse vers l'extérieur, qu'en dehors de la tente et pissant à l'intérieur. » Nous avions en commun la haine de Robert Kennedy qu'il appelait l'« avorton » et une certaine façon pragmatique de voir les choses. Johnson vice-président c'était pour John une façon de s'acheter le Texas. On ne peut pas faire de politique à l'échelon de la nation tout entière en ignorant le Texas. Tout Président originaire d'un autre État doit s'excuser de n'être pas texan. Les Texans sont des gens simples. Pour eux il y a les riches et les pauvres. Et les Américains pauvres n'ont qu'à bien se tenir car ils pensent que grâce à eux ce sont les pauvres les plus riches du monde. Johnson est né du mauvais côté de la barrière. Dans un ranch minable qui l'aurait condamné s'il n'avait eu l'idée de se mettre au service des grandes fortunes texanes. Les gens très riches n'ont pas le temps de faire de la politique. En tout cas c'est ainsi que ça se passe au Texas. Au nord c'est différent, on idéalise. Johnson a trouvé sa voie. Faire de la politique au service des intérêts pétroliers texans. Et se faire commissionner pour sa dévotion. Prendre des intérêts au fur et à mesure, se constituer un petit pactole, prendre sa revanche sur une enfance injuste. Ne jamais trahir ses commanditaires et surtout, aller jusqu'où la logique des choses doit vous entraîner. Un mort n'est jamais qu'une façon de ramener à l'horizontal un obstacle vertical.

Je n'ai jamais eu une immense considération pour notre classe politique mais je dois dire que Johnson était vraiment unique en son genre. Comme à l'âge ingrat de l'adolescence, il était resté un grand benêt dont la maladresse était tellement flagrante que tout le monde était persuadé qu'il s'en servait comme d'une tenue de camouflage. Une seule chose est certaine le concernant, il savait où il voulait aller. Et je pense qu'il était conscient de ses limites. Un garçon de ferme qui cultive la vulgarité comme un rang de salade ne peut jamais soulever le cœur des foules, mais il n'y prétendait pas, il voulait juste devenir Président et ne voyait pas en quoi cet objectif était si compliqué à atteindre. De tous les hommes que j'ai croisés aux côtés d'Edgar, il est celui que j'ai le plus sous-estimé.

Lors de ce que j'appellerais mon enquête de couverture sur l'assassinat de John, plusieurs éléments concordants laissaient penser qu'il n'a pas été le dernier à être informé que l'opération se préparait. Je ne le croyais pas capable de plus d'implication. On ne demande pas à un type qui marche avec les pieds en dedans de vous apporter un seau de nitroglycérine. J'étais resté sur l'idée qu'on l'avait informé du projet et qu'il avait hoché la tête en signe d'approbation comme le fait un idiot qui se mêle à une conversation d'ivrognes. Il me faut également souligner que même si Edgar m'avait encouragé à survoler son cas, pour voir si cette petite enquête ne révélait aucun défaut d'étanchéité, il ne m'a jamais poussé à approfondir. J'en suis resté à la conclusion qu'il avait dû donner un petit coup de main au nom de ses attaches locales mais vraiment rien de plus.

C'est en fouillant dans les dossiers d'Edgar que je me suis étonné de trouver la transcription d'une bande qui concernait Robert dans un dossier sur Johnson.

— Je suis très sensible au fait que vous acceptiez de coopérer avec nous, monsieur Marshall, disait Robert.

— C'est la moindre des choses, monsieur le Ministre.

— Votre civisme vous honore. Dites-moi, vous êtes certain que Johnson a trempé dans cette histoire ?

— Plus que certain, monsieur le Ministre. Il en est l'instigateur.

— Vous êtes conscient que ce dont vous avez parlé avec mon collaborateur est une affaire d'État.

— On ne peut pas passer sous silence le détournement de plusieurs millions de dollars de subventions agricoles.

— Ce n'est pas moi qui vous dirai le contraire. Mais dites-moi, vous êtes certain d'avoir un dossier assez solide pour faire tomber le vice-président des États-Unis ?

— Pour moi, ça ne fait aucun doute.

— Bon, monsieur Marshall, nous allons coopérer très étroitement. Le seul problème, c'est que je ne peux pas assurer votre protection. Je suis un peu gêné de vous dire ça, mais compte tenu de votre loyauté, je peux vous faire cette confidence : je ne connais pas la vraie nature des liens entre Hoover et Johnson. Je ne voudrais pas mettre le FBI sur le coup, en tout cas pour le moment... Et évidemment on ne peut pas compter non plus sur les Texas rangers pour assurer votre protection. Je vais réfléchir à des solutions.

J'avais entendu parlé de l'assassinat de ce dénommé Marshall qui travaillait au ministère de l'Agriculture, mais il ne s'agissait pas d'un crime fédéral et je ne crois pas que le Bureau s'y soit jamais intéressé. Plus tard, je sais qu'Edgar est intervenu personnellement pour permettre à un homme du nom de Malcolm Everett Wallace de changer d'identité. Ce type était un tueur notoire. Il était le nettoyeur de Cliff Carter, le bras droit de Johnson, c'est lui qui intervenait pour prendre des commissions sur les contrats gouvernementaux. Quand j'ai vu Edgar aussi prompt à résoudre le problème d'un tueur, je m'en suis étonné :

— Tout ce qui remonte à cet homme remonte à l'assassinat d'un fonctionnaire agricole au Texas et à la mort de ce salopard de Kennedy, me répondit-il irrité.

En allumant une cigarette, je lui fis observer en recrachant la fumée :

— Si ce type est aussi important que ça, pourquoi n'est-il pas carrément descendu ?

— Clyde, tu me fatigues avec tes questions. Le Président veut qu'il s'évanouisse sans laisser la moindre trace de sang.

— Il a dû prendre des assurances, tu ne crois pas ?

— Je n'en sais rien, Clyde. Je pense plutôt que Johnson est correct avec ses hommes de main.

Comme il savait le faire, ce qui lui conférait un charme exceptionnel, il changea subitement d'humeur et continua taquin :

— Décidément, Clyde, tu n'as jamais rien compris au Texas. C'est un western où le shérif est toujours du côté des grands propriétaires méchants, et où les justiciers meurent à la fin. Carter était l'adjoint du shérif et Wallace le tueur à gages de Carter.

Puis il redevint subitement sérieux et me dit sans me regarder :

— Johnson est dans notre histoire à tous les deux le seul Président qui n'aura jamais la moindre intention de nous chasser. Mais c'est aussi le seul qui est capable de nous tuer. Ce type est un taureau, il ne fait pas la différence entre un homme et un piquet de clôture, tu me suis ?

Je ne sais pas si Johnson était aussi dangereux qu'Edgar voulait bien le dire. Voyez-vous, en vieillissant, il avait tendance à exagérer un peu les choses et à donner peut-être beaucoup de prix à la vie parce qu'il nous en restait peu. Dans ses relations avec nous, Johnson se comportait sans la moindre ambiguïté. Il ne se sentait soumis à aucune pression ni à aucun chantage. Nous étions du même bord, il le clamait avec ses manières brusques de chef de chantier qui offre une tournée. Chaque fois que les journalistes l'interrogeaient sur l'avenir d'Edgar à la tête du FBI il répondait : « M. Hoover est directeur du FBI à vie. » Dès sa nomination, Edgar fit couper la ligne directe entre Robert Kennedy et la Maison-Blanche et rétablir la sienne qui n'avait pas fonctionné depuis la présidence d'Eisenhower. Johnson avait des manières incomparables. Quand Edgar lui annonça ce qu'il venait de faire, il le félicita et, comme si cela ne souffrait aucune discussion, il lui demanda de « mettre sur écoutes et d'enregistrer toutes les conversations téléphoniques de ce petit cul plein de merde ». Edgar évita de lui mentionner que c'était le cas depuis sa nomination au ministère. Johnson appelait de temps en temps pour savoir ce que donnait la pêche aux conversations du « petit connard ». Il était obsédé par ce que pouvait tramer celui qui le considérait comme « un vicieux aigri, plus près de l'animal que de l'homme ».

Edgar lui faisait passer les transcriptions écrites des bandes, enfin, celles qu'il était disposé à lui remettre. S'il l'on devait un jour assister à un affrontement ouvert entre les deux hommes, Edgar voulait avoir toutes les cartes en main, même si ses faveurs ne faisaient aucun doute. Depuis l'assassinat de son frère, Bob parlait peu. Sénèque disait : « Les chagrins légers parlent, les grands sont sans voix. » Je me souviens toutefois d'une conversation qui eut lieu entre Robert et un de ses amis dont le sujet nous parut complètement obscur. C'était encore une de ces conversations prétendument philosophiques où il essayait de rationaliser sa mélancolie et la dépression qui l'accablait suite à son deuil :

« Tu vois, je suis de plus en plus attaché à Albert Camus. Son existentialisme me ramène aux auteurs grecs de mon enfance. Il me fait beaucoup de bien. Il m'aide à accepter l'inexorable, l'inévitable douleur qui est la mienne. Je crois qu'il y a une certaine grandeur à accepter l'absurdité des choses, le fondamental manque de sens de l'existence et au lieu de s'en accabler c'est bien de s'en inspirer pour réaliser les plus belles ambitions. On ne se quitte pas en ce moment, il y a comme une intimité qui se crée entre lui et moi et il m'aide à garder ma foi dans le combat politique. »

La réaction de Johnson fut immédiate :

— Dites-moi, Edgar, dans les transcriptions il y en a une qui m'intrigue. Qui est cet Albert Camus ? Il serait pas devenu pédé le petit fils de pute ? Bon Dieu, Edgar, vous allez bientôt pouvoir vous mettre en ménage à quatre !

Et là-dessus il se mit à rire à gorge déployée avant de raccrocher.

Edgar ne s'offusqua pas de sa boutade. Il fit une grimace qui exprimait son dégoût pour l'être vulgaire qui dormait à la Maison-Blanche, puis un haussement d'épaule pour s'en détacher. Il avait passé l'âge de relever de telles insinuations. Il voulut tout de même savoir qui était ce Camus et me mandata pour une recherche approfondie sur cet homme dont nous ne savions rien. L'homme en lui-même m'intéressa moins dès le moment où j'appris qu'il était mort accidentellement en France huit ans plus tôt. Mais je tenais absolument à en savoir plus sur son idéologie. Si elle ne comportait pas les ferments d'un phénomène appelé à se structurer dans une nouvelle forme de subversion, recueillant l'adhésion de tous ceux que nous avions dissuadés du communisme. Martin Luther King et Camus partageaient un point commun : ils avaient reçu le fameux prix Nobel, d'une académie connue pour récompenser des agitateurs. Il n'était pas question que je m'attelle à lire toute son œuvre comme l'aurait bravement fait Edgar dans les années trente, mais je devais absolument en connaître le contenu. L'accession de Robert Francis Kennedy à la magistrature suprême en 1968 ne pouvait pas être exclue et il était de notre responsabilité d'enquêter sur les fondements de son action politique future, car elle engageait l'avenir de la première puissance mondiale. De longues semaines m'ont été nécessaires pour identifier un universitaire spécialiste de ce Camus. Je ne me souviens plus de son nom, ni de celui de l'université où il enseignait le français, sinon qu'elle était dans l'Oregon. Enseigner la littérature française dans l'Oregon, ce type avait dû se perdre. Je me suis adjoint le patron local du FBI et son second pour lui rendre visite. Je n'ai pas songé que nous étions dans une période de vacances scolaires et il nous a fallu rouler deux bonnes heures pour atteindre la région de Crater Lake, un plateau de moyenne montagne recouvert de neige à l'hiver finissant. J'ai bien cru que nous allions nous embourber sur le petit chemin qui conduisait de la route principale à son chalet, une petite maison en rondins en bordure d'un torrent gelé. Un paradis pour les ours, les pumas et les arriérés. Nous étions venus à deux voitures, je n'ai jamais supporté d'être enfermé dans un véhicule avec plus d'une personne à bord. Pour être plus précis, Edgar mis à part, je ne supporte pas d'être accompagné en voiture. Mais comme je n'aime pas non plus conduire, je dois bien m'y résoudre. Le chef du bureau et moi étions dans une première voiture, suivie par son équipier au cas où un événement se produirait qui puisse justifier du nombre. Nous n'avions pas prévenu directement l'universitaire. La police locale, plutôt coopérative, nous avait assuré qu'il était dans son repaire et l'avait averti, sans lui dévoiler la teneur de notre démarche, d'une visite imminente du numéro deux du FBI. Pendant le trajet, je me délectais de la tête qu'avait dû faire ce tranquille professeur d'un des États les moins peuplés de l'Union, à l'annonce de la venue impromptue de l'homme le plus puissant des États-Unis derrière J. Edgar Hoover.

— Il a dû épuiser sa réserve de papier toilette depuis l'annonce de votre visite, commenta avec délicatesse mon chauffeur qui affichait une mine réjouie par notre expédition.

— Vous me laisserez seul avec lui, ai-je spécifié alors que nous approchions du but. C'est une mission qui relève de la sécurité de l'État, vous m'attendrez dehors dans la voiture, il faut l'impressionner, mais sans excès.

Comme nous n'étions plus très loin, je me suis

précipité sur l'enquête de personnalité faite à ma demande pour prendre la mesure du personnage. Cinquante ans, n'avait jamais adhéré au parti communiste, démocrate convaincu, opposé à la guerre du Vietnam contre laquelle il était allé défiler à Seattle à plusieurs reprises. Avait été cité pour des actes héroïques pendant la guerre contre les Japonais.

— Un type courageux, avait commenté mon chauffeur alors que je lisais à haute voix ses faits d'armes.

— Qu'est-ce que vous savez du courage ? lui ai-je lancé pour lui couper le sifflet. Le courage ne demande que de l'inconscience. Alors que la lâcheté, elle, demande de l'intelligence, et moi je ne respecte que l'intelligence. Regardez JFK, il n'a jamais eu peur de ses ennemis de son vivant et se plaisait à dire qu'il ne les craignait pas plus après sa mort. Vous trouvez ça intelligent, agent spécial Burns ?

Il ignorait ce que disait un grand écrivain dont j'ai oublié le nom : « Ce que la justice n'a pu sur leurs têtes, c'est raison qu'elle l'ait sur leur réputation. » Puis j'ai continué à voix haute :

— Divorcé, pas de maîtresse identifiée en si peu de temps d'enquête, pas d'enfants ni de déviance sexuelle connue.

Une interpellation pour conduite en état

d'ivresse qui remontait à sept ans, à propos de laquelle il avait plaidé coupable. Il était assez proche du standard de l'universitaire en sciences humaines et littérature, une population que nous avons appris à connaître au fil des années.

Il était occupé à rentrer du bois quand nous sommes arrivés. Quelques bûches pour la journée qu'il tenait sous le bras tout en nous regardant approcher. Une grosse chemise à carreaux bleus et bordeaux et un épais pantalon de velours lourdement côtelé habillaient un homme imposant au visage large entouré d'une épaisse barbe grise comme s'il avait voulu ressembler à Hemingway, ce qui me le rendait a priori antipathique. Ce type-là ne devait pas avoir grand-chose à se reprocher car il ne sembla à aucun moment impressionné par ma visite. Rien dans son horizon personnel ou professionnel ne devait constituer une part d'ombre suffisante pour ternir son assurance. Il me fit entrer sans protocole comme on le ferait pour son facteur un jour de recommandé. Rien dans son comportement ne trahissait l'inquiétude. Il ne semblait pas intrigué non plus. Juste ouvert à cette visite inopinée. Il me fit asseoir dans un des deux fauteuils club en cuir brun qui faisaient face à la cheminée. Il me proposa un café que je refusai. Il s'en alla poser mon manteau sur un perroquet en bois des années trente. Il se laissa tomber à son tour et, avec un sourire avenant, me demanda ce qu'il pouvait pour moi. Je dus bien évidemment l'avertir du caractère hautement confidentiel de notre conversation et des risques qu'il encourait à la divulguer. Il en prit acte avec une moue de désagrément mais m'assura que cette conversation resterait secrète.

— C'est une démarche plutôt inhabituelle que la mienne, mais parfaitement en adéquation avec nos missions. Je suis là pour recevoir d'un spécialiste un éclairage sur un homme. Recueillir un avis d'expert sur une pensée qui est dans notre collimateur pour des raisons que je ne peux pas vous divulguer mais qui ont un rapport avec la sécurité du pays.

Il souleva le menton pour acquiescer, avec un rictus qui montrait qu'il prenait la chose au sérieux. Je sentis qu'il était un peu flatté d'être associé à notre démarche. Moins de collaborer avec le FBI que d'avoir été choisi comme le spécialiste ad hoc.

— On m'a dit que vous connaissez bien un auteur français du nom d'Albert Camus.

Il eut l'air surpris et répondit embarrassé :

— Mais... je ne le connais pas personnellement.

— Je m'en doute, me suis-je empressé de répondre, même si vous auriez pu avoir l'occasion de le rencontrer. Après tout, selon mes sources, cet homme est mort il y a huit ans seulement.

— Non, je ne l'ai jamais rencontré. Notre université n'a pas les moyens d'envoyer un spécialiste en France pour travailler sur un auteur vivant, si considérable soit-il.

— C'est votre point de vue ?

— Tout à fait.

— On m'a rapporté qu'il est mort accidentellement, un accident de voiture. Pensez-vous qu'il puisse s'agir d'un attentat, d'un complot ?

— Oh non, je ne pense pas.

— Rien dans ses activités, selon vous, ne laissait présager une mort violente, en rapport avec la guerre d'Algérie par exemple ?

— Non, pas à ma connaissance.

— Sa voiture n'aurait pas pu être sabotée ?

— Je ne pense pas.

— Très bien, laissons tomber cette hypothèse. Alors parlez-moi un peu de lui, je sais qu'il a été prix Nobel, mais je ne sais pas pourquoi.

— Pour sa littérature, ça c'est une certitude.

— Pour sa littérature, je le savais bien entendu, mais je veux dire, quoi de particulier dans cette littérature qui justifie un prix Nobel ?

— Bon nombre d'éléments, je suppose, la pensée, la construction, le style.

— Vous allez m'en dire plus. Mais avant tout,

dites-moi si c'était un communiste, actif ou non, repenti ou non ça m'est égal, l'a-t-il été à un moment ou un autre de sa vie ?

— Il a adhéré au parti communiste algérien en 1935, et il s'en est volontairement exclu en 1937.

— Ce que vous me dites là est très intéressant. Il s'est comporté comme une sorte de dissident, comme Trotski par rapport au stalinisme.

— Non, je crois qu'il a vraiment tourné le dos au communisme.

— Mon opinion est que, lorsqu'on a été communiste une fois dans sa vie, on le reste pour toujours. Quand on est noir c'est la même chose, c'est sans appel. Admettons, il n'en reste pas moins imprégné, n'est-ce pas ?

— Non, je ne crois pas.

— Ce n'est pas ma conviction, mais continuons... Eut-il ensuite une doctrine politique propre et comment l'appelle-t-on ?

— Il n'a pas été à ma connaissance à l'origine d'un mouvement de pensée politique même si certains l'ont un peu hâtivement assimilé à un courant qu'on appelle l'« existentialisme » dont il s'est toujours démarqué.

— Qu'est-ce que l'existentialisme ?

— Il me faudrait des heures pour vous l'expliquer.

— J'ai tout mon temps et je suis sûr que, s'agissant de l'intérêt de l'État, vous aussi. Vous disiez, l'existentialisme ?

— C'est un courant de pensée assez peu formalisé, qui a regroupé certains philosophes dans un mouvement informel et non revendiqué en tant que tel.

— Qui sont ?

— Pour ne citer que ceux que j'ai en mémoire je dirai Kierkegaard, Jaspers. On cite aussi Dostoïevski, Nietzsche ou même Kafka et en France, Sartre.

— Et leur doctrine ?

— Ce n'est pas vraiment une doctrine. Je vous l'ai dit, c'est un courant de pensée, qui considère que l'existence précède l'essence, qu'il n'y a pas de nature humaine, que l'homme est tel qu'il se veut et qu'il n'est rien d'autre que ce qu'il fait, ce qui lui donne sa dignité. Pour caricaturer, je dirai que ce raisonnement conduit à faire reposer sur lui la responsabilité entière de son existence.

— Je ne suis pas certain de bien comprendre, mais parlez-moi plutôt de ce Camus.

— Ce qu'il partageait avec les existentialistes c'était cet humanisme qui prend l'homme en tant que finalité, comme valeur supérieure.

— Et qu'advient-il de Dieu dans tout cela ?

— Les existentialistes n'ont pas fait de la preuve de la non-existence de Dieu un des fondements de leur pensée. Je crois qu'ils constatent simplement pour certains d'entre eux l'impuissance de Dieu à faire un monde meilleur. Ils ne le nient pas, c'est plutôt un constat d'incompétence. Les hommes doivent se persuader que leur sort est dans leurs mains, se sauver par eux-mêmes et rien de plus. Mais je ne suis pas un spécialiste de l'existentialisme, je vous l'ai dit, Camus n'était pas des leurs, et ils ne se sont jamais privés de le critiquer.

— Alors que prônait-il?

Après avoir mis sa barbe dans sa main et appuyé son coude sur son genou, il prit quelques secondes pour rassembler ses idées :

— Pour être didactique et tenter d'être clair, je dirai qu'avant tout Camus était un révolté.

— Je l'aurais parié.

Il s'est arrêté visiblement contrarié avant de reprendre sans colère :

— Attendez, monsieur Tolson. Vous avez fait cette longue route pour m'interroger sur Albert Camus. Soyez gentil de ne pas m'interrompre par des préjugés. Ceci n'est pas un interrogatoire de police ni un procès. Laissez-moi développer et vous aurez tout le temps ensuite d'en tirer toute sorte de conclusion si vous le souhaitez. Je suis un expert neutre, comprenez-vous, je ne suis l'auxiliaire de rien ni de personne. Je reprends. Camus était un homme révolté. Contre l'absurdité d'un monde qui nous a donné la conscience mais aucune clé pour nous satisfaire de notre condition. Orphelin très tôt d'un père mort à la bataille de la Marne pendant le carnage de la Première Guerre mondiale, nul n'était mieux placé que lui pour prendre la mesure de l'aberration de ce monde dans lequel on ne naît que pour apprendre qu'on va mourir. Alors, il y a ceux qui devant ce vertige s'appliquent à donner des réponses simples et s'offrir la perspective d'un au-delà dans la croyance à un Dieu. Mais, et là nous en revenons à un propos commun avec les existentialistes, que pouvons-nous attendre d'un Dieu si passif, qui garde les bras croisés devant tant de malheurs. Camus était avant tout un agnostique, dans le sens où on ne peut pas connaître et expliquer l'absolu. Dieu ne l'intéressait pas, mais il n'avait rien contre lui. Son athéisme était pacifique, il n'allait pas contre Dieu, il s'en désintéressait. La reconnaissance de l'absurde était le premier fondement de sa pensée, l'horizon sans fin de la condition humaine. Dès la rupture du cordon ombilical qui nous relie au ventre de notre mère, nous quittons sa chaleur amniotique pour un absurde glaciaire qui ne prend fin qu'avec la mort définitive de notre conscience en même temps que celle de notre corps. Sauf à s'échapper de cette incontestable réalité par des croyances fabriquées, destinées à soulager le poids de cette absurdité, elle nous apparaît en pleine lumière et nous devons y faire face. La véritable dignité de l'homme c'est de se révolter contre cet absurde en donnant un sens à la vie humaine au lieu de donner à la hâte une réponse d'ordre religieux. Et cette réponse c'est l'homme lui-même, mis au centre de nos préoccupations. En ce sens, il y avait du Prométhée chez Camus, dans cette façon de dérober le feu du ciel pour le donner aux hommes. Sisyphe heureux, tel est son projet, donner du bonheur à cet homme condamné à rouler sa pierre au sommet de la montagne pour qu'elle redescende inlassablement. Camus le sait, nous avons l'écrasante responsabilité d'une existence qui nous est donnée sans signification. C'est là notre chance. Nous pouvons verser dans Dieu, dans la routine, dans l'imposture du sens comme certains d'entre nous, et dans le cynisme. Mais nous savons qu'il y a mieux à faire. Je ne pense personnellement pas que Camus était athée. « Incroyant, il ne savait se reposer dans l'incroyance », comme il le disait dans *L'Homme révolté*. Il avait de la considération pour le Christ et son histoire, pour son attention à mettre l'homme au centre de l'univers mais il ne croyait pas à sa résurrection. Il abhorrait la religion, institution au service du pouvoir, qui se retourne contre l'homme après l'avoir asservi pour lui raccourcir la vue.

— N'était-ce pas au fond un nihiliste? l'ai-je interrompu pour me donner un peu de temps pour comprendre ce que je devais rapporter en synthèse à Edgar.

— Un nihiliste. Certainement pas. Camus bâtit sur des ruines. Il ne prône pas la destruction. Il part de la négation mais pour s'en éloigner. Il n'y a aucune haine chez lui : sa révolte est positive. L'absurde, « qui naît de cette confrontation entre l'appel humain et le silence déraisonnable du monde », n'est jamais prétexte à destruction. Bien au contraire. Camus juge que la vie vaut d'être vécue par le sens qu'on veut bien s'employer à lui donner. En le délivrant de la croyance à une autre vie, elle rend l'homme à sa réalité, trop facilement oubliée par ceux qui y ont intérêt. Le suicidé capitule. Aller contre la condamnation à mort est au contraire la meilleure illustration du combat contre l'absurde.

— Je comprends bien, mais où tout cela nous mène-t-il concrètement?

— À un humanisme social qui construit sa morale pour le bien commun.

J'ai pris le temps de réfléchir un peu avant de conclure :

— Je ne vois pas bien dans tout cela ce qui nous écarte vraiment du communisme, on y parle de bien commun, Dieu est au fond aussi maltraité malgré les apparences, on se révolte, mais le résultat est le même.

— Oh non! Monsieur Tolson, je crois qu'il existe une différence fondamentale. Camus ne parque pas les hommes dans des classes sociales, il ne fait pas l'apologie de la violence politique ou du meurtre comme transition à l'avènement d'une société meilleure. Je ne pense pas le trahir en lui attribuant d'avoir pensé à un moment ou un autre que l'idéologie ne sert qu'à légitimer le meurtre. Soixante-dix millions de morts jonchent le chemin des idéologies territoriales et politiques en Occident rien que pour la première moitié de ce siècle. Et il dénonce tous ceux qui, de Robespierre à Lénine en passant par tous les grands inquisiteurs religieux, transforment leur philosophie en cadavres, prônent la pureté et la justice à tout prix, une justice ignorante des hommes, qui n'est que l'envers d'une dictature qui lamine une nouvelle fois les hommes au profit du pouvoir d'un petit nombre d'entre eux. Camus donne un nouveau souffle au meilleur de la morale chrétienne, sans Dieu ni sa police, si vous me permettez l'expression. Sa révolte contre l'absurde est au service de l'homme, c'est une manifestation de son amour pour l'humanité alors que d'autres ont pris ce prétexte pour fomenter ce gigantesque suicide collectif dont nous sortons à peine. Le système de

Camus est binaire. À chaque étape il laisse un choix. Rien n'empêche une personne de se suicider si elle trouve sa condition d'être conscient désespérante, si elle considère que nous sommes damnés d'être la seule espèce à pouvoir mesurer l'étendue de ce que nous ne saurons jamais. Des questions, toujours des questions. Quelques réponses pour conforter notre orgueil de chien savant, mais le chemin de la connaissance est infini et désespérant. On peut alors envisager le suicide, même si ce n'est pas la meilleure expression de notre dignité, mais alors pourquoi vouloir emmener les autres avec soi au nom de valeurs qui n'en sont pas, comme on se rattrape à une bille flottante dans un océan de naufragés. Je n'ai plus beaucoup de mémoire mais je peux encore vous citer Camus quand il disait : « Suicide et meurtre sont ici deux faces d'un même ordre, celui d'une intelligence malheureuse qui préfère à la souffrance d'une condition limitée la noire exaltation où ciel et terre s'anéantissent. »

— Que diriez-vous d'un homme politique qui s'inspirerait de la philosophie de ce Camus?

Le professeur resta un moment circonspect avant de répondre :

— Vous pensez à un homme politique en particulier?

— Oh non! me suis-je défendu, je raisonne dans l'absolu, mais je n'ai personne en tête.

— Moi, je verrais bien quelqu'un. Un homme qui mettrait fin à cette putain de guerre du Vietnam, qui donnerait aux Noirs et aux Indiens les droits civiques qu'ils méritent, qui ferait de l'Amérique une nation pensée pour tous et non pas pour quelques-uns. J'ai bien une idée mais... De toute façon, notre histoire à nous, êtres humains, est celle de longues et pathétiques trahisons des idées philosophiques. La longue-vue de commandant de cap-hornier scrutant l'horizon libre au regard finit toujours en lunettes de myopes, en loupe de philatélistes. Regardez ce que Saint-Just et Robespierre ont fait de Rousseau, Marx puis Lénine et enfin Staline de Hegel, les nazis de Nietzsche, et vous comprendrez qu'on ne peut pas souhaiter à Camus le même sort.

— Et moi, je pense que celui qui s'en inspirerait serait un sacré fils de pute d'anarchiste qui foutrait ce pays par terre et le monde avec. Voilà ce que je pense. Mais heureusement pour nous, personne ne se réclame de ce Camus. Je ne suis pas un expert en histoire, mais il me semble que les Français sont assez forts pour produire en nombre ce genre d'intellectuels inconséquents. Je ne serai pas surpris que ça leur pète à la gueule un de ces jours.

— La rumeur monte partout, monsieur Tolson. Cette année 68 ne se finira pas sans remous.

Mais je ne pense pas que vous deviez prendre la peine de monter une commission au Congrès contre le camusianisme, sauf si vous ne savez pas comment occuper un sénateur alcoolique. Je vous l'ai dit, ce n'est pas une doctrine. Mais je crois que cette génération dont la colère monte cherche ni plus ni moins à donner du sens à sa vie en mettant l'amour de l'humanité au centre de son action. Je sais, vous allez me dire que ce sont des utopistes. Probablement, mais je préfère les voir secouer notre panier de crabes avec des rêves qu'avec des idéologies meurtrières.

— Tous ces hippies qui prolifèrent comme des rats de la Californie à New York en s'accouplant comme des primitifs seraient selon vous de cette obédience ?

— De cette obédience peut-être pas, mais leur logique n'en est pas loin. Vous savez, même sur le plan de la sexualité, nous sommes une espèce à part avec notre « libido en continu » si je peux me permettre cette image. Là encore on peut se mettre des œillères, écouter le prude message de la morale religieuse ou reconsidérer la chose dans toute sa complexité et l'assumer. Camus disait à ce propos : « L'homme est la seule créature qui refuse d'être ce qu'elle est. La question est de savoir si ce refus ne peut l'amener qu'à la destruction des autres et de lui-même, si toute révolte doit s'achever en justification du meurtre universel... » Cette génération de hippies, comme vous dites, est la première à s'assumer depuis ce qu'on a appelé le siècle des Lumières, à remettre en question les fondements d'une société qui, à intervalles réguliers, dégénère en folie meurtrière. J'imagine que vous êtes un représentant du bien absolu, monsieur Tolson, alors permettez-moi de vous citer une dernière fois celui qui vous a conduit ici : « Le bien absolu ou le mal absolu, si l'on met la logique qu'il faut, exigent la même fureur. »

— Ce genre de pensée affaiblit le pays, elle le gangrène alors que l'ennemi n'a jamais été aussi actif. On ne peut pas avoir ces idées et être un bon patriote.

— La menace de l'extérieur ? Je me demande si j'arriverai avant le terme de ma vie à ne plus entendre parler de menace extérieure. J'en doute. Vous pensez que les Vietnamiens sont une menace pour nous ? Tapis dans leurs rizières, ils ont déjà supporté plus de bombes que les villes allemandes pendant la dernière guerre. Et ils ne se rendent pas. Parce que la seule alternative qu'ils ont à cette idéologie dépassée à laquelle ils se raccrochent c'est celle d'un régime corrompu à notre solde. On n'oublie jamais les guerres, on les célèbre sans cesse pour dissimuler à ceux qui ont souffert qu'on aurait pu les éviter. Et il faut de méticuleuses

447

fouilles pour en trouver les vraies raisons. Si au lieu de se laisser aller à somnoler dans son antisémitisme douillet, l'Amérique s'était manifestée dès les premiers signes de la folie meurtrière de l'Allemagne nazie, nous n'aurions pas vécu un deuxième cataclysme dans ce siècle. Vous me parlez de la menace extérieure? Prenez l'Amérique du Sud, prenez Cuba. Nous ne leur avons jamais proposé de partager nos convictions. Tout ce que nous avons exigé, c'est qu'ils se soumettent inconditionnellement à notre intérêt. Et vous voudriez avec tout ça qu'ils ne soient pas fascinés par le premier prêcheur barbu qui se donne des allures de Christ, au treillis de combat près? Voilà, monsieur Tolson, je n'ai pas grand-chose de plus à vous dire. Avez-vous autre chose à me demander?

Nous nous sommes quittés assez froidement. Sur le chemin du retour, je n'ai pas décroché un mot à mon acolyte. J'ai regardé défiler les arbres et les rivières pendant qu'une de ces migraines que j'ai subies toute ma vie s'emparait lentement de mon crâne. Je me sentais déprimé. Je ne savais pas pourquoi. C'est le propre de la déprime de ne pas s'appuyer sur une cause précise. Quand j'étais au plus bas je la prenais comme un mal de vivre lancinant, une toile de fond un peu miteuse du théâtre d'une vie qui ne veut pas se résoudre à prendre du sens. Cette mélancolie, discrète en mes vertes années, s'est accrue avec mes difficultés à trouver le sommeil. Sur le tard, Edgar dormait de plus en plus, me laissant à des insomnies grandissantes qui rongeaient mes nuits me laissant seul au monde. On pourrait penser que des nuits amputées sont comme une allocation supplémentaire de temps. C'est une bien fausse idée de l'insomnie qui vous épuise jusqu'à la ruine de vos jours. Je n'ai jamais eu de souffrances comme Edgar, des bouffées d'angoisses brûlantes et apoplectiques. Rien qu'une âme grisée à laquelle il donnait de la couleur par sa fougue dans laquelle je m'engouffrais avec l'enthousiasme d'un enfant pour son père aventurier. Ma nature me portait à l'inaction, à l'isolement dans la pénombre d'une vie en retrait. Edgar m'a porté en pleine lumière. Il a donné de la flamme à un âtre de vieillard, comme je lui apportais cette gaieté qui surgit le soir chez moi au premier verre de scotch alors qu'il allait s'affaler dans un désespoir aussi violent que passager.

Je me souviens de n'avoir dit qu'une seule chose à mon chauffeur alors que nous approchions de l'aéroport :

— Les choses changent, mon vieux, il y a encore quelques années, un type comme celui que j'ai rencontré cet après-midi, j'aurais ruiné sa vie. Et là, j'ai décidé de lui faire grâce, de l'oublier dans sa cabane de trappeur, de laisser ce fils de pute s'asphyxier tout seul avec les effluves de sa pensée saumâtre. Je n'ai plus l'âge, voilà tout.

— Je peux m'en occuper si vous voulez, patron, m'a-t-il répondu avec l'expression volontaire des agents quadragénaires.

J'ai décliné d'un geste de la main.

À mon retour d'Oregon, Edgar m'a fait une scène sans motif sérieux. J'avais trop tardé à son goût et il avait trouvé le temps long tout seul à Washington. Sa fâcherie estompée, nous avons pu parler de ma mission. J'avais eu le temps pendant le voyage de trouver une formule pour définir la pensée de Camus sans me perdre en détails qui auraient irrité Edgar. « Un nouveau testament du communisme », résumait assez bien ce que j'avais compris de son œuvre.

35

Depuis qu'il était Président, Johnson affichait une jovialité très semblable à celle qu'on remarque chez le rescapé d'un accident mortel. La mort de Kennedy l'avait sauvé. Parfois nous convergeons sans le savoir vers le moment le plus important de notre vie. Johnson vice-président se savait condamné à ne plus l'être. Quelques jours après le meurtre de Kennedy, alors que jamais une élection dans des circonstances ordinaires ne l'aurait autorisé à briguer la présidence, il succédait sans vote au plus jeune Président du siècle. Il rayonnait et on peut le comprendre.

Malgré le climat de guerre civile qui régnait entre Bobby et lui, les deux avaient longtemps envisagé de se présenter sur le même ticket aux élections de 64, ce qui faisait dire à Johnson : « Il n'y a vraiment que la politique qui puisse vous faire coucher dans le même lit que votre pire ennemi. »

Au moment de son assassinat, John Kennedy travaillait à un projet de loi visant à abolir les avantages fiscaux des groupes pétroliers. Johnson Président, son premier acte fut d'abandonner le projet de loi. Il aurait pu attendre un peu, mais c'est ça le bon côté des Texans, ils sont tellement directs.

Le lien entre Johnson et la Mafia s'est fait à travers un petit groupe d'industriels texans. Je pense qu'ils se sont accordés sur le fait que Johnson fournirait un des tueurs. Une façon pour la Mafia de s'assurer qu'en cas de problème, ils ne seraient pas les seuls incriminés et de motiver les Texans à accomplir parfaitement leur travail. Ensuite Johnson devait se charger de la relation avec certains hommes de la CIA et de l'armée, sécuriser le périmètre de l'opération et finalement contrôler l'enquête.

Il restait quelques mois aux Kennedy avant la réélection quasi certaine de John à la présidence pour se débarrasser définitivement de Johnson. Je n'imagine pas que John, politique comme il l'était, avait l'idée de déclencher un scandale judiciaire. Il voulait seulement avoir les cartes en main pour pouvoir imposer à Lyndon une retraite silencieuse. Cependant, il est fort probable que Johnson ait imaginé que les Kennedy étaient préparés à le conduire en prison.

Johnson s'est fait entraîner dans la guerre du Vietnam et dans une escalade qu'il ne maîtrisait pas depuis le début. John Kennedy voulait arrêter cette guerre après les élections de 1964 mais pensait que le faire plus tôt eût été un désastre politique en prêtant le flanc à la critique de ceux qui dénonçaient son manque de fermeté contre les communistes.

Pendant le mandat de Johnson, on a vu se développer toutes sortes de nouveaux phénomènes qui, sous prétexte de s'opposer à la guerre du Vietnam, développaient des idéologies subversives, un communisme aux cheveux longs, des pattes d'éléphant, une grosse couche de crasse pour se protéger des piqûres d'insectes, et des musiques de dégénérés. Mais le fond était le même. Des pacifistes. Juste ce qu'il nous fallait pour que les Russes en profitent pour nous défaire. Je me suis beaucoup inquiété de leur mouvement, mais Edgar prit la chose avec beaucoup de sérénité en me disant :

— À la différence des rouges de jadis, ces types carburent à la marijuana, à l'héroïne et au LSD au petit déjeuner. Je leur donne dix ans pour s'éliminer par eux-mêmes.

Pendant que Johnson s'enlisait, Robert Kennedy reprenait du poil de la bête. Il s'appliquait sans succès à faire le deuil de son grand frère, et avec l'application d'un moine, il tentait de reproduire son parcours à l'identique. Il s'était fait élire au Sénat en 64. À New York, une ville qui n'était pas la sienne, qui ne l'avait jamais fait rêver et où il se trouva confronté aux raisonneurs libéraux juifs plus à gauche que lui, qui lui rappelèrent l'antisémitisme de son père et son amitié pour feu MacCarthy. Cet opportuniste, qui aurait bien voulu être le vice-président de Johnson, est devenu l'espoir d'une génération désorientée qui prit prétexte de la guerre du Vietnam pour répandre son nihilisme comme du napalm. Ces gens-là ont connu leur apothéose au festival de Woodstock. De mémoire d'Américain, on n'avait jamais vu ça. Des centaines de milliers de jeunes qui n'avaient que les mots de paix et d'amour à la bouche. Des anarchistes orgiaques qui se tortillaient nus, couverts de boue, sous l'emprise de la drogue, devant des musiciens abrutis par leur propre vacarme. Chez les intellectuels, Freud avait rejoint Marx dans le cocktail le plus subversif qu'on ait connu depuis Lénine. Kennedy a très vite profité de la légende de son frère pour agglomérer toute la gauche américaine qui parlait de paix, de mélange des races et de partage des richesses. Tout ce qu'Edgar et moi on haïssait. Kennedy, en vil opportuniste qu'il était, après s'en être méfié comme de la peste, s'est rapproché de

Martin Luther King. Il avait oublié le temps où on le mettait sur écoutes avec sa bénédiction, le temps où il avait moins d'inclination pour ce pasteur lyrique qui risquait de faire perdre à son frère les voix du grand Sud. King était un communiste, un jouisseur qui faisait son tour d'Amérique accompagné de deux ou trois maîtresses et quand elles le lassaient, il se faisait carrément rejoindre par des putes. Une seule chose est certaine, à propos de ce grand prêcheur de vent, il ne couchait jamais avec une seule femme à la fois. Qu'on ait donné à ce vicieux le prix Nobel de la Paix, nous l'avons pris comme un sérieux camouflet.

Johnson a décidé de ne pas se représenter en voyant dans les sondages à quel point il symbolisait pour les électeurs l'homme d'une défaite qui se consumait à petit feu au Vietnam. Il n'avait aucune chance contre Robert Kennedy qui demandait la paix immédiate et bénéficiait d'une aura d'étoile de la musique électrique. Même les nonnes se trémoussaient devant lui en scandant : « Bobby Président en 68, en 72, n'importe quand mais on veut Bobby comme Président. »

Robert fédérait les électeurs de son frère en 1960, ce qui représentait déjà une moitié du pays. S'y ajoutaient les pacifistes, les défenseurs des droits civiques avec à leur tête les nouveaux bien-pensants d'Hollywood comme Jane Fonda.

L'Amérique des dépressifs et des rêveurs était sur le point de prendre le pouvoir à la fin de l'année 68. Pour la première fois, un démocrate avec des idées libérales, un opportuniste récupérateur de la complainte populaire, allait trôner à la Maison-Blanche. Même Nixon, le vieux goupil, ne donnait pas cher de ses chances contre Kennedy si celui-ci recevait l'investiture démocrate. En deux mois, entre avril et juin 68, le problème a été réglé.

« Depuis l'époque d'Adam et Ève, la femme conduit l'homme à mal agir, et celle qui a été créée pour servir est devenue son esclave. Elle le mène par son sex-appeal, ses vêtements sont dessinés par l'homme pour mettre ses formes en valeur et lorsqu'il la couvre de pied en cap, elle se déshabille. J'ai vécu trop d'expériences m'indiquant que les femmes n'étaient que des personnes rusées, trompeuses et indignes de confiance. J'ai vu trop d'hommes se ruiner, ou tout au moins perdre leur liberté ou gâcher leur vie à leur contact. » Ces idées sur les femmes sont les seules que nous ayons jamais partagées avec Malcolm X. Martin Luther King n'en était pas très éloigné lorsqu'il disait « que les femmes étaient plus aptes, biologiquement et esthétiquement, que les hommes à tenir une maison. Je veux que ma femme respecte en moi le chef de famille, je suis le chef de famille ».

456

Nos affinités n'allaient pas plus loin. À part les frères Kennedy, je ne connais personne qui nous ait plus exaspéré que ceux que nous appelions « les négros lyriques ». Malcolm X était un ancien taulard qui s'est converti à l'islam parce qu'il ne faisait aucun doute que le Dieu des chrétiens était blanc. C'était un vrai révolutionnaire qui pensait que l'ordre américain, tel qu'il était, ne serait jamais capable de donner la liberté aux Noirs. On aurait dû tuer ce type si ses frères musulmans ne s'en étaient pas chargés à notre place en février 65. King parce qu'il respectait la religion des Blancs semblait moins radical mais nous le considérions comme encore plus subversif que Malcolm X dans sa façon de miner les vieilles traditions de notre Sud. Bobby Kennedy s'en était rapproché, après l'avoir considéré au début de la présidence de son frère comme un indésirable du jeu politique, parce qu'il les contraignait à prendre des positions très coûteuses sur le plan électoral. Mais désormais c'était le contraire. Bobby cultivait le vote noir. C'est un tireur isolé embusqué qui a tué King en avril 1968 au Lorraine Motel de Memphis. Je crois que parmi les nôtres, il y eut une parfaite convergence sur le fait que King était plus dangereux que ses idées sans lui.

Kennedy aurait dû se retirer après l'assassinat de King. Comment a-t-il pu penser qu'ils le laisseraient accéder à la présidence ? Il a dû croire qu'un drame comme celui qu'avait connu sa famille ne pouvait pas se reproduire une seconde fois. Une façon religieuse de voir les choses. Dans un pays où Dieu est pris en otage depuis longtemps, s'en remettre à lui était une erreur fondamentale. Robert Kennedy Président, la tragédie dépassait celle que nous avions connue avec son frère. Les temps avaient changé, le risque insurrectionnel était à son comble, le temps des révoltes urbaines s'était ouvert avec les premières émeutes raciales à Watts en 65. Certains disent que le conservatisme était toujours majoritaire dans le pays et que Robert avait peu de chances de l'emporter. D'autres craignaient le contraire.

Le jour de sa victoire dans les primaires de Californie, c'est un Bob exténué qui a quitté ses supporters pour aller se reposer d'un succès qui lui ouvrait la voie de l'investiture. Quelques jours plus tôt, à San Francisco, alors que son cortège remontait Chinatown grouillant d'admirateurs, des gosses ont fait sauter des pétards tout près de la limousine décapotée où se tenaient Robert et sa femme. Mes informateurs m'ont rapporté que les genoux du candidat tremblaient de trouille et qu'une immense panique a envahi son entourage. Je ne peux pas imaginer que Robert ait pu penser qu'il irait jusqu'au bout de sa quête. Il n'a pas eu le courage d'abandonner, de dire à tous ceux qui le prenaient pour le Christ ressuscité qu'il n'avait aucune légitimité pour ce combat, si ce n'était de chausser les bottes de son grand frère. La manifestation même du foutu orgueil de ces incorrigibles Irlandais qui n'imaginaient pas une seconde profiter paisiblement de leur colossale fortune. Les dernières semaines, son regard faisait penser à celui d'un condamné à mort. Aucun doute sur le sort qu'on lui réservait et pourtant, aucune révolte. Ses yeux à lui mendiaient l'amour. Pendant qu'il claquait des dents en cachette, on a dit qu'il se repassait en boucle comme une incantation cette phrase de Churchill : « La première des qualités humaines est le courage car c'est la qualité qui garantit toutes les autres. » C'était leur habitude aux Kennedy de se griser avec des belles phrases.

Son assassinat a été monté très exactement selon les mêmes règles que celui de son frère. Un tueur isolé, Shiran Shiran, Américain d'origine palestinienne. Une grande cause comme mobile apparent, l'oppression des siens par des sionistes ouvertement soutenus par Robert. Quelques différences de forme. Cette fois c'est Shiran qui a appuyé sur la détente. Avec un petit calibre. Aucune de ses balles tirées de face n'ont été mortelles. Celle qui a tué Bob Kennedy l'a touché derrière l'oreille gauche. Shiran n'a jamais approché

Bob à moins de deux mètres et il est toujours resté face à lui. Pourtant, on a retrouvé autour de la seule blessure fatale des traces de poudre, preuve que le canon collait à l'entrée de la plaie. Au total on a retrouvé plus d'impacts de balles que le pistolet de Shiran ne pouvait en contenir. Il ne s'agissait pas d'un Président en exercice, alors l'enquête a été confiée à la police de Los Angeles. Son ancien patron, si proche de Kennedy, était mort. Le nouveau a parfaitement couvert l'enquête et personne n'a eu d'éléments permettant de contester la théorie du tueur isolé. Tout s'est passé très vite. Kennedy venait de remercier la foule de sa victoire en Californie. Il rejoignait la réception de l'hôtel Ambassador en passant par les cuisines, un parcours planifié par le service d'ordre. C'est à cet endroit qu'eut lieu le tir croisé et rapproché dans une confusion absolue. Aucun lien entre Shiran et le crime organisé. Ni avec personne d'ailleurs. À part un hypnotiseur qui avait travaillé étroitement avec la CIA sur son programme de contrôle mental. Il est vrai que Shiran semblait dans un état second au moment de son arrestation. Le coup fut bien mieux réussi que pour son frère. La leçon de l'expérience probablement. L'homme qui asséna le coup de grâce à bout portant était un policier en retraite. Nous le connaissions bien. Un homme dont les convictions n'ont jamais varié d'un pouce tout au long de sa vie, un loyal garde prétorien, qui sait au fond de lui-même ce que la mort d'un homme peut rendre comme service à son pays. Il fit un travail d'une étonnante propreté pour un homme de son âge.

Dans les semaines qui ont précédé cette tragédie, je me souviens avoir essayé d'infléchir Edgar. Pourquoi l'ai-je fait ? Je me le suis longtemps demandé. La lassitude de voir couler le sang ou peut-être le besoin de m'amender alors que je dévalais les derniers lacets du second versant de ma vie. Je voulais que tout ça s'arrête. Je me sentais déprimé, car si nous avions donné tout au long de notre carrière un sens à notre action, celui-ci nous avait tout apporté sauf du bonheur. Nous en étions empêchés, privés comme si tout ce qui nous avait guidés n'avait jamais été dicté par notre conscience mais par la discrète et tyrannique souffrance de notre différence. De tous les hommes que nous avions croisés au sommet du pouvoir, Robert Kennedy était de loin celui que j'abhorrais le plus. Sans me connaître, sans chercher à comprendre l'homme que j'étais, il m'avait froissé de la plus odieuse manière, avec toute la violence des a priori, aveugles et sans appel. Son inimitié pour moi s'était déclarée comme le pendant naturel de son arrogance, de sa supériorité de jeune homme qui pense que la providence l'a élu pour se mouvoir largement au-dessus des autres. Personne ne m'a jamais méprisé comme lui. Et pourtant, alors que l'inexorable se mettait doucement en route pour barrer le chemin de ses ambitions, j'ai douté de son bien-fondé :

— Qu'est-ce qui te prend, Junior, un accès de sensiblerie?

— Non, ai-je répondu en regardant par la fenêtre de notre chambre d'hôtel en Californie après une journée maussade où nous n'avions rien gagné aux courses. Je me demandais simplement si nous ne pourrions pas obtenir le même résultat sans recourir au meurtre?

— Une pensée qui t'honore, mais il faut d'abord que tu saches que son sort n'est pas précisément entre nos mains. Nous ne sommes pas des exécuteurs de basses œuvres. Nous nous contentons de suivre des décisions prises par des personnes dont nous partageons les convictions et d'en assurer la couverture. Mais je n'ai aucun pouvoir pour les en empêcher. Et d'ailleurs je n'en ai aucune envie. Ce fils de pute de Robert Kennedy ne vaut pas plus que le cadavre qu'il va devenir. Tu sembles oublier que jamais personne ne s'est dressé contre nous comme ce trublion. Élu à la présidence, personne ne pourra l'empêcher de nous évincer sans la moindre façon. Ce gosse de riche s'est payé un destin qu'il ne méritait pas. Il va le rendre. Ceux qui ont tué son frère l'ont fait pour se débarrasser de lui. Et le voilà qui ressurgit comme si rien ne s'était passé.

— Mais nous avons beaucoup de choses sur lui, enfin sur sa famille et...

— Clyde, nous ne pourrons jamais révéler quoi que ce soit sans éclabousser l'Amérique tout entière. Et ne comprendras-tu donc jamais que ces gens-là ne sont pas comme les autres. Robert est le plus cinglé de tous. Rien ne l'arrêtera. Tu ne penses tout de même pas qu'il n'a pas compris que c'est d'abord lui que visaient ceux qui ont descendu son frère ? Il ne passe pas une minute sans penser à John, sans se sentir coupable de ce qui lui est arrivé. Saul Bellow, tu sais cet écrivain qui l'a rencontré l'été dernier pour faire un article sur lui pour *Life magazine* qui n'a jamais été publié, eh bien, on m'a rapporté que Bellow a été très frappé par sa peine et l'énergie qu'il met à la nourrir. Il a passé tout l'entretien à vomir sur Johnson, il crachait du feu rien qu'à l'évocation de son nom. Robert n'a rien pu faire jusqu'ici, parce qu'il n'avait que les mots pour tenter de venger son frère et il ne pouvait même pas s'en servir ouvertement. Une fois au pouvoir, il ne fera rien de plus pour que la vérité sur la mort de son frère soit révélée. Il se contentera de se venger sur chacun des instigateurs, de les détruire un à un. Alors, peut-il imaginer même une fraction de seconde qu'ils vont prendre le risque de le voir s'installer maintenant dans le bureau ovale avec plus de pouvoir qu'il n'en avait du vivant de John ? Il sait tout ça, mais il continue à marcher comme ces oies à qui on a coupé la tête. Je crois que tout le monde est d'accord dans cette affaire sur l'issue finale. Lui autant que ceux qui sont décidés à l'éliminer. C'est une décision prise à l'unanimité à laquelle Robert Kennedy a apporté sa propre voix. Il se sait responsable en grande partie de la mort de son frère et il court à la sienne sans la moindre hésitation. Il veut se suicider dans l'honneur. Nous allons l'aider. Nous lui offrons une fin digne de ces tragédies grecques dont il s'est toujours vanté d'être un fervent amateur. Dans l'orchestration de sa mort, personne ne joue de partition dissonante. Et lui moins que tout autre. Je t'assure, Clyde, il n'a pas plus l'intention de continuer à vivre que nous de le voir prospérer dans de nouvelles fonctions. Comment dire ? Je crois que la trame qui se met en place relève plus de l'euthanasie que de l'assassinat politique. Nous n'allons pas le tuer, nous l'accompagnons vers la dernière demeure de son choix, à l'heure de son choix. Cette fois-ci les *mobsters* ne bougeront pas. Les Texans et la CIA ont organisé toute l'opération. Johnson Président, je ne vois vraiment pas pourquoi ils auraient besoin d'eux.

Ils ont prévenu Nixon qu'il serait le prochain Président, et il me semble qu'il les a un peu déçus en cette circonstance, il leur aurait répondu : « Je ne veux pas le savoir, et si cela doit arriver, sachez que je ne me sentirai redevable de rien. » Une posture un peu facile, mais Richard est ainsi, il veut toujours donner l'impression de ne rien devoir à personne. Tu sais, nous devons beaucoup aux Texans.

— D'ailleurs je n'ai jamais compris pourquoi tu nous as subitement rapprochés d'eux à une époque où rien ne le nécessitait.

— Réfléchis un peu, mon bon Clyde. Si on m'avait forcé à combattre le crime organisé, nous aurions dû démissionner avant que les photos ne circulent. Et de quoi aurions-nous vécu alors ? Tu nous voyais diriger la sécurité d'une grande société privée ? Tu imagines qu'on nous aurait proposé un poste où nous puissions être ensemble et à la mesure de nos capacités ? Je n'ai jamais pensé une seconde céder à la pression de nous en prendre au crime organisé, mais on n'est jamais trop prudent. Si la Mafia nous avait chassés, ils étaient notre seul recours. Les Texans nous ressemblent, nous voyons le monde simplement, sans la déformation du prisme de la perversité qui gangrène aujourd'hui la société américaine et grâce à eux nous sommes à la tête d'une petite fortune discrète et bien acquise.

Ils nous ont assuré une situation de repli. En contrepartie nous avons couvert des desseins dont nous partagions la finalité. Je ne vois rien de troublant dans tout ça. Robert est le dernier de nos travaux d'Hercule. Sans sa disparition, mon œuvre serait inachevée. Je ne peux pas imaginer faire autre chose que diriger le FBI. Tu le sais très bien. Si Robert devait nous renvoyer à la maison, qu'est-ce qui me resterait? Tu peux me le dire? Acheter des bibelots et nous rendre aux courses chaque jour de la semaine. C'est impensable. Mais tu le sais bien, même si j'ai toujours été le maître du pouvoir d'empêcher, je ne peux plus rien faire pour Robert parce que je te l'ai déjà dit, je ne peux pas aller contre sa propre volonté. L'homme s'est amendé sous le poids de la douleur. Nous n'avons plus en face de nous l'arriviste sémillant des premiers jours dont l'appétit de pouvoir précédait la pensée. Aujourd'hui, nous avons affaire à un repenti, à un homme qui au travers de convictions humanistes sincères cherche la rédemption. Il n'en est que plus dangereux, nous le savons bien. J'aurais été ravi de pouvoir te faire plaisir. Tu vieillis, vieille crapule, tu sollicites pour un autre l'indulgence que tu voudrais te faire accorder par le Seigneur. Tu n'aurais pas fait un bon dictateur. Eux ne s'attendrissent jamais en vieillissant. Si l'Éternel avait eu de l'indulgence pour nous, il nous l'aurait fait savoir depuis longtemps. Il n'a jamais eu la moindre bienveillance à notre égard, sauf celle de nous avoir mis chacun sur le chemin de l'autre. Sans notre œuvre, sans notre formidable influence sur le cours des événements — car tu le sais, c'est le cours mondial des choses que nous avons orienté —, qu'est-ce qu'il resterait de nous ? Rien, pas même une descendance, juste l'histoire de deux vieilles pédales sudistes étranglées par la honte d'un mal qu'elles n'ont ni désiré ni mérité. Nous avons fait pour la morale plus que quiconque, pour oublier à quel point elle nous avait délaissés, qu'elle nous avait abandonnés depuis notre enfance loin de son enveloppe chaleureuse qui guide un désir légitime. Nous avons plus fait pour Dieu qu'il n'a fait pour nous, Clyde, je te le dis, beaucoup plus.

J'ai déjà eu l'occasion de le dire, on n'interrompait pas Edgar. Je l'ai laissé aller jusqu'au bout de son discours et quand j'ai lu dans ses yeux qu'il en avait terminé, j'ai osé :

— Dis-moi, Edgar, de quelles photos s'agissait-il, pourrais-tu me le dire cette fois ?

Il eut alors cette sorte de sourire blafard, alliance du diable et de Dieu, alors que ses pupilles se dilataient.

Le temps qu'il mit à me répondre me parut infini. Il s'humecta les lèvres, joignit ses mains en les gardant ouvertes puis se mit à parler en fixant le mur, derrière moi :

— C'est une photo de nous deux, Clyde. À La Jolla, sur la terrasse de notre chambre d'hôtel. Tu étais allongé, lascif, torse nu dans une chaise longue en toile. Je me tenais au-dessus de toi, également torse nu, dans un petit pantalon de flanelle crème. Une main dans le dos, je posais mes lèvres sur les tiennes.

De cet entretien qui est resté gravé dans ma mémoire avec une précision presque irréelle, je n'ai tiré à cette époque aucun enseignement. Les années passant, Edgar disparu, la signification de ses propos m'est apparue plus nette, comme la forme d'un dôme qui se détache des hauteurs d'une ville aux contours voilés par une brume matinale. Je tenais la raison de sa supériorité dans l'action, de son infatigable sagacité à déloger le mal des anfractuosités les mieux dissimulées. Il était mû par un puissant moteur que nous ne partagions pas, celui de la honte de notre condition qui l'animait sans répit, dans une fuite éperdue à laquelle il s'était imposé de donner un sens.

36

Après la mort de Robert Kennedy, la fortune du renard avait changé. Le goupil se retrouvait tout seul devant un poulailler aux portes grandes ouvertes, les fermiers partis en ville. L'homme « qui n'avait pas le sourire en face des dents », pour reprendre l'expression de la femme d'un de ses proches collaborateurs, n'en revint pas. C'était un peu le syndrome de Moïse, la mer s'écartait devant lui. Nixon était un homme sans scrupules, il l'avait montré dans l'affaire Alger Hiss en détruisant la vie de ce haut fonctionnaire qui ne voulait pas s'avouer communiste. Pourtant, je sais qu'il n'a jamais été impliqué dans l'assassinat des deux frères. Je pense même qu'il vivait comme une malédiction ce trône entaché de leur sang. Sans qu'il en prenne une conscience précise, c'est nous qui l'avons amené au pouvoir. Il était l'homme dont l'Amérique avait besoin. Capable de grands desseins, il avait un sens inné de la place de notre nation dans le monde. Le malheureux pendant de cette qualité, c'était un goût immodéré pour la mesquinerie, et pour des intrigues indignes d'un Président des États-Unis.

Le cambriolage du Watergate a eu lieu quelques jours après la mort d'Edgar et je dois reconnaître que, tout à ma douleur, je n'ai pas suivi cet épisode lamentable de notre histoire qui a conduit à la démission de Nixon. Il trouvait Edgar sénile alors qu'il avait à peine soixante-dix-sept ans. Il n'osait pas s'en débarrasser. Moins par reconnaissance pour tout ce que nous avions fait pour lui que par peur de représailles. Une peur injustifiée. Il n'était pas l'homme de flagrantes incartades sexuelles et ses indélicatesses financières étaient plus pitoyables que condamnables. Mais ce qu'il craignait d'Edgar, c'était sa mémoire, la mémoire américaine. Alors il a créé sa propre équipe de bricoleurs, des plombiers pour espionner les démocrates. Des types formés à l'école de la lutte contre Castro. Des Cubains loyalistes et des anciens hommes de main de la CIA. Qui se sont fait prendre comme des braconniers lestés. Nixon a négocié sa démission pour éviter la honte de la destitution et de la prison. Un si grand scandale pour de si petites choses, c'est bien le paradoxe de notre histoire. Nixon est tombé pour des méthodes qu'Edgar pratiquait depuis 1924. Edgar vivant, il n'y aurait jamais eu de Watergate. Personne n'aurait osé. C'est ce qui explique l'acharnement de Nixon à mettre la main sur les dossiers d'Edgar le jour de sa mort. Il espérait y trouver le vaccin contre ses propres turpitudes. En lui soustrayant tous les dossiers savoureux susceptibles de créer le trouble chez certains membres du Congrès, je l'ai privé de son système immunitaire. Et s'il est tombé depuis, cette fois c'est grâce à moi.

Les derniers temps de notre vie commune, les sentiments qu'Edgar me manifestait n'étaient plus ceux de nos jeunes années. La lassitude d'un vieux couple. Du jour où la Mafia ne pouvait plus rien contre lui, il s'est laissé aller à des frasques que je réprouvais avec des hommes jeunes souvent mineurs, sans montrer le moindre scrupule à trahir une fidélité dont je ne m'étais jamais départi sans son consentement exprès. Il avait fait de grandes choses faute d'avoir assumé lorsqu'il était encore temps ce qu'il considérait comme une terrible faiblesse. Je comprends que notre relation ait perdu de son intensité avec les années et qu'Edgar se voyant vieillir ait voulu fouetter son imaginaire avec des situations plus piquantes et rattraper le temps perdu pendant cette période où il s'était sacrifié à son image. Mais il n'y avait plus de limites et je dois dire que je garde un drôle de souvenir de ces soirées passées tous les deux dans la petite salle de cinéma du FBI à nous projeter, une fois tout le monde parti, des films salaces où l'on voyait des hommes et des femmes se livrer à une débauche morbide. Ces films provenaient de saisies effectuées par nos agents des Mœurs et nous les regardions l'un après l'autre en mangeant des bonbons acidulés. À la fin, il ne se passait pas un jour où il ne lâchait sur moi un flot de bile comme s'il me reprochait son existence, parce que j'en étais le plus dévoué complice et serviteur. Même malade, mon état ne me valait aucune miséricorde.

— Tu n'es qu'une vieille tante, Clyde, une vieille tante condamnée à crever.

Il ajoutait avec un regard de dément :

— Avoue que tu aurais bien aimé les baiser, les frères Kennedy, avoue, Clyde. Eh bien moi je ne t'en ai pas donné l'occasion, ces deux fils de pute ne doivent pas peser maintenant plus lourd que la plume de coq qu'ils avaient dans le cul, tu me suis, Clyde, ou t'es en train de passer ?

Lui que j'avais connu si distingué sombrait dans une vulgarité d'ivrogne à la fermeture d'un bar quand il devient impérieux de crier à toute l'humanité la haine qu'on s'inspire. Et puis le lendemain, il s'amendait soudainement en multipliant les attentions comme si jamais rien de blessant n'avait été prononcé. En cette fin de vie, le souvenir de nos joies partagées s'était estompé devant la vigueur retrouvée de ses souffrances qui prétendaient devenir son unique compagnon.

37

Le matin du 2 mai de l'année 1972, une belle journée de printemps s'annonçait sur Washington DC. Je venais de quitter la maison, non sans effort. Trois attaques cardiaques successives au cours des cinq dernières années m'avaient beaucoup affaibli. Mon corps s'en allait, ne laissant qu'un fil d'énergie à mon cerveau intact.

Je m'organisais pour ignorer cette dégénérescence, en continuant à me rendre au bureau tous les jours même si j'avais largement dépassé l'âge de la retraite. Porté par l'activité, je m'y sentais infiniment mieux que chez moi à contempler l'insidieux naufrage de mon corps. Ce jour-là, comme si rien ne pouvait être épargné pour ma peine, alors que je m'approchais de la voiture où mon chauffeur m'attendait, je m'aperçus que j'avais oublié un dossier important. Je retournai à petits pas à la maison et au moment d'ouvrir la porte, j'entendis la sonnerie du téléphone. Certains prétendent que sa tonalité varie en fonction des circonstances. Son bruit impératif était le même qu'à l'habitude. À l'autre bout du fil se trouvait James Crawford. Son appel me surprit, car Crawford était à la retraite depuis janvier et il n'était pas d'usage dans l'organisation qu'un ancien chauffeur, nègre de surcroît, même s'il avait honnêtement servi pendant trente-sept ans, prenne pareille initiative.

— Bonjour, monsieur Tolson, je suis désolé de vous déranger, Crawford à l'appareil.

— J'allais sortir, Crawford, que me vaut votre appel ?

— Une bien mauvaise nouvelle, monsieur. Notre Directeur est mort.

Je me suis appuyé d'une main à la table où reposait le téléphone tout en cherchant de l'autre, comme si j'étais dans le noir, le dossier d'un petit cabriolet dans lequel je m'effondrai après avoir pivoté sans dire un mot. Je n'eus à cet instant précis qu'une pensée, contrôler ma respiration et tenter d'endiguer un flot d'émotion qui aurait pu m'être fatal. Après un long silence, je repris sur un ton qui s'efforçait de dissimuler mon bouleversement :

— Dites-moi, Crawford, comment est-ce arrivé ?

— Je ne sais pas, monsieur. J'étais là tôt ce matin pour tailler les arbustes autour de la maison de M. le Directeur. Je me suis étonné de ne pas le voir alors qu'il était tard et que la porte de la maison était restée ouverte.

— Grande ouverte?

— Oh non! Je veux dire que la clé n'était pas tournée dans la serrure.

— Où l'avez-vous trouvé?

— Sur le sol, près de son lit, et je ne sais pas si la chose a son importance mais il était nu.

— Je ne crois pas, Crawford, mais dites-moi, avez-vous appelé le docteur Choisser?

— C'est fait, monsieur, il est en route.

— Vous êtes certain qu'il est mort?

— Absolument certain, monsieur.

— Bien, Crawford, votre rôle est terminé, merci.

— Y a-t-il quelque chose que je puisse faire pour vous, monsieur?

— Rien, Crawford, rien.

J'ai raccroché, puis je me suis mis à pleurer avant de me ressaisir. Dans des circonstances d'une telle importance, il est impératif de différer sa peine. J'ai occulté mon immense affliction. C'est ce qu'il aurait fait à ma place, me semble-t-il.

Les mains tremblantes, j'ai saisi le petit répertoire qui contient mes numéros indispensables. À cette heure-là, elle devait être encore chez elle. Je m'y suis pris à trois fois pour composer son numéro :

— Miss Gandy, Tolson à l'appareil.

— Oui, monsieur Tolson, comment allez-vous ? répondit-elle de cette voix fraîche dont elle usait avec moi.

J'ai poursuivi, évitant la moindre affectation :

— M. Hoover est mort, Miss Gandy.

— Oh mon Dieu ! s'exclama-t-elle emportée par une émotion sincère. Et quand cela est-il arrivé ?

— Ce matin même. Ou peut-être dans la nuit. Miss Gandy, j'ai besoin de vous. Je ne pourrai pas me rendre au bureau aujourd'hui, je manque un peu de force pour être très honnête avec vous et je voudrais garder ce qu'il m'en reste pour me rendre au domicile de M. Hoover. Je souhaiterais que vous informiez vous-même John Mohr de la tragique nouvelle. Qu'il en fasse de même pour Alex Rosen et Mark Felt avec pour consigne qu'ils diffusent l'information aux douze chefs de division, charge à chacun d'informer son personnel. De plus, Miss Gandy, je souhaite qu'un télex codé soit envoyé aux cinquante-neuf bureaux décentralisés ainsi qu'à nos dix-neuf délégations étrangères. Et... Pourriez-vous dire à Mohr de prendre en charge l'organisation des funérailles, je ne m'en sens pas la force. M. Hoover était d'obédience maçonnique et je lui serai obligé que ses obsèques soient préparées en respectant les coutumes de son ordre. Il doit aussi immédiatement avertir le ministre de la Justice et lui demander d'informer le Président.

— Bien, monsieur. Mais, monsieur, je ne vous apprends rien, le Directeur avait l'habitude d'appeler directement le Président à la Maison-Blanche. Suite à sa disparition, vous êtes le Directeur par intérim, peut-être pourriez-vous...

— Il n'en est pas question, Miss Gandy, il n'en est pas question. Il n'y a jamais eu qu'un seul Directeur, et je ne serai jamais que son second, comprenez-vous? Dites à Mohr de demander au ministre de la Justice de s'en charger. Et... J'oubliais l'essentiel. Les dossiers sont bien là où ils sont, mais sait-on jamais avec la révolution qui s'annonce, je vous prie d'organiser le plus discrètement possible leur transport chez moi. Je pense que c'est là qu'ils seront le plus en sécurité. Évidemment c'est un secret que nous ne pouvons partager qu'avec Mohr. Si vous pouviez organiser ce transport dans la journée, ce serait délicat de votre part. Je vous laisse à votre peine, Miss Gandy, et prenez soin de vous, je ne pense pas retourner un jour au bureau et peut-être est-il temps de prendre votre retraite, je n'aurai pas l'outrecuidance de vous demander votre âge, mais...

— Soixante-quinze ans, monsieur Tolson.

— Comme le temps passe, vous en avez quatre de plus que moi, mais il semble bien que vos années comptent moins que les miennes.

— Je suis la secrétaire de M. Hoover depuis 1918, monsieur Tolson, six ans avant qu'il ne devienne notre Directeur.

— Je sais, Miss Gandy, c'est pour cela que je vous fais confiance pour les dossiers. Nous avons eu quelques différends, vous et moi, mais il en va souvent ainsi quand deux personnes ont la même dévotion pour un être bien au-dessus de l'ordinaire. C'est ce que j'appelle le syndrome de saint Pierre. Convoiter la place à la droite du Père. Mais je peux compter sur vous, n'est-ce pas ?

— Vous pouvez, monsieur Tolson.

Je pensais que nous ne nous reverrions certainement jamais et que je parlais pour la dernière fois à la personne qui avait servi Edgar le plus fidèlement, moi mis à part.

38

Le temps de remettre mon hésitante mécanique en route, deux bonnes heures s'étaient écoulées. J'eus l'idée de m'assurer que les pompes funèbres étaient bien arrivées au domicile du Directeur et que leurs préparatifs pour l'au-delà ne troublaient pas la quiétude du défunt. Mon chauffeur ne m'ayant pas vu revenir s'est inquiété de mon état. Je lui ai annoncé le décès d'Edgar sans, je dois le reconnaître, prêter la moindre attention à sa réaction. Mon esprit divaguait, s'étonnant de cette mort à soixante-dix-huit ans, sans aucun signe annonciateur, pas même la plus petite alerte. Il était certes profondément blessé depuis le 8 octobre de l'année précédente où notre système d'écoutes lui avait permis de capter une conversation entre le Président et le ministre de la Justice d'alors, John Mitchell. Une bribe de dialogue saisie au vol l'avait heurté. Parce qu'elle venait d'un homme, Richard Nixon, pour lequel il avait beaucoup fait, bien plus que ce dernier ne devait l'imaginer. Sans Edgar, Nixon n'aurait jamais eu la possibilité d'accéder à la présidence. C'était assez, me semble-t-il, pour qu'il lui témoignât un peu de reconnaissance. Nixon oubliait la petite touche finale apposée par Edgar qui l'avait conduit au pouvoir suprême. Edgar en avait été suffisamment meurtri pour s'en plaindre et me faire écouter la bande. Parlant de lui, la conversation avait pris cette forme :

Nixon : Pour un tas de raisons, il faut qu'il démissionne... Il doit foutre le camp d'ici... Peut-être que... Mais j'en doute... Peut-être que si je l'appelle et lui dis de démissionner... Ça pose des problèmes. S'il s'en va, il faut que ce soit sa propre volonté... C'est pour ça qu'on est dans la merde... Je pense qu'il va rester jusqu'à ce qu'il soit centenaire.

John Mitchell : Il va rester jusqu'à ce qu'on l'enterre ici. L'immortalité...

Nixon : Je crois que nous devons éviter qu'il s'en aille sur un éclat... Nous avons sur les bras un homme qui peut faire écrouler le temple avec lui... Y compris moi... Ça va être un problème.

Je sais que certains esprits suspicieux ont été tentés d'attribuer sa mort subite à une cause moins naturelle que la crise cardiaque qui l'a laissé nu et sans vie par terre, à côté de son lit à colonnes. Foutaise! Le propre des conspirations c'est d'agréger plusieurs intelligences. Et il s'en serait forcément trouvé une pour dire qu'il ne servait à rien d'effacer Edgar sans m'éliminer.

Arrivé devant le 4936 Thirtieth Place, à quelques minutes de ma propre maison, j'ai regardé pour la dernière fois la large bâtisse en briques rouges de forme coloniale. J'ai compté les fenêtres, les neuf qui donnaient sur la rue à peine ombragée par trois grands arbres feuillus. Des fenêtres habillées de l'intérieur pour que rien ne puisse transparaître au regard du simple curieux. La voiture des pompes funèbres était stationnée devant la porte, un immense corbillard noir laqué. Elle était entrouverte. Je me suis avancé dans l'entrée puis j'ai pénétré, au rythme autorisé par mon état, dans le grand salon où il recevait si peu. Des objets inanimés époussetés et lustrés, d'un nombre sans proportion avec l'espace qui leur était réservé, semblaient quémander un peu de vie. C'était la collection d'Edgar, méticuleux jusqu'à l'encombrement, faite de tout ce qui lui semblait beau et précieux. Ses deux petits chiens adorés, ses cairns, G-Boy et Cindy, sont venus à ma rencontre, soulagés de croiser un être connu. L'escalier qui montait à la chambre m'a paru sans fin. À son pied, les murs étaient recouverts de grandes photos de chacun des présidents qu'il avait servis, posant avec lui, à l'exception de Truman. L'immense majorité des statues en bronze, bois ou plâtre, le représentaient de même qu'une grande partie des tableaux qui ornaient l'étage, comme pour asséner aux rares visiteurs sa présence en ce lieu. On le voyait sur des photos à divers âges, seul ou accompagné, figé à côté d'étoiles de la chanson ou du cinéma dont beaucoup avaient cessé de briller depuis longtemps. Dans chacun de ces clichés, la fierté éclairait son regard qui cherchait à capter la postérité. Je suis passé devant les chambres d'invités qui n'avaient pour ainsi dire jamais vu personne d'autre que la femme de chambre pour les dépoussiérer, avant d'atteindre la sienne où s'activaient les hommes en noir. Il reposait sur une civière et je me suis étonné de voir à quel point la mort rétrécit les grands hommes. Je me suis senti infiniment las et j'ai demandé à un des types qui s'affairaient autour du défunt de m'avancer une chaise. Pour ne pas les gêner dans leur funeste travail, je me suis assis en haut des marches de l'escalier, un point central de la maison. Je me suis inquiété de savoir pourquoi on le laissait là, au lieu de l'emmener vers une chambre froide. Il m'a été répondu que l'ordre leur avait été donné d'attendre l'annonce officielle de sa mort avant de bouger le corps, sachant, me disaient-ils, que des curieux, informés on ne sait comment, commençaient à affluer devant la maison. Avais-je donc mis tant de temps pour monter les marches que je n'en avais vu aucun lors de mon arrivée? Un immense sentiment de solitude s'est emparé de moi. Quarante-huit années d'une rare intimité venaient de se briser. Ma mort n'aurait été une surprise pour personne. Mais le destin, dans sa préséance à l'illustre, en avait décidé autrement. Je n'étais là que depuis quelques minutes lorsque plusieurs hommes jeunes sont entrés dans la maison sans frapper ni aucunement se préoccuper du dérangement qu'ils auraient pu causer. Celui qui devait avoir l'autorité sur les autres m'a vu perché sur ma chaise en haut de l'escalier et s'est avancé assez pour que sa voix me parvienne :

— Qui êtes-vous? m'a-t-il lancé sans ôter son chapeau.

Son arrogance m'a froissé :

— Je pourrais vous poser la même question. Si vous êtes de la maison, vous devez savoir que je suis Clyde Tolson, et que je suis depuis deux heures le Directeur par intérim du FBI. Si vous n'en êtes pas, vous n'avez rien à faire ici.

Il ne m'a pas répondu et à partir de cette minute précise il a fait comme si je n'existais plus. Pendant un temps qui m'a paru une éternité, lui et ses hommes ont fouillé méticuleusement chaque centimètre carré de la maison allant jusqu'à soulever chaque gravure comme si elle pouvait receler une ouverture de coffre. Plus le temps avançait, plus ils semblaient nerveux de ne rien trouver. Ils ont fini par quitter la maison, visiblement dépités. Le grand type qui s'était adressé à moi m'a lancé un dernier regard où il y avait comme du défi tempéré par le peu de considération que lui inspirait ce vieillard effondré sur sa chaise. Je n'ai jamais oublié son visage et quelque temps plus tard lorsque sa photo a paru dans un journal où l'on parlait de lui comme d'un des plombiers de l'affaire du Watergate, je me suis vu confirmer ce que j'avais pensé à l'époque : ces types n'étaient ni de la maison ni de la CIA.

Ma santé ne me permettait pas de poursuivre l'œuvre du cher disparu mais il était de mon devoir d'assurer la continuité de l'institution qu'il incarnait. Je ne voyais qu'un homme qui eût le même sens du service et la manière qui était la nôtre, je veux parler de Mohr. Lui avoir confié l'organisation des funérailles et la discrète supervision du départ du quartier général de certains dossiers était une façon de l'adouber, je sais qu'Edgar n'aurait pas agi autrement. Mark Felt faisait aussi partie de nos successeurs potentiels, mais il y avait chez lui une flexibilité, un opportunisme qui confinait au mimétisme. C'était un homme qui se fondait dans les positions de ses interlocuteurs pour peu qu'elles servent son intérêt. J'appelai Mohr pour m'enquérir de la tournure des préparatifs et lui faire part de mon soutien. Nixon avait fait la promesse à Louis Nichols, un vieux de la maison qui l'avait aidé à se faire élire, de ne jamais nommer quelqu'un de l'extérieur. Je pensais que Nixon tiendrait parole lorsque je me décidai à joindre Mohr au début de l'après-midi. Bien que tendu par son rôle d'organisateur des obsèques, il me répondit avec beaucoup d'amabilité alors qu'il était clair que je n'étais déjà plus son supérieur :

— J'ai répandu la nouvelle comme vous me l'aviez demandé, monsieur Tolson. C'est curieux, j'ai bien le sentiment d'avoir été entendu, mais personne ne semble être vraiment convaincu que M. Hoover nous a quittés pour de bon.

— Je les comprends, Mohr, j'ai moi-même un sentiment de faire un mauvais rêve qui m'empêche de me réveiller. Avez-vous eu des nouvelles de la Maison-Blanche ?

— Plus que je n'en aurais souhaité.

— Le Président a-t-il réagi à la nouvelle ?

— Il l'a fait.

— Et alors ?

— Monsieur Tolson, vous connaissez ma

loyauté, mais je préférerais vous éviter d'entendre sa réaction.

— Mohr, vous savez que vous n'avez pas besoin de gants avec moi. Qu'a-t-il dit exactement ?

— Eh bien, en fait, Haldeman est venu lui annoncer sans préambule la triste nouvelle lorsqu'il est arrivé au bureau ovale. Il n'a d'abord rien dit, la surprise sans doute, puis il a lâché comme un éternuement : « Jésus-Christ, ce vieil enculé ! » Une expression courante chez lui, lorsqu'il doit exprimer à la fois sa stupéfaction et sa joie.

— Et quoi d'autre ?

— Le plus important. Il m'a fait savoir qu'il souhaitait qu'on lui donne des funérailles nationales.

— Non !

— Absolument, monsieur. Avec tous les honneurs militaires. Mais si je peux me permettre, cette idée de funérailles nationales est également une excellente façon de détourner l'attention de la presse et du public sur la manifestation nationale contre la guerre du Vietnam prévue le 4, date retenue par le Président pour l'enterrement, où doivent défiler de nombreuses personnalités comme Daniel Ellsberg et Jane Fonda.

— Je vois. Mohr, je vous ai également appelé pour que vous soyez le premier à savoir que j'ai l'intention de démissionner du FBI. Je continuerai à signer les principaux documents au titre de mon intérim jusqu'à la désignation de mon successeur qui sera vous, je l'espère.

— Monsieur Tolson, croyez que si je la comprends, je regrette infiniment votre décision.

— Je vous remercie, Mohr, mais je n'ai pas la santé pour poursuivre dans l'esprit qui était le nôtre, comprenez-vous ? À propos, comment se passe le transfert des dossiers délicats ?

— Sans problème particulier, monsieur Tolson. Miss Gandy a pris les choses en main avec la célérité qu'on lui connaît. Tous les dossiers personnels de feu notre Directeur seront acheminés chez vous dans l'après-midi et je peux vous garantir que nous sommes les trois seuls à le savoir. D'ailleurs, je dois vous informer que j'ai reçu la visite de l'adjoint au ministre de la Justice, L. Patrick Gray. Il m'a demandé à brûle-pourpoint où se trouvaient les dossiers secrets.

— Et que lui avez-vous répondu ?

— Qu'il n'y a pas de dossiers secrets. Ce qui est la vérité sur le plan légal. En tant que responsable de l'administration du Bureau, à ma connaissance, aucun classement n'existe sous cette dénomination.

— Vous avez raison, et alors ?

— Il a paru irrité, mais il n'a pas poussé plus loin. Je pense qu'il reviendra à la charge.

— Eh bien! Qu'il revienne.

— J'ai le sentiment qu'ils sont plus particulièrement intéressés par un éventuel dossier sur le Président et sur d'actuels membres du Congrès, et d'ailleurs... Il n'y a aucune chance que nous soyons écoutés, monsieur Tolson?

— Aucune, monsieur Mohr, la tradition veut que ce soit nous qui écoutions les autres et non le contraire, vous disiez?

— J'ai jeté discrètement un œil sur les documents sensibles qui ont quitté le bureau de Miss Gandy, je n'ai rien vu au nom de Nixon.

— Je n'en suis pas étonné. Le Directeur avait une nomenclature qui lui était propre. Les informations les plus compromettantes figurent à « Affaires obscènes » même si elles ne concernent que des délits financiers. Combien de dossiers représente le transfert?

— Nous en avons dénombré 164, monsieur, qui représentent un nombre de pages de l'ordre de 17 750, tous sont sous la nomenclature Officiel, Confidentiel et Personnel.

— Très bien, Mohr, nous nous reverrons probablement aux funérailles, tenez-moi au courant de l'évolution des choses.

— Je n'y manquerai pas, monsieur Tolson.

Des funérailles nationales n'étaient pas un honneur trop grand pour un homme qui avait servi sous huit présidents des États-Unis, et dix-huit ministres de la Justice. Au-delà de ces figures politiques aucun des noms suivants ne pouvait être prononcé sans que surgisse en filigrane l'effigie d'Edgar : Martin Luther King Jr, Charles Lindbergh, Alger Hiss, Harry Dexter White, les époux Rosenberg, Machine Gun Kelly, Alvin « Creepy » Karpis, Ma Barker, Dillinger. Et bien sûr John et Robert Fitzgerald Kennedy.

Nixon était résolu à ne pas s'économiser pour célébrer la disparition de celui qui avait été son modèle avant que le Président ne soit profondément exaspéré par un homme qui ne poussait jamais l'amitié au point de se soumettre. À mon sens, Nixon fut un bien piètre disciple, et sa lamentable débâcle provoquée par l'affaire du Watergate montre bien qu'il n'avait rien retenu de la formidable leçon qu'Edgar s'était efforcé de lui donner depuis que, refusé au Bureau dans ses jeunes années, il s'était lancé dans la politique. Sans lui, sans nous, sans d'autres avec notre bénédiction, Richard n'aurait jamais poussé plus haut que vice-président des États-Unis, une responsabilité qu'il avait quittée en 1960 lorsque le président Eisenhower avait décidé ne pas se représenter. Il avait certainement mal pris qu'Edgar lui ait rappelé l'importance de sa dette envers nous. Tous ces don Juan de la politique oubliaient qu'il n'existait qu'un commandeur, qu'un seul et intemporel garant de nos valeurs morales. Nixon s'est cru capable de nous doubler en créant sa propre équipe de plombiers et son propre système d'écoutes dont je dois préciser qu'il ne nous a jamais été destiné. Il nous a donné tort de l'avoir considéré comme le candidat idéal. Plus tard, j'appris que Nixon avait, à propos d'Edgar, consigné dans son journal qui avait la sincérité que l'on connaît aux écrits destinés à la postérité : « Il est mort au bon moment ; heureusement, il est mort en fonctions. Cela l'aurait tué si je l'avais forcé à quitter le Bureau ou s'il avait démissionné, même volontairement... Je me réjouis particulièrement de ne pas l'avoir forcé à se retirer à la fin de l'année dernière. »

39

Le 3 mai, jour suivant la mort d'Edgar, fut enveloppé de cette étrange impression qui émane des jours pris entre la mort et l'enterrement d'un défunt, où le choc cède à la mélancolie sans qu'on se sente encore autorisé à entreprendre le long travail de deuil qui permet aux affligés sincères, avec l'aide du temps, de se laisser aller à vivre sans le disparu. Le vide qui s'installait dans mon existence me semblait bien cruel mais à la mesure de mon attachement pour Edgar. Il remplissait ma vie depuis tant d'années! Je ne me souvenais pas qu'en dehors de lui et du Bureau qu'il incarnait, quelque chose ait pu susciter chez moi un intérêt pérenne. Les deux me quittaient ensemble.

Notre rapport au temps était différent. Je vivais le présent tourné vers le passé, comme tout être nostalgique. Il l'appréhendait dans l'inquiétude de l'avenir. Le mien était entre ses mains, depuis le jour où nous nous étions rencontrés. Une chose plus que toute autre nous rendait indissociables. Nous venions l'un comme l'autre des profondeurs d'une Amérique muette et laborieuse. Nous étions parvenus par notre travail et notre sens du service aux plus hautes responsabilités de l'État. Je savais qu'Edgar ne laisserait personne nous en déloger. J'ai profité de cette journée de latence pour me repasser le film de ces années vécues côte à côte. Notre histoire avait commencé alors que le cinéma muet donnait aux acteurs une allure de mutins pressés. Cette crispation disparue, nous avons connu la grande époque du noir et blanc parlant. Celle qui nous convenait le mieux. La couleur nous surprit parce que sa vivacité et ses nuances contrastaient avec nos tempéraments discrets, avec la nature des intrigues que nous vivions. Nous n'avons jamais aimé cette débauche de tons vifs dont les Kennedy se sont si bien servis pour briller.

Mohr me surprit dans cette projection intime, je ne l'attendais pas si matinal :

— Gray est revenu ce matin, un peu avant l'ouverture des bureaux. Il était dans un état qui frisait l'agitation. Il a été assez direct : « Écoutez-moi, monsieur Mohr, je suis ce qu'on appelle une tête dure d'Irlandais et je n'ai pas l'habitude qu'on me mène en bateau. » J'ai compris qu'il parlait des fameux dossiers. Je lui ai répondu en le regardant droit dans les yeux : « Écoutez, monsieur Gray, je suis une tête dure de Hollandais et je n'ai pas l'habitude qu'on me mène par le bout du nez. » Je ne lui en ai pas dit plus que la veille, nous avons ensuite abordé des aspects techniques des funérailles puis il s'en est allé.

— Très bien, Mohr, je pense que la décision concernant la nomination du successeur de M. Hoover par la Maison-Blanche devrait être rendue publique en début d'après-midi. Faites-moi parvenir vos informations afin que je puisse signifier officiellement ma démission.

Six heures plus tard, Mohr m'appelait pour m'informer que Patrick Gray, l'adjoint au ministre de la Justice, était nommé directeur du FBI et que Felt le seconderait dans cette tâche. J'ai aussitôt appelé Felt pour lui dicter ma lettre de démission à faire signer par ma secrétaire, Mme Skillman, habilitée à me représenter. Je crois qu'il n'en a transmis au nouveau Directeur qu'une version expurgée. Entre-temps, Gray avait tenté de me joindre au téléphone pour m'exprimer ses condoléances. Je n'ai pas jugé bon de le prendre.

À la cérémonie funèbre, j'ai demandé à être placé dans un endroit un peu isolé, près de Miss Gandy qui m'avait toujours détesté mais ne l'avait jamais laissé paraître. En nul autre endroit, il n'y eut de peine aussi sincère. Edgar fut inhumé comme un chef d'État. D'une certaine façon il avait été plus que ça. Alors que les mandats de président n'excèdent pas huit ans à l'exception de celui de Roosevelt pour des raisons exceptionnelles, le sien avait duré quarante-huit années sans jamais croiser le regard des électeurs, sans jamais être l'otage de leur ingratitude. Loin de la scène électorale, il avait été le grand régisseur de cinq décennies de vie politique américaine. Ce qu'il avait bâti dans l'ombre, ses détracteurs le savaient. Mais Edgar était homme à mesurer sa valeur au nombre de ses ennemis et il est vrai qu'il n'en manqua pas tant fut âprement disputée sa position unique de gardien du temple des valeurs des États-Unis d'Amérique.

Je l'ai dit, je suis convaincu que personne n'a liquidé Edgar, même si Crawford, son homme à tout faire, a trouvé la porte de la maison ouverte le matin, un fait sans précédent. Ce qui l'a tué, c'est que Nixon l'ait appelé la veille au soir de sa mort, vers minuit, pour lui demander de partir. Il rentrait de chez moi où il était venu dîner. Il avait pas mal arrosé son repas avec du Jack Daniel's Black Label servi dans sa carafe préférée, une carafe musicale qui, inclinée, jouait : « *For He's a Jolly Good Fellow* ». Nixon voulait qu'il dégage avant de commencer ses opérations d'espionnage du parti démocrate. Il ne voulait que des hommes à lui dans tous les compartiments du jeu et il savait très bien qu'Edgar n'appartenait qu'à lui-même. Dieu le maudisse !

De tous les discours qui furent prononcés à ses funérailles par les plus hautes personnalités de l'État américain, mon préféré fut celui du gouverneur de Californie, Ronald Reagan. Lui et son frère nous avaient donné un sacré coup de main pendant la chasse aux sorcières à Hollywood. Une phrase de son discours résume ce qu'Edgar fut : « Au cours de tout le xxᵉ siècle, aucun homme n'a signifié plus pour son pays que Hoover. » Son cercueil, recouvert du drapeau américain, fut entreposé sur le catafalque de Lincoln. Edgar fut à cette occasion la vingt et unième personne à laquelle l'Amérique rendait ce suprême hommage. Je dois confesser qu'au début, j'aurais préféré le modeste enterrement maçonnique que nous avions projeté, mais la cérémonie fut à la mesure de l'importance d'Edgar pour notre nation. J'étais bien faible ce jour-là et je dus suivre la cérémonie dans une chaise roulante. À la fin, on me remit, plié, le drapeau qui avait recouvert sa dépouille. J'en fus très ému, c'est un geste qu'on réserve aux veuves de défunts illustres. La dernière a en avoir bénéficié avant moi fut Jacqueline Kennedy.

Edgar m'a tout légué. Sa fortune, officiellement un demi-million de dollars plus quelques comptes texans sur lesquels nous avions croisé nos signatures. Ses bibelots que j'ai mis aux enchères. Ses deux chiens dont je me suis empressé de me débarrasser. Les voir m'indisposait, je ne savais pourquoi, jusqu'au jour où j'ai compris que je craignais qu'il ne les ait aimés plus que moi.

Cette fiction prend appui sur des événements réels et met en scène des personnalités qui apparaissent sous leur vrai nom. Certains de leurs propos sont imaginaires, d'autres sont fidèles à la manière dont ils ont pu être rapportés dans des livres ou des articles.

Les documents suivants ont été les plus utiles pour sa rédaction, en plus d'archives personnelles de l'auteur qui empruntent aux innombrables écrits sur la période.

GENTRY, Curt, *J. Edgar Hoover : The Man and the Secrets*, W. W. Norton & company.

SUMMERS, Anthony, *Le plus grand salaud d'Amérique. J.E. Hoover, patron du FBI*, Seuil.

REEVES, Richard, *President Kennedy Profile of Power*, Simon & Schuster.

KENNEDY, Robert, *13 jours. La crise des missiles de Cuba*, Grasset.

BENSON, Michael, *Encyclopedia of the JFK Assassination*, Checkmark Books.

Archives du FBI sur Robert Kennedy, avec l'aimable coopération de Patrick Jeudy.

COLLIER, Peter, et HOROWITZ, David, *Les Kennedy. Une dynastie américaine*, Payot.

HERSH, Seymour M., *The Dark Side of Camelot*, Harper Collins Publishers.

SALINGER, Pierre, *De mémoire*, Folio.

MELANSON, Philip H., *The Robert F. Kennedy Assassination*, S.P.I. Books.

CONE, James H., *Malcolm X and Martin Luther King*, Labor & Fides.

CORBIC, Armand, *Camus. L'absurde, la révolte et l'amour*, Éd. de l'Atelier.

DU MÊME AUTEUR

Aux Éditions Gallimard

HEUREUX COMME DIEU EN FRANCE, 2002. Prix Terre de France — La
   Vie 2002. (Folio n° 4019).

LA MALÉDICTION D'EDGAR (Folio n° 4417).

Aux Éditions J.-CL. Lattès et Presses Pocket

LA CHAMBRE DES OFFICIERS, 1998.

CAMPAGNE ANGLAISE, 2000.

Photocomposition C*MB* Graphic
44800 Saint-Herblain

ISBN :

COLLECTION FOLIO